O beijo da Meia-Noite

Universo dos Livros Editora Ltda.
Rua Haddock Lobo, 347 – 12º andar • Cerqueira César
CEP 01414-001 • São Paulo/SP
Telefone: (11) 3217-2603 • Fax: (11) 3217-2616
www.universodoslivros.com.br
e-mail: editor@universodoslivros.com.br
Siga-nos no Twitter: @univdoslivros

O beijo da Meia-Noite

LARA
ADRIAN

São Paulo
2011

UNIVERSO DOS LIVROS

Diretor-Editorial
Luis Matos

Assistente-Editorial
Noele Rossi
Talita Camargo
Talita Gnidarchichi

Tradução
Adriana Fernandes Machado de Oliveira

Preparação
Fernanda Duarte

Revisão
Nathalia Ferrarezi

Arte
Stephanie Lin

Capa
Zuleika Iamashita

Dados Internacionais de Catalogação na Publicação (CIP)
(Câmara Brasileira do Livro, SP, Brasil)

A243b Adrian, Lara.

O beijo da meia-noite / Lara Adrian. ; [tradução Adriana Fernandes Machado de Oliveira]. – São Paulo : Universo dos Livros, 2011
496 p.

Tradução de: Kiss of Midnight.

ISBN 978-85-7930-195-7

1. Vampiros. 2. Ficção. 3. Romance. I. Título.

CDD 813.6

Para John,
cuja fé em mim nunca vacilou,
e cujo amor, espero, nunca esmorecerá.

Agradecimentos

Com muita gratidão a minha agente, Karen Solem, por ajudar a traçar o caminho e pela brilhante caminhada sob todas as condições.

Minha maravilhosa editora, Shauna Summers, merece sua própria página de agradecimentos, por todo seu apoio e encorajamento, sem mencionar sua excelente visão editorial, que sempre encontra o âmago de cada história e a ajuda a entrar em foco.

Agradeço também a Debbie Graves pelas críticas entusiastas, e a Jessica Bird, cujo talento só é superado por sua grandiosa generosidade de espírito.

Por último, um agradecimento especial as minhas musas auriculares durante grande parte da criação deste livro: Lacuna Coil, Evanescence e Collide, cujas letras comoventes e músicas emocionantes nunca deixaram de me inspirar.

Prólogo

Vinte e sete anos atrás

Seu bebê não parava de chorar. Ela havia começado a se inquietar na última estação, quando o ônibus Greyhound de Bangor parou em Portland para pegar mais passageiros. Agora, pouco mais de uma da manhã, estavam quase chegando ao terminal de Boston, e essas duas horas tentando acalmar sua garotinha estavam, como diriam seus amigos na escola, tirando-a do sério.

O homem sentado ao seu lado também não deveria estar contente.

– Sinto muito por isso – ela disse, virando-se para conversar com ele pela primeira vez desde que ele embarcara. – Ela normalmente não é tão irritada. É nossa primeira viagem juntas. Imagino que já esteja pronta para nosso destino.

O homem piscou sem pressa e sorriu sem mostrar os dentes.

– E aonde vão?

– A Nova York.

– Ah, a "Grande Maçã" – ele murmurou. Sua voz era seca, sem fôlego. – Têm família por lá ou algo assim?

Ela negou com a cabeça. A única família que tinha encontrava-se em uma cidadezinha no interior, perto de Rangeley, e havia deixado claro que ela estava por conta própria agora.

– Estou indo por trabalho. Quero dizer, espero encontrar um trabalho. Quero ser dançarina. Na Broadway, quem sabe, ou como uma das Rockettes.[1]

– Bem, beleza você tem. – O homem a fitava agora. Estava escuro no ônibus, mas ela acreditou haver algo de estranho nos olhos dele. Outra vez o mesmo sorriso tenso. – Com um corpo como o seu, vai ser uma grande estrela.

Seu rosto ficou corado e ela baixou os olhos para o bebê que chorava. Seu namorado de Maine também costumava lhe dizer tais coisas. Costumava lhe falar muitas coisas para conseguir levá-la para o banco traseiro do carro. E já não era mais seu namorado, tampouco. Não desde o penúltimo ano no colégio, quando sua barriga começou a crescer com a gravidez.

Se não tivesse largado a escola para ter a criança, teria se formado neste verão.

– Já comeu algo hoje? – perguntou-lhe o homem, enquanto o ônibus reduzia a velocidade e entrava na estação de Boston.

– Na verdade, não.

Gentilmente, ela ninava a garotinha nos braços. O bebê estava com o rosto vermelho, os pequenos punhos cerrados, ainda chorando como se não houvesse amanhã.

– Que coincidência – comentou o estranho. Também não comi. Não faria mal beliscar algo, quer me acompanhar?

– Não. Estou bem. Tenho alguns biscoitos na bolsa. E, de qualquer forma, acho que este é o último ônibus para Nova York esta noite, então, não terei muito tempo para nada além de trocar as fraldas dela e voltar. Mas obrigada, mesmo assim.

---

[1]Grupo de dança formado por garotas norte-americanas em 1925. [N.R.]

Ele não disse mais nada, apenas a observou juntar seus poucos pertences enquanto o ônibus estava estacionado na plataforma e deu-lhe licença para chegar até as dependências da estação.

Quando ela saiu do toalete, o homem a aguardava.

Sentiu-se um pouco incômoda ao vê-lo ali. Ele não lhe parecera tão grande quando estava sentado ao seu lado. E, agora que o via outra vez, percebeu que realmente havia algo de estranho nos olhos. Seria ele algum tipo de agressor?

– O que está acontecendo?

Ele deu uma leve risada.

– Já disse. Preciso me nutrir.

O que era um jeito muito estranho de se falar.

Ela notou que havia poucas pessoas pela estação aquela hora da noite. Uma chuva fina começou a cair, molhando a calçada, e alguns atrasados correram para dentro do ônibus, que aguardava na plataforma, embarcando novos passageiros. Mas, para chegar até ele, precisava passar pelo homem.

Deu de ombros, estava cansada e ansiosa demais para lidar com o idiota.

– Então, se está faminto, vá falar ao McDonald's. Estou atrasada para meu ônibus...

– Escuta aqui, sua vagabunda...

Ele se moveu tão rápido que ela nem percebeu o que a atingiu. Em um segundo, estava a um metro dela, no outro, sua mão apertava sua garganta, sufocando-a. Ele a empurrou até um canto escuro perto do prédio da estação, onde ninguém perceberia se ele a atacasse ou fizesse algo pior. A boca dele estava tão perto de seu rosto que ela podia sentir o hálito asqueroso. Viu seus dentes afiados ao abrir os lábios e ameaçá-la:

– Diga mais uma palavra ou mova um só músculo, e vou comer o suculento coraçãozinho da sua fedelha.

A criança choramingava em seus braços, mas ela não disse uma palavra.

Nem sequer pensou em se mexer.

Tudo que importava era a filha. Mantê-la a salvo. Por isso, não se atreveu a fazer nada, nem mesmo quando aqueles dentes afiados vieram na sua direção e cravaram fundo em seu pescoço.

Permaneceu congelada de terror, agarrando-se ao bebê, enquanto seu agressor sugava forte a ferida sangrenta que havia feito no pescoço. Os dedos dele se estendiam segurando sua cabeça e o ombro, cortando-lhe com unhas que mais pareciam garras demoníacas. Ele grunhia e penetrava os dentes vigorosamente, cada vez mais fundo. Embora os olhos dela estivessem abertos com o terror, sua visão escurecia, os pensamentos se confundiam, partindo-se em pedaços. Tudo à sua volta ia ficando turvo.

Ele a estava matando. O monstro a estava matando. E então mataria sua menininha também.

– Não – ela tentou respirar, mas tragou somente sangue. – Maldito seja... Não!

Num ato desesperado, deu uma cabeçada nele, batendo a lateral do seu crânio contra o rosto do agressor. Assim que ele se afastou surpreso e confuso, conseguiu sair de seu alcance. Cambaleou e quase caiu de joelhos antes de se endireitar. Com um braço em volta do bebê choroso e o outro sentindo a ferida ardente e viscosa no pescoço, caminhou para trás, para longe da criatura que erguia a cabeça e a desdenhava com os olhos amarelados e brilhantes, e os lábios manchados de sangue.

– Ah, Deus! – gemeu, nauseada com a visão.

Deu mais um passo para trás. Virou-se, preparada para correr, ainda que fosse inútil.

E foi então que viu o outro.

Ferozes olhos cor de âmbar a atravessaram, e o assobio que saia por entre as enormes e brilhantes presas prenunciava a morte. Pensou que ele a atacaria e terminaria o que o outro havia começado, mas não o fez. Os dois trocaram algumas palavras guturais, e o recém-chegado passou por ela, segurando uma comprida espada de prata na mão.

Pegue a criança e vá.

A ordem pareceu vir do nada, atravessando a neblina em sua mente. Voltou a escutá-la, ainda mais penetrante, apressando-a a agir. Correu.

Cega de pânico, desorientada pelo medo e pela confusão, correu da estação para uma rua próxima. Fugiu desesperadamente pela cidade desconhecida, noite adentro. A histeria tomava conta de si, tornando cada ruído – mesmo o som dos próprios passos – monstruoso e letal.

E a criança não parava de chorar.

Seriam encontradas se não conseguisse acalmar a menina. Tinha que colocá-la na cama, num berço calmo e aconchegante. Então, sua garotinha ficaria contente e estaria segura. Sim, isso que devia fazer, colocar sua filha na cama, onde os monstros não a encontrariam.

Estava cansada, mas não podia descansar, era muito perigoso. Tinha de voltar para casa antes que sua mãe percebesse que passara da hora de chegar outra vez. Estava atordoada, desorientada, mas precisava correr. E assim o fez. Correu até cair, exausta e incapaz de dar mais um passo.

Mais tarde, ao acordar, sentiu sua cabeça doer, quebrando-se como uma casca de ovo. A sanidade lhe abandonava, a realidade se distorcia em algo escuro e escorregadio, dançando cada vez mais distante de seu alcance.

Escutou um choro abafado em algum lugar ao longe. Um som tão pequeno. Cobriu os ouvidos com as mãos, mas ainda podia ouvir aquele choramingo impotente.

– Cale-se – murmurou para ninguém em especial, balançando-se para frente e para trás. – Fique quieto agora, o bebê está dormindo. Fique quieto, fique quieto, fique quieto...

Mas o choro continuou. Não parava, não parava. Rasgava seu coração, enquanto permanecia sentada na rua imunda fitando, sem nada ver, a aurora vindoura.

Capítulo 1

Presente

– Impressionante. Olhe só o uso da luz e das sombras...

– Vê como esta imagem sugere a tristeza do lugar e, ainda assim, consegue passar uma promessa de esperança?

–....uma das mais jovens fotógrafas a ser incluída na nova coleção de arte moderna do museu.

Gabrielle Maxwell saiu do grupo de visitantes carregando uma taça de champanhe quente, enquanto outro grupo de pessoas muito importantes e desconhecidas se entusiasmava com as mais de duas dúzias de fotografias em preto e branco expostas pelas paredes da galeria. Relanceou as imagens do outro lado do cômodo, pensativa. Eram boas fotografias – um pouco inquietantes, já que o assunto principal eram moinhos abandonados e estaleiros desolados fora de Boston –, mas ela não entendia o que todo mundo via nelas.

De qualquer forma, ela nunca via, Gabrielle apenas tirava as fotos; deixava sua interpretação e, ultimamente, sua apreciação, para outros. Introvertida por natureza, receber tantos elogios e atenção deixava-a desconfortável... mas pagava suas contas. Muito bem, por sinal. Esta noite, também pagava as contas de seu amigo Jamie, proprietário da galeriazinha de arte na Rua Newburry, que, a dez minutos do fechamento, ainda se encontrava cheia de possíveis compradores.

Atordoada com toda a cerimônia de conhecer, cumprimentar e sorrir educadamente, enquanto todos, das endinheiradas esposas de Back Bay[1] até os góticos tatuados e cheios de *piercings*, tentavam impressionar um ao outro – e a ela – com análises de seu trabalho, Gabrielle mal podia esperar pelo fim da exposição. Estivera escondida nas sombras durante a última hora, ponderando uma escapada furtiva para o conforto de um banho quente e de seu travesseiro macio, ambos esperando por ela em sua casa do lado leste da cidade.

Mas havia prometido a uns poucos amigos – Jamie, Kendra e Megan – que iriam sair para jantar e beber após a exibição. Tão logo o último casal de visitantes concluiu sua compra e partiu, Gabrielle viu-se arrastada para dentro de um táxi antes que tivesse a chance de inventar uma desculpa.

– Que noite incrível! – O cabelo louro e andrógino de Jamie caiu-lhe sobre o rosto ao inclinar-se diante das outras duas mulheres para tomar a mão de Gabrielle. – Aquela galeria nunca teve tanto movimento nos fins de semana – e a receita das vendas dessa noite foi excepcional! Muito obrigado por me deixar expor sua coleção.

Gabrielle sorriu ante a alegria do amigo. – Claro. Não precisa agradecer.

– Você não ficou tão mal, ficou?

– Como ela poderia, com metade de Boston a seus pés? – exclamou Kendra, antes que Gabrielle pudesse responder. – Aquele com quem vi você conversando perto dos canapés era o governador?

Gabrielle assentiu.

– Ele se ofereceu para comissionar algumas obras originais em sua casa de campo, em Vineyard.

---

[1]Bairro de Boston famoso pelas luxuosas mansões de homens de negócio. [N.R.]

– Que gentil!

– É – concordou Gabrielle, sem muito entusiasmo. Tinha vários cartões de visita na carteira – pelo menos um ano de trabalho árduo, se quisesse. Então, por que se sentia tentada a abrir a janela do táxi e jogar todos ao vento?

Passou a olhar para a noite fora do carro, observando com estranha indiferença, enquanto luzes e vidas passavam trêmulas. As ruas ferviam de gente: casais passeando de mãos dadas, grupos de amigos rindo e conversando, todos se divertindo. Jantavam em mesinhas do lado de fora de bistrôs badalados e paravam para admirar as vitrines das lojas. Em todo lugar que olhava, a cidade pulsava com vida e cor. Gabrielle absorvia tudo com olhos de artista e, mesmo assim, não sentia nada. Essa explosão de vida – incluindo a sua – parecia passar acelerada sem ela. Ultimamente, sentia-se encerrada em um círculo que a fazia dar voltas, aprisionando-a em um ciclo infinito de tempo que passava sem propósito nenhum.

– Há algo errado, Gab? – perguntou Megan, ao seu lado no banco traseiro do táxi. Está tão calada.

Gabrielle deu de ombros.

– Sinto muito. Só estou... não sei. Cansada, acho.

– Alguém arrume uma bebida para esta mulher... imediatamente! – Brincou Kendra, a enfermeira de cabelos negros.

– Não – replicou Jamie, sagaz e malicioso. – Nossa Gab precisa, na verdade, é de um homem. Anda muito séria, querida. Não é saudável deixar o trabalho te consumir assim. Divirta-se! Quando foi a última vez que dormiu com alguém, hein?

Fazia um bom tempo, mas Gabrielle não se importava realmente. Nunca sofrera com falta de encontros quando os desejava, e sexo – nas raras ocasiões em que fazia – não era algo com que fosse obcecada, como alguns de seus amigos. Enferrujada como estava agora naquela área, não acreditava que um orgasmo iria curar o que quer que fosse que lhe causava esse atual estado de inquietação.

– Jamie tem razão, sabe – continuou Kendra. – Precisa se soltar mais, fazer umas loucuras.

– Não há tempo como o presente – acrescentou Jamie.

– Ah, não penso assim – disse Gabrielle, negando com a cabeça. – Na verdade, não estou muito animada para esticar a noite, galera. Exposições sempre exigem muito de mim e eu...

– Motorista? – Ignorando-a, Jamie deslizou para a borda do assento e bateu no vidro que separava o taxista dos passageiros. – Mudança de planos. Decidimos que estamos com vontade de celebrar, então, esqueça o restaurante. Queremos ir onde as pessoas animadas estão.

– Se gostarem de boates, abriu uma nova ao norte da cidade – sugeriu o taxista, mascando um chiclete de menta. – Ando fazendo corridas para lá durante toda a semana. Esta noite mesmo, já levei duas... um lugar requintado para depois do trabalho, chamado La Notte.

– Oh, La No-tay – brincou Jamie, lançando um olhar travesso sobre os ombros e arqueando a elegante sobrancelha. – Parece-me maravilhoso, garotas. Vamos!

A boate La Notte encontrava-se em um edifício gótico vitoriano, há muito tempo conhecido como Igreja Paroquial da Trindade de São João, até que, recentemente, os rumoreas da Arquidiocese de Boston sobre escândalos sexuais envolvendo padres forçaram o fechamento de dúzias de lugares como aquele por toda a cidade. Agora, enquanto Gabrielle e seus amigos se dirigiam à boate abarrotada, música *trance* e *tecno* envolvia os pilares, retumbando em enormes alto-falantes que circundavam a cabine do DJ no balcão sobre o altar. Luzes estroboscópicas piscavam contra um trio de vitrais arqueados. Os raios de luz cortavam a espessa névoa que pendia no ar, pulsando com a batida frenética de uma música praticamente interminável. Na pista de dança – e em quase todo metro quadrado do piso da La Notte e da galeria acima –, as pessoas se esfregavam e serpenteavam com uma sensualidade despreocupada.

– Caramba – gritou Kendra por conta da música alta, levantando os braços e dançando pela multidão para achar um espaço.

– Que lugar, hein? Isso é loucura!

Não haviam ainda acabado de passar pela primeira aglomeração de gente quando um rapaz magro e alto abordou a corajosa morena e inclinou-se para dizer algo em seu ouvido. Kendra soltou uma gargalhada e assentiu com entusiasmo.

– O garoto quer dançar – ela riu, passando a bolsa para Gabrielle. – Quem sou eu para recusar!

– Por aqui – Jamie apontou para uma mesinha vazia perto do bar, enquanto a amiga deles se afastava com o parceiro de dança.

Os três se sentaram e Jamie pediu uma rodada. Gabrielle esquadrinhou a pista de dança procurando Kendra, mas ela já havia sido engolida pela multidão. Apesar da concentração de pessoas por todo lado, Gabrielle não conseguiu evitar a repentina sensação de que ela e os amigos estavam sentados no centro das atenções. Como se, de alguma maneira, estivessem sob votação, pelo simples fato de estarem na boate. Era loucura pensar nisso. Talvez ela estivesse trabalhando muito, passando muito tempo em casa sozinha, para uma saída em público a deixar tão constrangida, tão paranoica.

– Esse é pela Gab! – exclamou Jamie através do estrondo da música, levantando a taça de martíni para o brinde.

Megan também levantou sua taça, e brindaram com Gabrielle. – Parabéns pela maravilhosa exibição de hoje!

– Obrigada, queridos.

Ao beber a mistura amarelo-neon, a sensação de ser observada retornou a Gabrielle. Ou, melhor dizendo, aumentou. Sentiu um olhar alcançá-la do outro lado da escuridão. Olhou por cima da borda de sua taça de martíni e encontrou as luzes estroboscópicas refletidas em um par de óculos escuros.

Óculos que escondiam um olhar fixo nela através da multidão.

Os rápidos clarões das luzes lançavam suas feições na sombra profunda, mas os olhos de Gabrielle o interceptaram na mesma hora. Cabelos negros e arrepiados caíam soltos sobre uma testa larga e inteligente, e sobre a face magra e angular. Um maxilar austero e forte. E a boca... sua boca era generosa e sensual, mesmo entalhada naquele sorriso cínico, quase cruel.

Gabrielle desviou o olhar, intimidada, e sentiu uma onda de calor emergir pelos membros. O rosto dele permaneceu em sua mente, queimou por um instante, como uma imagem sendo gravada num filme. Colocou a taça na mesa e se atreveu a olhar mais uma vez para onde ele estava. Mas ele já havia saído.

Escutou um forte barulho do outro lado do bar, e virou-se sobre o ombro para olhar. Em uma das mesas lotadas, o álcool escorria para o chão, entornado de várias garrafas quebradas que cobriam a superfície negra laqueada. Cinco brutamontes vestidos de couro preto e óculos escuros discutiam com outro cara vestido com uma regata dos Dead Kennedys[2] e jeans gastos. Um dos grandalhões de couro estava com o braço em volta de uma loura platinada bêbada, que parecia conhecer o *punk*. Aparentemente, sua namorada. Ele tentou puxar a garota pelo braço, mas ela lhe deu um tapa e inclinou a cabeça para deixar que um dos brutamontes lhe beijasse no pescoço. Ela fitava desafiadoramente o namorado furioso, enquanto brincava com os longos cabelos castanhos do homem abraçado à sua garganta.

– Isso não vai dar certo – disse Megan, virando-se ao mesmo tempo em que a situação piorava.

– Claro que não – concordou Jamie, ao terminar seu martíni e acenar para que o garçom trouxesse outra rodada. – A mãe dessa pi-

[2]Banda *punk* formada em São Francisco, na Califórnia, na década de 1980. [N.R.]

ranha provavelmente se esqueceu de lhe dizer que não se deixa o cara que te trouxe para ir embora com outro.

Gabrielle observou por mais um momento, tempo suficiente para ver outro brutamontes se aproximar da garota e beijar sua boca oferecida. Ela aceitou os dois juntos, trazendo uma mão para acariciar os cabelos escuros do cara em seu pescoço, e a outra, os cabelos claros do que lhe chupava o rosto como se quisesse comê-la viva. O namorado *punk* berrou uma torrente de obscenidades para a garota, então se virou e saiu empurrando a multidão que os observava.

– Esse lugar está me assustando – confidenciou Gabrielle, notando apenas agora uns caras, sem discrição nenhuma, preparando carreiras de cocaína no fim da bancada de mármore.

Seus amigos não pareceram ouvi-la por conta da batida hipnotizante da música. Também não pareciam compartilhar do desconforto de Gabrielle. Algo não estava certo ali, e ela não podia evitar a sensação de que a noite iria terminar mal. Jamie e Megan começaram a conversar entre si sobre bandas locais, enquanto Gabrielle terminava seu martíni e aguardava, do outro lado da mesa, uma oportunidade para interromper com uma desculpa e partir.

Sozinha naquele momento, seu olhar vagou pelo mar de cabeças oscilantes e corpos ondulantes, procurando secretamente pelos óculos escuros que a observavam antes. Estaria ele com os grandalhões – um dos motoqueiros procurando briga? Estava vestido como eles e, certamente, possuía o mesmo ar negro de perigo.

Quem quer que fosse, Gabrielle não via nem sinal dele.

Recostou-se na cadeira e quase deu um pulo ao perceber um par de mãos repousando por trás em seus ombros.

– Achei vocês! Estive procurando por toda parte! – exclamou Kendra, animada e sem fôlego ao mesmo tempo, ao inclinar-se sobre a mesa. – Vamos. Consegui uma mesa para nós do outro lado. Brent e uns amigos querem se divertir conosco.

– Legal!

Jamie se levantou, pronto para ir. Megan pegou seu martíni com uma das mãos e, com a outra, agarrou a mão de Kendra e a carteira das duas. Ao ver que Gabrielle não se moveu, Megan se deteve.

– Você não vem?

– Não – Gabrielle se levantou e pendurou a alça da bolsa no ombro. – Vão vocês e divirtam-se. Estou esgotada. Acho que vou pegar um táxi e voltar para casa.

Kendra fez um beicinho de criança. – Gab, não pode ir!

– Quer que eu a acompanhe até em casa? – ofereceu Megan, embora Gabrielle pudesse perceber que ela queria ficar com os outros.

– Não, vou ficar bem. Divirtam-se, mas com cuidado, certo?

– Tem certeza de que não quer ficar? Só mais um martíni?

– Não. Preciso mesmo sair daqui e tomar um pouco de ar.

– À vontade, então – reprovou Kendra, fingindo-se magoada. Aproximou-se e lhe deu um rápido beijinho na bochecha. Ao se afastar, Gabrielle sentiu cheiro de vodca e, por baixo disso, algo menos evidente. Algo almiscarado, estranhamente metálico. – É uma estraga-prazeres, Gab, mas ainda te amo.

Com uma piscadela, Kendra passou os braços pelos de Jamie e Megan, e os puxou alegremente para a massa agitada de gente.

– Me liga amanhã – pediu Jamie, por cima dos ombros, enquanto o trio era lentamente engolido pela multidão.

Gabrielle dirigiu-se imediatamente para a porta, ansiosa por sair dali. Quanto mais tempo passava ali, mais barulhenta a música parecia ficar, repercutindo em sua cabeça, impedindo-a de pensar com clareza. Custava-lhe prestar atenção no que se passava ao redor. As pessoas a empurravam por todos os lados ao tentar abrir caminho, comprimindo-a contra a massa de corpos dançantes, rodopiando descontrolada. Levou cotoveladas e cutucões, apertões e palmadas de mãos desconhecidas no escuro, até que, finalmente, deu de cara com o pórtico próximo da entrada e conseguiu passar pelas pesadas portas duplas.

A noite estava fria e escura. Tomou fôlego, clareando a mente do barulho, da fumaça e da atmosfera inquietante do La Notte. A música ainda reverberava do lado de fora, as luzes estroboscópicas ainda piscavam como pequenas explosões por detrás dos altos vitrais coloridos, mas Gabrielle pôde relaxar um pouco agora que estava livre.

Ninguém lhe prestou atenção ao se apressar para o meio-fio em busca de um táxi. Havia poucas pessoas ali fora, algumas passando pela outra calçada, outras subindo em fila pelos degraus de concreto que levavam à boate. Avistou um táxi vindo em sua direção e estendeu a mão para chamá-lo.

– Táxi!

Enquanto o táxi vazio atravessava as ruas noturnas e se aproximava, as portas da boate se abriram bruscamente como a força de um furacão.

– Ei, cara! Que droga! – Nas escadas atrás de Gabrielle, uma voz masculina elevou-se de medo. – Encosta em mim de novo e vou...

– Vai o quê? – Zombou outra voz, baixa e mortal, seguida por várias outras rindo com escárnio.

– Isso, diga, seu punkzinho. Vai fazer o quê?

Gabrielle, segurando a maçaneta da porta do táxi, virou a cabeça, meio alarmada e apreensiva com o que estava vendo. Era a gangue do bar, os motoqueiros ou o que quer que fossem, de couro negro e óculos escuros. Os seis rodearam o namorado *punk* como uma matilha, revezando-se ao lhe empurrar, brincando com ele como se fosse uma presa.

O garoto tentou golpear um deles – errou – e a situação piorou em um piscar de olhos.

Subitamente, a briga foi de encontro a Gabrielle. A gangue de brutamontes jogou o *punk* contra o capô do táxi e começou a esmurrá-lo.

Voaram gotas de sangue do nariz e da boca, algumas atingiram Gabrielle, e ela deu um passo para trás, aturdida e horrorizada. O jovem se debateu para escapar, mas seus atacantes estavam em cima, batendo nele com uma fúria que Gabrielle não podia medir.

– Saiam do meu maldito carro! – Gritou o taxista com a janela aberta. – Pelo amor de Deus! Vão para outro lugar, escutaram?

Um dos agressores virou-se em direção ao taxista, lançou-lhe um terrível sorriso e afundou seu punho no para-brisas, estilhaçando o vidro em uma teia de rachaduras. Gabrielle pôde ver o taxista fazer o sinal da cruz, murmurando palavras inaudíveis dentro do carro. Houve um barulho de marchas, seguido pelo rangido agudo dos pneus, enquanto o táxi dava um solavanco para trás, desalojando a carga de cima do capô.

– Espere! – gritou Gabrielle, tarde demais.

Sua carona para casa – seu jeito de fugir dessa cena brutal – havia ido embora. Sentiu um nó na garganta de medo ao ver o táxi acelerar e partir a toda pela rua, e as lanternas traseiras desaparecerem na escuridão.

No meio-fio, os seis motoqueiros não mostravam compaixão nenhuma por sua vítima. Estavam ocupados demais em espancar o *punk* até desmaiar para se preocuparem com Gabrielle.

Ela se virou e subiu correndo os degraus até a entrada do La Notte, buscando o celular em sua bolsa. Encontrou o aparelhinho e o abriu. Discou 190, enquanto abria as portas da boate e se desgovernava pelo pórtico, tomada pelo pânico. Acima do barulho da música e das vozes, além das próprias batidas agitadas do coração, Gabrielle podia ouvir apenas o som estático do outro lado da linha. Afastou o telefone do ouvido...

Sem sinal.

– Droga!

Tentou discar 190 outra vez, sem sorte.

Correu para o salão, gritando desesperada em meio à algazarra.

– Por favor, alguém me ajude! Preciso de ajuda!

Ninguém parecia escutá-la. Bateu nos ombros das pessoas, puxou mangas de camisas, quase sacudiu o braço tatuado de um militar, mas ninguém prestou atenção. Nem mesmo se voltaram para ela, apenas continuaram dançando e conversando como se ela nem estivesse ali.

Seria um sonho? Algum estranho tipo de pesadelo no qual somente ela sabia da violência que acontecia lá fora?

Gabrielle desistiu de tentar falar com os desconhecidos e decidiu procurar seus amigos. Enquanto andava pelo salão escuro, continuava apertando *Redial*, rezando para conseguir sinal. Não conseguia, e logo percebeu que também não encontraria Jamie e os outros naquela multidão.

Frustrada e confusa, correu de volta para a saída da boate. Talvez pudesse sinalizar para algum motorista, encontrar um policial, qualquer coisa!

O ar gélido da noite a golpeou assim que empurrou as pesadas portas e saiu. Lançou-se pelo primeiro lance de degraus, ofegante e incerta do que a esperava; uma mulher sozinha contra seis membros de uma gangue, provavelmente drogados, mas não os encontrou. Haviam partido.

Um grupo de jovens começou a subir as escadas, um deles fingindo tocar um violão invisível, e os outros combinando de ir a uma *rave* mais tarde.

– Ei – chamou Gabrielle, esperando que eles a ignorassem. Eles se detiveram e sorriram para ela, ainda que fosse, provavelmente, uma década mais velha, aos vinte e oito anos, que qualquer um deles.

O rapaz que ia na frente acenou com a cabeça. – Oi?

– Algum de vocês... – ela hesitou, incerta se deveria se sentir aliviada por não ser um sonho, afinal de contas. – Algum de vocês viu a briga que havia aqui alguns minutos atrás?

– Teve briga? Maneiro! – disse o líder do grupo.

– Não, cara – respondeu-lhe o outro. – Acabamos de chegar. Não vimos nada.

Continuaram a subir a escada enquanto Gabrielle apenas olhava, perguntando-se se estava ficando louca. Desceu até o meio-fio. Havia sangue na calçada, mas o *punk* e seus agressores haviam desaparecido.

Recostou-se a um poste e esfregou os braços arrepiados. Virou-se para olhar para os dois lados da rua, procurando por algum sinal da violência que havia testemunhado há poucos minutos.

Nada.

Foi então que escutou.

O som vinha de um beco estreito à sua direita. Rodeada por um muro de concreto da altura de seus ombros que funcionava como uma caixa acústica, a passagem quase sem luz traía seus ocupantes, cujos berros animalescos chegavam até a rua. Gabrielle não conseguia identificar os ruídos insanos e fervorosos que congelavam o sangue de suas veias, despertando os alarmes instintivos em cada nervo de seu corpo.

Seus pés se moviam. Não para longe da fonte daquele barulho inquietante, mas na direção dele. O celular em sua mão pesava como um tijolo, e ela segurava a respiração. Só foi perceber que estava sem respirar quando adentrou alguns passos o beco e fixou o olhar em um grupo de pessoas adiante.

Eram os brutamontes de couro e óculos escuros.

Estavam de joelhos, mexendo em algo, atormentando algo. Sob a escassa luz que vinha da rua, Gabrielle vislumbrou um pedaço de pano rasgado perto da carnificina. Era a regata do jovem *punk*, toda esfarrapada e manchada.

O dedo de Gabrielle, ainda parado sobre o botão de *Redial*, apertou silenciosamente a tecla do telefone. Ouviu um zumbido mudo do outro lado da linha, e logo a voz do atendente da polícia rompeu na noite como fogo de canhão.

– 190. Qual é a sua emergência?

Um dos motoqueiros virou a cabeça ao perceber a repentina interrupção. Seus olhos ferozes e cheios de ódio atingiram Gabrielle como adagas. Tinha o rosto ensanguentado, grosso de sangue, e os dentes! Eram afiados como os de um animal – não eram dentes em si, mas presas, que ele mostrou para ela ao abrir a boca e proferir uma palavra de som terrível em outro idioma.

– 190 – repetiu o telefonista. – Por favor, diga-nos sua emergência.

Gabrielle não conseguia falar. Estava tão aturdida que mal respirava. Trouxe o celular até a boca, mas nenhuma palavra da garganta saiu.

A chamada por socorro havia sido desperdiçada.

Dando-se conta disso com um temor profundo, Gabrielle fez a única coisa lógica que lhe ocorreu. Com os dedos trêmulos, virou o aparelho para a gangue de motoqueiros sádicos e apertou o botão de capturar imagem. Um pequeno *flash* iluminou o beco.

No mesmo instante, todos se voltaram para ela, levantando as mãos para protegerem os olhos escondidos pelos óculos escuros.

Ah, Deus. Talvez ela ainda tivesse a chance de escapar dessa noite infernal. Gabrielle apertou o botão de fotos outra vez, e outra, e outra, enquanto fugia até a rua. Escutou vozes murmurando, rosnando insultos, e de pés na calçada, mas não se atreveu a olhar para trás. Nem mesmo quando um chiado agudo de aço soou às suas costas, seguido por gritos de raiva e agonia que não pareciam deste mundo.

Gabrielle correu noite adentro tomada por medo e adrenalina, parando apenas ao encontrar um táxi disponível na Rua do Comércio. Entrou e bateu a porta. Estava ofegante, fora de si e com medo.

– Leve-me à delegacia de polícia mais próxima!

O taxista apoiou o braço no encosto do banco e virou-se para ela. – Está bem, moça?

– Sim – respondeu automaticamente. E, logo depois: – Não. Preciso reportar um...

Jesus. Exatamente *o quê* ela iria reportar? Um frenesi canibal de um bando de motoqueiros loucos? Ou outra explicação possível, ainda menos crível?

Gabrielle encontrou os olhos ansiosos do taxista. – Por favor, ande logo. Acabo de presenciar um assassinato.

Capítulo 2

Vampiros.

A noite estava cheia deles. Ele havia contado mais de uma dúzia na boate, a maioria rondando as multidões semivestidas e ondulantes, escolhendo – e seduzindo – as mulheres que abrigariam sua Sede naquela noite. Era uma relação simbiótica que servia bem à Raça por mais de dois milênios, uma convivência pacífica que dependia da habilidade dos vampiros em apagar a memória dos humanos dos quais se alimentavam. Antes de o sol nascer, muito sangue era derramado, mas, pela manhã, a Raça voltava para seus Refúgios nas Trevas dentro e fora da cidade, e os humanos dos quais eles haviam desfrutado não se recordavam de nada.

Mas não era esse o caso do beco ao lado da boate.

Para os seis predadores sedentos de sangue, aquela morte ilícita seria a última. Eram descuidados em sua fome; não haviam percebido que estavam sendo observados. Nem quando os vigiava na boate, nem quando os acompanhou do lado de fora, observando-os do peitoril de uma janela do segundo piso da igreja convertida em boate.

Estavam tomados pela Sede de Sangue, esse mal vicioso que uma vez já fora epidêmico entre a Raça, fazendo muitos de seu tipo se tornarem Renegados, assim como esses, que se alimentavam aberta e indiscriminadamente dos humanos que viviam entre eles.

Lucan Thorne não tinha nenhuma afinidade em particular com a raça humana, mas o que sentia por esses vampiros Renegados era ainda pior. Encontrar um ou outro vampiro assassino em uma única noite de patrulha numa cidade do tamanho de Boston não era incomum. Contudo, achar vários deles trabalhando em conjunto, alimentando-se a céu aberto, como faziam esses, era mais que preocupante. Os Renegados estavam se multiplicando, tornando-se mais ousados.

Algo deveria ser feito.

Para Lucan e para tantos outros da Raça, cada noite era uma expedição de caça, com o objetivo de expulsar esses poucos selvagens que colocavam em risco tudo o que a Raça dos vampiros havia construído com muito esforço. Esta noite, Lucan perseguia suas vítimas sozinho, sem se importar se estiverem em maior número. Havia esperado até que a oportunidade de atacar fosse excelente: assim que os Renegados tivessem satisfeito com avidez o vício que dominava a própria mente.

Após beberem mais sangue do que podiam aguentar, haviam continuado a atacar e violentar o corpo do jovem rapaz da boate, rangendo os dentes e grunhindo como se fossem uma matilha. Lucan estava prestes a agir rapidamente com a justiça – e o teria feito, se não fosse pela repentina aparição de uma mulher de cabelos ruivos no beco escuro. Em um instante, ela havia estragado a caçada da noite toda: seguindo os Renegados até o beco e, então, desviando involuntariamente a atenção deles de sua presa.

Assim que a luz do *flash* do celular irrompeu na escuridão, Lucan desceu do peitoril escuro da janela e aterrissou silenciosamente na calçada. Tal como os Renegados, os olhos de Lucan ficaram parcialmente cegos com aquele lampejo no meio da escuridão. A mulher disparou uma série de *flashes* penetrantes enquanto fugia da carnificina, e esses disparos em pânico foram muito provavelmente a única coisa que a salvou da ira de seus parentes brutais.

Mas, enquanto os sentidos dos outros vampiros estavam desnorteados e letárgicos graças à Sede de Sangue, os de Lucan estavam cruelmente despertos. Tirou as armas do sobretudo preto – duas adagas idênticas forjadas em aço com bordas de titânio – e as agitou reivindicando a cabeça do Renegado mais próximo.

Mais duas cabeças se seguiram, e os corpos mortos se debatiam ao começar a rápida decomposição celular do fluido azedo que vertia e virava cinzas. Uivos animalescos preenchiam o beco enquanto Lucan decapitava mais um deles e virava-se para empalar outro Renegado pelo torso. O Renegado sibilou através dos dentes expostos e ensanguentados, com as presas gotejando sangue. Uns pálidos olhos dourados contemplaram Lucan com desprezo, as íris inchadas pela fome, engolindo as pupilas que se estreitavam em esguias fendas verticais. A criatura sofreu um espasmo, esticou os braços tentando alcançá-lo e desenhou-se em sua boca um repugnante sorriso alienígena de desdém, enquanto a adaga especialmente forjada envenenava seu sangue de Renegado e reduzia o vampiro a uma mancha ardente na rua.

Sobrou apenas um. Lucan se virou para enfrentar o brutamonte com as duas adagas em punho.

Mas o vampiro se foi – fugiu noite adentro antes que pudesse aniquilá-lo.

Droga..

Nunca havia deixado um bastardo lhe escapar à justiça. Não poderia deixar agora. Ponderou se deveria perseguir o Renegado, mas isso significaria deixar a cena do ataque abandonada. O que era um risco maior, deixar os humanos a par da dimensão total do perigo com o qual conviviam. Graças à selvageria dos Renegados, a espécie de Lucan fora perseguida e caçada por humanos nos velhos tempos; talvez sua Raça não sobrevivesse a uma nova era de represálias, agora que os humanos tinham a tecnologia como aliada.

Até que os Renegados fossem contidos – ou, melhor ainda, completamente eliminados –, a humanidade não poderia saber nada sobre a existência de vampiros entre eles.

Ao limpar a área dos rastros da matança, os pensamentos de Lucan recorriam à mulher de cabelos iluminados e de doce beleza.

Como ela havia sido capaz de encontrar os Renegados no beco?

Embora fosse muito divulgado no folclore humano o fato de que vampiros podiam desaparecer quando quisessem, a verdade era um pouco diferente. Dotados de grande agilidade e velocidade, podiam simplesmente mover-se mais rápido que os olhos humanos conseguiam registrar, uma habilidade exacerbada pelo avançado poder hipnótico que os vampiros exerciam sobre a mente dos seres inferiores. Curiosamente, essa mulher parecia imune a ambos.

Lucan, de repente, percebeu que já a havia visto na boate. Seu olhar tinha se desviado de suas presas atraído por um par de olhos enternecedores e por um espírito que parecia tão disperso quanto o seu. Ela também o havia notado e olhara para ele de onde estava com os amigos. Mesmo através da multidão e do cheiro rançoso no ar, Lucan pôde sentir o aroma de perfume em sua pele – algo exótico, raro.

Também o sentia agora, era uma fragrância delicada que se unia à noite, provocando seus sentidos e despertando algo primitivo dentro dele. Sentiu as gengivas doerem quando as presas se alongaram, uma reação física ante a necessidade – carnal ou de outro tipo – que ele não conseguia conter. Sentia o cheiro e tinha fome, um pouco melhor que seus irmãos Renegados.

Inclinou a cabeça para trás e inalou profundamente o aroma da mulher, rastreando-a pela cidade com seu olfato apurado. Sendo a única testemunha do ataque dos Renegados, não era prudente deixá-la com as lembranças do que havia presenciado. Lucan encontraria a garota e tomaria quaisquer medidas que fossem necessárias para garantir a proteção da Raça.

E, no fundo de sua mente, uma velha consciência lhe sussurrava que, quem quer que fosse, ela já lhe pertencia.

– Estou lhe dizendo, vi tudo. Havia seis deles, e estavam dilacerando o garoto – com as mãos e os dentes, como animais. Eles o mataram!

– Senhorita Maxwell, já repassamos por isso várias vezes esta noite. Agora, estamos todos cansados e a noite só está se estendendo.

Gabrielle estava há mais de três horas na delegacia de polícia tentando relatar o horror que presenciara do lado de fora do La Notte. A princípio, os dois policiais com quem conversara se mostraram céticos, mas agora estavam ficando impacientes, quase conflituosos. Logo que chegou, enviaram um carro de patrulha aos perímetros da boate a fim de averiguar a situação e reaver o corpo que Gabrielle afirmara ter visto. Mas fora em vão. Não havia relato nenhum de brigas com gangues e nenhuma evidência de crime. Era como se todo o incidente nunca houvesse acontecido – ou tivesse sido miraculosamente apagado.

– Se ao menos vocês me escutassem... se vissem as fotos que tirei...

– Já vimos, senhorita Maxwell. Várias vezes, até. Francamente, nada do que você nos contou esta noite confere – nem sua declaração, nem essas fotos escuras sem definição de seu celular.

– Sinto muito se não são tão boas – retorquiu Gabrielle ironicamente. – Da próxima vez que me deparar com um assassinato sangrento e uma gangue de psicopatas, tentarei me lembrar de levar minha câmera e algumas lentes extras.

– Talvez você queira refazer sua declaração – sugeriu o mais velho dos dois, cujo sotaque típico de Boston se misturava ao irlandês, resultado de uma infância em Southie. Levou uma mão gorducha até a sobrancelha delgada, então lhe devolveu o celular por cima da mesa. – Deveria ter em mente que é crime dar falso testemunho, senhorita Maxwell.

– Não é falso testemunho – insistiu ela, frustrada e nem um pouco irritada por estar sendo tratada como uma criminosa. – Mantenho tudo o que disse esta noite. Por que inventaria isso?

– Isso somente você pode responder, senhorita Maxwell.

– Inacreditável. Vocês têm até minha chamada para o 190.

– Sim – admitiu o policial. Você realmente ligou para a emergência. Infelizmente, só temos o som de estática gravado. Não disse nada e não respondeu às perguntas do telefonista sobre o que se tratava.

– É, bom, é difícil encontrar palavras para descrever a visão de alguém sendo estraçalhado.

Ele lhe lançou outro olhar interrogador. – Essa boate... La Notte? É um lugar frenético, pelo que sei. Popular entre os góticos, os *ravers*...

– O que quer dizer?

O policial encolheu os ombros. – Muitos jovens se metem em confusões hoje em dia. Talvez tudo o que tenha visto foi uma brincadeira que saiu do controle.

Gabrielle praguejou e procurou o celular. – Isso aqui parece uma brincadeira que saiu de controle?

Apertou o botão para mostrar as fotos e voltou a observá-las. Embora estivessem borradas e embaçadas pelo *flash*, ainda conseguia ver perfeitamente um grupo de homens cercando algo no chão. Passou para a próxima imagem e viu o brilho refletido de vários olhos que fitavam a câmera, a vaga silhueta das feições que se desfaziam em uma fúria animalesca.

Por que os policiais não viam o que ela via?

– Senhorita Maxwell – interrompendo-a o policial mais jovem, que andou até o outro lado da mesa e sentou-se na beirada, diante dela. Estivera quieto a maior parte do tempo, ouvindo com atenção enquanto seu parceiro só demonstrava dúvidas e suspeitas. – É evidente que você acredita ter visto algo terrível na boate esta noite. O agente Carrigan e eu queremos ajudá-la, mas, para isso, precisamos ter certeza de que estamos no mesmo ponto da história.

Ela concordou com a cabeça.

– Tudo bem.

– Pois então, temos seu relato e já vimos as fotos. Você me parece ser sensata. Antes de prosseguirmos, preciso lhe perguntar se estaria disposta a realizar um teste de drogas.

– Um teste de drogas – Gabrielle atirou-se da cadeira, exaltada. Estava mais do que irritada agora. – Isso é ridículo. Não sou nenhuma drogada baderneira e não gosto de ser tratada como uma. Estou tentando relatar um assassinato!

– Gab? Gabby?

Em algum lugar atrás dela, na delegacia, Gabrielle escutou a voz de Jamie. Havia ligado para seu amigo logo depois de chegar, necessitada do conforto de um rosto familiar após o horror que testemunhara.

– Gabrielle! – Jamie correu até ela e a cercou num abraço terno. – Sinto muito por não ter chegado mais cedo, já estava em casa quando recebi sua mensagem no meu celular. Jesus, querida! Está tudo bem?

Gabrielle assentiu com a cabeça.

– Acho que sim. Obrigada por vir.

– Senhorita Maxwell, por que não deixa seu amigo levá-la para casa? – Propôs-lhe o jovem policial. – Podemos continuar isso outra hora. Talvez poderá pensar com mais clareza após dormir um pouco.

Os dois policiais se levantaram e gesticularam para que Gabrielle fizesse o mesmo. Ela não discutiu. Estava cansada, completamente esgotada, e não acreditava que conseguiria convencer os policiais do que tinha visto no beco perto da La Notte, mesmo se passasse a noite toda na delegacia. Abatida, Gabrielle deixou que Jamie e os dois agentes a escoltassem para fora da delegacia. Já estava na metade da escada até o estacionamento quando o mais jovem deles lhe chamou.

– Senhorita Maxwell?

Ela se deteve e olhou por cima do ombro para onde estava o policial, sob os holofotes da delegacia.

– Se for ajudar em seu descanso, posso mandar alguém para vigiar sua casa, e quem sabe podemos conversar um pouco mais, já que vai ter tempo para pensar em sua declaração.

Seu tom cauteloso não lhe agradou, mas tampouco encontrou raiva suficiente para recusar a oferta. Depois do que havia visto naquela noite, Gabrielle adoraria ter a segurança de uma visita policial, ainda que fosse de um insolente. Respondeu que sim com a cabeça e seguiu Jamie até o carro.

Em uma tranquila escrivaninha em um dos departamentos da delegacia, um arquivista apertou o botão de impressão do computador. Uma impressora a *laser* zuniu atrás dele, expelindo um relatório de uma só página. O arquivista sorveu o último gole do café frio em uma caneca lascada dos Red Sox,[1] levantou-se da cadeira bamba e pegou o documento da impressora sem grandes alardes.

A delegacia estava silenciosa, vazia após a mudança de turnos da meia-noite. Mas, ainda que estivesse explodindo de atividade, ninguém teria prestado atenção ao funcionário reservado e estranho, que sempre estava calado.

Essa era a beleza de seu papel.

Por isso ele havia sido escolhido.

Não era o único membro da organização a ser recrutado. Sabia que havia outros, embora suas identidades fossem mantidas em segredo. Era mais seguro assim, mais limpo. De sua parte, não conseguia se lembrar quanto tempo fazia desde que conhecera seu Mestre. Sabia apenas que agora vivia para servir.

Agarrou o relatório com firmeza e caminhou lentamente pelo corredor à procura de privacidade. A sala de descanso, que nunca

---

[1]Time americano de beisebol profissional. [N.R.]

estava vazia, qualquer que fosse a hora, encontrava-se, claro, ocupada, no momento, por duas secretárias e Carrigan, um policial gordo e bocudo que se aposentaria no final da semana. Gabava-se do excelente negócio que fechara em algum condomínio nos arredores da Flórida, enquanto as mulheres basicamente o ignoravam, comendo um velho bolo gelado amarelo acompanhado de uma Coca-Cola *diet*.

O arquivista passou os dedos pelo cabelo castanho claro e atravessou a porta aberta em direção aos banheiros no fim do corredor. Parou em frente ao banheiro masculino, com a mão na maçaneta de metal, e olhou casualmente para trás. Ao ver que ninguém o via, passou para a próxima porta, o quartinho de limpeza da delegacia. Supunha-se que estivesse sempre trancado, mas quase nunca estava. Não havia nada ali que valesse a pena roubar, de qualquer forma, a menos que quisessem papel higiênico industrial, produtos de limpeza ou toalhas de papel marrom.

Girou a maçaneta e empurrou a velha porta de aço para dentro. Uma vez dentro do quartinho escuro, trancou a porta e alcançou o celular do bolso da frente das calças cáqui. Apertou o botão de chamada rápida e ligou para o único número registrado no aparelho descartável e irrastreável. A ligação tocou duas vezes antes de um silêncio nefasto tomar conta assim que a presença inconfundível de seu Mestre apareceu do outro lado da linha.

– Senhor – sussurrou o arquivista reverentemente. – Tenho informações para você.

Falou depressa e em voz baixa, dando todos os detalhes da visita da senhorita Maxwell à delegacia, incluindo os pormenores de seu relato sobre a gangue assassina no centro da cidade. O arquivista escutou um resmungo e um fraco silvo de respiração do outro lado da linha enquanto seu Mestre absorvia as informações em silêncio. Percebeu a fúria na respiração lenta e calada, e isso lhe causou calafrios.

– Pesquisei todos os dados sobre ela para você, senhor... tudo – disse ele; então, com a ajuda da fraca luz da tela do celular, recitou o endereço de Gabrielle, seu telefone particular e mais, como um lacaio servil ansioso por agradar seu temível e poderoso senhor.

Capítulo 3

Dois dias inteiros haviam se passado.

Gabrielle tentou tirar da cabeça o horror que havia presenciado no beco próximo ao La Notte. De que importava, afinal de contas? Ninguém lhe dera crédito. Nem a polícia, que ainda não havia mandado alguém para fazer sua segurança conforme prometido, nem mesmo seus amigos.

Jamie e Megan, que haviam visto os valentões vestidos de couro atormentando o jovem *punk* dentro da boate, disseram que, durante algum momento da noite, o bando foi embora sem causar mais problemas. Kendra estivera muito envolvida com Brent – o rapaz que conhecera na pista de dança – para notar qualquer confusão no local. De acordo com os policiais na delegacia no sábado à noite, a história contada por todos os interrogados na La Notte fora a mesma. Uma breve discussão no bar, mas nenhum relato de violência dentro ou fora da boate.

Ninguém havia visto o ataque que ela declarara. Não foi registrada nenhuma admissão em hospitais ou necrotérios. Nem mesmo uma denúncia de danos no carro de algum taxista.

Nada.

Como era possível? Estaria mesmo enlouquecendo?

Era como se os olhos de Gabrielle fossem os únicos que estiveram realmente abertos naquela noite. Ou ela era a única que havia testemunhado algo inexplicável, ou estava ficando louca.

Provavelmente os dois.

Não conseguia lidar com todas as implicações dessa possibilidade, então procurou consolo na única coisa que lhe alegrava. Detrás da porta fechada de seu quarto-escuro, feito sob medida no porão de casa, Gabrielle afundou uma folha de papel fotográfico na bandeja com o líquido de revelação. A partir de um branco total, a imagem começou a tomar forma sob a superfície do líquido. Observou-a tomar vida – a irônica beleza dos fortes tentáculos da hera que se espalhava pelos tijolos decrépitos de um velho hospital psiquiátrico em estilo gótico, que ela recentemente descobrira nos arredores da cidade. Saiu melhor do que tinha esperado, o que aguçou seus caprichos de artista com o potencial de uma série inteira de fotografias focadas nesse lugar ermo e desolado. Deixou a foto de lado e revelou outra, um *close-up* de um pinheirinho nascendo da rachadura do chão de um depósito de madeiras abandonado.

As fotografias trouxeram-lhe um sorriso enquanto as tirava do líquido e as pendurava na corda para secar. Tinha mais uma dúzia de fotos como essas em sua escrivaninha no andar de cima, irônicas evidências da teimosia da natureza e da insensatez da ambição e arrogância humanas.

Gabrielle sempre se sentira um pouco forasteira, uma silenciosa observadora, desde que era criança. Atribuía isso ao fato de não ter tido pais – nem família, na verdade, além do casal que a adotou quando ela era uma garota problemática de doze anos, jogada de um lar adotivo para outro. Os Maxwell, um casal de classe média sem filhos, compadeceram-se com sua situação, mas mesmo seu comprazimento havia sido curto. Gabrielle foi logo enviada a internatos, acampamentos de verão, e, por fim, a uma universidade fora do estado. Seus pais, tal como eram, faleceram juntos em um acidente de carro enquanto ela estava na faculdade.

Gabrielle não compareceu ao funeral, mas a primeira fotografia profissional que tirou foi de duas lápides sombreadas no cemitério municipal de Mount Auburn.[1] Desde então, não parou mais de tirar fotos.

Gabrielle não era de ficar se lamentando pelo passado. Apagou as luzes do quarto-escuro e subiu as escadas para planejar seu jantar. Não fazia dois minutos que estava na cozinha quando a campainha tocou.

Jamie havia bondosamente passado as últimas duas noites com ela, para ter certeza de que estava bem. Preocupava-se com ela, tão protetor como um irmão mais velho que nunca teve. Quando saiu naquela manhã, ofereceu-se para voltar à noite, mas Gabrielle insistira que ficaria bem sozinha. Estava, na verdade, precisando de alguma solidão, e, quando a campainha tocou mais uma vez, sentiu uma leve pontada de irritação ao pensar que poderia não ter nenhum tempo sozinha esta noite também.

– Já estou indo – gritou da sala.

Como de costume, observou pelo olho mágico, mas, em vez do cabelo louro de Jamie, Gabrielle encontrou o cabelo negro e as feições marcantes de um desconhecido parado em sua porta. Havia uma imitação de um poste antigo na calçada, logo depois dos degraus que davam na porta. O suave brilho amarelado envolvia o homem como um manto dourado que cobria a própria noite. Havia algo de sinistro, embora cativante, em seus olhos cinza-claros, que fitavam o mesmo cilindro estreito de vidro que ela, como se também pudesse vê-la do outro lado.

Abriu a porta, mas achou melhor deixar a trava de segurança. O homem se aproximou da fresta e olhou para a correntinha que se esticava firme entre eles. Quando seus olhos se encontraram com os de Gabrielle outra vez, deu-lhe um vago sorriso, como se achasse divertido ela acreditar que poderia impedir sua entrada tão facilmente, caso ele realmente quisesse entrar.

– Senhorita Maxwell? – A voz atingiu seus sentidos como um requintado veludo negro.

---

[1]Cidade do estado de Indiana, nos Estados Unidos. [N.R.]

– Sim?

– Meu nome é Lucan Thorne – as palavras fluíram de seus lábios num suave timbre cadenciado, o que a tranquilizou num instante. Como ela não disse nada, continuou: – Sei que passou por maus momentos algumas noites atrás na delegacia. Quis passar para ver se está tudo bem com você.

Ela fez que sim com a cabeça.

Evidentemente, a polícia não tinha se esquecido dela, afinal de contas. Como já fazia dois dias sem notícias deles, Gabrielle não esperava ver ninguém do departamento, apesar da promessa de enviarem uma patrulha para cuidar de sua segurança. Não que pudesse ter certeza de que esse homem, com o cabelo preto liso e estiloso, e o semblante de traços definidos, fosse um policial.

Presumiu que ele parecia sério o bastante, e, fora sua beleza sombria e perigosa, não lhe deu a impressão de que quisesse lhe fazer algum mal. Ainda assim, depois de tudo que passara, Gabrielle achou melhor se precaver.

– Tem alguma identidade?

– Claro.

Num gesto determinado, quase sensual, abriu uma fina carteira de couro e a levantou até a abertura da porta. Estava quase completamente escuro lá fora, o que provavelmente foi o motivo de os olhos de Gabrielle levarem alguns instantes para focarem no brilhante distintivo policial e na foto que o acompanhava, portando seu nome.

– Tudo bem. Entre, detetive.

Soltou a tranca da porta e a abriu para que ele passasse, observando seus ombros quase da largura do batente. Sua presença, na verdade, parecia ocupar toda a sala. Era um homem grande e alto, e seus músculos apareciam mesmo debaixo do sobretudo preto. Suas roupas pretas e o cabelo sedoso da cor de carvão absorviam a esparsa luz do lustre que pendia logo acima. Tinha um porte magnífico e seguro de si, e uma expressão gravemente séria, como se estivesse mais preparado para comandar uma legião de cavaleiros armados do que dirigir-se a Beacon Hill[2] para consolar uma mulher com alucinações.

– Não achei que viesse alguém. Depois do modo como me trataram na delegacia no fim de semana, imaginei que a nata de Boston me registraria como uma lunática.

Ele não concordou nem discordou, simplesmente caminhou até a sala em silêncio e deixou o olhar vagar livremente pelo espaço. Mirou a escrivaninha, onde estavam suas últimas fotos, grosseiramente, arrumadas. Gabrielle o seguiu, observando despreocupada a reação dele ante seu trabalho. Uma das sobrancelhas castanho-escuras se ergueu no rosto dele enquanto examinava as fotografias.

– São suas? – Indagou, direcionando-lhe os olhos pálidos e penetrantes.

– Sim – respondeu Gabrielle. – São parte de uma coleção que vou nomear *Renovação Urbana*.

– Interessante.

Ele voltou a olhar para o conjunto de fotos, e Gabrielle ficou ligeiramente incomodada com a resposta imediata, mas indiferente.

– São apenas umas fotos em que estou trabalhando agora... não há nada pronto para exibição ainda.

Ele grunhiu, ainda estudando as fotografias em silêncio.

Gabrielle se aproximou para tentar decifrar melhor sua reação, ou a falta dela.

– Faço muitos trabalhos comissionados por aí. Aliás, devo tirar algumas fotos da casa do governador em Vineyard mais para o fim do mês.

Cale-se – ela ordenou a si mesma. *Por que estava tentando impressionar esse homem?*

---

[2]Bairro luxuoso de Boston, nos Estados Unidos. [N.R.]

O detetive Thorne não parecia muito impressionado. Sem falar nada, esticou os braços e, com dedos muito elegantes para sua profissão, rearranjou com cuidado duas das imagens sobre a mesa. Inexplicavelmente, Gabrielle viu-se imaginando esses dedos compridos e jeitosos tocando sua pele nua, passeando por seu cabelo, acariciando sua nuca... trazendo sua cabeça para trás até que se apoiasse em seus braços fortes e fosse tragada pelos frios olhos acinzentados.

– Bom – disse ela, forçando-se de volta para a realidade. – Imagino que gostará mais de ver as fotografias que tirei perto da boate no sábado à noite.

Sem esperar por resposta, foi até a cozinha e pegou o celular no balcão. Abriu-o, colocou uma das fotos na tela e entregou o aparelho ao detetive Thorne.

– Esta é a primeira foto que tirei. Minhas mãos tremiam, por isso está um pouco embaçada. E a luz do *flash* embotou os detalhes. Mas, se olhar atentamente, verá seis figuras escuras agachadas no chão. São eles... os assassinos. A vítima é esse vulto, logo em frente a eles, que estão dilacerando. Estavam... mordendo ele. Como animais.

Os olhos de Thorne se fixaram na imagem; sua expressão permanecia séria, imperturbável. Gabrielle passou para a próxima fotografia.

– O *flash* os assustou. Não sei... acho que deve tê-los cegado, ou algo assim. Quando tirei essas outras fotos, alguns deles pararam para me olhar. Não consigo discernir bem suas feições, mas esse é o rosto de um deles. Esses riscos estranhos de luz são o reflexo dos olhos. – Ela se arrepiou ao lembrar do brilho amarelado desses olhos cruéis e desumanos. – Estava olhando diretamente para mim.

O detetive permaneceu em silêncio. Tomou o celular dos dedos de Gabrielle e passou para as próximas fotos.

– O que você acha? – Questionou ela, ansiosa por uma confirmação. – Consegue vê-lo também, não?

– Vejo... algo, sim.

– Graças a Deus! Seus colegas na delegacia tentaram me fazer acreditar que estava louca ou que era uma perdedora drogada que não sabia do que estava falando. Nem mesmo meus amigos acreditaram em mim quando contei o que vi naquela noite.

– Seus amigos – ponderou ele com cautela. – Quer dizer alguém além daquele homem que estava com você na delegacia... seu namorado?

– Meu namorado? – riu ela. – Jamie não é meu namorado.

Thorne levantou os olhos da tela do celular e encontrou o olhar dela.

– Ele passou as duas últimas noites aqui com você, sozinhos, nesta casa.

Como ele sabia isso? Gabrielle sentiu uma pontada de indignação ante a ideia de ser espiada por qualquer um, inclusive pela polícia, que deveria tê-lo feito mais por suspeitar dela do que como forma de protegê-la. Mas ali na sala, ao lado do detetive Lucan Thorne, parte dessa raiva sumiu e deu lugar a um sentimento tranquilo de aprovação. De sutil e lânguida colaboração. Estranho, pensou, mas sentia-se bem calma com a ideia.

– Jamie ficou aqui essas noites porque estava preocupado comigo, depois de tudo o que aconteceu no fim de semana. É meu amigo, só isso.

Bom.

A boca de Thorne não se mexeu, mas Gabrielle teve certeza de ter escutado sua resposta. Sua voz velada e seu prazer ao saber que não tinha um namorado pareciam ecoar em algum lugar profundo dentro dela. Provavelmente, eram fantasias de sua imaginação. Fazia muito tempo desde que tivera algo parecido com um namorado, e a simples presença de Lucan Thorne estava lhe trazendo e provocando estranhas sensações à mente, ou, melhor dizendo, no corpo.

Enquanto ele a observava, Gabrielle sentiu um calor agradável surgir no ventre. Seu olhar a penetrava como fogo, carnal e profundo. De repente, uma imagem apareceu em sua mente: ela e ele, nus e emaranhados um ao outro sob a luz da lua no quarto. Uma forte onda de calor a inundou. Podia sentir seus músculos duros com a ponta dos dedos, com o corpo firme movendo-se sobre ela... preenchendo seus desejos e satisfazendo-a profundamente.

Ah, sim, pensou, praticamente se contorcendo onde estava. *Jamie tinha razão. Fazia tempo demais que estava em abstinência.*

Thorne piscou lentamente, e seus densos cílios negros cerraram os tempestuosos olhos prateados. Como um vento gelado ao bater na pele desnuda, Gabrielle sentiu parte da tensão que havia nas coxas se dissipar. Seu coração ainda batia acelerado; o cômodo ainda parecia estranhamente quente.

Ele virou a cabeça para outro lado, e os olhos de Gabrielle foram atraídos por sua nuca, onde os cabelos se encontravam com o colarinho da camisa de alfaiataria. Tinha uma tatuagem no pescoço – ou, pelo menos, ela pensou que fosse uma tatuagem. Espirais intrincados e símbolos geométricos feitos à tinta, com uma cor pouco mais escura que a da pele, subiam pela nuca e pelos lados, desaparecendo sob as densas e negras mechas de cabelo. Imaginou como seria o resto da tatuagem e se haveria algum significado especial naquele bonito padrão.

Sentia um desejo quase irrefreável de deslizar a ponta dos dedos por essas linhas intrigantes. Ou a língua.

– Conte-me o que disse a seus amigos sobre o ataque que presenciou perto da boate.

Ela engoliu em seco e balançou a cabeça para voltar à conversa.

– Sim. Claro.

Deus, o que havia de errado com ela? Gabrielle abstraiu o ritmo acelerado do pulso e concentrou-se nos acontecimentos da outra noite. Narrou a história para o detetive, assim como tinha feito para os policiais e, mais tarde, para seus amigos. Repassou todos os terríveis detalhes, e ele escutou com atenção, sem a interromper. Sob a calma aprovação de seu olhar, as lembranças de Gabrielle sobre o assassinato pareciam agora mais precisas, como se as lentes da memória estivessem mais focadas e ampliassem os detalhes.

Ao terminar, deparou-se com Thorne repassando as fotos do celular. A expressão em sua boca passou de séria a grave.

– O que exatamente acredita que estas imagens mostram, Senhorita Maxwell?

Ela levantou os olhos e topou com os dele, sagazes e penetrantes, lhe perfurando. Naquele instante, uma palavra passou pela mente de Gabrielle – inacreditável, ridícula, aterrorizantemente clara.

Vampiros.

– Não sei – respondeu sem muita convicção, falando mais alto que o sussurro em sua cabeça. – Quero dizer, não sei o que pensar.

Se o detetive ainda não suspeitava que ela era louca, saberia se ela deixasse escapar a palavra que agora dançava na mente, arrepiando-se até os ossos. Era a única explicação plausível para o pavoroso assassinato que presenciara naquela noite.

Vampiros?

Deus do céu. Estava realmente maluca.

– Terei de levar este aparelho, Senhorita Maxwell.

– Gabrielle – incentivou ela. Seu sorriso pareceu estranho. – Acha que o laboratório criminal, ou quem quer que faça tal coisa, será capaz de clarificar as imagens?

Ele inclinou ligeiramente a cabeça, o que não foi exatamente uma afirmação, e guardou o celular no bolso. – Devolvo-lhe amanhã à noite. Vai estar em casa?

– Claro. – *Como era possível que uma simples pergunta parecesse mais uma ordem?* – Muito obrigada por ter vindo, detetive Thorne. Foram dias difíceis.

– Lucan – ele disse, estudando seu rosto por um instante. – Pode me chamar de Lucan.

O calor dos olhos dele pareceu atingi-la, junto com uma compreensão estoica de que esse homem havia visto mais horrores do que ela jamais podia imaginar. Não pôde definir a emoção que tomou conta de si naquele momento, mas sentiu o pulso acelerar e ficou completamente sem ar. Ele ainda a fitava, aguardando, como se esperasse que ela satisfizesse logo seu pedido.

– Tudo bem... Lucan.

– Gabrielle – respondeu, e o som de seu nome nos lábios dele lhe causou arrepios de consciência disparados em suas veias.

Algo na parede atrás dela chamou a atenção dele. Voltou os olhos para onde pendia uma das fotografias mais aclamadas de Gabrielle. Cerrou os lábios de leve, num movimento sensual que sugeria satisfação, talvez surpresa. Gabrielle virou-se para olhar a fotografia de um parque ermo e congelado, no centro da cidade, sob uma densa camada de neve de dezembro.

– Não gosta do meu trabalho – ponderou ela.

Ele negou gentilmente com a cabeça.

– Acho... intrigante.

A curiosidade tomou conta de Gabrielle.

– Como assim?

– Você descobre a beleza nos lugares mais improváveis – explicou ele após um bom tempo, concentrando a atenção nela, agora. – Suas fotos estão cheias de paixão...

– Mas?

Para sua surpresa, ele estendeu a mão e acariciou-lhe a linha da mandíbula com o dedo.

– Não há pessoas nelas, Gabrielle.

– Claro que...

Ela começou a negar, mas, antes que as palavras alcançassem sua língua, percebeu que ele tinha razão. Mirou cada uma das fotografias que tinha pela casa, recordou todas as outras que estavam expostas em galerias, museus e coleções particulares pela cidade.

Ele tinha razão. As imagens, qualquer que fosse o tema, eram sempre de lugares vazios e solitários.

Nenhuma delas continha um só rosto ou sombra de vida humana.

– Ah, meu Deus – sussurrou, assombrada com a revelação.

Em poucos instantes, esse homem havia definido seu trabalho como ninguém jamais o fizera. Não só tinha visto a verdade evidente em sua arte, mas Lucan Thorne abrira seus olhos de maneira inexplicável. Era como se tivesse visto diretamente sua alma.

– Preciso ir agora – disse ele, dirigindo-se para a porta.

Gabrielle o acompanhou, desejando que ficasse mais tempo. Talvez voltasse mais tarde. Quase lhe pediu, mas obrigou-se a manter o mínimo de compostura. Thorne já estava quase do lado de fora quando parou, de súbito, sob o batente, virando-se para ela, mas o espaço entre a porta era pequeno, e seu corpo grande ficou bem perto do dela, mas Gabrielle não se importou. Não se atreveu nem mesmo a respirar.

– Há algo errado?

As narinas delgadas de Lucan se alargaram quase imperceptivelmente. – Que tipo de perfume está usando?

A pergunta a deixou desconcertada. Era tão inesperada, tão pessoal. Sentiu um rubor nas bochechas, embora não tivesse ideia de por que se sentia envergonhada. — Não uso perfume. Não posso. Tenho alergia.

– Sério?

Os lábios dele se curvaram em um sorriso áspero, como se seus dentes tivessem ficado grandes demais para a boca. Inclinou-se em sua direção, baixando a cabeça lentamente até que estivesse rente ao seu pescoço. Gabrielle sentiu o suave toque da respiração dele – sentindo-o afagar sua pele, primeiro fria, depois quente – enquanto ele enchia os pulmões com seu aroma e o soprava pelos lábios. Sua garganta queimou de calor, e ela podia jurar que sentiu a leve pressão da boca dele roçando sua artéria, que pulsava numa batida instável ao passo que a cabeça dele se demorava nela de forma tão íntima. Ouviu um grunhido baixo, perto do ouvido, algo como uma maldição.

Thorne se afastou imediatamente e não voltou a fitar seus olhos assustados. Tampouco ofereceu alguma desculpa ou subterfúgio por seu comportamento estranho.

– Você cheira a jasmim – foi tudo o que disse.

E depois, sem olhá-la, passou pela porta e caminhou pela rua já escurecida.

Era errado perseguir essa mulher.

Lucan sabia disso, mesmo enquanto esperava nos degraus da entrada da casa de Gabrielle Maxwell naquela manhã e ao mostrar-lhe um distintivo de detetive com foto. Não era dele. Nem era real, na verdade; era apenas uma manipulação hipnótica que fez a mente humana dela acreditar que ele era quem dizia ser.

Um truque simples para os mais velhos de sua Raça, como ele, mas raramente se rebaixava a usá-lo.

Ainda assim, ali estava ele outra vez, pouco depois da meia-noite, novamente quebrando seu código de honra pessoal ao tentar abrir o trinco da porta da frente, e o encontrou destrancado. Sabia que estaria destrancado; ele mesmo havia sugerido isso a ela enquanto conversavam mais cedo, quando lhe mostrou o que pretendia fazer com ela, e viu sua resposta surpresa, ainda que receptiva, em seus calmos olhos castanhos.

Podia tê-la possuído naquele momento. Ela o teria acolhido com vontade, tinha certeza, e o fato de saber do imenso prazer que teriam compartilhado nesse processo quase fora sua perdição. Mas o primeiro dever de Lucan era com sua Raça e com os guerreiros que se uniram a ele para combater o crescente problema dos Renegados.

Já era ruim o suficiente que Gabrielle tivesse presenciado o ataque perto da boate e reportado o caso à polícia e a seus amigos, antes que sua memória do que aconteceu pudesse ter sido alterada, mas, além disso, também conseguiu tirar fotos. Estavam desfocadas, quase inidentificáveis, mas ainda assim eram um problema. Ele precisava proteger as imagens antes que ela pudesse mostrá-las a mais alguém. Tinha lhe sucedido isso, ao menos. Pela lógica, deveria voltar ao laboratório com Gideon para identificar o Renegado que escapara perto da La Notte ou patrulhar a cidade com Dante, Rio, Conlan e os outros, caçando mais desses parentes doentios. E assim o faria, assim que encerrasse esse último assunto com a adorável Gabrielle Maxwell.

Lucan deslizou para dentro da velha edificação de tijolos na Rua Willow e fechou a porta atrás de si. O aroma irresistível de Gabrielle preenchia suas narinas, levando-lhe até ela agora, assim como o tinha feito naquele sábado fora da boate e na delegacia no centro da cidade. Percorreu os cômodos da casa silenciosamente, da sala principal até as escadas que levavam ao quarto no sótão. As janelas no teto abobadado emanavam a pálida luz da lua, que serpenteava com suavidade pelas curvas graciosas de Gabrielle. Dormia nua, como se esperasse por sua chegada, com as pernas compridas enroladas nos lençóis e o cabelo espalhado no travesseiro em ondas exuberantes de ouro queimado.

O aroma dela o envolveu, doce e sedutor, o que lhe causou dores nos dentes.

Jasmim, pensou ele, alargando os lábios num sorriso irônico de compreensão. Uma flor exótica que abre suas fragrantes pétalas apenas sob a influência da noite.

Abra-se para mim agora, Gabrielle.

Mas decidiu que não a seduziria, não desse jeito. Queria apenas prová-la esta noite, o suficiente para satisfazer sua curiosidade. Era tudo que se permitiria. Quando houvesse terminado, Gabrielle não se lembraria de tê-lo conhecido, nem mesmo do horror que presenciara no beco algumas noites atrás.

Seu próprio desejo teria de esperar.

Lucan aproximou-se dela e sentou-se ao seu lado no colchão. Acariciou seus cabelos brilhantes e macios, e passou os dedos pela esbelta linha de seu braço.

Ela se mexeu, gemeu com doçura, despertando com o seu leve toque.

– Lucan – murmurou ainda sonolenta, não exatamente acordada, ainda que subconscientemente soubesse que ele estava ali no quarto com ela.

– Só um sonho – sussurrou ele, espantado por ouvir seu nome nos lábios dela sem que tivesse usado alguma trapaça vampiresca para colocá-lo ali.

Ela suspirou profundamente e se jogou contra ele. – Sabia que voltaria.

– Sabia?

– Uhum – murmurou ela, rouca e provocante. Seus olhos permaneceram fechados, a mente ainda estava presa na teia de seus sonhos. – Queria que voltasse.

Lucan sorriu com a resposta, contornando-lhe uma das sobrancelhas com os dedos. – Não tem medo de mim, formosa?

Ela negou brevemente com a cabeça, recostando a face contra a palma da mão dele. Seus lábios estavam ligeiramente entreabertos, deixando à mostra os pequenos dentes brancos que brilhavam sob a luz esparsa da noite. Seu pescoço era gracioso, elegante, como uma coluna régia de alabastro que se erguesse sobre os frágeis ossos dos ombros. Devia ter um gosto tão doce, tão macio contra sua língua.

E seus seios... Lucan não podia resistir aos mamilos rosados e escuros que o espreitavam por baixo do lençol serpeante em seu torso. Provocou um dos pequenos botões com os dedos, tocando-o com delicadeza, e quase rosnou de desejo ao vê-lo endurecer sob seu toque.

Ele também estava excitado. Lambeu os lábios, a fome estava crescendo, ansioso por possuí-la.

Gabrielle retorceu-se docemente, ainda enrolada no lençol. Lucan puxou o pano de algodão com cuidado, deixando-a completamente nua à sua frente. Era delicada, como imaginou que seria. Pequena, mas forte, tinha o corpo jovem e ágil, flexível e belo. Tinha músculos firmes que moldavam as coxas elegantes; as mãos de artista eram delgadas e expressivas, e se flexionaram inconscientemente, quando Lucan passou os dedos pelo osso do pescoço até a suave inclinação de seu ventre. Ali sua pele era como veludo, quente e tentadora demais para resistir.

Lucan foi para cima dela na cama e escorregou as mãos por baixo de seu corpo. Levou-a até ele, fazendo que se arqueasse delicadamente sobre o colchão. Beijou a doce curva de seu quadril, e deixou a língua passear pelo pequeno vale em seu umbigo. Sentiu-a arfar enquanto mergulhava em suas reentrâncias, e a fragrância do desejo de Gabrielle envolveu seus sentidos.

– Jasmim – sussurrou rouco contra sua pele aquecida, arrastando os dentes com cuidado enquanto seus beijos se aventuravam mais em baixo.

O gemido de prazer que Gabrielle soltou assim que sua boca invadiu seu sexo lançou uma violenta torrente de luxúria em suas veias. Ele já estava excitado. Sentia-a molhada e resvaladiça contra seus lábios, e sua língua aventureira se perdia por sua fenda calorosa como uma espada adentrando sua bainha. Lucan a sugava como se fosse o mais doce néctar, até que sentiu seu corpo se contraindo com a proximidade do orgasmo. E continuou, levando-a ao cume de outro clímax, e logo a outro mais.

Gabrielle arrefeceu em seus braços, trêmula e sem forças. Lucan também tremia, assim como suas mãos ao colocá-la com cuidado de volta na cama. Nunca desejara tanto uma mulher. Queria algo mais, ele percebeu, impressionado com o impulso que tinha de protegê-la. Ela arquejava lentamente, acalmando-se do último orgasmo, e virou-se de lado, tão inocente como um gatinho.

Lucan baixou o olhar para ela numa fúria silenciosa, inflado com a força de seu desejo. Sua boca se apertava com a dor entorpecida das presas alongando-se nas gengivas. A língua estava seca. Seu estômago se contraía de fome. A Sede de Sangue e a vontade de se satisfazer lhe envolviam como tentáculos sedutores, aguçando sua visão, com as pupilas dilatadas em fendas felinas dentro dos olhos pálidos.

Tome-a, incitava-lhe sua parte que não era humana, não era desse mundo.

Ela é sua. Tome-a.

Iria apenas prová-la – era isso o que havia prometido. Não lhe machucaria, apenas elevaria seu prazer ao pegar um pouco para si. Ela nem mesmo se lembraria desses instantes quando amanhecesse. Como sua Anfitriã de Sangue, iria lhe dar um gole substancial de vida, e acordaria mais tarde, sonolenta e saciada, mas felizmente ignorante do motivo.

Seria um pequeno ato de misericórdia, disse a si mesmo, ainda que seu corpo se revigorasse com o desejo de se alimentar.

Lucan se inclinou sobre o corpo lânguido de Gabrielle e afastou com ternura as mechas vermelhas de cabelo que lhe escondiam o pescoço. Seu coração martelava no peito, urgindo para que saciasse a Sede que lhe queimava. Só a provaria, nada mais. Apenas por prazer. Aproximou-se dela, com a boca aberta, e os sentidos inundados com seu aroma intoxicante de mulher. Os lábios se apertaram contra sua pele quente, sentindo a delicada batida pulsando em sua língua. Suas presas arranharam a macia pele de veludo da garganta dela, também palpitantes, como outra parte exigente de sua anatomia.

E, logo antes de suas presas afiadas penetrarem a pele frágil de Gabrielle, sua visão aguçada pousou em uma pequena marca de nascença logo atrás da orelha.

Quase imperceptível, a diminuta marca de uma lágrima caindo num berço formado por uma lua crescente impeliu Lucan a se conter, surpreso. O símbolo, tão raro entre as mulheres humanas, significava apenas uma coisa...

Companheira de Raça.

Levantou-se da cama como se pegasse fogo, sibilando uma maldição furiosa pelo escuro. A fome que sentia por Gabrielle ainda se apossava dele, enquanto lutava com as consequências do que poderia ter feito a ambos.

Gabrielle Maxwell era uma Companheira de Raça, uma humana dotada com características únicas no sangue e com propriedades no DNA complementares à sua Raça. Ela e as poucas como ela eram como rainhas entre as outras mulheres. Para a Raça de Lucan, uma Raça composta somente de homens, essa mulher era estimada como uma deusa, doadora de vida, destinada a unir-se com sangue e carregar a semente de uma nova geração de vampiros.

E, em sua vontade impulsiva por prová-la, Lucan quase a tomou para si.

Capítulo 4

Gabrielle podia contar em uma mão o número de sonhos eróticos que já tivera em vida, mas nunca havia experimentado algo tão ardente – sem mencionar *real* – como a fantasia sexual que tivera na noite anterior, cortesia do virtual Lucan Thorne. Seu fôlego havia sido a brisa da noite, que penetrava pela janela aberta do seu quarto no sótão. Seu cabelo era a escuridão obsidiana que preenchia as claraboias sobre a cama, seus olhos prateados eram o brilho pálido da lua. Suas mãos eram os laços de seda do lençol, enredadas em seus pulsos e tornozelos estendidos, afrouxando seu corpo debaixo do dele, segurando-a com firmeza.

Sua boca era puro fogo, queimando cada pedacinho de sua pele, lambendo-a como uma chama invisível. *Jasmim*, havia-a chamado durante o sonho, e o suave som dessa palavra vibrava contra sua carne úmida enquanto seu fôlego quente agitava os pelos macios entre suas pernas.

Ela havia gemido e se retorcido sob a habilidade de sua língua, submetida a uma tormenta que esperava não ter fim. Mas tinha terminado, e fora logo. Gabrielle acordou em sua cama sozinha na escuridão, suspirando o nome de Lucan, com seu corpo esgotado e lânguido, dolorido, mas desejando por mais.

Ainda doía de vontade, e isso a incomodava mais que o fato de o misterioso detetive Thorne não ter aparecido.

Não que o fato de ele ter se oferecido para passar em sua casa essa noite fosse algo parecido com um encontro, mas ela estava esperando vê-lo outra vez. Estava interessada em saber mais sobre ele, já que ele mesmo parecia querer decifrá-la com um simples olhar. Além de conseguir mais algumas respostas sobre o que havia presenciado naquela noite fora da boate, Gabrielle desejava conversar um pouco com Lucan, talvez tomar um vinho ou jantar. O fato de ter depilado as pernas duas vezes e vestido uma lingerie sexy preta debaixo dos jeans escuros e da blusa de seda com mangas compridas era completamente casual.

Gabrielle esperou por ele até bem depois das nove, então desistiu da ideia e ligou para Jamie para ver se queria jantar com ela no centro da cidade.

Sentado do outro lado da mesa em uma alcova cheia de janelas no bistrô Ciao Bella, Jamie pousou sua taça de vinho Pinot Noir e olhou para o prato de frutos do mar de Gabrielle, quase intocado.

– Faz quase dez minutos que está brincando com essa ostra pelo prato, querida. Não gostou?

– Não, está ótima. A comida aqui sempre é incrível.

– Então é só a companhia que não agrada?

Ela levantou os olhos até ele e balançou a cabeça.

– Claro que não. Você é meu melhor amigo e sabe disso.

– Ah, sim – sorriu Jamie. – Mas não me comparo com seu sonho erótico.

O rosto de Gabrielle se ruborizou ao ver que um dos clientes da mesa ao lado olhava para eles. – Às vezes, você é horrível, sabia? – Sussurrou para Jamie. – Não devia ter-lhe contado.

– Ah, docinho. Não se envergonhe. Se eu ganhasse uma moeda por cada vez que acordei excitado, gritando o nome de algum gostosão...

– Eu não estava gritando o nome dele.

– Não, só o sussurrara e gemera, tanto na cama como no banho que tomou um pouco mais tarde, ainda incapaz de tirar Lucan Thorne de seu corpo.

– Era como se ele estivesse *lá*, Jamie. Exatamente ali, na minha cama... tão real que podia tocá-lo.

Jamie suspirou.

– Algumas garotas têm muita sorte. Da próxima vez que se encontrar com seu amante nos sonhos, seja gentil e me mande ele assim que tiver terminado.

Gabrielle sorriu, ciente de que seu amigo dificilmente estaria em falta no departamento amoroso. Pelos últimos quatro anos, fora muito feliz namorando David, um vendedor de antiguidades que se encontrava agora fora da cidade a negócios.

– Quer saber o que é mais estranho nisso tudo, Jamie? Quando me levantei hoje de manhã, a porta da frente estava destrancada.

– E?

– E você me conhece, nunca a deixo destrancada.

As sobrancelhas bem cuidadas de Jamie se uniram, preocupadas.

– O que quer dizer? Acha que esse cara invadiu sua casa enquanto você dormia?

– Sei que parece loucura. Um detetive policial invadindo minha casa no meio da noite para me seduzir. Devo estar ficando maluca.

Falou isso casualmente, mas não era a primeira vez que se questionava sobre a própria sanidade mental. Não era a primeira vez nem de longe. Brincou distraída com a manga de sua blusa enquanto Jamie a observava. Estava bem preocupado agora, o que só aumentava o desconforto de Gabrielle com o assunto de sua possível instabilidade mental.

– Olhe só, docinho. Esse fim de semana foi muito estressante para você. Isso pode provocar coisas estranhas na cabeça. Você estava chateada e confusa. Deve ter esquecido a porta destrancada.

– E o sonho?

– Foi só isso... um sonho. É a sua mente atormentada tentando lhe dizer para ficar tranquila, relaxar.

Gabrielle inclinou a cabeça num aceno automático de consentimento.

– Claro. Deve ser só isso.

Se ao menos pudesse aceitar que a explicação de Jamie era tão cabível quanto ele fazia parecer... mas algo dentro de si rejeitava a ideia de que tivesse simplesmente deixado a porta aberta. Era algo que não faria, ainda que estivesse muito estressada e confusa.

– Ei – chamou-lhe Jamie por cima da mesa, segurando sua mão. – Você vai ficar bem, Gab. E sabe que pode me ligar a qualquer hora, certo? Estou aqui para você, sempre.

– Obrigada.

Ele soltou sua mão e pegou o garfo, indo em direção a seus frutos do mar.

– Então, vai comer mais ou posso limpar seu prato agora?

Gabrielle trocou seu prato ainda meio cheio pelo dele, vazio.

– É todo seu.

Enquanto Jamie se ocupava com o prato já frio, Gabrielle apoiou o queixo em uma das mãos e tomou um bom gole de vinho. Enquanto bebia, passou os dedos lentamente sobre as marcas quase imperceptíveis que descobrira em seu pescoço essa manhã, no banho. A porta destrancada não era exatamente o mais estranho que tinha acontecido, as duas marcas idênticas debaixo de sua orelha levavam o prêmio, sem dúvidas.

Esses pequenos cortes não eram fundos o suficiente para penetrar a pele, mas ali estavam, dois cortezinhos, espaçados igualmente, no lugar em que seu pulso batia com mais força, onde podia senti-lo com os dedos. De primeira, pensou que poderia ter-se arranhado durante o sono, levada quem sabe pelo sonho estranho que tivera, e assim raspara as unhas pela pele.

Mas as marcas não pareciam arranhões. Pareciam... outra coisa.

Como se algo, ou alguém, tivesse quase lhe mordido a veia.

Loucura.

Era isso, e ela precisava parar de pensar desse jeito antes que fizesse mais mal a si mesma. Tinha de se concentrar e parar de inventar fantasias paranoicas sobre visitantes no meio da noite e monstros de filmes de terror que não podiam existir na vida real. Se não tomasse cuidado, poderia acabar como sua mãe biológica...

– Ai, meu Deus! Pode me bater agora, sou um completo e total idiota! – Exclamou Jamie de repente, interrompendo seus pensamentos. – Sempre me esqueço de lhe contar isso! Recebi uma chamada ontem na galeria sobre suas fotos. Algum figurão no centro da cidade está interessado em uma exibição privada.

– Sério? E quem é?

Ele deu de ombros. – Não sei, querida. Não conversei de fato com o comprador em potencial, mas, baseado na atitude arrogante do assistente do cara, diria que, quem quer que seja seu admirador, ele – ou ela – está disposto a gastar muito dinheiro. Tenho uma reunião em um dos prédios no Distrito Financeiro amanhã à noite. Estamos falando de negócios na cobertura, querida.

– Ah, meu Deus – ofegou Gabrielle, incrédula.

– É. *Très bon,*[1] amiga. Muito em breve, você será boa demais para os *marchands*[2] insignificantes como eu – brincou ele, compartilhando seu entusiasmo.

Era difícil conter a curiosidade, especialmente depois de tudo por que havia passado nos últimos dias. Gabrielle já tinha ganhado fãs

[1]Do francês, "muito bom". [N.R.]

[2]Termo de origem francesa que designa o profissional que tem como atribuição intervir no processo de distribuição da produção de um artista. [N.R.]

notáveis, além de muitos elogios por seu trabalho, mas uma exibição particular para um comprador anônimo era a primeira vez.

– Quais obras pediram para que levasse?

Jamie ergueu a taça de vinho e brindou com a dela num gesto de saudação.

– Todas, Senhorita Importância. Cada uma das obras da coleção.

Do telhado de um velho edifício de tijolos no agitado distrito dos teatros da cidade, a luz da lua resplandecia no olhar mortal de escárnio de um vampiro vestido de preto. Agachado perto do parapeito, o guerreiro da Raça virou a cabeça escura, estendeu a mão e fez um sinal secreto.

Quatro Renegados. Uma presa humana dirigindo-se diretamente a eles.

Lucan acenou com a cabeça, confirmando a Dante, e se afastou da saída de emergência do quinto andar, seu posto de observação pela última meia hora. Desceu até a rua abaixo com um movimento ligeiro, aterrissando tão silenciosamente como um gato. Carregava nas costas duas espadas de combate cruzadas, que se elevavam acima dos ombros como ossos de asas demoníacas. Lucan desembainhou as armas, cujas bordas eram forjadas de titânio, sem emitir nenhum ruído, e adentrou as sombras da estreita rua lateral para esperar os acontecimentos dessa noite.

Eram por volta das onze da noite, muitas horas mais tarde que o horário em que deveria ter passado pela casa de Gabrielle Maxwell para devolver o celular, assim como lhe dissera que faria. O aparelho ainda estava no laboratório com Gideon, que processava as imagens para compará-las com o Banco Internacional de Identificações da Raça.

Quanto a Lucan, não tinha intenção nenhuma de devolver o telefone a Gabrielle, pessoalmente ou de qualquer outra forma. As imagens do ataque dos Renegados deveriam ficar longe do alcance dos humanos, e, após o quase fracasso que acontecera no quarto dela, quanto mais longe ficasse dessa mulher, melhor.

Uma maldita Companheira de Raça.

Deveria ter sabido. Agora que pensava no assunto, conseguia ver certos fatos que o teriam levado na mesma hora à verdade, como a habilidade dela de ver através do véu mental de controle vampiresco que permeava a boate naquela noite. Havia visto os Renegados – ávidos por sangue no beco e nas imagens difusas em seu celular – quando outros humanos não podiam vê-los. Mais tarde, em sua casa, havia mostrado resistência perante os esforços de Lucan para submeter seus pensamentos com sugestões mentais, e ele suspeitava que ela havia cedido mais por conta de seu próprio desejo inconsciente pelo prazer que ele oferecia do que por qualquer outro motivo.

Não era segredo nenhum que as mulheres humanas com o código genético único das Companheiras de Raça possuíam inteligência aguçada e saúde perfeita. Muitas ainda possuíam misteriosas habilidades extrassensoriais ou talentos paranormais que se amplificavam assim que a Companheira de Raça se unisse por sangue com um vampiro.

Quanto a Gabrielle Maxwell, parecia possuir o dom de uma visão especial que lhe permitia ver o que outros humanos não podiam, muito embora não se pudesse imaginar até onde ia tal visão. Lucan queria saber. Seu instinto de guerreiro exigia que descobrisse isso logo, sem demora.

Mas envolver-se com essa mulher, de qualquer jeito que fosse, era a última coisa de que precisava.

Então por que não conseguia se livrar de seu doce aroma, de sua pele macia... de sua sensualidade ardente? Odiava o fato de que essa mulher houvesse despertado nele tamanha fraqueza, e seu estado de ânimo atual dificilmente melhorava com o fato de que seu corpo se doía com a necessidade de se alimentar.

A única coisa certa nessa noite era o passo constante das botas dos Renegados no pavimento, em algum lugar próximo à entrada da rua lateral, vindo em sua direção.

A pessoa que dobrou a esquina alguns passos adiante deles era um homem. Jovem, saudável, vestido com calças quadriculadas em preto e branco, e uma túnica branca manchada que cheirava a gordura de cozinha e suor de ansiedade repentina. O cozinheiro olhou por cima do ombro, onde os quatro vampiros ganhavam terreno. Murmurou um palavrão apressado e nervoso no meio da escuridão. Voltou a virar a cabeça e passou a caminhar mais rápido, com ambos os punhos cerrados e os olhos redondos cravados no pedaço de asfalto mal-iluminado sob os pés.

– Não precisa correr, homenzinho – zombou um dos Renegados com a voz áspera.

Outro deles deu um grito estridente e zombeteiro, passando para a frente dos três colegas. – É, não adianta fugir agora. Não vai conseguir ir muito longe.

As risadas dos Renegados ecoaram contra os edifícios que flanqueavam a rua estreita.

– Droga – murmurou o homem junto com a respiração. Não voltou a se virar, mas continuou andando com o passo rápido, quase a ponto de começar a correr desesperada e inutilmente.

Enquanto o homem desesperado se aproximava, Lucan saiu da escuridão e se prostrou no meio da rua com as pernas abertas. Estendeu os braços e bloqueou a rua com seu corpo ameaçador e as adagas idênticas. Lançou um sorriso gélido aos Renegados, suas presas esticadas antecipando a luta por vir.

– Boa noite, senhoritas.

– Ah, Deus! – Ofegou o homem. Parou abruptamente e fitou o rosto de Lucan aterrorizado, caindo no chão de joelhos. – Droga!

– Levante-se. – Lucan espiou brevemente o jovem tentando ficar em pé. – Vá embora daqui.

Brandiu as duas espadas em cruz, preenchendo a rua enegrecida com o rangido metálico do aço sobre o aço, mortais. Detrás dos quatro Renegados, Dante saltou para o asfalto e se agachou, para então erguer-se em seus quase dois metros de altura. Não tinha espadas, mas, em volta da cintura, havia um cinto de couro guarnecido com armas de mão mortíferas, incluindo um par de afiadas lâminas curvadas que atuavam como extensões macabras de suas incrivelmente ágeis mãos. *Malebranche*, era como as chamava, e realmente eram garras demoníacas. Num instante, Dante as tinha nas mãos, sempre pronto para um combate corpo a corpo.

– Ah, meu Deus! – Berrou o homem, com a voz hesitante ao dar-se conta do perigo que o cercava. Olhou mais uma vez para Lucan e procurou por sua carteira, as mãos tremiam enquanto puxava a carteira gasta do bolso de trás e a jogava no chão. – Pega, cara! Pode ficar! Só não me mate, eu lhe imploro!

Lucan manteve os olhos treinados nos quatro Renegados, que se ajeitavam nas posições, procurando pelas próprias armas.

– Saia já daqui. Agora.

– Ele é nosso – sibilou um dos Renegados. Seus olhos amarelados se cravaram em Lucan cheios de ódio, as pupilas estavam constantemente esticadas com fendas verticais e famintas. A saliva gotejava das presas compridas, outro indício do enorme vício do vampiro por sangue.

Assim como um humano podia se tornar dependente de um poderoso narcótico, a Sede de Sangue também era destrutiva para a Raça. A tênue fronteira entre a necessidade de satisfazer a fome e a overdose impulsiva de sangue podia ser facilmente cruzada. Alguns vampiros adentravam essas profundezas voluntariamente, enquanto outros sucumbiam à doença por inexperiência ou falta de autodisciplina. Se fosse muito longe, e por muito tempo, um vampiro se convertia em Renegado, como essas bestas ferozes que rosnavam diante de Lucan no momento.

Ansioso por transformá-los em cinzas, Lucan empunhou as duas espadas juntas, sentindo o cheiro da faísca ao bater uma lâmina na outra.

O homem ainda estava ali, aturdido com o medo, e alternava a vista entre os Renegados que se aproximavam e Lucan, numa posição inabalável. Sua hesitação certamente lhe custaria a vida, mas Lucan abstraiu o pensamento com indiferença. O homem não era de sua conta. Tudo o que importava era erradicar esses sugadores de sangue e o resto de sua corja.

Um dos Renegados levou a mão suja até a boca que babava.

– Sai daqui, idiota. Deixa a gente se alimentar.

– Esta noite não – rosnou Lucan. – Não em minha cidade.

– Sua cidade? – Riram os outros, e o Renegado que os liderava cuspiu no chão, aos pés de Lucan. – Esta cidade pertence a nós. Em pouco tempo, teremos controle sobre tudo.

– É isso aí – acrescentou outro dos quatro. – Então, ao que parece, você é o intruso aqui.

Por fim, o homem recobrou a consciência e tentou fugir. Mas não chegou longe. Num movimento incrivelmente rápido, um dos Renegados estendeu a mão e o agarrou pela garganta, levantando-o do chão e mantendo-o suspenso no ar, com os tênis pretos balançando a quinze centímetros do pavimento. O homem resmungou e se contorceu, lutando de modo feroz enquanto o Renegado lhe apertava com mais força, estrangulando-o lentamente com a mão. Lucan observou, inabalável, inclusive quando o vampiro largou a presa agitada e lhe cavou um buraco no pescoço com os dentes.

Com o canto do olho, Lucan viu Dante se erguer silenciosamente atrás dos Renegados. O guerreiro lambeu os lábios, tendo as presas alongadas, ávido por começar a tarefa. Não ficaria desapontado. Lucan atacou primeiro, e logo a rua se encheu com os rangidos de metal e o barulho de ossos quebrados.

Enquanto Dante lutava como um demônio saído do inferno, as espadas tiniam, lançando gritos de guerra noite adentro, e Lucan mantinha um controle frio e uma precisão mortal. Um a um, os Renegados sucumbiram aos golpes punitivos dos guerreiros. O beijo das lâminas forjadas com titânio atravessou o corrompido sistema sanguíneo dos Renegados como se fosse veneno, acelerando a morte e causando os rápidos estágios de decomposição característicos da morte dos Renegados.

Assim que acabaram de exterminar os inimigos, enquanto os cadáveres se reduziam de carne e ossos a puras cinzas, Lucan e Dante correram para avaliar os estragos do outro lado da rua.

O homem se encontrava imóvel, e a ferida na garganta jorrava sangue copiosamente.

Dante se ajoelhou ao seu lado e cheirou o corpo desfigurado.

– Está morto. Ou vai estar, em poucos minutos.

O cheiro do sangue derramado alcançou as narinas de Lucan como se estivesse levando um soco no estômago. Suas presas, já alongadas de raiva, agora pulsavam com a necessidade de se alimentar. Baixou os olhos com repulsa para o homem moribundo. Embora precisasse de sangue para beber, Lucan desprezava a ideia de aceitar as sobras dos Renegados, de qualquer modo. Preferia obter seu sustento de anfitriões voluntários que escolhia por si mesmo sempre que podia, ainda que esses aperitivos escassos apenas acentuassem sua fome.

Mais cedo ou mais tarde, todo vampiro precisava matar.

Lucan não tentava negar sua natureza, mas, quando vinha a matar, era por escolha própria, seguindo suas próprias regras. Quando procurava presas, ia atrás, principalmente, de criminosos, traficantes, drogados e outros da mesma laia. Era criterioso e eficiente, não matava ninguém por simples prazer. Todos da Raça aderiam a um código de honra similar; era o que lhes diferenciava de seus irmãos Renegados, sem lei.

Seu estômago apertou ao inspirar outra vez o aroma do sangue. A saliva lhe brotava na boca ressecada.

Quando fora a última vez que se alimentara?

Não podia se recordar. Fazia um bom tempo. Vários dias, no mínimo, e não o suficiente para lhe manter. Havia pensado que aplacaria um pouco da fome – tanto carnal quanto fisiológica – com Gabrielle Maxwell na noite passada, mas os planos tomaram direções inesperadas. Agora tremia com a necessidade de se alimentar, grande demais para que conseguisse pensar em qualquer outra coisa.

– Lucan – chamou-lhe Dante, pressionando os dedos contra o pescoço do homem, procurando por pulso. As presas do vampiro estavam alongadas e afiadas, consequência da luta e da reação fisiológica à fragrância escarlate de vida que o sangue vertia. – Se esperarmos muito tempo, o sangue também estará morto.

E não lhes serviria para nada, pois apenas o sangue fresco, correndo nas veias humanas, podia serenar a fome de um vampiro. Dante esperou, ainda que fosse claro seu desejo fervoroso de reclinar a cabeça e tomar sua parte daquele homem, que fora estúpido demais para não fugir quando teve a chance.

Mas Dante esperaria, a ponto de desperdiçar a vítima, pois havia um protocolo não escrito de que as gerações mais jovens de vampiros não se alimentavam na presença dos mais velhos, em particular, se o vampiro mais velho fosse da Primeira Geração da Raça e estivesse faminto.

Ao contrário de Dante, o pai de Lucan era um dos Antigos, um dos oito guerreiros extraterrestres que vieram de um planeta distante e escuro para aterrissar, milhares de anos atrás, em uma Terra inóspita e implacável. Para sobreviver, tiveram de se alimentar do sangue de humanos, dizimando populações inteiras com sua fome e brutalidade. Em raros casos, esses conquistadores estrangeiros conseguiram se reproduzir com êxito com mulheres humanas – as primeiras Companheiras da Raça – que deram à luz uma nova geração da Raça dos vampiros.

Esses antepassados selvagens e de outro mundo já haviam desaparecido agora, mas sua prole continuava viva, como Lucan e outros poucos espalhados por aí. Eram o mais perto da realeza na sociedade vampiresca – respeitados e extremamente temidos. A ampla maioria da Raça era mais nova, nascida na segunda, na terceira, ou numa infinidade de gerações subsequentes.

A fome se manifestava mais fortemente nos vampiros da Primeira Geração, assim como a propensão de ceder à Sede de Sangue e virar um Renegado. A Raça havia aprendido a conviver com o perigo. A maior parte deles havia conseguido administrá-lo, tomando sangue apenas quando precisava, e só o suficiente para que se sustentasse. Tinham de agir assim, pois, uma vez corrompidos pela Sede de Sangue, não havia caminho de volta.

Os olhos estreitos de Lucan pousaram no homem caído no chão, que ainda se retorcia sem conseguir respirar. Escutou um rugido animal, saído de sua própria garganta seca, enquanto Lucan se aproximava em direção ao sangue ofertado, Dante inclinou a cabeça numa breve saudação honrosa e se afastou para que seu veterano se alimentasse.

Capítulo 5

Ele não havia nem se incomodado em ligar e deixar uma mensagem na noite passada.

Típico.

Provavelmente tivera um encontro interessantíssimo com o controle remoto da televisão e a ESPN, ou talvez, depois de ter saído de sua casa na outra noite, conheceu outra mulher e recebeu propostas mais atraentes que devolver o telefone celular de Gabrielle, em Beacon Hill. Droga, ele poderia até mesmo ser casado ou ter outra pessoa. Não que ela tivesse perguntado e, mesmo que tivesse, nada lhe garantiria que ele lhe dissesse a verdade. Lucan Thorne não devia ser nada diferente dos outros homens.

Exceto pelo fato de que era... *diferente.*

Ele lhe causava a impressão de ser completamente diferente de qualquer pessoa que já tivesse conhecido. Um homem muito reservado, quase misterioso. Definitivamente perigoso. Ela não conseguia imaginá-lo sentado numa poltrona em frente à televisão, muito menos seriamente comprometido com alguma namorada, para não dizer esposa e família. Isso lhe levava de volta à hipótese de que ele deveria ter recebido uma oferta melhor em algum lugar e desistido de Gabrielle, uma ideia que a magoava mais do que deveria.

– Esqueça esse homem – repreendeu-se numa tomada de fôlego, enquanto estacionava o Mini Cooper preto no acostamento da tranquila estrada rural e desligava o motor. A bolsa com sua câmera e os equipamentos fotográficos estava no banco do passageiro. Gabrielle recolheu-a, apanhou uma pequena lanterna no porta-luvas, guardou as chaves no bolso e desceu do carro.

Fechou a porta em silêncio e lançou uma breve olhadela ao redor. Nenhuma alma viva, o que não era surpreendente, dado que eram apenas seis da manhã e o prédio ao qual se dirigia – sem permissão e com o intuito de fotografar – estava abandonado há quase vinte anos. Caminhou ao longo dos escombros da calçada e virou à direita, passou por um canal, depois cruzou uma área coberta de pinheiros e carvalhos que formava uma densa cortina em volta do velho hospital psiquiátrico.

A aurora começava a surgir no horizonte. A luz se mostrava espectral e etérea, com uma névoa rosa azulada que envolvia a edificação gótica com um brilho de outro mundo. Ainda que suas paredes tivessem cor pastel, o lugar possuía um ar ameaçador.

O contraste fora o que a levara até lá essa manhã. Fotografar com o sol poente teria sido a opção mais natural, pois se beneficiaria do aspecto assombrado do prédio abandonado. Mas era a justaposição da cálida luz da aurora contra o tema frio e fúnebre da construção o que atraía Gabrielle, enquanto tirava a câmera da bolsa pendurada nos ombros. Bateu uma meia dúzia de fotos, colocou de volta a tampa na lente e continuou sua caminhada em direção ao edifício fantasmagórico.

Uma alta cerca de arame se agigantou diante dela, protegendo a propriedade de exploradores intrometidos, assim como ela mesma. Mas ela conhecia sua fraqueza escondida, havia a descoberto da primeira vez que viera ao local tirar fotografias da paisagem. Correu ao longo da cerca até que alcançou o canto mais ao sudoeste, então se abaixou até o chão. Nesse lugar, alguém havia cortado os fios discretamente com um alicate, formando uma brecha larga o suficiente para um adolescente curioso se espremer e passar – ou para uma fotógrafa determinada que preferia ver as placas de *Proibida a Entrada* e *Apenas*

Funcionários Autorizados mais como sugestões amigáveis a tomá-las como leis obrigatórias.

Gabrielle forçou o arame cortado, passou seu equipamento para dentro e rastejou feito uma aranha por baixo da abertura. Sentiu um calafrio de apreensão subir pelas pernas ao sair do outro lado da cerca. Deveria estar acostumada a esse tipo de exploração secreta e solitária; sua arte frequentemente dependia de sua coragem para buscar lugares desolados e, como alguns diriam, perigosos. Esse hospital psiquiátrico horripilante certamente se qualificaria como tal, pensou, enquanto seu olhar vagava para uma pichação em grafite ao lado de uma porta, em que se lia *MÁs VIBRAçõeS*.

– Já pode falar outra vez – murmurou ofegante. Ao passar as mãos pela roupa para tirar as farpas secas de pinheiro e a terra, encostou, com um gesto automático, no bolso da frente de seu jeans, procurando pelo celular. Não estava ali, claro, pois ainda estava com o detetive Thorne. Outra razão para ficar chateada com ele por não ter aparecido na outra noite.

Talvez ela não precisasse ser tão dura com o rapaz, pensou, repentinamente ansiosa para se concentrar em algo mais além da sensação ruim que se apoderava dela, agora que estava dentro da propriedade do hospital. Thorne podia não ter aparecido por conta de algum acontecimento no trabalho.

E se ele tivesse sido ferido durante o expediente e não apareceu como prometido porque estava incapacitado? Talvez não tivesse ligado para se desculpar ou dar uma explicação porque simplesmente não tinha condições.

Certo. E talvez ela tivesse enquadrado o cérebro na calcinha no mesmo segundo que pousou os olhos naquele homem.

Zombando de si mesma, Gabrielle recolheu suas coisas e caminhou em direção à imponente arquitetura do prédio principal. A torre central se erguia íngreme com suas pedras calcárias, finalizada por picos e cumes dignos das mais requintadas catedrais góticas. Ao seu redor, havia um complexo irregular de anexos com paredes de tijolos vermelhos e telhados que se ordenavam como asas de morcego, conectados entre si por passarelas cobertas e arcos em claustro.

Entretanto, por mais inspiradora que fosse a estrutura, não havia como ignorar o ar de ameaça latente, como se mil pecados e segredos se escondessem atrás das paredes lascadas e dos vidros quebrados das janelas. Gabrielle encontrou um lugar onde a luz estava melhor e bateu algumas fotos. Não havia jeito de entrar por ali; a porta principal estava fechada com ferrolhos e vigas de madeira. Se Gabrielle quisesse entrar para conseguir imagens de dentro – o que ela certamente queria –, teria de dar a volta e tentar a sorte com uma janela do primeiro andar ou uma porta de porão nos fundos.

Desceu por um aterro inclinado, em direção à parte de trás do prédio, e encontrou o que estava procurando: alguns travessões de madeira escondiam três janelas que, provavelmente, davam para uma área de serviço ou um porão. Os ferrolhos enferrujados estavam todos corroídos, mas não fechados, e se abriram com facilidade com a ajuda de uma pedra que Gabrielle encontrou por perto. Tirou as tábuas que cobriam as janelas, ergueu o pesado painel de vidro e o escorou aberto.

Após uma sondagem superficial com a lanterna para certificar-se de que o local estava vazio e não havia riscos de desabar sobre sua cabeça, passou pela abertura. Ao saltar do batente da janela, suas botas esmagaram vidros quebrados e anos de poeira e escombros acumulados. O aposento de blocos de concreto adentrava quase quatro metros, desaparecendo na escuridão do porão mal-iluminado. Gabrielle apontou o fino feixe de luz de sua lanterna para as sombras do outro lado do cômodo. Voltou com ele pelas paredes e se deteve quando encontrou uma velha porta de serviço surrada que trazia as palavras *Acesso Restrito.*

– Quer apostar? – Murmurou ao se aproximar da porta, e a encontrou destrancada.

Abriu-a e iluminou um corredor comprido, parecido com um túnel. Uns suportes quebrados de lâmpada fluorescente pendiam do teto; alguns dos painéis de revestimento haviam caído no chão de linóleo industrial, onde jaziam empoeirados e em pedaços. Gabrielle deu um passo à frente no corredor escuro, incerta do que estava procurando, e ligeiramente apreensiva com o que podia encontrar nas entranhas abandonadas do hospital psiquiátrico.

Passou por um cômodo aberto e a luz de sua lanterna se refletiu numa cadeira de dentista, feita de vinil vermelho e um pouco desgastada pelo uso, que se encontrava no centro do aposento, como se esperasse pelo próximo paciente. Gabrielle tirou a câmera da bolsa e bateu algumas fotos. Seguiu adiante e passou por mais salas de exame e de tratamento, no que deveria ser a ala médica do hospital. Encontrou uma escada e subiu dois lances, satisfeita ao encontrar-se na torre central, onde grandes janelas deixavam entrar generosos feixes de luz matinal.

Através da lente da câmera, observou amplos pátios e gramados flanqueados por elegantes prédios de tijolos e brita. Tirou algumas fotos da glória esmorecida do lugar, apreciando tanto a arquitetura quanto o jogo caloroso da luz solar contra as sombras fantasmagóricas. Era estranho olhar para fora de dentro do confinamento de um prédio que já abrigara tantas almas perturbadas. Naquele silêncio lúgubre, Gabrielle quase podia ouvir as vozes dos pacientes, pessoas que não puderam simplesmente caminhar para fora de lá, como ela podia agora.

Pessoas como sua mãe biológica, uma mulher que Gabrielle jamais conhecera, além do que ouvira falar, quando criança, em conversas apressadas entre os agentes sociais e as famílias adotivas, que, com o tempo, uma a uma, devolviam-na ao sistema como se fosse um animal de estimação que se mostrara trabalhoso demais. Perdeu a conta do número de lugares que já fora mandada para viver, mas as reclamações quando a devolviam eram sempre as mesmas: inquieta e introspectiva, reservada e desconfiada, socialmente disfuncional com tendências autodestrutivas. Havia escutado as mesmas características em relação à sua mãe, junto com o acréscimo de paranoica e alucinada.

Quando os Maxwell apareceram em sua vida, Gabrielle havia passado noventa dias em uma casa de reabilitação, sob a supervisão de um psicólogo designado pelo Estado. Não tinha expectativa nenhuma, muito menos esperança, de que poderia um dia encontrar pais adotivos que quisessem ficar com ela. Francamente, já não se preocupava com isso. Mas seus novos protetores foram pacientes e gentis. Acreditando que poderiam prestar algum auxílio à confusão emocional de Gabrielle, ajudaram-na a obter vários documentos judiciais pertencentes à sua mãe.

A jovem mulher fora uma adolescente desconhecida, provavelmente sem-teto, sem identidade e sem família ou parentes conhecidos, exceto pela garotinha recém-nascida que abandonara, aos gritos e choros, numa lata de lixo da cidade em uma noite de agosto. A mãe de Gabrielle fora brutalmente atacada e sangrava por profundas feridas no pescoço, que haviam agravado com sua histeria e seu pânico ao arranhar o ferimento. Enquanto era tratada na sala de emergências, desabou em um estado catatônico do qual jamais se recuperou.

Ao invés de processá-la pelo crime de abandono da filha, a corte julgou a mulher incapaz e a mandou para um estabelecimento provavelmente não muito diferente deste onde Gabrielle se encontrava. Não fazia nem um mês que estava internada quando se enforcou com um lençol amarrado, deixando inúmeras perguntas sem resposta para trás.

Gabrielle tentou se livrar do peso dessas velhas mágoas, mas ali, olhando através daquelas janelas embaçadas, seu passado entrou em foco. Não queria pensar em sua mãe ou na desventura de seu nascimento e nos anos solitários e sombrios que se seguiram. Precisava se concentrar em seu trabalho, afinal de contas, era o que lhe ajudava a seguir em frente. A única constante em sua vida, às vezes, tudo o que tinha de verdade no mundo.

E era suficiente.

Na maior parte do tempo, era suficiente.

– Tire algumas fotos e vá embora daqui – repreendeu-se, levantando a câmera e batendo mais algumas fotos através dos delicados enfeites de metal que se entrelaçavam nos painéis de vidro da janela.

Pensou em sair pelo mesmo lugar que entrara, mas imaginou se conseguiria encontrar outra saída no primeiro andar do prédio central. Não lhe atraía a ideia de voltar pelo subsolo escuro. Estava aterrorizada com pensamentos sobre sua mãe desvairada, e, quanto mais tempo passava naquele hospício abandonado, mais seus pelos se arrepiavam. Abriu a porta que dava para as escadas e se sentiu um pouco melhor ao ver a tênue luz que conseguia atravessar as janelas em alguns dos cômodos vazios no fim do corredor adjacente.

Claro que o pichador das "más vibrações" também havia chegado aqui. Em cada uma das quatro paredes, estranhos símbolos em formato de pergaminho haviam sido pintados com tinta preta. Provavelmente, eram símbolos de gangues ou assinaturas estilizadas de moleques que estiveram ali antes dela. Havia uma lata de spray abandonada num canto, junto com alguns tocos de cigarro, garrafas de cerveja quebradas e outros detritos.

Gabrielle pegou a câmera e procurou um ângulo bom para a imagem que tinha em mente. A luz não era muito boa, mas, com uma lente diferente, podia ficar interessante. Remexeu sua bolsa em busca do estojo de lentes e parou congelada ao ouvir um zumbido distante que parecia vir de baixo. Era fraco, mas soava impossivelmente como um elevador. Gabrielle jogou o equipamento de volta na bolsa, ouvindo atentamente os sons indistintos à sua volta, com cada nervo explodindo em maus pressentimentos.

Não estava sozinha ali.

E, ao pensar nisso, sentiu que olhos a observavam de algum lugar próximo. Ao tomar conhecimento desse fato desorientador, os ralos pelos da nuca e do braço se arrepiaram. Devagar, virou a cabeça e olhou para trás. Foi quando a viu: uma pequena câmera de segurança montada no alto do canto escuro do corredor, monitorando a porta da escada pela qual ela havia passado alguns minutos antes.

Talvez não estivesse funcionando e fosse apenas um resquício dos dias em que o hospital ainda operava. Teria sido um pensamento consolador, se não fosse pelo fato de que a câmera parecia muito bem conservada e compacta, para não ser um apetrecho atual, obra de arte da vigilância moderna. Para testar a ideia, Gabrielle deu um largo passo em direção a ela e se posicionou quase diretamente abaixo. Silenciosamente, a base da câmera se inclinou e ajustou as lentes, até que tivesse o rosto de Gabrielle em foco.

– *Droga* – balbuciou, fitando o olho negro que não piscava. *Fui descoberta.*

Das profundidades do complexo de prédios vazios, escutou um rangido metálico e o barulho de uma porta pesada. Evidentemente, o hospital abandonado não estava tão abandonado, afinal de contas. Havia segurança, pelo menos, e a polícia de Boston poderia aprender alguma coisa sobre tempo de reação com esses sujeitos.

Passos firmes soaram pelo edifício: quem quer que estivesse vigiando estava vindo à sua procura. Gabrielle voltou para a escada e partiu em disparada abaixo, com sua bolsa batendo no quadril. À medida que descia, a luz ia ficando esparsa. Tomou a lanterna nas mãos, mas temeu que a luz funcionasse como um farol para que o segurança a seguisse. Chegou ao final da escada, empurrou a porta de metal e mergulhou na escuridão do corredor, no subsolo.

Ouviu a porta monitorada das escadas se abrir com um estrondo e seu perseguidor descer a toda velocidade atrás dela, correndo cada vez mais e se aproximando.

Finalmente, chegou até a porta de serviço no fim do corredor. Jogou-se contra o aço frio e correu pelo porão úmido, apressando-se em passar pela pequena janela aberta. A lufada de ar fresco lhe deu forças enquanto apoiava as mãos no batente e subia. Saltou da janela e caiu no chão de cascalho do outro lado.

Não conseguia mais ouvir o perseguidor. Talvez o tivesse despistado nas curvas escuras dos corredores. Por Deus, assim esperava.

Gabrielle ergueu-se e correu para a abertura da cerca que rodeava o perímetro. Encontrou-a rapidamente. Agachou-se e passou rastejante pelos arames cortados, com o coração na boca e a adrenalina correndo pelas veias. Estava em pânico: em sua pressa de fugir, arranhou o lado do rosto em uma ponta afiada do arame. O corte ardia na bochecha, e sentiu o rastro quente de sangue escorrendo perto do ouvido. Mas não deu importância ao machucado dolorido nem ao golpe contundente que levou da bolsa da câmera ao se inclinar sobre o ventre para sair, através da cerca, em direção à liberdade.

Uma vez livre da cerca, Gabrielle saltou em pé e se lançou numa corrida impetuosa através do terreno amplo e acidentado. Arriscou-se a olhar uma vez para trás – o suficiente para ver que o enorme segurança ainda estava ali. Devia ter saído de alguma porta subterrânea e agora se disparava atrás dela como uma besta saída do inferno. Gabrielle engoliu em seco, tomada de pânico com a visão. O homem parecia um tanque, facilmente tinha mais de cento e dez quilos de puro músculo, culminando em uma colossal cabeça quadrada com os cabelos cortados em estilo militar. Esse gigante descomunal correu até a alta cerca e parou por fim, dando murros contra a grade, enquanto Gabrielle desaparecia na densa cortina de árvores que separavam a propriedade da estrada.

O carro ainda estava no acostamento da tranquila estrada, no lugar onde o havia deixado. Com as mãos trêmulas, Gabrielle tateou a porta para abri-la, petrificada com o medo de que o grandalhão cheio de anabolizantes conseguisse alcançá-la. Seu temor parecia irracional, mas não impedia que a adrenalina corresse à solta pelo corpo.

Afundou-se no assento de couro do Mini Cooper, encaixou a chave na ignição e ligou o motor. Com o coração desenfreado, colocou o pequeno carro em marcha, pisou fundo no acelerador e saiu para a estrada cantando pneu, deixando para trás em sua fuga o cheiro de borracha queimada.

Capítulo 6

No meio da semana, no ápice da temporada de verão, os parques e as avenidas de Boston ficavam repletos de humanidade. Os trens traziam as pessoas dos subúrbios para o trabalho e para os museus, ou para os incontáveis pontos históricos localizados por toda a cidade. Esquisitões com câmeras fotográficas subiam em ônibus de excursões e carruagens a cavalo para passear pela cidade, enquanto outros se enfileiravam para embarcar em passeios superlotados e exageradamente caros que os levariam até o Cabo Cod.[1]

Não muito longe da agitação do dia, escondido a uns cem metros abaixo de uma mansão altamente segura nas cercanias da cidade, Lucan Thorne se inclinou sobre um monitor de tela plana, no condomínio dos guerreiros da Raça, e praguejou uma maldição. Os registros de identificação dos vampiros apareciam na tela a uma velocidade assombrosa, enquanto o programa de computador procurava na gigantesca base de dados mundial por pares compatíveis às fotos que Gabrielle Maxwell havia tirado.

---

[1]Ilha localizada na porção leste do estado de Massachusetts, no nordeste dos Estados Unidos. [N.R.]

– Nada ainda? – Perguntou, lançando um olhar impaciente a Gideon, o operador da máquina.

– Até agora, não. Mas a pesquisa ainda está rodando. O Banco Internacional de Dados tem alguns milhões de registros para vasculhar. – Os olhos azuis penetrantes de Gideon reluziram sob a armação dos óculos escuros levemente prateados. – Vou encontrar esses bastardos, não se preocupe.

– Nunca me preocupo – respondeu-lhe Lucan com sinceridade. Gideon possuía um QI fora de série, aliado a uma tenacidade quase infinita. Esse vampiro era tanto um cão de caça incansável quanto um gênio singular, e Lucan se alegrava por tê-lo ao seu lado. – Se não conseguir encontrá-los, Gideon, ninguém consegue.

Sob os cabelos loiros e espetados, o guru computacional da Raça distendeu um sorriso convencido e confiante. – É por isso que consigo as notas grandes.

– É, pode ser – comentou Lucan, afastando-se da interminável lista de informações que aparecia na tela.

Nenhum dos guerreiros da Raça que haviam se alistado para proteger a espécie do flagelo dos Renegados o fazia por qualquer tipo de recompensa. Jamais o fizeram, desde que a aliança havia sido organizada, durante o que foi, para os humanos, a idade medieval. Cada guerreiro tinha suas razões para escolher esse perigoso modo de vida, e algumas eram, sem dúvidas, mais nobres que outras, como Gideon, que havia trabalhado nesse campo de forma independente até que resolveu procurar Lucan, quando seus irmãos gêmeos – ainda pequenos – foram assassinados pelos Renegados do lado de fora do Refúgio Secreto de Londres. Isso fora há três séculos, umas décadas a mais ou a menos.

Mesmo então, as habilidades de Gideon com uma espada só encontravam rival à altura nos golpes de sua mente afiada. Havia matado vários Renegados em sua época, porém, mais tarde, a devoção e uma promessa pessoal à sua Companheira de Raça, Savannah, fizeram-no abandonar o combate em troca de manusear a arma da tecnologia a serviço da Raça.

Cada um dos seis guerreiros que agora combatiam ao lado de Lucan tinha seus talentos pessoais, e seus próprios demônios também, embora nenhum deles fosse do tipo afetado que quer um psicólogo vasculhando o traseiro com uma lanterna. Era melhor que certos assuntos permanecessem no escuro, e, provavelmente, o único que tinha mais certeza disso que o próprio Lucan era um guerreiro da Raça chamado Dante.

Lucan cumprimentou o jovem vampiro quando este entrou no laboratório tecnológico saído de um dos numerosos aposentos do condomínio. Dante, envolto em seus usuais trajes negros, vestia uma calça de couro e uma regata sob medida que mostrava tanto suas tatuagens quanto as marcas mais elaboradas da Raça. Os enormes bíceps cobriam-se de intrincados arabescos que, a olhos humanos, passariam como algo estranhamente abstrato, uma série de símbolos interligados e desenhos geométricos delineados em profundos tons de hena. Já os olhos de um vampiro veriam os símbolos que realmente eram: *dermaglifos*, marcas naturais herdadas pelos antepassados da Raça, cuja pele sem pelos havia-se recoberto com pigmentos mutáveis e camufláveis.

Normalmente, os *glifos* eram motivo de orgulho para a Raça, indicações únicas da linhagem e da ordem social. Os membros da Primeira Geração, como Lucan, portavam marcas em maior número e com mais nitidez. Seus próprios *dermaglifos* lhe cobriam o torso, atrás e na frente, alongavam-se até as coxas e subiam pela parte superior dos braços, pela nuca e pelo couro cabeludo. Como tatuagens vivas, os *glifos* mudavam de tom conforme o estado emocional do vampiro.

Os *glifos* de Dante exalavam, no momento, uma cor bronze avermelhada, o que indicava a saciedade de ter-se alimentado recentemente. Sem dúvida, uma vez que ele e Lucan se separaram após a caça aos Renegados na noite anterior, Dante saíra em busca de uma cama – e das veias maduras e suculentas – de uma hospedeira voluntária de primeira linha.

– Como anda tudo? – Quis saber, sentando em uma cadeira e colocando um dos pés calçados em botas sobre a escrivaninha à sua frente. – Imaginei que já teria encontrado e marcado esses bastardos para nós, Gid.

A voz de Dante tinha um leve sotaque de sua descendência italiana do século XVIII, mas nessa noite o tom educado que usou indicava que estava inquieto e ansioso por ação. Para dar ênfase ao que queria, desembainhou uma de suas adagas curvas – assinaturas sempre presentes do vampiro –, que se encontrava atada ao quadril, e começou a brincar com a lâmina de aço escovado.

Chamava as lâminas arqueadas de *malebranche*, em referência aos demônios que habitavam um dos nove níveis do inferno, embora, às vezes, Dante ironicamente adotasse a palavra como seu sobrenome, quando se encontrava em meio aos humanos. E essa era praticamente toda a poesia que havia na alma do vampiro; tudo o mais dentro dele era uma fria e sombria ameaça, indefensável.

Lucan o admirava por isso e, tinha de admitir, assistir a Dante em combate com aquelas adagas implacáveis era um espetáculo de beleza, grandioso o bastante para deixar qualquer artista envergonhado.

– Belo trabalho ontem à noite! – Comentou Lucan, ciente de que elogios vindos dele eram raros, mesmo quando merecidos. – Livrou minha cara lá.

Não estava falando sobre o confronto com os Renegados, mas sobre o que acontecera depois. Havia ficado muito tempo sem se alimentar, e a fome em excesso era quase tão perigosa à espécie quanto o vício imprudente que assolava os Renegados. O olhar de Dante sugeriu que compreendia o que Lucan estava dizendo, mas deixou o fato passar com sua usual compostura requintada.

– Droga! – Retrucou, acompanhando a expressão com uma profunda gargalhada. – Depois de todas as vezes que você já livrou minha cara? Esquece, cara. Estava só devolvendo um favor.

As portas de vidro do laboratório se abriram com um rangido suave, e mais dois parentes de Lucan entraram. Formavam um par e tanto. Nikolai, alto e atlético, cabelos loiros como a areia, um rosto com traços angulares e penetrantes olhos azuis da cor do gelo, apenas um tom mais frio que o inverno de sua Sibéria natal. De longe, o mais jovem do grupo; Niko havia atingido a maioridade durante o auge do que os humanos chamavam de Guerra Fria. Ardiloso desde o berço, era um caçador de aventuras enérgico, além de ser o primeiro da linha de combate da Raça quando se tratava de armas, aparelhos e tudo o mais.

Conlan, por outro lado, era sério e tinha a fala mansa, um excelente estrategista. Perto das insolências de Niko, era gracioso como um gato grande; o corpo parecia uma muralha de músculos, e o cabelo bronzeado estava recoberto pelo lenço de seda preta com que envolvia a cabeça. Era um vampiro de uma das últimas gerações da Raça – jovem, pelos padrões de Lucan –, e sua mãe humana era filha de um líder escocês. O guerreiro se movia com um porte típico da realeza.

Maldição, até sua amada Companheira de Raça, Danika, carinhosamente se referia ao montanhês como *Meu senhor,* na maior parte do tempo, ainda que estivesse longe de ser uma mulher submissa.

– Rio está a caminho – anunciou Nikolai, distendendo a boca num sorriso brejeiro que lhe formava duas covinhas nas bochechas magras. Acenou com a cabeça para Lucan. – Eva pediu para lhe dizer que só podemos ter seu homem quando ela tiver terminado com ele.

– Se sobrar algo dele – comentou Dante com morosidade, estendendo a mão para cumprimentar os outros com uma leve batida de palmas e um rápido toque das articulações dos dedos.

Lucan cumprimentou Niko e Conlan com o mesmo apreço, mas ficou aborrecido com o atraso de Rio. Não impedia nenhum dos vampiros de ter sua Companheira de Raça, contudo não via sentido em se amarrar às demandas e responsabilidades de um relacionamento de sangue com uma fêmea. Era de se esperar que a população em geral da Raça encontrasse uma mulher para acasalar e dar à luz a geração seguinte; entretanto, para a classe dos guerreiros – os poucos homens selecionados que haviam abandonado voluntariamente os santuários dos Refúgios Secretos a favor de uma vida de combate –, Lucan acreditava que todo o processo de relacionamento de sangue não passava de puro sentimentalismo, na melhor das hipóteses.

No pior dos casos, era um convite ao desastre, se um guerreiro ficasse tentado a colocar os sentimentos por sua parceira acima de seus deveres para com a Raça.

– Onde está Tegan? – Indagou, com os pensamentos fluindo naturalmente para o último deles que faltava.

– Ainda não voltou – respondeu-lhe Conlan.

– Deu notícias de sua localização?

Conlan trocou olhares com Niko e balançou a cabeça negativamente. – Nenhuma palavra.

– Ele nunca esteve tanto tempo desaparecido em ação – ressaltou Dante para ninguém em particular, enquanto passava o polegar pelo fio de sua espada. – Faz quanto tempo? Três, quatro dias?

Quatro dias, quase cinco.

Mas quem estava contando mesmo?

Na verdade, todos estavam, mas nenhum quis dar voz à preocupação que os cercava ultimamente. Do jeito que tudo andava, Lucan teve de se esforçar por conter a raiva que lhe deu ao pensar no membro mais recluso do grupo.

Tegan sempre preferira caçar sozinho, mas sua natureza solitária estava começando a cansar os outros. Era como uma carta curinga, cada vez mais, e Lucan francamente achava difícil confiar nele – não que a desconfiança fosse uma novidade quando se tratava de Tegan.

Havia algo de ruim na relação dos dois, sem dúvidas, mas era uma história antiga. Tinha de ser. A guerra em que ambos haviam se comprometido tanto tempo atrás era mais importante que qualquer animosidade que tivessem um pelo outro.

Ainda assim, o vampiro mantinha-se sempre vigilante. Lucan sabia das fraquezas de Tegan melhor que qualquer um; não hesitaria em entrar em ação caso o outro passasse o mínimo que fosse da linha.

As portas do laboratório se abriram outra vez e Rio entrou, por fim, ajeitando as pontas da elegante camisa branca de grife dentro da calça preta feita sob medida. Faltavam alguns botões na camisa de seda, mas Rio sustentava o desmazelo pós-sexo com a mesma atitude refinada que pairava em tudo que fazia. Sob a densa mecha escura de cabelo que lhe caía sobre as sobrancelhas, dançavam olhos hispânicos da cor do topázio. Ao sorrir, as pontas de suas presas reluziram, ainda alongadas depois de toda a paixão com sua fêmea.

– Espero que tenham guardado alguns Renegados para mim, meus amigos – disse, esfregando as mãos. – Estou me sentindo ótimo, pronto para festejar.

– Sente-se – Lucan pediu com calma – e tente não derramar sangue nos computadores de Gideon.

Os dedos compridos de Rio se aproximaram da pequena marca carmim em seu pescoço, onde Eva aparentemente lhe mordera com dentes humanos nada incisivos e lhe sugara as veias. Ainda que fosse uma Companheira da Raça, continuava sendo geneticamente *Homo sapiens*. Apesar dos vários anos durante os quais ela e outras como ela mantinham relacionamentos de sangue com um parceiro, nenhuma adquiria presas ou qualquer outra característica dos vampiros. Era uma prática muito aceita que um vampiro alimentasse sua companheira por meio de cortes infligidos por ele mesmo no pulso ou no antebraço, mas as paixões eram selvagens entre os guerreiros da Raça. Assim como em suas mulheres escolhidas, sexo e sangue eram uma combinação muito poderosa – às vezes, até demais.

Com um sorriso impenitente, Rio se jogou em uma das cadeiras giratórias e se inclinou, escorando os pés nus em cima da mesa de acrílico. Ele e os outros guerreiros começaram a repassar os acontecimentos da outra noite em números, trocando risadas enquanto a contagem de um ultrapassava a de outro, discutindo as melhores técnicas em sua profissão.

Embora caçar os inimigos proporcionasse prazer a alguns da Raça, a disposição de Lucan baseava-se em puro e simples ódio. Não tentava esconder isso. Desprezava tudo o que os Renegados eram, e havia jurado, muito tempo atrás, que iria erradicá-los, ou morreria tentando. Em certos dias, não se importava com o que viesse primeiro.

– E aqui vamos nós – exclamou Gideon, por fim, quando os registros na tela acabaram de aparecer. – Parece que encontramos algo valioso.

– O que tem aí?

Lucan e os outros se viraram para a enorme tela plana que se encontrava sobre a mesa dos microprocessadores do laboratório. O rosto dos quatro Renegados assassinados por Lucan do lado de fora da boate apareceram na tela ao lado das imagens do celular de Gabrielle, a respeito dos mesmos indivíduos.

– Os registros do Banco Internacional de Dados mostram todos eles como desaparecidos. Dois sumiram do Refúgio Secreto de Connecticut no mês passado, outro do de Fall River e o último é daqui. São todos da geração atual, o mais jovem não tinha nem trinta anos.

– Droga – resmungou Rio num silvo baixo. – Garotos estúpidos.

Lucan não disse nem sentiu nada pela perda das jovens vidas que se transformaram em Renegados. Não eram os primeiros e, com certeza, não seriam os últimos. Viver nos Refúgios Secretos podia parecer um tanto tedioso para um jovem imaturo com necessidades de se afirmar. A fascinação pelo sangue e pela conquista estava profundamente arraigada, mesmo nas últimas gerações, que se encontravam mais distantes de seus antepassados selvagens. Se um vampiro saísse em busca de problemas, em particular numa cidade do tamanho de Boston, geralmente os encontraria aos montes.

Gideon digitou uma rápida série de comandos no teclado do computador e abriu mais fotos do banco de dados. – Aqui estão os dois últimos registros. Esse primeiro sujeito é um Renegado conhecido, um agressor reincidente aqui em Boston, embora tenha aparentemente se mantido fora do radar por mais de três meses, isto é, até Lucan transformá-lo em cinzas naquele beco no fim de semana.

– E o que fala deste? – Quis saber Lucan, fitando a última imagem, a do único Renegado que conseguira escapar dele no beco. O registro de sua foto apareceu como uma tomada de vídeo, provavelmente produzido durante algum tipo de sessão de interrogatórios, com base nas correias e nos eletrodos que o vampiro usava. – Esta foto é de quando?

– De uns seis meses atrás – respondeu-lhe Gideon, verificando a data da imagem. – Veio de uma das operações na Costa Oeste.

– Los Angeles?

– Seattle. Mas, de acordo com o arquivo, Los Angeles também expediu uma ordem de prisão para ele.

– Ordens de prisão – gracejou Dante. – Muita perda de tempo.

Lucan teve de concordar. Para quase toda a nação de vampiros nos Estados Unidos e em outros países, o cumprimento das leis e a detenção dos indivíduos que se tornaram Renegados eram governados por regras e procedimentos específicos. Redigiam-se ordens de prisão, efetuavam-se as detenções, conduziam-se os interrogatórios e, dados as provas e o devido julgamento, transmitiam-se as condenações. Era tudo muito civilizado, mas, raras vezes, eficiente.

Enquanto a Raça e a população de seus Refúgios Secretos eram organizadas, motivadas e atoladas em vários níveis de burocracia, os inimigos eram imprudentes e imprevisíveis. E, a menos que os sentidos de Lucan estivessem enganados, após séculos de anarquia e caos geral, os Renegados haviam começado a recrutar.

Se já não estivessem trabalhando nisso há meses.

Lucan observou a imagem na tela. Na tomada de vídeo, o Renegado capturado se encontrava atado a uma mesa de metal na vertical, nu e sem cabelos para facilitar as descargas elétricas que provavelmente lhe enviavam durante o interrogatório. Lucan não sentia nenhuma compaixão pela tortura a que o Renegado havia sido submetido. Interrogatórios daquela natureza eram muitas vezes necessários, e, assim como um humano viciado em heroína, um vampiro afetado pela Sede de Sangue podia suportar dez vezes mais a dor que seus irmãos de Raça sem esmorecer.

Esse Renegado era grande, tinha umas sobrancelhas grossas e feições pesadas e primitivas. Rangia os dentes na foto, com as presas reluzentes, e os olhos da cor de âmbar traziam uma expressão selvagem ao longo dos talhos elípticos de suas pupilas imóveis. Estava coberto com fios desde o topo da cabeçorra até o pescoço atado, com o peito musculoso e os braços fortes como martelos.

– Presumindo que a feiura não seja crime, por que motivo Seattle lhe deteve?

– Vamos ver o que temos. – Gideon voltou-se para a bancada de computadores e abriu um registro em outra tela. – Prenderam-no por tráfico de armas, explosivos e substâncias químicas. Ah, esse sujeito é um sanguinário encantador. Meteu-se em confusão feia de verdade.

– Alguma ideia sobre de quem eram as armas que portava?

– Não diz nada aqui. Não conseguiram ir muito longe com ele, evidentemente. O registro informa que escapou da detenção logo depois que estas imagens foram feitas. Matou dois guardas durante a fuga.

E agora havia escapado outra vez, pensou Lucan com raiva, desejando fervorosamente que tivesse detonado o filho da mãe quando o teve em vista. Não tolerava muito o fracasso, ainda mais o próprio.

Lucan voltou os olhos para Niko.

– Já viu esse sujeito?

– Não – replicou-lhe o russo –, mas vou conferir com meus contatos, ver o que posso encontrar.

– Faça isso.

Nikolai assentiu rapidamente com a cabeça e saiu do laboratório, enquanto já discava o número de alguém no celular.

– Essas fotos são uma droga – disse Conlan, espiando sobre os ombros de Gideon as fotos que Gabrielle havia tirado durante a matança do lado de fora da boate. O guerreiro praguejou uma maldição. – Já é ruim o bastante que humanos tenham presenciado algumas das matanças dos Renegados durante os anos, mas agora estão parando para fotografar?

Dante baixou o pé com um baque, levantou-se e começou a andar, como se estivesse cada vez mais inquieto com a falta de atividade da reunião.

– Todo mundo acha que são malditos *paparazzi*.

– O sujeito que tirou essas fotos deve ter morrido de medo quando viu o guerreiro de noventa quilos indo em sua direção – comentou Rio. Com um sorriso largo, mirou os olhos em Lucan. – Perdeu tempo em apagar sua memória primeiro ou simplesmente o eliminou ali mesmo?

– O humano que presenciou o ataque naquela noite era uma mulher. – Lucan fitou o rosto dos irmãos, sem demonstrar sentimentos pela notícia que estava prestes a compartilhar com eles. – Acontece que é uma Companheira de Raça.

– *Madre de Dios*! – Exclamou Rio, passando os dedos pelo cabelo negro. – Companheira de Raça... Tem certeza?

– Tem a marca. Vi com meus próprios olhos.

– O que fez com ela? Minha nossa, você não...

– Não – respondeu-lhe Lucan hostil, inquieto com a implicação no tom do espanhol. – Não fiz mal nenhum à mulher. É uma linha que nem mesmo eu cruzaria.

Também não havia reivindicado Gabrielle para si, embora tivesse chegado muito perto disso naquela noite em sua casa. Lucan bateu os dentes, e uma onda negra de fome se apoderou dele ao pensar em como Gabrielle estava tentadora, enrolada e adormecida na cama. Como era tão doce contra sua língua...

– O que vai fazer com ela, Lucan? – Desta vez, era Gideon que se preocupava. – Não podemos deixar que os Renegados a encontrem. Certamente chamou a atenção deles quando tirou essas fotos.

– E se os Renegados descobrirem que é uma Companheira de Raça... – acrescentou Dante, e os outros guerreiros concordaram.

– Estará mais segura aqui – continuou Gideon –, sob a proteção da Raça. Ainda melhor, deveria ser admitida oficialmente em um dos Refúgios Secretos.

– Conheço o protocolo – resmungou Lucan. Sentiu muita raiva ao pensar em Gabrielle nas mãos dos Renegados ou de outros membros da Raça, se estivesse disposto a fazer a coisa certa e enviá-la a um dos santuários secretos da nação. Nenhuma das opções parecia-lhe aceitável no momento, graças à possessividade que queimava em suas veias, intrusa e indesejada.

Lançou um olhar frio aos irmãos guerreiros.

– Essa mulher é minha responsabilidade a partir de agora. Decidirei o melhor a se fazer com o assunto.

Nenhum dos outros lhe contradisse, nem ele esperava que o fizessem. Como membro da Primeira Geração, era o mais velho; como fundador da classe guerreira dentro da Raça, era o mais experiente, por sangue e por aço. Sua palavra era a lei, e todos no recinto o respeitavam.

Dante se levantou, movendo a espada *malebranche* com os dedos ágeis e compridos, e a embainhou num gesto rápido.

– Quatro horas até o sol se pôr. Vou indo. – Olhou de esguelha para Rio e Conlan. – Alguém a fim de treinar antes que tudo fique realmente interessante?

Ambos se ergueram animados com a ideia, acenaram respeitosamente a Lucan, e os três enormes guerreiros saíram do laboratório em direção ao corredor que levava à área de treinamento de armas do edifício.

– Tem mais alguma informação sobre esse Renegado de Seattle? – Indagou Lucan a Gideon, assim que as portas de vidro se fecharam, deixando os dois a sós no laboratório.

– Estou cruzando informações de todas as fontes de registros agora. Deve levar apenas alguns minutos para dar em algo. – As teclas retiniam enquanto digitava uma série de comandos, e então – Bingo! Encontrei algo num sistema de GPS da Costa Oeste. Parece que reuniram informações antes de realizarem a detenção. Venha ver.

A tela do monitor se encheu com uma série de imagens noturnas de satélite de um cais pesqueiro no Estreito de Puget. As imagens se concentravam em um sedã comprido e preto que se encontrava estacionado atrás de um prédio em ruínas no fim das docas. Inclinado na janela de trás do passageiro, estava o Renegado que conseguira fugir de Lucan alguns dias atrás. Gideon passou pelas próximas fotos, que mostravam o Renegado tendo uma aparentemente longa conversa com quem quer que estivesse oculto sob a janela enegrecida do veículo. À medida que as imagens avançavam, mostravam a porta de trás se abrindo e o Renegado entrando.

– Espere aí – pediu Lucan, cravando os olhos na mão do passageiro desconhecido. – Consegue ampliar essa imagem ao máximo? Aproxime na porta aberta do carro.

– Vou tentar.

A imagem foi-se ampliando aos poucos, embora Lucan não precisasse de uma visão melhor para confirmar o que via. Quase imperceptível, mas ali estava. No pedaço de pele exposta entre a enorme mão do passageiro e o punho francês de sua camisa de mangas compridas, uma impressionante disposição de *dermaglifos* típicos da Primeira Geração.

Gideon também os via agora.

– Maldito seja, olhe só isso – resmungou, fitando o monitor. – Nosso idiota de Seattle mantinha contato com uma companhia bem interessante.

– Talvez ainda mantenha – replicou Lucan.

Não havia nada pior que um Renegado com sangue da Primeira Geração nas veias. Os vampiros da Primeira Geração cediam à Sede de Sangue com mais rapidez e intensidade que os mais novos, e eram inimigos cruéis e letais. Se algum deles tivesse planos de liderar os Renegados em uma rebelião, seria o início de uma guerra infernal. Lucan já havia lutado em uma batalha assim muito tempo atrás. E não tinha nenhum desejo de voltar a fazê-lo.

– Imprima tudo o que tem, incluindo as ampliações desses *glifos*.

– Pode deixar.

– Qualquer coisa que encontrar sobre esses dois sujeitos reporte diretamente a mim. Vou lidar com isso pessoalmente.

Gideon assentiu, mas havia certa hesitação no olhar que lançou por cima dos óculos prateados.

– Não deve esperar que capture todos eles sozinho, sabe disso.

Lucan o penetrou com um olhar sombrio.

– Quem disse?

Sem dúvidas, o vampiro tinha na ponta da língua de gênio um discurso sobre probabilidades e a lei das médias, mas Lucan não estava com humor para escutá-lo. A noite se aproximava e, com ela, outra oportunidade de caçar os inimigos. Precisava das horas restantes para clarear a mente, preparar as armas e decidir onde seria melhor atacar. O predador dentro de si marchava faminto, mas não pela batalha que deveria travar com os Renegados.

Em vez disso, Lucan viu os pensamentos se dirigirem a uma tranquila casa em Beacon Hill, a uma visita noturna que nunca deveria ter acontecido. Assim como o aroma de jasmim, a lembrança da pele macia de Gabrielle e de seu corpo quente e receptivo o envolvia completamente. Ficou tenso, já sentindo certa excitação somente por pensar nela.

Maldição.

Esse era o motivo pelo qual ainda não a trouxera sob a proteção da Raça aqui no condomínio. À distância, ela era uma distração. Em cômodos próximos, ela se mostraria um desastre total.

– Está tudo bem? – Preocupou-se Gideon, girando na cadeira para encarar Lucan. – Você parece realmente furioso, colega.

Lucan se afastou dos pensamentos obscuros e percebeu que suas presas haviam começado a se alongar na boca, e a visão lhe aguçava com o estreitamento das pupilas. Mas não era fúria o que sentia. Era o mais puro desejo, e teria de satisfazê-lo o mais cedo possível. Com essa ideia lhe pulsando nas veias, Lucan pegou o celular de Gabrielle de cima da escrivaninha onde se encontrava e saiu do laboratório.

Capítulo 7

– Mais dez minutos para o céu – suspirou Gabrielle, espiando o forno aberto e permitindo que o delicioso aroma de canelone caseiro se espalhasse pela cozinha de sua casa.

Fechou a porta de vidro e reprogramou o cronômetro digital. Serviu-se de outra taça de vinho tinto e foi até a sala de estar. Um velho CD de Sarah McLachlan[1] tocava suavemente no aparelho de som. Passavam alguns minutos das sete horas da noite, e Gabrielle, por fim, começava a relaxar depois da pequena aventura matinal no hospital abandonado. Havia conseguido algumas fotos decentes que dariam para algo, mas, o melhor de tudo, conseguira escapar do grandalhão apavorante que aparentemente tomava conta da segurança do lugar.

Isso por si só já era motivo para comemorar.

Gabrielle se acomodou num canto acolchoado do sofá, a pele aquecida estava sob calças cinza de ioga e uma camiseta rosa de mangas compridas. Seu cabelo ainda estava úmido do banho, e algumas mechas frouxas se soltavam do rabo-de-cavalo descuidado que fizera. Depois de um banho refrescante, conseguia agora descansar, e estava

[1]Famosa cantora canadense. [N.R.]

mais do que contente em ficar em casa e passar a noite desfrutando de sua solidão.

Assim, quando a campainha tocou, praguejou em voz baixa e considerou se deveria ignorar a visita indesejada. Tocou mais uma vez, insistente, seguida por uma batida impetuosa na porta por uma mão potente que não parecia disposta a aceitar um não como resposta.

– Gabrielle.

Ela já estava de pé, andando cautelosamente em direção à porta, quando reconheceu a voz no mesmo instante. Não deveria ter tanta certeza, mas tinha. A profunda voz de barítono de Lucan Thorne atravessou a porta e lhe penetrou os ossos como se fosse um som que já tivesse ouvido mil vezes antes, tranquilizando-a ainda que acelerasse seus batimentos cardíacos num alvoroço repentino de expectativas.

Surpresa, e mais satisfeita do que queria admitir, Gabrielle destrancou as múltiplas fechaduras e abriu a porta.

– Oi.

– Olá, Gabrielle.

Ele a cumprimentou com uma inquietante familiaridade, com os olhos intensos sob as negras sobrancelhas. Seu olhar penetrante percorreu lentamente o caminho do topo dos cabelos despenteados de Gabrielle, passando pela estampa do sinal da paz estendida em seu peito sem sutiã, até os pés desnudos que apareciam por debaixo da calça de bocas largas.

– Não estava esperando por ninguém – precipitou-se ela, como desculpa por sua aparência, mas Thorne não pareceu se importar. Na verdade, quando voltou a atenção para seu rosto, Gabrielle sentiu um rubor súbito lhe preencher as bochechas pelo jeito que ele a observava.

Como se quisesse devorá-la ali mesmo.

– Ah, trouxe meu celular – disse ela, pronunciando o óbvio ao ver o brilho metálico nas mãos dele.

Ele lhe entregou o aparelho.

– Mais tarde do que deveria. Desculpe-me.

Teria sido sua imaginação ou os dedos dele deliberadamente roçaram nos seus ao pegar o celular das mãos?

– Obrigada por devolvê-lo – agradeceu ela, ainda presa em seu olhar. – Conseguiu, ah... conseguiu descobrir algo com as imagens?

– Sim. Foram de grande ajuda.

Ela suspirou aliviada ao ouvir que a polícia estava, enfim, ao seu lado.

– Acha que conseguirão pegar os sujeitos das fotos?

– Tenho certeza que sim.

O tom de sua voz foi tão severo que ela não duvidou dele nem por um instante. Na verdade, começava a ter a impressão de que o detetive Thorne era o pior pesadelo de um criminoso.

– Bem, são ótimas notícias. Tenho de admitir que tudo isso me deixou um pouco nervosa. Acho que presenciar um assassinato brutal faz isso com as pessoas, certo?

Ele apenas consentiu com a cabeça. Era um homem de poucas palavras, evidentemente, mas quem precisava conversar quando se tinha uns olhos como esses, capazes de desnudar a alma?

Para seu alívio e aborrecimento, o cronômetro do forno começou a tocar na cozinha.

– Droga! É o meu... é o meu jantar. Preciso correr antes que o alarme de fumaça dispare. Espere aqui um instante... quero dizer, você quer...? – Respirou fundo para se acalmar, desacostumada a se sentir tão perturbada na presença de alguém. – Entre, por favor. Já venho.

Sem hesitar, Lucan Thorne adentrou a casa de Gabrielle, enquanto ela se voltou para deixar o celular e foi até a cozinha tirar os canelones do forno.

– Estou interrompendo algo?

Ela se assustou ao escutá-lo na cozinha junto a ela tão rapidamente, como se a tivesse seguido em silêncio desde que o convidou para entrar. Gabrielle tirou a travessa com a massa fumegante do forno e a colocou sobre o suporte para esfriar. Tirou as luvas de cozinha quentes e se virou para lançar um orgulhoso sorriso ao detetive.

– Estou comemorando.

Ele inclinou a cabeça para fitar o espaço vazio ao redor deles.

– Sozinha?

Ela deu de ombros.

– A menos que queira se juntar a mim.

O ligeiro pendor em seu queixo pareceu reticente, mas ele tirou o casaco escuro e o ajeitou sobre o espaldar do banco no balcão. Tinha uma presença peculiar e perturbadora, ainda mais agora que se encontrava na pequena cozinha – um musculoso estranho com olhos instigantes e uma beleza levemente sinistra. Ele se recostou no balcão e a observou cuidar do prato quente de massa.

– O que estamos celebrando, Gabrielle?

– Vendi algumas fotografias hoje, em uma exibição particular num escritório vistoso no centro da cidade. Meu amigo Jamie me ligou há uma hora com as novidades.

Thorne esboçou um breve sorriso.

– Parabéns.

– Obrigada. – Ela pegou outra taça no armário e levantou a garrafa aberta de vinho Chianti. – Aceita?

Ele negou lentamente com a cabeça.

– Infelizmente, não posso.

– Ah, sinto muito – disse ela, recordando-se de sua profissão. – Está a serviço, certo?

Um músculo pulou em sua forte mandíbula.

– Sempre.

Gabrielle sorriu, levando a mão aos cabelos para ajeitar uma mecha caída atrás da orelha. Os olhos de Thorne acompanharam o gesto e se fixaram no pequeno arranhão em sua bochecha.

– O que aconteceu com você?

– Ah, nada – respondeu ela, imaginando que não seria uma boa ideia contar a um policial que passara parte de sua manhã invadindo um velho hospital psiquiátrico. – É só um arranhão... Ossos do ofício, de vez em quando. Tenho certeza de que sabe como é.

Ela riu desajeitada, um pouco nervosa, pois ele começou a se aproximar dela de repente com uma expressão muito séria. Alguns passos apenas e já estava diante dela. Seu tamanho – sua força evidente – era desconcertante. A essa proximidade, ela podia ver os densos músculos bem torneados que se moviam por debaixo da camiseta preta. A malha de qualidade lhe caía nos ombros, nos braços e no peito como se tivesse sido feita sob medida para ele.

E ele tinha um cheiro incrível. Não sentiu nenhum perfume, mas traços de menta e couro, e de algo misterioso, como uma erva exótica que não podia nomear. O que quer que fosse, inundava seus sentidos como algo elementar e primário, e a trazia para cada vez mais perto dele quando provavelmente deveria se afastar.

Prendeu a respiração quando ele lhe esticou a mão, tocando seu maxilar carinhosamente com a ponta dos dedos. Esse toque de pele espalhou-lhe um calor, inundando seu pescoço enquanto ele deslizava a mão pela pele sensível perto de sua orelha e da nuca. Com o polegar, acariciou-lhe o machucado na bochecha. O arranhão havia doído quando o limpou mais cedo; agora, porém, a leve carícia inesperada não lhe causou desconforto algum. Nada além de um calor lânguido e uma pontada de dor lenta e vertiginosa no coração.

Para sua surpresa, ele se inclinou até ela e lhe deu um beijo na bochecha machucada. Seus lábios se demoraram ali, tempo suficiente para que ela entendesse que o gesto era um prelúdio para algo mais. Ela fechou os olhos, com o coração disparado. Não se mexeu, quase não respirou, ao sentir a boca de Lucan se mover em direção à sua. Ele beijou seus lábios com ardor, contendo um débil ataque de fome com a pressão morna de sua boca. Gabrielle abriu os olhos e se deparou com os dele. Seu olhar tinha algo de selvagem e animal, uma expressão que lhe provocou arrepios de ansiedade por toda a coluna.

Quando finalmente encontrou sua voz, esta saiu rouca e sem fôlego.

– Deveria estar fazendo isso?

Aquele olhar penetrante continuou cravado nela.

– Ah, sim.

Ele se inclinou até ela outra vez, passando os lábios em suas bochechas, no queixo e no pescoço. Ela suspirou, e ele prendeu seu ar com um beijo ardente nos lábios entreabertos. Gabrielle concordou, vagamente consciente de que as mãos dele se encontravam em suas costas, deslizando por debaixo da camiseta. Ele lhe acariciou as costas desnudas, passando os dedos delicadamente pela coluna. As carícias foram descendo preguiçosamente, até a malha de sua calça. Seus dedos fortes acolheram a curva de suas nádegas, apertando-as com firmeza. Gabrielle não mostrou resistência, enquanto ele a beijava mais intensamente e a trazia para perto de si, até que sua pélvis se encostou no duro músculo da coxa dele.

Que diabos estava fazendo? O que estava pensando?

– Não – disse, esforçando-se para recobrar a consciência. – Não, espere. *Pare.* – Deus, como odiava o som dessa palavra, agora que tinha a deliciosa boca dele sobre a sua. – Você está... Lucan... Está com alguém?

– Olhe à sua volta, Gabrielle – seus lábios se opuseram sobre os dela ao falar, deixando-a zonza de desejo. – Somos só você e eu.

– Uma namorada – ela exclamou entre os beijos. Era provavelmente um pouco tarde demais para perguntar, mas tinha de saber, mesmo que não tivesse certeza de como lidaria com uma resposta que não queria ouvir. – Você tem namorada? É casado? Por favor, não me diga que é casado...

– Não há mais ninguém.

Só você.

Ela tinha certeza de que ele não havia pronunciado essas últimas palavras, mas Gabrielle as escutou ecoarem em sua mente, quentes e provocativas, despindo-a de qualquer resistência.

Ah, ele era bom. Ou talvez fosse ela que estivesse desesperada por ele, pois essa promessa simples e crua foi tudo que ele lhe ofereceu – isso e a combinação estonteante de suas mãos tenras e a boca quente e faminta –, e ainda assim ela acreditava nele sem sombra de dúvidas. Sentia como se cada sentido dele houvesse sido treinado apenas para ela. Como se existissem apenas ela, ele e essa chama entre os dois.

Uma chama que havia existido desde o momento em que ele apareceu pela primeira vez em sua porta.

– Ah – ela sussurrou ao deixar o ar sair dos pulmões lentamente. Jogou-se contra ele, deleitando-se com o toque das mãos contra sua pele, acariciando a garganta, o ombro e o arco da coluna. – O que estamos fazendo aqui, Lucan?

O grunhido baixo zumbiu em sua orelha, profundo como a noite.

– Acho que você sabe.

– Não sei de nada, não quando você fica fazendo isso. Ah... *Deus*.

Ele parou de beijá-la por um instante e a fitou nos olhos enquanto a apertava perto de si. Seu membro estava rígido contra o abdômen dela, e ela podia senti-lo, mesmo através da barreira de roupas. O calor inundou-lhe as pernas ao imaginá-lo dentro de si.

– Foi por isso que vim aqui esta noite – a voz de Lucan rugiu em seus ouvidos. – Não entende, Gabrielle? Eu quero você.

O sentimento era mais que mútuo. Gabrielle gemeu, contorcendo seu corpo contra o dele num desejo incontrolável.

Isso não estava acontecendo, realmente. Devia ser outro sonho maluco, como o que tivera depois que o viu pela primeira vez. Não estava de verdade em sua cozinha com Lucan Thorne, permitindo que esse homem praticamente desconhecido a seduzisse. Estava sonhando – tinha de estar – e em breve acordaria no sofá, sozinha como sempre, com sua taça de vinho tinto caída pelo chão e o jantar queimando no forno.

Mas ainda não.

Ah, Deus, por favor... ainda não.

Sentir o modo como acariciava sua pele e ardia de desejo com sua língua era melhor que qualquer sonho, mesmo aquele sonho delicioso que tivera antes, se é que isso era possível.

– Gabrielle – sussurrou ele. – Diga-me que também quer isso.

– Quero.

Ela sentiu a mão dele entre os dois, apalpando-a com insistência, e o fôlego quente de Lucan contra seu pescoço.

– Sinta-me, Gabrielle. Veja como preciso de você.

Os dedos dele se aproximaram dos dela, levando-os até sua ereção, que agora se sobressaía, liberada de seu confinamento. Gabrielle envolveu-o com a mão e acariciou a pele aveludada lentamente, contemplando-a. Era tão grande como qualquer outra parte dele, e tinha uma força brutal, ainda que fosse tão suave. Sentir o peso do pênis dele em sua mão a intoxicava como se estivesse sob o efeito de drogas. Apertou firme a mão e o puxou para cima, deslizando a ponta dos dedos.

O corpo de Lucan se retorcia enquanto Gabrielle o tocava. Sentiu as mãos dele tremerem de leve ao saírem de sua cintura para lhe desatarem a calça de ioga. Ele puxou o nó do cordão, e seu fôlego quente lhe envolveu a nuca com um juramento em um idioma estranho. Gabrielle sentiu uma onda de ar frio contra a barriga e, logo depois, o repentino calor da mão de Lucan, que se deslizava para dentro de sua calcinha.

Ela estava úmida e excitada por conta dele, fora de si, ardendo de desejo.

Os dedos dele escorregaram com facilidade em meio aos pelos pubianos e adentraram-a, provocando-lhe com a mão contra sua pele em chamas. Ela gemeu alto, invadida pela trêmula onda de desejo.

– Também preciso de você – confessou com a voz esmorecida, rouca de desejo. Como resposta, ele a penetrou com os dedos. Gabrielle se retorceu com a carícia tentadora, que ainda não a preenchia completamente. – Mais – ofegou. – Lucan, por favor... Preciso de... mais.

Lucan soltou um sombrio grunhido ardente entre os lábios e voltou a lhe atacar a boca em outro beijo fervoroso. Desceu-lhe as calças com um forte puxão, depois tirou-lhe a calcinha, e a delicada renda se arrebentou com a força das mãos impacientes de Lucan. Gabrielle sentiu uma lufada de ar contra a pele nua, mas Lucan se ajoelhou diante dela e logo a deixou em chamas antes que pudesse recuperar o fôlego. Junto a beijos e lambidas, abraçou suas coxas firmemente com as mãos, abrindo-as ao seu desejo carnal. Sua língua atravessava a pele, beijando-a vigorosamente com os lábios, e logo Gabrielle sentiu as pernas fraquejarem.

Chegou ao clímax rapidamente, mais forte do que teria imaginado. Lucan a segurava firme com as mãos, apertando suas intimidades úmidas contra ele, sem lhe dar trégua; seu corpo tremia e se agitava, e a respiração lhe caiu para um abafado suspiro enquanto ele a levava ao ápice de outro orgasmo. Gabrielle cerrou os olhos e jogou a cabeça para trás, rendendo-se a ele e à loucura desse inesperado encontro. Arranhou os ombros de Lucan para se manter em pé enquanto as pernas perdiam o vigor.

O espasmo tomou conta de seu corpo. Sentiu uma força que a segurava violentamente, dilatando-a em uma onírica sensualidade, e então se soltou, e começou a cair e cair...

Não; percebeu, em seu fascínio sexual, que estava sendo levantada. Os braços de Lucan a seguravam com ternura, curvados sob suas costas e seus joelhos. Ele se encontrava despido agora, assim como ela, embora não se recordasse de haver tirado a camiseta. Ela passou os braços pelo pescoço dele enquanto era carregada da cozinha para a sala, onde a voz de Sarah McLachlan emanava dos alto-falantes, em uma canção sobre ter alguém em seus braços e lhe beijar até tirar o fôlego.

O baque macio com o sofá de chenile acomodou Gabrielle quando Lucan a deitou ali e passou para cima dela. Até aquele momento, não tinha conseguido vê-lo por completo, e o que via naquele instante era magnífico. Um metro e noventa e oito de músculos rígidos e pura força masculina aprisionando-a por cima, com os braços fortes lhe rodeando de cada lado.

E, como se a própria beleza de seu corpo não fosse suficiente, a pele vistosa de Lucan era decorada com uma série de tatuagens intrincadas de cair o queixo. O complexo desenho em arcos e padrões entrelaçados serpenteava sobre o peitoral e o abdômen bem definido, subia até os largos ombros e voltava a descer pelos bíceps torneados. Tinha uma cor elusiva, que variava entre tons de verde-mar, siena e um carmim escuro que parecia vibrar mais intensamente quanto mais o fitava.

Quando Lucan baixou a cabeça para dar atenção aos seios de Gabrielle, ela pôde observar a tatuagem que se alongava pela nuca e pelo couro cabeludo dele. Havia desejado dedilhar essas intrigantes linhas da primeira vez que o vira. Agora, cedeu ao desejo livremente, deixando as mãos passearem por todo o corpo de Lucan, maravilhadas com o misterioso homem e a arte incomum desenhada em sua pele.

– Beije-me – implorou, apertando os ombros tatuados.

Ele começou a se levantar, e Gabrielle inclinou-se debaixo dele, doente de desejo, precisando senti-lo dentro de si. Seu sexo estava quente contra suas coxas. Gabrielle baixou as mãos e o acariciou, erguendo os quadris para lhe receber.

– Possua-me – sussurrou ela. – Lucan. Agora. Por favor.

Ele não recusou.

Ela sentiu, vagamente, que ele pulsava em seu corpo, e tremia. Seus ombros fortes estremeceram debaixo das mãos, como se ele houvesse se contido o tempo todo e agora estivesse a ponto de explodir. Ela queria que ele atingisse o clímax do mesmo jeito que a tinha feito. Gabrielle precisava tê-lo dentro de si ou morreria. Ele soltou um grunhido sufocado, encostando os lábios na curva sensível de seu pescoço.

– Isso – incentivou-o, movendo-se debaixo dele para que a penetrasse. Ele levantou a cabeça, por fim, e olhou-a nos olhos por um instante. Gabrielle observou-o sob as pálpebras pesadas, assustada com o fogo indomado que viu em seu olhar. Seus olhos emanavam um brilho intenso, duas chamas gêmeas de um pálido prateado que engoliam as pupilas que a envolviam com um calor sobrenatural. Os ossos de seu rosto pareciam mais angulares e a pele parecia se retesar ao longo dos fortes maxilares.

Era tão peculiar o modo como a turva luz do cômodo brincava com suas feições...

Esse pensamento mal havia tomado forma quando as luzes da sala de estar se apagaram de vez. Talvez Gabrielle tivesse achado estranho o que aconteceu, porém, no momento em que a escuridão tomou conta deles, Lucan irrompeu seu corpo numa investida profunda e avassaladora. Gabrielle não pôde conter um gemido de prazer enquanto ele a penetrava.

– Ah, meu Deus – exclamou quase aos prantos, aceitando cada parte de Lucan. – Você é tão delicioso.

Ele reclinou a cabeça em seus ombros e gemeu, retrocedendo e mergulhando nela ainda mais. Gabrielle agarrou suas costas largas e o puxou para mais perto, levantando os quadris para recebê-lo. Lucan resfolegou uma maldição, o que parecia um som selvagem e sombrio. Seu pênis deslizava dentro dela e parecia crescer cada vez mais a cada movimento implacável de seus quadris.

– Preciso transar com você, Gabrielle. Precisava desde a primeira vez em que te vi.

A franqueza dessas palavras – sua admissão de que a tinha desejado tanto quanto ela o queria – apenas a atiçou ainda mais. Ela enroscou os dedos nos cabelos dele e, com a respiração entrecortada, soltou gritos de prazer, ao passo que ele aumentava o ritmo. Lucan entrava e saía de seu corpo, obstinado, por entre suas pernas. Gabrielle sentiu uma onda de prazer invadindo o ventre.

– Poderia fazer isso a noite toda – murmurou Lucan, com a sua respiração quente contra o pescoço dela. – Acho que não consigo parar.

– Não pare, Lucan. Ah, Deus... não pare.

Gabrielle se agarrou a Lucan, era tudo o que podia fazer, enquanto um grito rouco lhe rasgava a garganta, e chegava ao clímax, um atrás do outro.

Lucan deixou a casa de Gabrielle e seguiu pela rua escura e calma. Deixara-a dormindo em seu quarto, com a respiração compassada e radiante, seu delicioso corpo esgotado após quase três horas seguidas de paixão. Nunca havia transado tão vigorosamente, por tanto tempo, e tão completamente.

E ainda desejava mais.

Mais dela.

Era um milagre que tivesse conseguido esconder de Gabrielle suas longas presas e o selvagem brilho de desejo que lhe inundava os olhos.

E era ainda mais impressionante que não tivesse cedido ao inexorável desejo de lhe cravar as afiadas presas em sua doce garganta e dela beber até que se embriagasse por completo.

Também não confiava em si mesmo perto de Gabrielle, quando cada célula de seu corpo fervia com esse desejo.

Muito provavelmente ter ido vê-la esta noite havia sido um monstruoso engano. Tinha pensado que fazer sexo com ela aplacaria um pouco do fogo que lhe incendiava. Nunca estivera tão enganado. Ao possuir Gabrielle e penetrá-la, havia apenas exposto a ela suas fraquezas, havia a desejado com uma vontade animal e a perseguira como o predador que era. Não tinha certeza se teria aceitado um não como resposta. Não achava que teria conseguido refrear seu impulso por ela.

Mas ela não o rejeitara.

Por Cristo, não.

Olhando para trás, teria sido um ato de misericórdia se ela o tivesse rejeitado. Ao contrário, Gabrielle havia aceitado cada centímetro de sua fúria sexual, exigindo de Lucan nada menos que tudo.

Se ele desse a volta agora e retornasse para sua casa, acordaria ela e ainda poderia passar mais algumas horas entre suas belas coxas acolhedoras. O que saciaria parte de seu desejo, pelo menos. E, se não pudesse satisfazer a outra crescente tormenta que o afligia, poderia esperar pelo sol e deixar que seus raios mortais o destruíssem por completo.

Se não tivesse se comprometido tanto com a Raça, poderia considerar essa última opção como uma possibilidade muito atraente.

Lucan proferiu uma maldição enquanto deixava o bairro de Gabrielle e adentrava a paisagem noturna da cidade. Suas mãos tremiam. A visão estava aguçada, e os pensamentos, selvagens. Seu corpo se agitava, ansioso. Rangeu os dentes, frustrado; conhecia bem esses sinais.

Precisava se alimentar outra vez.

Fazia pouco tempo desde a última vez, quando tomou sangue o suficiente para se manter por uma semana, talvez mais. Tinha sido algumas noites atrás, mas seu estômago rugia de fome. Já fazia tempo desde que seus desejos começaram a piorar, perto do insustentável, quanto mais tentava reprimi-los.

Abnegação.

Era isso que lhe havia permitido chegar tão longe.

Mais cedo ou mais tarde, chegaria ao fim da linha. E então?

Realmente achava que era tão diferente de seu pai?

Seus irmãos não haviam sido, e eram ambos mais velhos e mais fortes que ele. No final das contas, a Sede de Sangue havia levado os dois: um tirou a vida com as próprias mãos quando o vício se tornou intenso demais; o outro foi ainda mais fundo, tornou-se um Renegado e perdeu a cabeça para a lâmina mortal de um guerreiro da Raça.

Ter nascido na Primeira Geração havia dado a Lucan enorme força e poder – e respeito imediato, o que ele sabia que não merecia –, mas isso era tanto um dom quanto uma maldição. Perguntava-se por quanto tempo mais poderia lutar contra a escuridão de sua própria natureza selvagem. Em algumas noites, ficava extremamente cansado por ter de lutar.

Enquanto caminhava ao lado dos notívagos nas ruas, Lucan deixou os olhos vagarem. Embora estivesse pronto para a batalha caso se deparasse com ela, ficou satisfeito por não haver nenhum Renegado à vista, apenas um número disperso de vampiros das últimas gerações do Refúgio Secreto local: alguns rapazes se entrosando com um animado grupo de humanos festivos e procurando, furtivamente, por hospedeiros de sangue viáveis.

Viu os jovens se cutucarem e murmurarem as palavras *guerreiro* e *Primeira Geração*, enquanto andavam pela calçada em sua direção. O assombro e a curiosidade que demonstravam abertamente eram irritantes, mas não incomuns. Os vampiros nascidos e criados nos Refúgios Secretos raramente tinham a chance de ver um membro da classe dos guerreiros, quanto mais o fundador da tão louvada Ordem, agora, já obsoleta.

A maioria deles conhecia as velhas histórias sobre como, muitos séculos atrás, oito dos mais ferozes e letais vampiros da Raça se uniram em um grupo para assassinar os últimos Antigos selvagens e o exército de Renegados que lhes serviam. Esses guerreiros se tornaram lendários e, desde então, a Ordem tinha sofrido muitas mudanças; havia aumentado em número e locais nos períodos de batalha com os Renegados, e reduzia as atividades nos longos períodos de paz.

Agora, a classe dos guerreiros compreendia apenas um punhado de indivíduos por todo o globo, que operavam, em sua maioria, independentemente, contudo, não sem um pouco de desprezo por parte da sociedade como um todo. E essa tornou-se esclarecida com o tempo, com tratamentos justos e processos apropriados, dentro da nação vampiresca, mas as táticas dos guerreiros eram consideradas rebeldes, quase fora da lei.

Como se Lucan, ou qualquer um dos outros guerreiros no front de batalha ao seu lado, ligasse a mínima para relações públicas.

Lucan grunhiu em direção aos jovens boquiabertos e lançou um convite mental às humanas tagarelas que conversavam com eles na rua. Todos os pares de olhos femininos foram atraídos pelo poder puro que emanava conscientemente de Lucan em ondas. Duas garotas – uma loura de seios grandes e uma ruiva com cabelos apenas um ou dois tons mais claros que as mechas de Gabrielle – saíram imediatamente do grupo e se aproximaram dele, como se tivessem esquecido na hora as amigas e os outros homens.

Mas Lucan precisava apenas de uma, e a escolha era fácil. Liberou a loura com um balanço de cabeça. Sua companheira se ajeitou sob seu braço, fazendo-lhe carícias, enquanto ele a levava para longe da rua, em um esconderijo discreto e escuro de um edifício próximo.

Sem hesitação, Lucan se pôs a trabalhar.

Afastou do pescoço da garota o cabelo que cheirava a cigarro e cerveja, lambeu os lábios e lhe cravou as presas alongadas na garganta. Ela se contraiu ao sentir a mordida, levando as mãos para cima instintivamente assim que Lucan começou a chupar o sangue de suas veias. Chupava com força, não queria desperdiçar nada. A mulher gemeu, não em pânico ou incomodada, mas pelo prazer único de entregar seu sangue à mercê de um vampiro.

E o sangue brotava na boca de Lucan, quente e denso.

Contra sua vontade, formou-se em sua mente a imagem de Gabrielle em seus braços, e Lucan imaginou, por breves segundos, que era de seu pescoço que se alimentava agora.

Era seu sangue que lhe descia pela garganta e preenchia todo seu corpo.

Deus, não podia nem imaginar como seria sugar a veia de Gabrielle enquanto pulsava agitado dentro de seu corpo quente...

Cristo.

Afastou a fantasia com um grunhido feroz.

Nunca vai acontecer, advertiu-se com dureza, e era melhor ter isso em mente.

A verdade era que não se tratava de Gabrielle, mas de uma estranha qualquer, do jeito que ele preferia. O sangue que tomava agora não tinha a doçura de jasmim que tanto desejava, mas um sabor picante e amargo, com o leve toque de algum narcótico suave que sua hospedeira tinha ingerido recentemente.

Lucan não se importava com o sabor que tinha. Tudo o que precisava era serenar sua fome e, para isso, qualquer um servia. Chupou ainda mais sangue e o tragou com pressa, ansioso por saciar logo a fome, como sempre fazia.

Ao terminar, passou a língua suavemente pelos buraquinhos idênticos para fechá-los e soltou-se do abraço indesejado. A jovem mulher estava ofegante, com a boca entreaberta e o corpo lânguido, como se tivesse acabado de ter um orgasmo.

Lucan pôs a palma da mão em sua testa e a escorregou até os olhos, cerrando suas pálpebras pesadas e sonolentas. Esse contato apagaria qualquer recordação do que havia acabado de acontecer entre os dois.

– Seus amigos estão procurando por você – disse à garota ao afastar a mão de seu rosto, e ela piscou os olhos confusa. – Deveria ir para casa. A noite está repleta de predadores.

– Tudo bem – concordou ela, com um aceno de cabeça.

Lucan esperou nas sombras enquanto ela contornava vacilante a esquina do edifício para encontrar os amigos. Respirou fundo, sorvendo o ar entre os dentes e as presas; tinha cada músculo do corpo retesado, duro e pulsante. O coração lhe martelava o peito. O simples pensamento de que sabor teria o sangue de Gabrielle em sua boca havia lhe deixado excitado.

Seu apetite físico podia estar mais calmo agora que havia se alimentado, mas não estava nem um pouco satisfeito.

Ainda... queria mais.

Com um grunhido baixo, voltou para as ruas, mais raivoso que antes. Ajustou a vista na parte mais problemática da cidade, na esperança de encontrar um ou outro Renegado antes que a aurora se levantasse. De repente, precisava de uma luta sangrenta. Precisava ferir alguém – ainda que esse alguém acabasse sendo ele mesmo.

Tinha de se manter longe de Gabrielle Maxwell a qualquer custo, de qualquer jeito.

Capítulo 8

A princípio, Gabrielle pensou que tivesse sido apenas outro sonho erótico. Mas, ao acordar na manhã seguinte nua em sua cama, com dores por todo o corpo e exausta, soube que Lucan Thorne havia estado ali, definitivamente, em carne e osso. E, Deus, que carne maravilhosa. Havia perdido a conta de quantas vezes ele a levara ao clímax. Se somasse cada orgasmo que tivera nos últimos dois anos, provavelmente não chegaria nem perto do que havia experimentado com ele na noite passada.

Ainda assim, desejava apenas mais um ao abrir as pálpebras e perceber, decepcionada, que Lucan não havia ficado. Sua cama estava vazia, a casa, silenciosa. Com certeza, ele havia ido embora durante a noite.

Cansada como estava, Gabrielle poderia ter dormido o dia todo, mas tinha combinado de almoçar com Jamie e as garotas; assim, saiu de casa para o centro da cidade, vinte minutos após o meio-dia. Quando adentrou o restaurante em Chinatown, notou que cabeças se viravam em sua direção: olhadelas apreciativas de um grupo de publicitários no balcão de sushi e meia dúzia de jovens executivos bem vestidos que a observaram passar por eles e seguir até a mesa de seus amigos, próxima ao fundo do restaurante.

Sentia-se sexy e confiante em seu suéter vermelho-escuro com gola em V e uma saia preta, e não se importava que estivesse claro para todos no local que ela tinha acabado de sair da transa mais incrível de sua vida.

– Finalmente, ela nos honra com sua presença! – Exclamou Jamie quando Gabrielle chegou até a mesa e cumprimentou os amigos com breves abraços.

Megan lhe deu um beijo na bochecha.

– Você está ótima.

Jamie concordou.

– É verdade, querida. Adorei o traje. É novo? – Sem esperar pela resposta, voltou a sentar-se à mesa, devorando um bolinho frito de uma vez. – Estava morrendo de fome, então pedimos uns aperitivos. De qualquer forma, onde estava? Eu já estava a ponto de mandar os policiais para lhe procurar.

– Desculpa. Dormi um pouco a mais hoje – respondeu-lhe Gabrielle com um sorriso e sentou-se ao lado de Jamie no banco de vinil estampado. – Kendra não vem?

– Desaparecida em combate outra vez. – Megan sorveu outro gole de chá e deu de ombros. – Não que isso importe. Só fala de seu novo namorado ultimamente... Sabe, aquele homem que encontrou no La Notte no fim de semana?

– Brent – replicou Gabrielle, coibindo a pontada de desconforto que surgiu com a menção daquela noite horrível.

– Sim, ele. Ela conseguiu até trocar o turno noturno no hospital pelo diurno, para poder passar todas as noites com ele. É claro que ele deve viajar muito a trabalho ou algo assim e normalmente está fora de alcance durante o dia. Não consigo acreditar que Kendra deixe que qualquer um lhe mande na vida desse jeito. Ray e eu estamos namorando há três meses, mas eu ainda tenho tempo para meus amigos.

Gabrielle ergueu as sobrancelhas. Dos quatro, Kendra era a mais livre de espírito e não guardava isso para si. Preferia manter um rol de paqueras e tinha intenções de permanecer solteira pelo menos até os trinta anos.

– Acredita que está apaixonada?

– Luxúria, docinho. – Jamie apanhou o último bolinho com o *hashi*. – Leva você a fazer loucuras ainda piores que o amor, às vezes. Acredite em mim, já passei por isso.

Enquanto mastigava, seus olhos se encontraram com os de Gabrielle por um demorado instante e logo se detiveram em seu cabelo meio despenteado e nas bochechas que se ruborizaram de repente. Gabrielle tentou sorrir casualmente, no entanto não conseguiu evitar que seu segredo a traísse no brilho de felicidade em seus olhos. Jamie recostou o *hashi* no prato. Inclinou a cabeça para ela, e uma mecha de seu cabelo louro balançou ao lado do rosto.

– Ah. Meu. Deus. – disse, sorrindo. – Você fez.

– Fiz o quê? – Perguntou, mal conseguindo conter um leve riso no canto da boca.

– Você *fez*. Transou, não foi?

A risada de Gabrielle se dissolveu em um sorriso tímido e corado.

– Ah, querida. Devo dizer que me parece ótima. – Jamie deu-lhe um tapinha na mão e riu com ela. – Deixe-me adivinhar; o Sombrio-e-Sexy detetive do Departamento de Polícia de Boston?

Gabrielle rolou os olhos ao ouvir o apelido bobo e assentiu.

– Quando?

– Ontem à noite. Praticamente a noite toda.

O grito de entusiasmo de Jamie chamou a atenção de algumas mesas próximas. Ele tentou se acalmar um pouco, mas sorria para Gabrielle como uma orgulhosa mãe coruja.

– Foi bom, é?

– Maravilhoso.

– Certo, como que não sei nada sobre esse homem misterioso? – Interrompeu Megan. – E é policial? Talvez Ray o conheça. Posso perguntar...

– Não – pediu Gabrielle, balançando a cabeça. – Por favor, não digam nada sobre isso a ninguém, queridos. Não estou namorando Lucan, nem nada. Ele passou lá em casa ontem à noite para devolver meu celular, e as coisas... bem, ficaram fora de controle. Nem sei se vou vê-lo outra vez.

Na verdade, não tinha nem ideia sobre isso, mas, por Deus, como esperava voltar a vê-lo.

Uma parte de si a alertava que o que havia acontecido entre eles fora algo impulsivo, impensado. Realmente foi. Não podia discordar. Era loucura. Sempre havia se considerado uma pessoa cuidadosa, sensata – do tipo que prevenia os amigos contra atos impulsivos como o que ela havia feito na noite passada.

Idiota, idiota, idiota.

E não só porque se permitiu ser pega pelo calor do momento a ponto de esquecer qualquer tipo de proteção. Ter relações íntimas com um completo desconhecido não era uma boa ideia, porém, Gabrielle tinha a terrível sensação de que seria muito fácil perder o coração para um homem como Lucan Thorne.

E isso, ela tinha certeza, não era nada menos que idiota.

Ainda assim, sexo como o que fizeram não acontecia o tempo todo. Pelo menos, não para ela. Só de pensar em Lucan Thorne, suas entranhas se retorciam com um doce desejo. Se, por acaso, ele entrasse no restaurante nesse exato instante, ela, provavelmente, saltaria sobre as mesas para pular nele.

– Tivemos uma noite incrível juntos, mas isso é tudo por ora. Não quero tirar conclusões precipitadas.

– Sei – disse Jamie, apoiando o cotovelo na mesa e inclinando-se com ares inquisidores. – Então por que não consegue parar de sorrir?

– Maldição, onde estava?

Lucan farejou Tegan antes de ver o vampiro dobrar a esquina do corredor residencial dentro do condomínio. Estivera caçando recentemente. Ainda trazia consigo o doce odor metálico de sangue – tanto humano quanto de algum Renegado.

Ao ver Lucan esperando por ele do lado de fora de um dos apartamentos, deteve-se, com as mãos enfiadas nos bolsos dos jeans de cintura baixa. A camiseta cinza de Tegan estava rasgada em alguns lugares, imunda e suja de sangue. Seus pálidos olhos verdes estavam semicerrados, contornados por escuras olheiras. O comprido cabelo castanho-claro lhe caía despenteado sobre o rosto.

– Você está horrível, Tegan.

Ele levantou os olhos por debaixo das mechas de cabelo e deu um meio sorriso, espertalhão como sempre.

Os *glifos* acompanhavam seus braços e bíceps fortes. As marcas elegantes e espiraladas estavam apenas um tom mais escuras que sua própria pele dourada, e sua cor não traía em nada o humor atual do vampiro. Lucan não sabia se era por pura vontade que ele mantinha sua postura de permanente apatia ou se a escuridão de seu passado havia verdadeiramente apagado qualquer sentimento dentro dele.

Deus era testemunha de que havia passado por encrencas o suficiente para derrubar um grupo inteiro de guerreiros.

Mas os demônios pessoais de Tegan eram assunto dele. Tudo o que importava a Lucan era assegurar-se de que a Ordem permanecesse firme e forte. Não havia lugar para elos frágeis nessa corrente.

– Você esteve fora de contato por cinco dias, Tegan. Vou repetir, onde diabos você estava?

Ele riu, insolente.

– Dá o fora, cara. Não é minha mãe.

Quando tentou sair, Lucan bloqueou o espaço entre eles com uma velocidade assombrosa. Apanhou Tegan pela garganta e o empurrou contra a parede do corredor para conseguir sua atenção.

A fúria de Lucan estava no ponto: em parte, graças à desconsideração geral de Tegan pelos outros na Ordem nos últimos dias, mas, principalmente, pela infeliz falta de bom senso que levou ele próprio a pensar que poderia passar uma noite com Gabrielle Maxwell e logo depois tirá-la da cabeça.

Nem o sangue nem a extrema violência com que tinha executado dois Renegados algumas horas antes do amanhecer haviam sido suficientes para aplacar a lascívia por Gabrielle, que ainda latejava em todo seu corpo. Lucan havia vagado pela cidade como um fantasma a noite toda e voltou para o condomínio completamente encolerizado.

Esse sentimento persistia nele enquanto cerrava os dedos ao redor da garganta de seu irmão. Procurava um escape para sua agressividade, e Tegan, selvagem e misterioso, era mais que perfeito para o papel.

– Estou cansado de suas merdas, Tegan. Precisa tomar jeito, ou eu darei um jeito em você. – Apertou ainda mais o pescoço do vampiro, mas Tegan quase não se alterou com a dor. – Agora, diga-me onde esteve esse tempo todo ou nós dois teremos sérios problemas.

Os dois tinham aproximadamente o mesmo tamanho e também se igualavam em questão de força. Tegan poderia ter reagido, mas não fez nada. Não mostrou qualquer sinal de emoção, apenas fitava Lucan com olhos frios e indiferentes.

Não sentia nada, e até mesmo isso irritou Lucan.

Com um grunhido, Lucan afastou a mão da garganta do guerreiro, tentando controlar sua raiva. Não era próprio dele atacar desse jeito. Estava acima disso.

Cristo.

E era ele quem estava ali dizendo a Tegan para se controlar?

Ótimo conselho. Talvez ele mesmo devesse escutá-lo.

O olhar inexpressivo de Tegan dizia mais ou menos o mesmo, embora o vampiro mantivesse a boca fechada, com sabedoria.

Enquanto os dois indispostos aliados se entreolhavam em silêncio na escuridão, atrás deles, ao longe no corredor, uma porta de vidro se abriu com um silvo. Os tênis de Gideon rangeram sobre o chão lustrado no momento em que o vampiro deixou seus aposentos particulares e saiu para o corredor.

– Ei, Tegan, belo trabalho de reconhecimento, cara. Mantive certa vigilância depois que conversamos na outra noite. Aquele palpite que você teve sobre Renegados assumindo a estação Green Line parece ser bom.

Lucan nem sequer piscou, enquanto Tegan manteve o olhar, sem se importar com os cumprimentos de Gideon. Tampouco se ergueu para se defender contra as infundadas suspeitas. Apenas permaneceu ali por um instante, sem dizer nada. Então passou por Lucan e continuou seu caminho pelo corredor do condomínio.

– Vai querer conferir isso direito, Lucan – disse Gideon enquanto se dirigia ao laboratório. – Parece que algo está a ponto de ficar feio.

Capítulo 9

Com a xícara quente entre as mãos, Gabrielle sorveu o chá chinês enquanto Jamie se ocupava em terminar seu *yakisoba*. Também iria roubar seu biscoitinho da sorte – como sempre fazia –, mas ela não se importava. Era bom simplesmente passar o tempo com os amigos e ver a vida voltar à normalidade depois de tudo que acontecera no último final de semana.

– Tenho algo para você – disse-lhe Jamie, interrompendo seus pensamentos. Remexeu na bolsa de couro bege que estava entre os dois no banco e puxou um envelope branco. – Vem da exibição particular.

Gabrielle o abriu e tirou de dentro um cheque da galeria. Era mais do que esperava. Muito mais.

– Uau!

– Surpresa! – Cantarolou Jamie, num amplo sorriso. – Superestimei o preço. Imaginei, por que não, você sabe. E eles aceitaram, sem barganha nem nada. Acha que deveria ter pedido mais?

– Não – respondeu Gabrielle. – Não, isto é, hum... Uau. Obrigada.

– Por nada – replicou Jamie, apontando para o biscoito da sorte. – Vai comer isso?

Gabrielle deslizou o biscoito pela mesa até ele.

– Então, quem é o comprador?

– Ah, isso continua sendo um grande mistério – disse ele, quebrando o biscoito dentro da embalagem plástica. – Pagaram em dinheiro, então, certamente não tinham dúvidas sobre o "anônimo" na negociação. E mandaram um táxi para me buscar com a coleção.

– Sobre o que vocês estão falando? – Quis saber Megan. Olhou confusa para os dois, com a testa franzida. – Juro, sou sempre a última a saber de tudo.

– Nossa pequena artista talentosa aqui tem um admirador secreto – explicou Jamie com um gesto dramático. Pegou o bilhete da sorte do biscoito, leu e virou os olhos enquanto jogava o papelzinho no prato vazio. – O que aconteceu com a época em que essas coisas realmente tinham algum significado? De qualquer forma, algumas noites atrás, fui convocado a expor a coleção inteira de fotografias da Gabby para um comprador anônimo no centro da cidade. E compraram todas – até a última.

Os olhos de Megan se arregalaram na direção de Gabrielle.

– Isso é maravilhoso! Estou tão feliz por você, querida!

– Seja quem for que tenha comprado, tem um sério fetiche por mistério.

Gabrielle fitou o amigo enquanto guardava o cheque na bolsa.

– O que quer dizer?

Jamie terminou de mastigar um pedaço do biscoito da sorte e limpou os farelos dos dedos.

– Bem, assim que cheguei ao endereço que me deram – um desses edifícios corporativos, com vários inquilinos –, um segurança me encontrou no saguão. Não me disse nada, só murmurou alguma coisa no microfone sem fio ao lado da boca e me acompanhou até o elevador, que nos levou ao último andar do prédio.

As sobrancelhas de Megan se arquearam.

– Na cobertura?

– É. Mas aí é que está. O lugar estava vazio. Todas as luzes estavam acesas no cômodo, mas não havia ninguém. Nenhuma mobília, nenhum equipamento, nada. Apenas paredes e janelas que davam para a cidade.

– Isso é bizarro. Não acha, Gabby?

Ela concordou, e uma sensação arrepiante de desassossego tomou conta de si enquanto Jamie continuou.

– Então, o segurança me pediu para tirar a primeira fotografia do portfólio e carregá-la até a janela ao norte. Estava escuro do lado de fora, e eu de costas para ele, mas ele me disse para segurar cada foto acima de mim, ante a janela, até que me instruísse a deixá-la de lado e pegar a próxima.

Megan riu.

– De costas para ele? Por que quis que fizesse isso?

– Porque o comprador estava observando de outro lugar – respondeu-lhe Gabrielle com tranquilidade. – De algum lugar com vista para as janelas da cobertura.

Jamie assentiu. – Parece que sim. Não consegui escutar nada, mas tenho certeza de que o segurança – ou o que quer que fosse – recebia ordens pelos fones de ouvido. Para falar a verdade, estava ficando um pouco nervoso com tudo isso, mas deu certo. No fim das contas, nenhum dano causado. Tudo que queriam eram suas fotografias. Estava ainda na quarta foto quando me perguntaram o preço de todas. Assim, como já disse, falei um valor mais alto e eles aceitaram.

– Estranho – ressaltou Megan. – Ei, Gab, talvez você tenha chamado a atenção de um bilionário devastadoramente bonito, mas reservado. A essa hora, no ano que vem, poderemos estar dançando em seu casamento luxuoso em Mykonos.[1]

– Ah, por favor – resmungou Jamie. – Mykonos está tão ultrapassada! Todas as pessoas bonitas estão em Marbella,[2] querida.

---

[1]Ilha grega. [N.R.]

[2]Cidade da Andaluzia, na Espanha. [N.T.]

Gabrielle sacudiu de si o inquietante sentimento de cautela que lhe atormentava desde que Jamie iniciara o estranho relato. Tal como ele havia dito, nenhum dano fora causado, e, além de tudo, ela tinha um gordo cheque em sua bolsa. Talvez convidasse Lucan para jantar, já que a refeição que havia preparado na noite anterior para celebrar havia sido desperdiçada no balcão da cozinha.

Não que ela sentisse a menor pontada de remorso pela perda dos canelones.

É, um jantar romântico com Lucan parecia ótimo. E depois, com sorte, poderiam ir até a casa para a sobremesa... E também para o café da manhã.

Seu estado de ânimo melhorou instantaneamente, e Gabrielle riu com os amigos enquanto continuavam trocando ideias sobre quem poderia ser o misterioso colecionador e o que isso significaria para seu futuro, e, por extensão, para o deles também. Ainda estavam nesse assunto depois de terminarem os pratos e pagarem a conta, e assim saíram para a rua ensolarada.

– Tenho que correr – disse Megan, dando rápidos abraços em Gabrielle e Jamie. – Vejo vocês logo?

– Claro – responderam os dois em uníssono, acenando enquanto Megan caminhava rua acima em direção ao prédio onde trabalhava.

Jamie ergueu a mão para chamar um táxi. – Vai direto para casa, Gabby?

– Não, ainda não. – Bateu de leve na bolsa da câmera dependurada no ombro. – Pensei em andar até o parque, queimar um pouco de filme durante um tempo. E você?

– David chega de Atlanta em uma hora – disse, sorrindo. – Vou tirar o resto do dia de folga. Provavelmente amanhã também.

Gabrielle riu. – Dê minhas lembranças a ele.

– Pode deixar. – Jamie inclinou-se e lhe beijou a bochecha. – É bom ver que está sorrindo outra vez. Fiquei realmente preocupado com você depois do último final de semana. Nunca a havia visto tão angustiada. Vai ficar bem agora, certo?

– Sim, estou bem, de verdade.

– E agora tem o Sombrio-e-Sexy detetive para tomar conta de você, então não está nada mal.

– Não. Nada mal mesmo – admitiu ela, enrubescida só de pensar nele outra vez.

Jamie lhe deu um abraço fraternal. – Bem, querida, se precisar de qualquer coisa que ele não possa lhe dar – o que duvido muito –, é só me ligar, combinado? Amo você, meu bem.

– Também te amo. Um táxi parou no acostamento e os dois se apartaram.

– Divirta-se com David – disse Gabrielle, acenando com a mão enquanto Jamie entrava no táxi e este saía de volta para o agitado tráfego do meio-dia.

Levou apenas alguns minutos para andar os quarteirões que separavam Chinatown do parque em Boston Common. Passeou pelos amplos jardins, bateu algumas fotos e logo se deteve para observar um grupo de crianças que brincava de cabra-cega em um gramado de piqueniques. Observou a menina no centro da roda, com os olhos vendados, com as trancinhas louras balançando enquanto corria de um lado para outro com as mãos estendidas, tentando apanhar os amigos que se desviavam.

Gabrielle levantou a câmera e enquadrou uma foto dos pequenos, que corriam e gargalhavam animados. Aproximou o *zoom*, acompanhando com a lente a garota vendada de cabelos claros, ao som das risadas infantis que se espalhavam pelo parque. Não fotografou nada, apenas seguiu a descontraída brincadeira com a câmera, tentando recordar uma época em que tivesse se sentido tão contente e segura.

Deus, havia existido tal época?

Um dos adultos que vigiava as crianças ali perto as chamou para almoçar, interrompendo o jogo estridente. Elas correram até a toalha de piquenique para comer, e Gabrielle voltou o foco da câmera para o parque à sua volta. Num movimento desfocado que captou pelas lentes, percebeu que alguém a observava debaixo da sombra de uma frondosa árvore.

Afastou a câmera do rosto e olhou para o local onde havia um jovem rapaz semiencoberto pelo tronco do velho carvalho.

Sua presença mal podia ser notada no movimentado parque, embora lhe fosse vagamente familiar. Gabrielle fitou as mechas de cabelo castanho levemente acinzentadas, a camisa desleixada de botões e as calças cáqui padrão. Era o tipo de pessoa que se misturava com facilidade em multidões, mas ela tinha certeza de que o havia visto recentemente.

Não havia sido na delegacia de polícia no fim de semana passado, quando fora apresentar sua denúncia?

Quem quer que fosse, provavelmente percebeu que Gabrielle o havia encontrado, pois se virou de repente, escondeu-se atrás da árvore e começou a caminhar em direção à saída do parque que dava para a Rua Charles. Tirou um telefone celular do bolso das calças e lançou uma rápida olhadela por cima dos ombros na direção de Gabrielle, enquanto apertava o passo até a rua.

Gabrielle sentiu a nuca lhe arrepiar com suspeitas e uma sensação alarmante.

Ele a estivera observando – mas por quê?

Que diabos estava acontecendo ali? Certamente havia algo no ar, mas Gabrielle não estava a fim de ficar por ali tentando adivinhar.

Com os olhos cravados no rapaz de cáqui, começou a andar atrás dele ao mesmo tempo em que guardava a câmera de volta na bolsa e pendurava as alças no ombro. O jovem já estava quase um quarteirão à frente quando deixou o enorme gramado do parque.

– Ei – chamou, e passou a correr.

Sem desgrudar do telefone, ele voltou a cabeça para olhar. Disse algo urgente no celular, desligou e o cerrou nas mãos. Virou-se de volta e os passos apressados se desencadearam em uma corrida a toda velocidade.

– Pare! – Gritou Gabrielle. Chamou a atenção dos outros na rua, mas o garoto continuava a ignorá-la. – Disse para parar, droga! Quem é você? Por que estava me espionando?

Ele disparou pela lotada rua e desapareceu no mar de pedestres. Gabrielle o seguiu, desviando de turistas e funcionários na pausa para o almoço, com a vista presa à mochila sacolejante do rapaz. Ele dobrou uma rua, logo depois outra, adentrando cada vez mais a cidade, longe das lojas e dos escritórios da Rua Charles, de volta à apinhada área de Chinatown.

Gabrielle não sabia até onde o havia seguido, ou mesmo onde exatamente havia parado, mas notou de repente que o tinha perdido de vista.

Virou uma esquina movimentada e se encontrou sozinha, cercada por um ambiente desconhecido e opressor. Os lojistas a encaravam sob toldos sombreados e portas abertas para deixar entrar o ar do verão. Os passantes lhe lançavam olhares aborrecidos por bloquear o fluxo de pedestres ali parada, no meio da calçada, como uma rocha.

Foi então que sentiu uma presença ameaçadora atrás de si na rua.

Gabrielle olhou por cima do ombro e viu um sedã preto de vidros fumê que se movia lentamente em meio aos outros carros. Ele se deslocava graciosamente, decidido, como um tubarão que atravessa um cardume de peixinhos em busca de uma presa melhor.

Estaria se dirigindo a ela?

Talvez o garoto que a estivera espionando se encontrasse ali dentro. Provavelmente sua aparição, assim como o carro com ares ameaçadores, tinha algo a ver com quem tinha comprado suas fotografias de Jamie.

Ou talvez fosse algo pior.

Algo relacionado ao horrível ataque que presenciara no último fim de semana. E ao seu relato à polícia. Talvez tivesse sido um homicídio entre gangues, afinal de contas. Talvez aquelas criaturas depravadas – não conseguia acreditar que eram homens – tivessem decidido que ela seria o próximo alvo.

Congelou de medo ao ver que o veículo cortou para a faixa ao lado, que abraçava a calçada onde ela estava.

Começou a andar. Apertou o passo.

Atrás de si, o motor do carro acelerava.

Ah, Deus.

Ele *realmente estava vindo* atrás dela!

Gabrielle não esperou para ouvir o som das rodas às suas costas. Gritou e saiu em disparada, trançando as pernas o mais rápido que conseguia.

Havia muitas pessoas ao redor. Muitos obstáculos pelo caminho. Desviou-se dos pedestres, perturbada demais para se desculpar, enquanto alguns estalavam as línguas em xingamentos repreensivos.

Mas não se importava; tinha certeza de que era uma questão de vida ou morte.

Seria desastroso até mesmo olhar brevemente para trás. O carro ainda rugia em meio ao tráfego, jorrando um bafo quente nas canelas de Gabrielle. Abaixou a cabeça e se apressou, rezando para conseguir sair da rua antes que o veículo avançasse sobre ela.

Com a pressa que estava, acabou por virar o tornozelo.

Cambaleou e perdeu o equilíbrio. O chão apareceu diante de si e ela caiu com força no concreto. Aliviou a queda com as mãos e os joelhos desnudos, e ambos se ralaram. A dor marcante da carne rasgada trouxe-lhe lágrimas aos olhos, mas Gabrielle ignorou. Ergueu-se e estava quase de pé outra vez quando uma mão estranha a agarrou pelo cotovelo.

Engoliu em seco, tomada pelo pânico.

– Está bem, moça? – O rosto grisalho de um funcionário municipal adentrou seu campo de visão. Seus olhos azuis enrugados se moveram até os machucados. – Ah, meu Deus! Olhe isso, está sangrando.

– Solte-me!

– Não viu os cones logo ali? – Disse, apontando sobre os ombros para os cones laranja em que ela havia tropeçado. – Esta parte da calçada está toda sob reforma.

– Por favor, tudo bem. Estou bem.

Presa na mão que a ajudava assim como atrapalhava, Gabrielle levantou os olhos bem a tempo de ver o sedã preto dobrar a esquina por onde havia passado alguns instantes atrás.

– Ah, Deus. Solte-me! – exclamou, afastando o braço do homem que tentava ajudá-la, o olhar ainda preso no monstruoso carro negro e no perigo que se alastrava. – Não entende que estão atrás de mim?

– Quem? – A voz do funcionário soou incrédula. Fitou o ponto que ela encarava e deixou escapar uma risada. – Está falando daquele cara? Moça, aquele é o maldito prefeito de Boston.

– O quê...

Era verdade. Assistiu espantada à movimentação na esquina e compreendeu. O sedã preto não estava perseguindo-a, afinal de contas. Havia estacionado junto ao meio-fio e o motorista esperava, segurando a porta de trás aberta. O próprio prefeito saiu de um restaurante, seguido por guarda-costas bem vestidos. Todos adentraram o banco traseiro do veículo.

Gabrielle fechou os olhos. As palmas das mãos lhe ardiam. Os joelhos também. Ainda sentia o coração bater acelerado, mas era como se todo seu sangue tivesse sido drenado do cérebro.

Sentia-se como uma completa idiota.

– Pensei que... – murmurou, ao ver o motorista fechar a porta, entrar na frente e sair com o carro para a faixa de trânsito.

O funcionário público soltou seu braço. Afastou-se dela e voltou a mexer no saco com o almoço e o café, balançando a cabeça.

– Qual é o seu problema? Ficou maluca ou algo assim?

Droga.

Ela não deveria tê-lo visto. Havia recebido ordens de observar a senhorita Maxwell. Anotar suas atividades. Descobrir seus hábitos. Relatar tudo a seu Mestre. E, sobretudo, evitar ser descoberto.

O subordinado soltou outra maldição de onde se escondia, com as costas coladas a uma porta qualquer de um prédio qualquer, em um dos muitos lugares que se abarrotavam entre os mercados e restaurantes de Chinatown. Com cuidado, abriu a porta e espiou para ver se podia enxergar a mulher em algum lugar na rua.

Ali estava ela, logo em frente, do outro lado da rua agitada.

E se alegrou ao ver que ela deixava a área. Conseguiu vislumbrar seus cabelos acobreados se movimentando pela calçada, com a cabeça baixa e o passo acelerado.

Esperou ali e a observou até que estivesse fora do alcance de sua vista. Então voltou para a rua e se dirigiu na direção oposta. Havia passado mais de uma hora de sua pausa para o almoço. Era melhor voltar à delegacia de polícia antes que dessem por sua falta.

Capítulo 10

Gabrielle passou outra toalha de papel sob a água fria da pia da cozinha. Várias outras estavam jogadas na pia, encharcadas de água, sangue e do pó da rua que havia varrido com as palmas e os joelhos. Em pé, apenas de calcinha e sutiã, jogou um pouco de sabão líquido na toalha de papel úmida e esfregou com cuidado os machucados na palma das mãos.

– Ai! – Exclamou, recuando ao ver uma pedrinha afiada encravada na ferida. Tirou e jogou-a na pia, ao lado dos outros cacos e pedregulhos que recolhera ao se limpar.

Deus, ela era um desastre.

A saia nova estava rasgada e destruída. A bainha do suéter ficou ralada com o baque contra a calçada. As mãos e os joelhos pareciam os de uma desajeitada garota travessa.

E, além de tudo, havia feito uma cena ridícula em público.

Que diabos havia de errado com ela para ficar fora de si daquele jeito?

O prefeito, pelo amor de Deus! E tinha fugido de seu carro como temesse que ele fosse um...

Um o quê? Algum tipo de monstro?

Um vampiro.

As mãos de Gabrielle ficaram imóveis.

Escutou a palavra mentalmente, ainda que se recusasse a pronunciá-la. Era a mesma palavra que estivera lhe beirando a consciência desde o assassinato que testemunhara. Uma palavra que não queria reconhecer, mesmo sozinha, no silêncio de sua casa vazia.

Os vampiros eram a obsessão maluca de sua mãe biológica, não dela.

A adolescente desconhecida se encontrava profundamente delirante naquele ano, há muito tempo, em que a polícia a recolhera da rua. Dizia que havia sido perseguida por demônios que queriam beber seu sangue – já tinham, na verdade, tentado, como explicou ao mostrar as estranhas feridas que tinha no pescoço. Os documentos judiciais que deram a Gabrielle estavam repletos de referências insanas a demônios sedentos de sangue que andavam livres pela cidade.

Impossível.

Isso *era* loucura, e Gabrielle sabia.

Estava deixando a imaginação e o medo de que pudesse um dia ficar demente como a mãe tomarem conta de si. Era mais esperta que isso. Mais sã, pelo menos.

Deus, tinha de ser.

Ao ver aquele garoto da delegacia de polícia hoje – sem contar tudo o mais que havia passado nos últimos dias –, era como se algo tivesse despertado dentro de si. Embora, agora que havia parado para pensar, nem mesmo podia dizer com certeza se o rapaz que viu era o mesmo funcionário da delegacia ou não.

E daí se fosse? Talvez estivesse no parque almoçando, aproveitando o clima bom assim como ela. Não era crime nenhum. Provavelmente estava olhando para ela porque também achou que lhe parecia familiar. Talvez teria se aproximado para cumprimentá-la, se ela não tivesse corrido atrás dele como uma psicopata paranoica, acusando-o de espiá-la.

Ah, e não seria adorável se ele voltasse à delegacia e contasse para todos como ela o perseguira por vários quarteirões adentro de Chinatown?

Se Lucan ficasse sabendo disso, ela morreria de humilhação.

Gabrielle terminou de limpar os machucados nas mãos e se esforçou por parar de pensar no que havia acontecido durante o dia. A ansiedade ainda lhe consumia e o coração batia forte. Tocou de leve as feridas e pôde observar uma fina trilha de sangue que escorria pelo pulso.

Tal visão a acalmou de um modo estranho. Sangue sempre a acalmava.

Quando era mais jovem, sempre que os sentimentos e as pressões internas se alojavam de tal forma a ponto de se encontrar sem saída, tudo que bastava para lhe tranquilizar era fazer um cortezinho.

O primeiro tinha sido um acidente. Gabrielle estava descascando uma maçã em uma das casas adotivas quando a faca escorregou e cortou a carne macia de seu polegar. Doeu um pouco, mas, ao observar o filete de sangue vertendo, brilhante e escarlate, Gabrielle não havia sentido nem pânico nem medo.

Havia sentido fascinação.

Havia sentido uma espécie incrível de... paz.

Alguns meses depois dessa descoberta surpreendente, voltou a se cortar. Cortou por vontade, em segredo, sem nenhuma intenção de se machucar. Com o passar do tempo, repetia o ato frequentemente, sempre que precisava sentir a mesma profunda sensação de calma.

E precisava agora, pois estava ansiosa e agitada como um gato, de orelhas atentas ao menor ruído que escutasse dentro ou fora de casa. Sua cabeça latejava. A respiração estava ofegante e exalava rápido por entre os dentes.

Seus pensamentos se intercalavam entre as lembranças vívidas daquela noite fora da boate, o horripilante hospital psiquiátrico onde havia tirado algumas fotos na outra manhã e o medo irracional, profundo e desconcertante que havia sentido esta tarde.

Precisava de um pouco de paz depois de tudo isso.

Ainda que fossem raros momentos de calma.

Gabrielle deslizou o olhar para o conjunto de facas de madeira que estava no balcão ali perto. Esticou a mão e pegou uma. Fazia anos desde que fizera isso pela última vez. Havia se esforçado muito para conseguir controlar o estranho e vergonhoso impulso.

Mas havia realmente conseguido?

Seus psicólogos e os assistentes-sociais por fim se convenceram de que sim. Assim como os Maxwell.

Nesse instante, Gabrielle começou a divagar enquanto trazia a faca para perto do braço desnudo, e uma expectativa sombria a inundou. Pressionou a ponta da lâmina sobre a carne do antebraço, porém, ainda sem a força necessária para cortar a pele.

Esse era seu demônio pessoal – algo que nunca havia compartilhado abertamente com ninguém, nem mesmo com Jamie, seu amigo mais querido.

Ninguém entenderia.

Quase nem ela mesma entendia.

Gabrielle inclinou a cabeça para trás e respirou fundo. Ao trazer o rosto de volta e exalar lentamente, vislumbrou seu reflexo na janela sobre a pia. O semblante que a olhava de volta tinha as feições exaustas e pesarosas, e os olhos estavam assombrados e aborrecidos.

– Quem é você? – Sussurrou para a imagem fantasmagórica no vidro. Teve de engolir um soluço. – O que há de errado?

Sentindo-se miserável consigo mesma, jogou a faca para dentro da pia e se afastou dali enquanto o objeto batia contra a pia imaculada.

O constante som das hélices do helicóptero cortava o noturno céu silencioso sobre o velho hospital psiquiátrico. Saído detrás de uma nuvem baixa, um Colibri EC120 preto desceu e pousou suavemente em uma área plana do telhado.

– Desligue o motor – ordenou o líder dos Renegados ao seu piloto subordinado assim que o helicóptero se estabilizou no heliporto improvisado. – Aguarde aqui até que eu volte.

Saltou para fora da cabine e foi imediatamente recebido por seu tenente, um indivíduo bastante desagradável que havia recrutado na Costa Oeste.

– Está tudo em ordem, senhor. As grossas sobrancelhas do Renegado se juntaram sobre os ferozes olhos amarelos. Ainda trazia na cabeça calva as cicatrizes de choques elétricos infligidos durante uma série de interrogatórios da Raça, aos quais havia sido submetido aproximadamente um ano atrás. Todavia, em meio ao resto de suas horrendas feições, as várias marcas de queimadura eram apenas um detalhe. O Renegado sorriu, deixando expostas as enormes presas. – Seus presentes esta noite foram muito bem recebidos, senhor. Todo mundo espera ansioso por sua chegada.

Com os olhos escondidos detrás de óculos escuros, o líder dos Renegados assentiu brevemente e caminhou devagar enquanto o conduziam até o último andar do prédio, onde tomaram um elevador que lhes levaria ao cerne das dependências. Desceram bem além do andar térreo e saíram do elevador em um túnel cheio de curvas e reentrâncias que englobava parte da fortaleza do lar dos Renegados.

Quanto ao líder, havia se estabelecido em um quartel particular em algum lugar de Boston no último mês, revendo intimamente as operações, avaliando seus obstáculos e determinando as maiores vantagens que tinham nesse novo território que pretendiam controlar. Seria sua primeira aparição em público – um evento, tal como pretendia.

Não era sempre que se aventurava na degradação da população em geral; os vampiros que se convertiam em Renegados eram do tipo rudes, indiscriminados, e ele tinha aprendido a apreciar coisas melhores durante seus vários anos de existência. Era necessária uma aparição, contudo, ainda que breve. Precisava lembrar os animais a quem serviam, e por isso havia dado uma amostra dos benefícios que os esperavam ao fim de sua última missão. Nem todos sobreviveriam, claro. As baixas acabavam se acumulando em meio a guerras.

E, esta noite, era guerra que venderia a eles.

Nada mais de conflitos insignificantes por território. Sem mais brigas internas entre os Renegados ou atos despropositais de vingança pessoal. Iriam se unir e virar uma página nunca antes imaginada na épica batalha que havia dividido para sempre a nação dos vampiros em dois. Por muito tempo, a Raça havia reinado e chegado a um acordo informal com os humanos inferiores, ao mesmo tempo em que lutavam para eliminar seus irmãos Renegados.

As duas facções da linhagem dos vampiros não eram assim tão diferentes uma da outra; distinguiam-se por pouco. A diferença entre um vampiro da Raça que satisfazia sua fome de vida e o vício de sangue que atacava a Sede interminável dos Renegados era de apenas alguns litros. A linhagem real da Raça havia sido perdida desde o tempo dos Antigos, à medida que novos vampiros cresciam e se acasalavam com Companheiras de Raça humanas.

Mas nem toda a deterioração dos genes humanos seria capaz de destruir por completo os genes dos vampiros, mais fortes. A Sede de Sangue era um fantasma que assombraria a Raça para sempre.

Assim como acreditava o líder da incipiente guerra, podia-se tanto lutar contra o impulso inato da espécie quanto utilizá-lo em favor próprio.

Nesse instante, ele e o tenente que o acompanhava chegaram ao fim do corredor, onde a música alta reverberava pelas paredes e sob seus pés. Atrás das portas duplas de aço escovado, estourava uma festa. Diante dela, um Renegado que estava de vigia ajoelhou-se rapidamente assim que suas pupilas fendidas registraram quem esperava à sua frente.

– Senhor – disse, com a voz áspera e reverenciosa, mostrando deferência ao não levantar a vista para encarar os olhos que se escondiam atrás dos óculos escuros. – Meu senhor, sentimo-nos honrados.

E, de fato, era uma honra. O líder fez um breve gesto de assentimento com a cabeça quando o vigia se pôs de pé outra vez. Com uma mão suja, o guarda empurrou as portas para permitir a passagem de seu superior até a estridente reunião que acontecia ali dentro. O líder se despediu do acompanhante e ficou livre para observar o local em particular.

Tratava-se de uma orgia de sangue, sexo e música. Para todos os lados que olhasse, podia ver Renegados tateando, acossando e se alimentando de uma ampla variedade de humanos, tanto homens quanto mulheres. Não sentiam muita dor, ainda que estivessem presentes por vontade própria ou não. A maioria já havia sido mordida pelo menos uma vez e perdeu sangue o bastante para ser envolvida numa despreocupada onda sensual de êxtase. Alguns já estavam longe e afundavam nos braços de seus selvagens predadores como se fossem belas bonecas de pano, sendo devoradas até que não restasse mais nada.

Mas isso era de se esperar ao jogar tenros cordeiros em uma cova repleta de bestas vorazes.

Enquanto andava com passos largos em direção ao centro da festa, suas palmas começaram a suar. Sentiu o pênis endurecer por baixo do caimento apertado das calças confeccionadas sob medida. As gengivas começaram a palpitar doloridas, mas mordeu a língua para evitar que as presas se alongassem de fome, da maneira como as partes íntimas haviam respondido às eróticas toneladas de estímulos sensoriais que o atacavam por todos os lados.

Os aromas de sexo e sangue derramado se misturavam e chamavam por ele como o canto de uma sereia – bem conhecida, aliás, embora estivesse em um passado muito distante. Ah, ainda adorava uma boa transa e uma suculenta veia aberta, porém, tais necessidades não mais o possuíam. Havia sido um caminho difícil de volta do poço em que tinha afundado, mas, ao final, havia vencido.

Era Mestre de si mesmo agora, e, em breve, de muitos, muitos mais.

Uma nova guerra estava para começar, e ele estava disposto a oferecer a batalha final. Estava preparando seu exército, aperfeiçoando seus métodos, recrutando aliados que, mais tarde, seriam sacrificados sem hesitação no altar de suas extravagâncias pessoais. Aplicaria uma vingança sangrenta à nação dos vampiros e ao mundo humano, que só existia para servir à sua espécie. Quando tivesse fim a grande batalha e todo o pó e as cinzas estivessem por fim assentados, não haveria ninguém em seu caminho.

Seria um maldito rei. Como lhe era direito por nascença.

– Mmm... Ei, gato... Venha aqui brincar comigo.

O rouco convite chegou até suas orelhas por cima do alvoroço da festa. De uma pilha retorcida de corpos nus e escorregadios, surgiu uma mão feminina que apertou sua coxa assim que passou. Ele se deteve e baixou os olhos com impaciência. Havia certa beleza oculta sob a escura maquiagem toda borrada, mas sua mente estava completamente perdida no delírio da orgia. Dois filetes de sangue lhe escorriam pela viçosa garganta até a ponta dos seios, perfeitamente delineados. Tinha outras mordidas em outros lugares também: no ombro, no ventre e no interior de uma das coxas, logo abaixo da estreita faixa de pelos que lhe cobriam a genitália.

– Junte-se a nós – implorou, saindo da selva emaranhada de braços e pernas e Renegados excitados. A mulher havia sido drenada quase completamente, estava a poucos litros da morte. Tinha os olhos vidrados, fora de foco. Seus movimentos eram lânguidos, como se os ossos tivessem se transformado em borracha. – Tenho o que deseja. Sangrarei por você também. Venha, prove-me.

Ele não disse nada, simplesmente afastou os pálidos dedos manchados de sangue que se agarravam no tecido fino de suas calças caras de seda.

Francamente, não estava no clima.

E, como qualquer negociante próspero, nunca tocava sua própria mercadoria.

Empurrou-a pelo peito com a mão, de volta para a baderna. Ela gritou quando um dos Renegados a apanhou firme e a virou agressivamente, sujeitando-a debaixo de si e penetrando-a por trás; ela guinchou e gemeu, mas logo se reprimiu em silêncio, assim que o vampiro sedento de sangue lhe mergulhou as enormes presas no pescoço e chupou a última gota de vida de seu corpo exaurido.

– Aproveitem esses mimos – disse o que em breve seria rei, e sua voz profunda ressoou magnânima por cima dos rugidos selvagens e do estrondo ensurdecedor da música. – A noite se aproxima, e logo receberão todas as recompensas que tenho a lhes oferecer.

Capítulo 11

Lucan bateu outra vez na porta da casa de Gabrielle.

Ainda sem resposta.

Fazia quase cinco minutos que estava ali parado na porta da frente, na escuridão, esperando que ela abrisse a maldita porta e o convidasse para entrar, ou que o xingasse por detrás da relativa segurança das inúmeras fechaduras e lhe dissesse para se perder.

Depois do lance libidinoso que tivera com ela na noite anterior, não tinha certeza de qual reação merecia. Provavelmente, o repúdio furioso.

Golpeou outra vez a porta, tão forte que os vizinhos deveriam ter ouvido, porém ainda não escutava nenhum movimento dentro da casa de Gabrielle. Apenas o silêncio. Uma quietude enorme do outro lado da porta.

Mas ela estava ali dentro. Ele podia senti-la através das camadas de madeira e tijolos que os separavam. E também sentia cheiro de sangue – não muito, mas alguns vestígios perto da porta.

Filho da mãe.

Ela estava ali e estava ferida.

– Gabrielle!

A preocupação lhe correu pelas veias como ácido, enquanto tentava se acalmar e concentrar seus poderes mentais nas fechaduras do outro lado da porta. Com esforço, abriu uma, depois a outra. A corrente de segurança se soltou e balançou contra o batente da porta, num ruído metálico.

Lucan abriu a porta com estrondo, e suas botas bateram com força no chão ladrilhado. A bolsa da câmera de Gabrielle estava no meio do caminho, provavelmente onde ela a tinha deixado na pressa. O doce aroma de jasmim de seu sangue golpeou suas narinas um instante antes que seus olhos se prendessem numa trilha irregular de pequenos respingos de cor carmim.

A atmosfera da casa também se encontrava envolta por um amargo clima de medo. Seu aroma havia desvanecido, era de algumas horas atrás, mas permanecia como uma neblina.

Lucan passou pela sala de estar para chegar até a cozinha, onde as gotas de sangue prosseguiam. Enquanto atravessava a sala, seu olhar esbarrou numa pilha de fotos jogadas na mesa do sofá.

Eram umas cenas incomuns, uma variedade estranha de imagens. Reconheceu algumas do trabalho em andamento de Gabrielle, o que ela havia nomeado *Renovação Urbana*. Porém, havia algumas fotos que ele ainda não tinha visto antes. Ou talvez não tivesse prestado a devida atenção para perceber.

Agora ele as notou.

Maldição, notou-as como nunca.

Um velho depósito perto do cais. Uma fábrica de papel abandonada nos arredores da cidade. Várias outras estruturas nada amistosas, perto das quais nenhum humano – muito menos uma mulher desprevenida como Gabrielle – deveria se arriscar.

Esconderijo de Renegados.

Alguns já estavam extintos agora, graças a Lucan e seus guerreiros, mas outros ainda estavam ativos. Vislumbrou vários deles que Gideon tinha sob vigilância nesse exato momento. Ao passar pelas fotos, perguntou-se quantas mais Gabrielle teria de localizações de Renegados que ainda estavam fora do radar da Raça.

– Caramba! – Murmurou tenso, repassando mais algumas imagens.

Havia, inclusive, algumas fotos exteriores dos Refúgios Secretos locais, entradas escuras e disfarçadas por sinalizações que tinham por intenção evitar que os santuários vampirescos fossem facilmente localizados, tanto por humanos intrometidos quanto pelos inimigos Renegados.

Apesar de tudo, Gabrielle havia encontrado todos esses lugares. Como?

Com certeza, não fora por acaso. Sua extraordinária percepção visual provavelmente a levou até eles. Já havia demonstrado que era imune aos truques habituais de trapaça dos vampiros – ilusões hipnóticas em massa, controle mental... e agora isso.

Lucan amaldiçoou e enfiou algumas fotografias no bolso de sua jaqueta de couro, e depositou o resto de volta na mesa.

– Gabrielle?

Encaminhou-se para a cozinha, onde algo ainda mais perturbador o esperava.

O aroma do sangue de Gabrielle estava mais forte ali e o levou até a pia. Estacou congelado, e sentiu um arrepio de frio lhe obstruindo o peito enquanto encarava a pia.

Parecia que alguém havia tentado limpar uma cena de crime, num trabalho muito malfeito. Havia mais de uma dúzia de toalhas de papel encharcadas e manchadas de sangue dentro da pia, junto com uma faca que havia sido retirada do suporte de madeira no balcão.

Apanhou a lâmina afiada e a inspecionou com rapidez. Não havia sido usada, mas todo o sangue na pia e esparramado pelo chão, desde a entrada da casa até a cozinha, pertencia exclusivamente a Gabrielle.

E as roupas rasgadas que estavam jogadas num montinho próximo ao seus pés também traziam seu aroma.

Por Deus, se alguém tivesse tocado nela...

Se algo lhe houvesse acontecido...

– Gabrielle!

Lucan seguiu seus sentidos até o porão da casa. Não se preocupou em acender as luzes; sua visão era ainda mais apurada no escuro. Desceu os degraus num lance só e chamou por seu nome em meio ao silêncio.

Em um dos cantos do aposento, o odor de Gabrielle estava mais intenso. Lucan se deparou com outra porta fechada, completamente vedada para bloquear qualquer luz externa. Tentou a maçaneta, e a sacudiu com força ao ver que estava trancada.

– Gabrielle. Está me ouvindo? Meu bem, abra a porta.

Não esperou pela resposta. Não estava com paciência para isso, nem para se concentrar em destrancar o fecho do outro lado. Com um rugido de fúria, Lucan golpeou a porta com o ombro e irrompeu no quarto.

Seus olhos imediatamente a encontraram no espaço sem luz. Seu corpo estava encurvado no chão da apertada sala escura, desnudo, exceto por um modesto sutiã e a calcinha de renda. Ela despertou com a chegada inusitada e estrondosa.

Levantou a cabeça rapidamente. Tinha as pálpebras pesadas e inchadas de tanto chorar. Estivera ali soluçando, e Lucan imaginou que por muito tempo. Estava completamente exausta. Parecia tão pequena, tão vulnerável.

– Ah, Deus. Gabrielle – murmurou, deixando-se cair ao seu lado. – Que diabos está fazendo aqui? Alguém lhe machucou?

Ela balançou a cabeça, mas não respondeu de imediato. Com as mãos trêmulas, tirou o cabelo da frente do rosto, tentando encontrar Lucan em meio à escuridão.

– Só estava... cansada. Precisava de silêncio... de paz.

– E por isso se trancou aqui em baixo? – Soltou um suspiro aliviado, mas o corpo dela ainda trazia machucados que haviam parado de sangrar há pouco tempo. – Tem certeza de que está bem?

Ela assentiu e se aproximou dele no escuro.

Lucan franziu a testa e a alcançou com a mão, acariciando-lhe a cabeça. Ela entendeu o gesto como um convite, e se jogou em seus braços como uma criança carente de conforto e ternura. Não era um bom sinal o tanto que lhe parecia natural segurá-la, a intensidade de seu desejo em tranquilizá-la de que estava segura com ele. De que ele a protegeria como se fosse sua.

Como se fosse sua.

Impossível, lembrou-se. Mais do que impossível, era absurdo.

Baixou os olhos em silêncio, e ficou admirando o suave calor que emanava da bela mulher enroscada nele num estado delicioso de nudez quase total. Ela não tinha nem ideia do perigoso mundo que agora a envolvia – e muito menos de que se abraçava nesse instante com um mortífero vampiro.

Ele era o último que poderia oferecer proteção contra os perigos a uma Companheira de Raça. Quando estava com Gabrielle, a mínima fragrância de seu corpo já trazia sua Sede de Sangue até a zona de perigo. Acariciou-lhe o pescoço e o ombro, e tentou abstrair a batida constante do pulso dela sob a ponta de seus dedos. Precisava lutar ferozmente contra as lembranças da última vez em que estivera com ela, e contra o tanto que precisava possuí-la outra vez.

– Mmm, isso é gostoso – murmurou ela, sonolenta, contra seu peito. Sua voz saiu como um ronrono meio adormecido, e lhe arrepiou de calor a coluna. – É outro sonho?

Lucan gemeu, incapaz de responder. Não era um sonho e, particularmente, não se sentia nada bem. Podia sentir cada pedacinho da antiga besta selvagem, quanto mais ela se acomodava em seu corpo, com uma doce inocência e confiança.

Procurando distração, logo encontrou uma. Um rápido olhar acima da cabeça fez todos os músculos de seu corpo se endurecessem, por um motivo completamente diverso.

Cravou os olhos em outras fotografias de Gabrielle, penduradas no varal do quarto-escuro. Ali, entre várias imagens sem importância, havia mais um punhado de fotografias de localizações de vampiros.

Pelo amor de Deus, tinha inclusive uma fotografia do condomínio dos guerreiros. Havia sido tirada de dia, da estrada que circundava o prédio bem protegido. Não havia como confundir o enorme portão de ferro todo espiralado que bloqueava o longo caminho até a mansão de alta segurança no fim, protegida do público em geral.

Gabrielle deveria ter permanecido bem do lado de fora da propriedade para tirar a fotografia. Tomando como base a folhagem de verão das árvores ao redor, a imagem não deveria ter mais de algumas semanas. Ela estivera lá, a apenas alguns metros de onde ele morava.

Ele nunca havia acreditado em destino, porém, parecia muito claro que, de um jeito ou de outro, essa fêmea estava destinada a lhe cruzar o caminho.

Ah, sim. A cruzar como um gato preto.

Era típico de sua sorte que, após séculos se esquivando de balas cósmicas e complicadas confusões emocionais, as sinuosas irmãs do destino e da realidade decidissem colocá-lo em suas listas de desejos realizados ao mesmo tempo.

– Está tudo bem – disse a Gabrielle, ainda que as coisas tomassem rapidamente a direção contrária. – Vamos subir e colocar umas roupas em você, aí podemos conversar. – Antes que a contínua visão de seu corpo em cetim e rendas acabasse com ele.

Lucan a levantou com os braços, carregou-a para fora do quarto-escuro e subiu os degraus até o andar principal. Enquanto a segurava assim tão perto, seus sentidos aguçados registraram os detalhes dos diversos machucados que tinha: arranhões e esfolados nas mãos e nos joelhos, evidências de uma queda bem feia.

Tinha tentado escapar de algo – ou de alguém –, aterrorizada quando caiu. O sangue de Lucan fervia querendo saber quem causara tal mal, mas em breve teria tempo para isso. O conforto e o bem-estar de Gabrielle eram sua maior preocupação nesse instante.

Lucan atravessou a sala de estar com ela no colo e subiu pela escada até o quarto. Sua intenção era ajudá-la a se vestir, contudo, ao passar pelo banheiro logo ao lado, abriu a torneira com a mente. Os dois realmente precisavam conversar, e tudo seria mais fácil para ela depois de um banho quente.

Com os braços de Gabrielle ao redor dos ombros, Lucan a carregou para dentro do banheiro. Uma pequena lâmpada iluminava o ambiente, o suficiente para seu agrado. Levou sua doce carga até a banheira e sentou-se na beirada, balançando Gabrielle no colo.

Desabotoou o fecho frontal da delicada peça de cetim, e expôs os seios de Gabrielle a seus olhos, que arderam repentinamente. Sentiu as mãos coçarem de vontade de tocá-la, e assim o fez. Passou a ponta dos dedos pelas curvas faceiras, apertando de leve os mamilos rosados com os polegares.

Que Deus o ajude. O suave gemido de prazer que se enroscou na garganta dela endureceu-lhe o pênis a ponto de doer.

Passou-lhe a mão pelo torso, até chegar ao pedaço de tecido lustroso que lhe cobria as intimidades. Tinha as mãos grandes e desajeitadas perto do delicado cetim, mas conseguiu, de algum modo, tirar-lhe a calcinha e escorregá-la pelas compridas pernas de Gabrielle.

O sangue voltou a lhe ferver como lava derretida com a visão dela outra vez nua à sua frente.

Provavelmente, deveria se sentir culpado por achá-la tão incrivelmente atraente mesmo em seu atual estado de vulnerabilidade, mas era tão bom em mostrar algum constrangimento quanto em bancar o provedor. E já havia provado a si mesmo que tentar exibir o mínimo de controle ao lado dessa mulher em particular era uma batalha que nunca ganharia.

Ao lado da banheira, havia um frasco de sabonete líquido de espuma. Lucan despejou uma porção generosa sob a água corrente.

Enquanto a espuma se formava, colocou Gabrielle com cuidado na água quente. Ela gemeu com visível apreço ao mergulhar na água borbulhosa; deixou as pernas relaxarem e encostou os ombros na toalha que Lucan rapidamente providenciou como almofada para que não encostasse contra os azulejos e a porcelana frios.

O pequeno banheiro logo se encheu de vapor de água e do próprio aroma leve de jasmim de Gabrielle.

– Confortável? – Perguntou, enquanto se livrava da jaqueta e a jogava no chão perto da pia.

– Mmm – ronronou.

Ele não conseguia resistir à tentação de tocá-la. Afagou-lhe o ombro com suavidade e pediu:

– Escorregue um pouco para que eu molhe seu cabelo. Vou lavá-lo.

Ela obedeceu e deixou que ele guiasse sua cabeça até a água e de volta para cima; seus rubros cachos se escureceram em um lustroso castanho-avermelhado. Ficou em silêncio por um bom tempo, então, levantou lentamente as pálpebras e lhe sorriu como se tivesse acabado de recobrar a consciência e estivesse surpresa por lhe encontrar ali.

– Oi.

– Olá.

– Que horas são? – Perguntou com um bocejo reprimido, espreguiçando-se.

Lucan deu de ombros.

– Por volta de oito, acho.

Gabrielle se afundou na banheira e fechou os olhos com um gemido.

– Dia ruim?

– Não foi um dos melhores.

– Imaginei. Suas mãos e seus joelhos estão meio machucados. – Lucan estendeu a mão e fechou a torneira. Pegou um frasco de xampu ali perto e despejou um pouco nas mãos. – Quer me contar o que aconteceu?

– Prefiro não contar – respondeu, e uma ruga apareceu entre as delgadas sobrancelhas. – Fiz algo estúpido hoje à tarde. Vai ficar sabendo logo, tenho certeza.

– De que jeito? – Indagou Lucan, esfregando as mãos com o xampu.

Enquanto ele lhe massageava a cabeça com aquela densa espuma, Gabrielle abriu um dos olhos e o fitou de esguelha.

– O rapaz da delegacia não contou nada a ninguém?

– Que rapaz?

– Aquele que trabalha no escritório da delegacia. Alto, magricela, um tipo até normal... Não sei seu nome, mas tenho certeza de que estava lá naquela noite que dei minha declaração sobre o assassinato. Hoje eu o vi no parque. Achei que estivesse me espiando, na verdade, e eu... – engoliu em seco e balançou a cabeça – corri atrás dele feito louca, acusando-o de me espionar.

As mãos de Lucan ficaram imóveis em seu cabelo; seus instintos de guerreiro logo se despertaram.

– Você o quê?

– É, eu sei – disse ela, obviamente interpretando mal sua reação. Afastou um tanto de bolhas com a mão. – Disse que foi estúpido. De qualquer modo, persegui o pobre garoto até Chinatown.

Embora não o tivesse falado, Lucan sabia que os instintos iniciais de Gabrielle estavam corretos sobre o estranho que a vigiava no parque. Como o incidente havia ocorrido em plena luz do dia, não podia ter sido nenhum Renegado – uma breve sorte –, mas os humanos que os serviam podiam ser igualmente perigosos. Os Renegados empregavam Subordinados em todos os cantos do mundo, humanos escravizados por uma exaurível mordida de algum vampiro poderoso que os livrava de qualquer consciência e arbítrio, deixando-lhes em um estado de total obediência assim que despertavam.

Lucan não tinha dúvidas de que o homem que estivera espionando Gabrielle o fazia a serviço de algum Renegado que assim ordenara.

– Essa *pessoa* te fez algum mal? Foi assim que se machucou?

– Não, não. Isso fui eu mesma. Fiquei completamente nervosa por nada. Depois que perdi o jovem de vista em Chinatown, perdi a cabeça. Achei que um carro estava atrás de mim, mas não estava.

– Como pode ter certeza disso?

Ela lhe lançou um olhar encabulado.

– Porque era o prefeito, Lucan. Achei que seu veículo oficial me perseguia e comecei a correr. Para completar um dia perfeitamente horrível, caí de cara em meio a uma calçada repleta de gente e tive que mancar de volta para casa com as mãos e os joelhos sangrando.

Lucan amaldiçoou em voz baixa ao dar-se conta de como ela havia passado perto do perigo. Pelo amor de Deus, ela havia de fato perseguido um Subordinado sozinha. O pensamento lhe deu arrepios, mais do que gostaria de admitir.

– Precisa me prometer que vai tomar mais cuidado – disse ele em um tom repreensivo, sem paciência de se preocupar em ser educado, sabendo que ela poderia estar morta a uma hora dessas. – Se algo do tipo voltar a acontecer, tem de me contar imediatamente.

– Não vai acontecer outra vez, porque foi um engano meu. E eu não iria ligar para você ou para qualquer um na delegacia por isso. Imagina como adorariam se eu ligasse para relatar que um de seus funcionários estava me seguindo sem razão aparente?

Droga. A mentira que contara de que era um policial estava lhe deixando em maus lençóis. Ainda pior, poderia tê-la colocado em risco se tivesse ligado para a delegacia atrás de um "detetive Thorne" e, ao invés disso, atraísse a atenção de um Subordinado infiltrado.

– Vou lhe passar o número de meu celular. Pode me encontrar sempre nele. Quero que o use a qualquer momento, certo?

Ela assentiu enquanto Lucan voltava a abrir a torneira para enxaguar suas mechas sedosas e brilhantes.

Frustrado consigo mesmo, Lucan pegou uma esponja em uma prateleira logo acima e a mergulhou na água.

– Agora, deixe-me ver seu joelho.

Ela ergueu a perna debaixo da camada de bolhas. Lucan segurou seu pé com uma mão e lavou com cuidado o machucado. Era só um arranhão, mas tinha voltado a sangrar quando a água quente lhe bateu na ferida. Lucan apertou a mandíbula com força enquanto os fragrantes filetes de cor escarlate desciam delicadamente por sua pele, até a imaculada espuma de banho.

Terminou de limpar os dois joelhos machucados e gesticulou para que lhe desse as mãos em seguida. Não se atrevia a falar agora que o corpo nu de Gabrielle se misturava ao fresco aroma do sangue que escorria, golpeando-lhe o crânio como um martelo.

Com uma atenção parcimoniosa, limpou-lhe os arranhões da palma das mãos, sabendo dolorosamente que aqueles profundos olhos escuros acompanhavam cada movimento seu. Podia sentir as rápidas batidas no pulso sob a pressão de seus dedos.

Ela também o desejava.

Lucan começou a soltá-la, mas assim que ela dobrou o braço para se afastar, ele percebeu algo inquietante. Seus olhos pousaram em uma série de leves marcas que danificavam a impecável pele aveludada. Eram cicatrizes, pequenos cortes na parte de dentro dos antebraços, e havia mais nas coxas.

Cortes de lâmina.

Como se tivesse sofrido repetidas torturas infernais quando não era mais que uma garotinha.

– Por Deus! – Virou a cabeça para encará-la, com a fúria no olhar. – Quem fez isso com você?

– Não é o que está pensando.

Ele estava completamente irado e não tinha intenção de deixar o assunto de lado.

– Diga-me.

– Não é nada, mesmo. Esqueça...

– Dê-me um nome, maldito seja, e juro que vou matar o filho da mãe com minhas próprias mãos...

– Fui eu – interrompeu-o ao tomar fôlego. – Fui eu. Ninguém fez isso, só eu.

– O quê? – Ainda segurando o frágil pulso com a mão, virou-lhe o braço outra vez para observar a quase imperceptível rede de cicatrizes cruzadas em tons de roxo. – Você fez isso? *Por quê?*

Ela se soltou de suas mãos e mergulhou os dois braços sob a água, como se quisesse protegê-los de maiores inspeções.

Lucan xingou em voz baixa, em uma língua que quase não falava mais.

– Com que frequência, Gabrielle?

– Não sei. – Ela deu de ombros, evitando seu olhar. – Faz muito tempo que não faço. Já superei.

– É por isso que tem uma faca na pia lá embaixo?

Gabrielle lhe lançou um olhar defensivo e angustiado. Não gostava de que ele se intrometesse, assim como ele próprio, mas Lucan queria compreender. Mal podia imaginar o que a levaria a enfiar uma faca na própria carne.

Várias e várias vezes.

Ela franziu o cenho e passou a fitar as bolhas de sabão que se dissipavam ao redor. – Olha, podemos deixar o assunto para lá? Realmente não quero falar sobre...

– Talvez devesse falar sobre isso.

– Ah, claro. – Ela riu com certa ironia. – Essa é a parte em que me aconselha que preciso ver um psiquiatra, detetive Thorne? Quem sabe ir a algum lugar onde me deixem num estado de torpor de tantos medicamentos e sob a vigília de um médico, para meu próprio bem?

– Foi isso que aconteceu?

– As pessoas não me entendem. Nunca me entenderam. Às vezes, nem eu mesma me compreendo.

– Não entendem o quê? De que tem uma necessidade de se machucar?

– Não. Não é isso. Não foi por isso que fiz.

– Então por quê? Por Deus, Gabrielle, deve haver mais de uma centena de cicatrizes.

Não fiz porque queria dor. Não me doía. – Tomou fôlego e o soltou entre os lábios. Levou alguns segundos para falar, e Lucan continuou observando-a em silêncio, estupefato. – Nunca foi para causar dor, nem para mim, nem para ninguém. Não estava enterrando lembranças traumáticas ou tentando fugir de algum tipo de abuso, apesar das opiniões dos assim chamados especialistas designados pelo estado. Cortei-me porque... me aliviava. Sangrar me acalmava. Não precisava de muito, só um cortezinho, nada muito profundo. Quando sangrava, tudo que estava fora de lugar e era estranho, de repente, parecia... normal.

Ergueu a vista até o olhar resoluto de Lucan, com um novo ar desafiador, como se tivesse aberto um portão em algum lugar dentro de si e liberado um fardo muito pesado. De certa forma, Lucan percebeu que fora isso que aconteceu ali. Só que ainda faltava a Gabrielle uma peça crucial de informação, que colocaria tudo em seu devido lugar.

Ela não sabia que era uma Companheira de Raça.

Não tinha como saber que, algum dia, um membro de sua estirpe iria tomá-la como sua eterna amada e lhe mostraria um mundo diferente de tudo que já tinha imaginado. Abriria seus olhos para o prazer que só podia existir em uma relação de sangue.

Lucan se viu odiando o macho desconhecido que teria a honra de amá-la.

– Não estou maluca, se é isso que está pensando.

Lucan negou com a cabeça.

– Não estou mesmo pensando isso.

– Desprezo piedade.

– Eu também – retorquiu, notando a advertência em suas palavras. – Você não precisa de piedade, Gabrielle. Nem tampouco de remédios ou médicos.

Ela tinha se retraído assim que ele descobriu as cicatrizes, mas agora Lucan percebeu que estava hesitante e voltava a confiar nele lentamente.

– Você não pertence a este mundo – disse-lhe, constatando um fato, nada sentimental. Estendeu a mão e lhe acariciou o rosto. – Você é extraordinária demais para a vida que anda levando, Gabrielle. Acredito que sempre soube disso. Um dia, tudo vai fazer sentido, prometo. Então vai compreender tudo e encontrará seu verdadeiro destino. Talvez eu possa lhe ajudar a encontrá-lo.

Lucan quis terminar de banhá-la, mas a atenção com que os olhos de Gabrielle estavam vidrados nele deixou suas mãos imóveis. A profunda ternura com que ela lhe sorriu em resposta doeu fundo no peito. Capturado naquele tenro olhar, sentiu a garganta se obstruir.

– O que foi?

Ela meneou a cabeça de leve.

– Só estou surpresa. Não esperava que um policial grande e durão como você pudesse falar sobre vida e destino de forma tão romântica.

A lembrança de que havia se aproximado dela, e ainda o fazia, por meio de um disfarce lhe devolveu um pouco do bom senso ao cérebro. Mergulhou a esponja na água ensaboada e a deixou flutuar em meio à espuma.

– Talvez eu esteja apenas falando bobagens.

– Não acredito nisso.

– Não confie tanto em mim – disse, forçando um tom despreocupado. – Não me conhece, Gabrielle. Não mesmo.

– Gostaria de conhecê-lo. De verdade. – Ela, então, sentou-se na banheira; as tépidas ondulações lhe lambiam o corpo nu do mesmo modo que Lucan desejava fazer com a língua. As pontas de seus seios estavam bem acima da superfície da água, com os mamilos rosados e duros como botões, rodeados pela espuma branca.

– Diga-me, Lucan. De onde você é?

– De lugar nenhum. – A resposta lhe escorregou pelos lábios como um grunhido, uma confissão muito próxima da verdade, mais do que gostaria de admitir. Assim como ela, Lucan detestava piedade e sentia-se aliviado por ela o observar mais com curiosidade que compaixão. Correu um dedo por seu nariz arrebitado e coberto de sardas. – Sou o perfeito desajustado. Nunca pertenci realmente a lugar nenhum.

– Isso não é verdade.

Gabrielle rodeou-lhe os ombros com os braços. Seus doces olhos castanhos fitaram-no com ternura, com a mesma atenção que ele lhe havia dedicado ao tirá-la do quarto-escuro e trazê-la para um banho quente. Beijou-o e passou a língua por seus lábios, inundando os sentidos de Lucan com o inebriante perfume do desejo e de seu doce afeto feminino.

– Já cuidou tanto de mim esta noite. Deixe-me cuidar de você agora, Lucan. – Gabrielle o beijou outra vez, um beijo profundo e molhado com sua língua pequena e úmida, que despertou dentro de Lucan um grunhido do mais puro prazer masculino. Quando finalmente o largou, respirava agitada e tinha os olhos acesos de desejo carnal. – Está vestindo muita roupa. Tire já. Quero você nu aqui comigo.

Lucan obedeceu e atirou as botas, as meias, as calças e a camisa ao chão. Não vestia mais nada, ficou completamente despido diante de Gabrielle.

Totalmente ávido por possuí-la.

Tomou cuidado para manter os olhos afastados dos dela, agora que suas pupilas haviam se estreitado de desejo, e ficou atento à pressão das presas palpitantes, que já haviam se alongado por detrás dos lábios. Se não fosse pela tênue luz da lâmpada perto da pia, ela com certeza o teria visto em toda sua glória voraz.

E isso poderia estragar um momento tão promissor.

Ele não iria tentar a sorte.

Com uma impetuosa ordem mental, estilhaçou a pequena lâmpada por detrás da cúpula de plástico. Gabrielle se assustou com o estalo repentino, mas logo suspirou ao ver-se rodeada pela deliciosa escuridão. Seu corpo fazia ruídos adoráveis ao deslizar contra a banheira.

– Acenda outra luz, se quiser.

– Vou te encontrar sem luz – prometeu Lucan sem conseguir falar direito, completamente dominado pelo desejo.

– Então venha – implorou sua sereia da banheira aquecida.

Ele entrou na água e se abaixou para encontrá-la no escuro. Não havia nada que desejasse mais nesse momento que puxá-la para perto – trazê-la até o abrigo de suas coxas e penetrá-la numa rápida investida. Mas iria deixar que Gabrielle determinasse o ritmo de ambos por enquanto.

Na outra noite, havia vindo faminto e possessivo; esta noite, iria oferecer-se a ela.

Mesmo que tal moderação o matasse.

Gabrielle deslizou até ele entre as finas nuvens de espuma. Passou as pernas ao redor de seu quadril e as cruzou atrás das nádegas. Inclinou-se para trás, procurando as pernas de Lucan com os dedos sob a superfície da água. Apertou com força seus músculos firmes, massageando-os, e passeou com as mãos ao longo de suas coxas lentamente, num tormento delicioso.

– Só para você saber, não sou sempre assim.

Lucan soltou um grunhido de interesse que lhe pareceu forçado.

– Quer dizer gostosa o suficiente para reduzir qualquer homem a pó aos seus pés?

Ela soltou uma leve gargalhada.

– É isso que eu lhe causo?

Ele lhe conduziu as mãos atrevidas até o pênis.

– O que você acha?

– Acho você fantástico – disse Gabrielle, e permaneceu com as mãos ali após ele tirar as dele, acariciando-lhe o membro, que irrompia para fora da água. – Você é diferente de qualquer pessoa que já conheci. E o que queria dizer é que não sou sempre tão... bem... agressiva. Não costumo namorar muito.

– Não se deita com muitos homens?

Mesmo no escuro, Lucan pôde perceber o repentino rubor nas bochechas de Gabrielle.

– Não. Faz muito tempo.

Nesse instante, ele não queria que ela levasse qualquer outro homem – humano ou vampiro – para a cama.

Não queria que ela transasse nunca mais com outra pessoa.

E, que Deus o ajudasse, iria perseguir e estripar o Subordinado idiota que poderia tê-la machucado hoje.

O pensamento o atingiu como um ataque selvagem de possessividade, à medida que os dedos dela se enredavam em seu pênis, umedecendo-lhe a ponta. Assim que ela se inclinou e o conduziu até a boca, beijando-o com vontade, ele se ergueu ereto.

Nada mais de rasgar as tripas do Subordinado; não aceitaria nada menos que um homicídio sangrento e sem rodeios.

Lucan pousou as mãos nos ombros de Gabrielle, enquanto ela o guiava a um desgovernado frenesi. Seus dedos, seus lábios, sua língua, com os seios roçando seu abdômen nu, ao mesmo tempo em que ela o acolhia em sua boca quente – tudo isso lhe estava conduzindo ao limite de uma loucura extraordinária. E não tinha o suficiente. Quando ela o soltou, ele amaldiçoou em voz baixa por perder a doçura dessa sucção.

– Preciso de você dentro de mim – pediu ela, ofegante.

– Claro – rosnou ele. – Ah, claro que sim.

– Mas...

Aquele momento de hesitação o confundiu. Enraiveceu-se por sentir-se mais como um selvagem Renegado que como um amante respeitoso.

– O que há de errado? – Ele perguntou, e sua fala saiu mais como uma ordem do que queria.

– Não devemos...? Na outra noite, as coisas saíram de controle antes que eu pudesse mencionar... mas não devemos, você sabe, usar algo dessa vez? – O desconforto de Gabrielle cortou-lhe a mente imersa em paixão como uma lâmina afiada. Ficou imóvel, e ela se ergueu para sair da banheira. – Tenho algumas camisinhas no quarto...

Mas ele apertou-lhe a cintura com as mãos antes que tivesse tempo de se levantar.

– Não posso engravidar você. – Por que isso parecia tão rude agora? Pensou, era a mais pura verdade. Somente casais com um vínculo, as Companheiras de Raça e os vampiros com quem trocavam o sangue das veias, podiam se reproduzir com sucesso. – E, quanto ao resto, não precisa se preocupar com proteção. Estou completamente saudável, e nada do que façamos juntos pode nos machucar.

– Ah, eu também. Espero que não me ache uma puritana porque pedi...

Ele a puxou para perto e silenciou a conversa desajeitada com um beijo lento. Quando seus lábios se separaram, Lucan lhe disse:

– Acredito, Gabrielle Maxwell, que é uma mulher inteligente que respeita a si e a seu corpo. Respeito você por não ter vergonha de se proteger.

Ela sorriu com os lábios junto aos dele.

– Não quero me proteger quando estou contigo. Você me deixa louca. Com vontade de gritar.

Ela, então, espalmou-lhe as mãos no peito e o empurrou até o outro lado da banheira, levantou-se e sentou-se em seu colo de modo que ele pudesse penetrá-la, deslizando-se para cima e para baixo, quase – mas *droga*, ainda não! – abrigando-o dentro de seu calor.

– Quero fazer você berrar – murmurou perto do ouvido dele.

Lucan gemeu, agoniado com aquela dança sensual. Cerrou os punhos ao lado do corpo para que não a agarrasse e a penetrasse de uma vez. Ela continuou com a brincadeira perversa, até que ele sentiu o clímax se aproximando. Estava prestes a transbordar, e ela continuava lhe provocando sem piedade.

– Caramba! – Exclamou entre os dentes e as presas cerrados, inclinando a cabeça para trás. – Pelo amor de Deus, Gabrielle, está me matando.

– Quero escutar – incitou ela.

E então Lucan sentiu ser envolvido lentamente pelas suculentas partes íntimas dela.

Lentamente.

Muito lentamente.

Jorrou um filete de esperma, tremendo enquanto o líquido quente penetrava o corpo dela. Gemeu, e nunca tinha estado tão perto de se perder como agora. Gabrielle o envolveu ainda mais, e os músculos dentro dela se fechavam ao redor dele, quanto mais ela se movimentava.

Ele quase não podia mais aguentar.

O aroma de Gabrielle o envolvia, misturado ao vapor do banho e mesclado ao intoxicante perfume dos corpos unidos. Os seios dela se agitavam perto de sua boca como duas frutas maduras prontas para serem apanhadas, mas não se atreveu a tocá-los agora que estava quase a ponto de perder o controle. Desejava beijar seus mamilos rosados, mas as presas lhe pulsavam com a urgência de tomar seu sangue – uma necessidade que só aumentava com a liberação sexual.

Virou a cabeça para o lado e deixou escapar um uivo de angústia; estava atormentado por várias tentações, e uma das maiores era a tensão por gozar dentro de Gabrielle e preenchê-la com cada gota de sua paixão. Soltou um palavrão, e logo estava gritando de verdade, urrando, cada vez mais forte, à medida que ela se mexia com mais força, levando-o ao clímax, logo seguido por seu próprio orgasmo.

Assim que sua cabeça parou de dar voltas e as pernas recobraram a força necessária para se sustentar, Lucan envolveu Gabrielle com os braços e a levantou.

– Aonde estamos indo?

– Já se divertiu. Agora vou levá-la para cama.

O toque estridente do celular de Lucan o despertou sobressaltado de seu sono pesado. Estava na cama com Gabrielle, ambos exaustos. Ela estava enroscada a seu lado, e o corpo nu se encontrava envolto de maneira esplêndida com as pernas e o torso.

Droga, há quanto tempo estava fora? Deveriam ter passado horas, o que era impressionante, considerando-se seu estado normal de insônia.

O telefone tocou outra vez, e ele se pôs de pé e foi até o banheiro, onde havia largado a jaqueta. Procurou o celular em um dos bolsos e o atendeu.

– Sim.

– Ei – era Gideon, e havia algo de estranho no tom de sua voz. – Lucan, em quanto tempo consegue chegar ao condomínio?

Ele olhou por cima dos ombros até o quarto adjacente. Gabrielle estava sentada agora, sonolenta, com os quadris nus envoltos no lençol e os cabelos desgrenhados em volta do rosto. Ele nunca vira nada tão terrivelmente tentador. Talvez fosse melhor que partisse logo, enquanto ainda tinha alguma chance de sair antes de o sol se levantar.

Apartou os olhos da visão provocante de Gabrielle e resmungou uma resposta ao telefone.

– Não estou longe. O que está acontecendo?

Fez-se um comprido silêncio do outro lado da linha.

– Aconteceu algo, Lucan. E é ruim. – Mais silêncio, e logo a calma natural de Gideon se esvaneceu. – Ah, droga, não tem jeito fácil de dizer. Perdemos um esta noite, Lucan. Um dos guerreiros está morto.

Capítulo 12

O som dos lamentos das fêmeas logo alcançou os ouvidos de Lucan quando este saiu do elevador que o levou até as profundezas subterrâneas do condomínio. Eram choros angustiados de cortar o coração. A dor aguda das Companheiras de Raça era evidente, palpável, a única coisa que se podia escutar no silêncio do comprido corredor.

O comovente peso da perda atingiu Lucan em cheio.

Ainda não sabia qual dos guerreiros havia falecido naquela noite. Não tentaria adivinhar. Caminhava com passos rápidos, quase correndo em direção aos aposentos da enfermaria, de onde Gideon lhe havia telefonado alguns minutos atrás. Dobrou o corredor bem a tempo de ver Savannah conduzir Danika, chorosa e abatida, para fora de um dos quartos.

Uma onda renovada de choque o atingiu.

Então havia sido Conlan quem tinha partido, por fim. O grandalhão escocês de risada fácil e uma honra inatingível e profunda... Agora estava morto. Logo viraria pó.

Jesus, quase não podia compreender essa dura realidade.

Lucan se deteve e inclinou-se em respeito à viúva do guerreiro ao vê-la passar. Danika se agarrava firmemente a Savannah, e os fortes braços morenos desta última pareciam ser a única coisa que impedia que a alta e loura Companheira de Raça de Conlan desmoronasse em desespero.

Savannah saudou Lucan, já que sua amiga chorosa não conseguiu.

– Estão lhe esperando lá dentro – disse-lhe gentilmente, com os profundos olhos castanhos úmidos de lágrimas. – Precisam de sua força e sua orientação.

Lucan assentiu com a cabeça para a mulher de Gideon e continuou o breve caminho que o levaria até a enfermaria.

Entrou em silêncio, para não perturbar a solenidade do tempo fugaz que ele e seus irmãos teriam com Conlan. O guerreiro apresentava feridas impressionantemente graves; mesmo do outro lado do aposento, Lucan pôde sentir o cheiro da terrível perda de sangue. Suas narinas se encheram com a repugnante mistura de odores de pólvora, eletricidade, fragmentos metálicos e carne derretida.

Tinha havido uma explosão, e Conlan estava bem no meio dela.

O cadáver se encontrava em uma mesa de exames forrada por uma mortalha; seu corpo estava completamente nu, exceto por uma larga faixa de seda branca bordada que lhe cobria a virilha. No curto espaço de tempo desde que o trouxeram de volta ao condomínio, haviam lhe limpado a pele e o untado com um óleo perfumado, em preparação para os ritos funerários que teriam lugar no próximo nascer do sol, dali a umas poucas horas.

Os outros haviam se reunido em volta da mesa que continha o guerreiro: Dante, rígido em sua observação estoica da morte; Rio, de cabeça baixa, segurava um rosário com os dedos enquanto mexia os lábios silenciosamente pronunciando as palavras da religião de sua mãe humana; Gideon, com um lenço nas mãos, limpava cuidadosamente uma das várias dilacerações brutais que haviam destroçado quase por completo a pele de Conlan; Nikolai, que estivera em patrulha com Conlan naquela noite, tinha o rosto mais pálido do que Lucan jamais vira, os tristes olhos carregavam um ar abatido e a pele estava coberta de fuligem, cinzas e pequenos cortes que sangravam.

Até mesmo Tegan se encontrava ali prestando respeito, ainda que o vampiro estivesse fora do círculo formado pelos outros, com os olhos cerrados, imerso em sua solidão.

Lucan se dirigiu até a mesa para tomar seu lugar entre seus irmãos. Fechou os olhos e rezou por Conlan durante um prolongado silêncio. Algum tempo depois, Nikolai interrompeu o silêncio do cômodo.

– Ele salvou minha vida esta noite. Tínhamos acabado de transformar em cinzas um par de idiotas do lado de fora da estação Green Line e estávamos voltando quando vi um cara entrar no trem. Não sei o que me fez reparar nele, mas ele nos lançou um largo sorriso de desdém, como se nos desafiasse a irmos atrás dele. Tinha pólvora consigo. Cheirava a pólvora e a outra coisa que não tive tempo de identificar.

– Explosivo caseiro – disse Lucan, sentindo o odor acre nas roupas de Niko até agora.

– Acontece que o bastardo carregava um cinto de explosivos ao redor do corpo. Saltou do trem logo antes de começarmos a correr, perseguindo-o por um dos trilhos velhos. Conseguimos alcançá-lo, e Conlan o encurralou. Foi então que vimos as bombas. Tinham um cronômetro de sessenta segundos e restavam menos de dez. Escutei Conlan gritar para que eu me afastasse, e se atirou ao rapaz.

– Droga – exclamou Dante, passando uma das mãos pelo cabelo negro.

– Foi um Subordinado que fez isso? – Indagou Lucan, imaginando que fosse uma hipótese provável.

Os Renegados não tinham escrúpulo nenhum para usar vidas humanas como se fossem pó, a fim de dar cabo às guerras mesquinhas ou resolver assuntos de vingança pessoal. Por muito tempo, os fanáticos religiosos humanos não eram os únicos a empregar a fraqueza da mente como armas supérfluas e descartáveis, ainda que altamente eficientes em causar terror.

Mas isso não mudava a dura realidade do que havia acontecido com Conlan, não a tornava mais fácil de aceitar.

– Não era um Subordinado – respondeu Niko, negando com a cabeça. – Tratava-se de um Renegado, conectado a uma quantidade de explosivos suficiente para detonar meio quarteirão, a julgar pelo aspecto e pelo fedor.

Lucan não foi o único no aposento a balbuciar algumas palavras iradas ao ouvir tais notícias perturbadoras.

– Então os Renegados não se contentam mais em sacrificar apenas os peões Subordinados? – Comentou Rio. – Estão movendo peças mais importantes no tabuleiro agora?

– São peões do mesmo jeito – replicou-lhe Gideon.

Lucan fitou o perspicaz vampiro e compreendeu qual era seu ponto.

– As peças não mudaram. As regras é que são outras. É um novo tipo de guerra, não mais as ínfimas batalhas com que lidamos no passado. Alguém dentro dos Renegados está organizando um novo grau de ordem à anarquia. Estão nos cercando.

Voltou a observar Conlan, a primeira vítima do que temia ser uma nova era obscura. Sentia em seu corpo experiente e velho a violência de um passado muito distante que voltava a se repetir. A guerra tomava forma outra vez, e, se os Renegados estavam se organizando para atacar, então toda a nação dos vampiros se encontraria na linha de fronte. Assim como os humanos.

– Podemos discutir isso com mais afinco, mas não agora. Esse momento é de Conlan. Vamos honrá-lo.

– Eu já me despedi – murmurou Tegan. – Conlan sabe que o respeitei demais em vida, assim como o respeito em sua morte. Nada vai mudar isso.

Uma densa onda de ansiedade invadiu o cômodo, enquanto todos aguardavam por uma reação de Lucan à abrupta partida de Tegan. Mas Lucan não daria ao vampiro a satisfação de saber que o irritara, ainda que o tivesse feito. Esperou até que o som das botas de Tegan desaparecesse pelo corredor, então assentiu aos outros para que continuassem a solenidade.

Um por um, Lucan e os outros quatro guerreiros se ajoelharam em respeito. Pronunciaram uma única oração e se levantaram juntos para se recolherem e aguardarem a cerimônia final, que traria descanso ao companheiro derrotado.

– Eu o carregarei – anunciou Lucan aos vampiros que saíam.

Logo percebeu a troca de olhares entre eles, mas sabia do que se tratava. Jamais se pedia aos Antigos da estirpe dos vampiros – especialmente aos da Primeira Geração – que carregassem o peso dos mortos. Tal obrigação recaía para as gerações mais novas da Raça, que estavam mais afastadas dos Antigos e que podiam, por isso, melhor aguentar os ardentes raios do sol que nascia durante o tempo necessário para que se desse o devido descanso a um vampiro.

Para os da Primeira Geração, como Lucan, o rito funerário significava oito torturantes minutos de exposição ao sol.

Lucan fitou o corpo sem vida sobre a mesa, incapaz de afastar o olhar de todo o dano que Conlan havia sofrido.

Um dano sofrido em seu lugar, pensou Lucan, nauseado com a ideia de que deveria ter sido ele a acompanhar Niko na patrulha, e não Conlan. Se não tivesse enviado o escocês em seu lugar no último minuto, Lucan poderia estar deitado naquela mesa fria de metal, com as pernas, o rosto e o torso completamente carbonizados por um fogo infernal, e as tripas todas estilhaçadas.

A necessidade de ver Gabrielle naquela noite havia suplantado os deveres de Lucan com a Raça, e agora Conlan – seu triste companheiro, também – tinha pago o mais alto preço.

– Levarei Conlan para cima – repetiu com severidade. Lançou um olhar carregado para Gideon. – Chame-me quando tudo estiver pronto.

O vampiro inclinou a cabeça, demonstrando a Lucan mais respeito do que era necessário no momento.

– Claro. Não vai demorar.

Lucan passou as duas horas seguintes sozinho em suas instalações particulares, de joelhos no meio do lugar, com a cabeça caída, rezando e refletindo com tristeza. Gideon apareceu na porta, como prometido, e acenou para indicar que estava na hora de retirar Conlan do condomínio e entregá-lo aos mortos.

– Ela está grávida – disse Gideon com a feição séria enquanto Lucan se levantava. – Danika está grávida de três meses. Savannah acaba de me contar. Conlan estava tentando criar coragem para lhe dizer que deixaria a Ordem assim que o bebê nascesse. Ele e Danika planejavam se retirar para um dos Refúgios Secretos para criarem sua família.

– Por Deus – exclamou Lucan, sentindo-se ainda pior pelo futuro feliz que haviam tirado de Conlan e Danika, e pelo filho que nunca conheceria o homem bravo e honrado que fora seu pai. – Está tudo em ordem para o ritual?

Gideon assentiu com a cabeça.

– Então vamos.

Lucan foi na frente. Seus pés e a cabeça estavam nus, assim como o resto de seu corpo por debaixo de um comprido manto negro. Gideon também vestia um manto, mas usava a túnica formal da Ordem, enfaixada, assim como os outros vampiros que os aguardavam na câmara reservada para todos os tipos de rituais da Raça – desde casamentos e nascimentos, até funerais como esse. As três mulheres do condomínio também estavam presentes; Savannah e Eva usavam túnicas cerimoniais negras com capuz, e Danika vestia o mesmo, mas a sua era de um vermelho escarlate profundo, que representava o sagrado vínculo de sangue que tinha com o falecido.

Na frente do agrupamento, estava o corpo de Conlan deitado em um altar decorado e envolto por uma grossa mortalha da mais alva seda.

– Comecemos – anunciou Gideon claramente.

Lucan sentiu o coração pesar ao escutar toda a cerimônia e o simbolismo da infinidade em cada um dos rituais.

Oito onças de óleo perfumado para untar a pele.

Oito camadas de seda branca para recobrir o corpo do morto.

Oito minutos de devoção silenciosa à aurora por um dos membros da Raça, antes que o guerreiro morto fosse exposto aos raios carbonizadores do sol. Deixado ali sozinho, seu corpo e sua alma se espalhariam aos quatro ventos como cinzas, tornando-se parte dos elementos para sempre.

Assim que Gideon deu uma breve pausa em sua fala, Danika se adiantou.

Virou-se para encarar os presentes, de queixo erguido, e falou num tom rouco e orgulhoso.

– Este macho era meu, assim como eu era sua. Seu sangue me sustentava. Sua força me protegia. Seu amor me completava de todas as maneiras. Era meu amado, meu único amado, e permanecerá em meu coração por toda a eternidade.

– É uma honra para ele – responderam-lhe Lucan e os outros em uníssono.

Danika voltou-se para Gideon, com as mãos estendidas e as palmas para cima. Ele desembainhou uma fina adaga de ouro e depositou-a em suas mãos. Danika baixou a cabeça encapuzada em um gesto de aceite e se virou para ficar defronte ao corpo embrulhado de Conlan. Murmurou suavemente algumas palavras somente para ele. Levou as mãos até o rosto, e Lucan sabia que a viúva da Raça estava fazendo um leve corte no lábio inferior com o fio da adaga, retirando sangue que pressionaria contra a boca de Conlan por cima da mortalha enquanto lhe dava um último beijo.

Danika se inclinou sobre seu amante e permaneceu ali por um bom tempo; seu corpo tremia com a dor do luto. Afastou-se dele aos prantos, cobrindo a boca com as costas da mão. Seu beijo escarlate brilhava intensamente na boca de Conlan, em meio à mortalha branca que o cobria. Savannah e Eva a receberam com um abraço em conjunto e a levaram para fora do altar, para que Lucan pudesse prosseguir com a última tarefa que faltava.

Aproximou-se de Gideon à frente da reunião e jurou que veria Conlan partir com toda a honra que lhe era devida, o mesmo juramento que faziam todos os membros da Raça que trilhavam o mesmo caminho que esperava por Lucan nesse instante.

Gideon se afastou para deixar livre o espaço que separava Lucan do corpo. Lucan pegou o enorme guerreiro nos braços e se virou para encarar os outros, como de costume.

– É uma honra para ele – murmuraram as vozes em coro baixo.

Lucan avançou com solenidade lentamente pela câmara cerimonial até a escada que subia para fora do condomínio. Cada um dos lances da escada, cada uma das centenas de degraus que subia carregando o peso de seu falecido irmão, era uma dor que aceitava sem reclamar.

Era a parte mais fácil de sua tarefa, afinal de contas.

Se fosse desmoronar, seria ao cabo de alguns minutos, do outro lado da porta exterior que se agigantava diante dele a alguns passos de distância.

Lucan empurrou com os ombros o painel de aço e inspirou o ar fresco enquanto se dirigia até o lugar onde repousaria Conlan. Ajoelhou-se sobre a viçosa grama e baixou os braços devagar para colocar o corpo de Conlan em terra firme diante de si. Sussurrou as orações do ritual funerário, palavras que só havia ouvido algumas poucas vezes através dos séculos, e que, ainda assim, sabia agora de cor.

Enquanto as pronunciava, o céu começou a se iluminar com a chegada da aurora.

Suportou a luz com um silêncio reverente, concentrando todos os pensamentos em Conlan e na honra que marcara toda sua vida. O sol continuou a se levantar sobre o horizonte; estava quase na metade do ritual. Lucan baixou a cabeça, aceitando a dor, assim como Conlan certamente teria feito por qualquer um da Raça que tivesse lutado ao seu lado. Um calor abrasador banhou Lucan enquanto o amanhecer surgia, cada vez mais forte.

Inundou os ouvidos com as palavras repetidas das velhas orações e, em pouco tempo, com o débil estalido de sua própria carne a se queimar.

Capítulo 13

"A Polícia e os agentes de transporte ainda não têm certeza do que causou a aparente explosão da noite passada. Contudo, conversei agora há pouco com um representante da ferrovia que me garantiu que o incidente se restringiu a uma das velhas trilhas abandonadas, e que não houve feridos. Fique ligado no Canal Cinco para mais informações sobre essa notícia de última hora..."

A empoeirada e antiga televisão que se encontrava sobre uma prateleira na parede se desligou de modo abrupto, coagida ao silêncio unicamente pela força da suprema irritação do vampiro. Atrás dele, do outro lado do aposento lúgubre e desolador que certa vez fora a cafeteria do porão do hospital psiquiátrico, estavam dois tenentes Renegados, inquietos e resmungões, esperando pelas próximas ordens.

Não tinham muita paciência; os Renegados, por sua natureza viciante, tinham uma capacidade de atenção fraquíssima, já que haviam abandonado o intelecto em prol de perseguir os desejos mais imediatos de sua Sede de Sangue. Eram como crianças perversas, pouco melhores que cães de caça, que precisavam constantemente de chicotadas e de algumas poucas recompensas para que continuassem obedientes. E para que recordassem a quem serviam no momento.

– Não houve feridos – riu um dos Renegados.

– Talvez não entre os humanos – acrescentou o outro –, mas a Raça levou um belo golpe. Ouvi dizer que não sobrou muito do corpo para o sol carbonizar.

Mais risadas do primeiro idiota, seguidas por uma expulsão de ar e sangue pela boca, para imitar a detonação dos explosivos que haviam sido colocados no túnel pelo Renegado designado para a tarefa.

– É uma pena que o outro guerreiro conseguiu sair andando. – Os Renegados ficaram em silêncio assim que o líder se virou, por fim, para observá-los. – Da próxima vez, colocarei os dois na tarefa, já que acham o fracasso tão divertido.

Ambos fecharam a cara, rosnando como bestas que eram; as pupilas alongadas tinham um ar selvagem em meio ao mar amarelo-dourado de suas íris imóveis. Baixaram a vista assim que ele começou a caminhar em direção a eles com passos lentos e comedidos. Sua raiva estava aplacada apenas porque a Raça havia, de fato, sofrido uma grande perda.

O guerreiro derrubado pela bomba não era o alvo real da missão da outra noite; no entanto, qualquer membro da Ordem morto era uma boa notícia para sua causa. Haveria tempo para eliminar Lucan. Possivelmente ele o faria por si mesmo, cara a cara, vampiro contra vampiro, sem a vantagem de armas.

Sim, pensou, seria bem mais que um prazer derrubá-lo.

Seria o que se pode chamar de justiça poética.

– Mostrem-me o que me trouxeram – ordenou aos Renegados diante dele.

Os dois saíram imediatamente e empurraram uma porta vaivém para recuperar o que haviam deixado no corredor do lado de fora. Voltaram ao cabo de um instante, arrastando atrás deles vários humanos letárgicos, quase sem sangue. Esses homens e mulheres, seis ao todo, estavam atados pelo pulso e ligeiramente acorrentados pelos pés, embora nenhum deles parecesse ter vigor o suficiente para considerar uma tentativa de fuga.

Olhos catatônicos fitavam o nada, e a boca frouxa, incapaz de gritar, pendia entreaberta no pálido rosto deles. Na garganta, podiam-se ver as marcas de mordidas sobre a pele, feitas por seus captores Renegados para subjugá-los.

– Para você, Senhor. Serventes novos para a causa.

A meia dúzia de humanos adentrou o recinto como se fosse gado – exatamente o que eram, mercadorias de carne e osso destinadas a trabalhar ou a morrer, conforme ele considerasse mais apropriado.

Observou as presas dessa noite com pouco interesse, medindo com vagar o potencial de trabalho dos dois homens e das quatro mulheres. Sentiu-se impaciente ao se aproximar deles; algumas das mordidas no pescoço ainda vertiam um leve filete de sangue fresco.

Estava faminto, decidiu, avaliando uma pequena fêmea morena de lábios arrebitados e belos seios fartos, que se impunham contra uma embotada vestimenta de hospital verde-azulada, e que mais parecia um saco mal-ajustado. Sua cabeça se apoiava nos ombros, pesada demais para se sustentar ereta, embora estivesse evidente que lutava contra o torpor que já havia dominado os outros. Tinha as íris apáticas e rolava os olhos para cima, mas ainda assim lutava para combater a catatonia, piscando perplexa num esforço para se manter consciente e atenta.

Tinha que admirar sua coragem.

– K. Delaney, R. N. – disse, ao ler a etiqueta de plástico que ornava a roliça intumescência de seu seio esquerdo.

Apertou-lhe o queixo com o polegar e o indicador, e levantou seu rosto para observá-lo. Era bonita, jovem. Sua pele cheia de sardas tinha um cheiro doce e suculento. Ficou com água na boca, e as pupilas se estreitaram por detrás dos óculos escuros.

– Esta daqui fica. Leve o resto para as jaulas lá embaixo.

A princípio, Lucan pensou que a dor penetrante era simplesmente parte da agonia pelo que tinha passado durante as últimas horas.

Todo seu corpo estava chamuscado, esfolado e inerte. Em certo momento, sua cabeça havia deixado de martelar e agora o atormentava com um prolongado e agudo tinido de dor.

Estava em suas instalações privadas no condomínio, em sua cama; era tudo que sabia. Recordava ter se arrastado até lá com suas últimas forças, depois de ter permanecido ao lado do corpo de Conlan pelos oito minutos necessários.

Havia ficado até mais que isso, alguns abrasadores instantes a mais, até que os raios da aurora houvessem incendiado a mortalha do guerreiro morto e explodido em uma assombrosa chuva de luzes e chamas. Só então ele se retirou para a área coberta das paredes subterrâneas do condomínio.

Esse tempo extra de exposição havia sido sua desculpa pessoal a Conlan. A dor que havia suportado serviria para que nunca se esquecesse do que realmente importava: seu dever com a Raça e com a Ordem de machos honrados que haviam jurado cumprir sua tarefa do mesmo jeito que ele. Não havia espaço para mais nada.

Na outra noite, havia faltado com o juramento, e agora um de seus melhores guerreiros estava morto.

Outro estridente toque começou a soar em algum lugar do aposento, tirando-o de seus devaneios. Algum lugar bem perto de onde descansava; um som agudo e irritante martelou em sua cabeça que já explodia.

Lucan sibilou uma maldição que quase não teve forças para sair de sua garganta ressecada; com muito custo, abriu os olhos e fitou a escuridão de seu quarto particular. Uma luzinha piscou dentro do bolso de sua jaqueta de couro assim que seu telefone celular tocou outra vez.

Cambaleando, sem o habitual controle e coordenação de suas pernas de atleta, desceu da cama e caminhou desajeitado até o ofensivo aparelho. Teve de tentar por três vezes até finalmente encontrar a pequena tecla que silenciava o toque. Furioso pelo enorme esforço que tais movimentos estavam lhe custando, Lucan segurou a tela iluminada diante da vista flutuante e se esforçou por ler o número de quem lhe ligava.

Era um número de Boston... O celular de Gabrielle.

Fantástico.

Exatamente o que precisava.

Enquanto subia com o corpo de Conlan pelas centenas de degraus da escada que dava para fora, havia decidido que o que quer que estivesse fazendo com Gabrielle Maxwell deveria terminar. De qualquer forma, não tinha certeza do que exatamente tinha com ela, além de aproveitar cada oportunidade disponível que pudesse encontrar para deitá-la de costas debaixo dele.

Sim, havia sido brilhante nessa tática.

Era no resto de seus objetivos que começava a falhar, sempre que Gabrielle entrava em cena.

Havia planejado tudo mentalmente, como lidaria com toda a situação. Pediria a Gideon para ir até a casa de Gabrielle naquela noite, e ele lhe contaria, em termos lógicos e compreensíveis, tudo sobre a Raça e seu destino – sobre onde era seu verdadeiro lugar – dentro da nação dos vampiros. Gideon tinha muita experiência em lidar com as fêmeas e era um perfeito diplomata. Seria gentil e, com certeza tinha um jeito melhor de lidar com as palavras do que o próprio Lucan. Conseguiria fazer que tudo tivesse sentido para ela, inclusive a necessidade real de que procurasse abrigo – e, com o tempo, um macho apropriado – em um dos Refúgios Secretos.

Quanto a Lucan, faria o que fosse necessário para seu corpo se curar. Mais algumas horas em recuperação, e depois, à noite, faria uma refeição extremamente necessária no momento – assim que fosse capaz de ficar em pé por tempo suficiente para caçar; então voltaria mais forte, um guerreiro melhor.

Esqueceria que algum dia chegou a conhecer Gabrielle Maxwell. Para seu próprio bem, assim como pelo bem da Raça.

Exceto que...

Exceto que ele lhe havia dito na noite passada que ela poderia alcançá-lo em seu celular sempre que dele precisasse. Havia prometido que sempre atenderia suas chamadas.

E se ela estivesse tentando falar com ele agora porque os Renegados ou seus Subordinados mortos-vivos estiveram bisbilhotando-a outra vez? Pensou que gostaria muito de saber.

Esparramado de costas no chão, apertou o botão *Atender*.

– Olá.

Droga, sua voz saiu horrível. Como se tivesse os pulmões em cinzas e expirasse pó. Tossiu e sentiu a cabeça se partir de dor.

Do outro lado da linha, fez-se silêncio por um instante, e logo surgiu a voz de Gabrielle, hesitante e ansiosa.

– Lucan? É você?

– Sim – esforçou-se para fazer sair algum som de sua garganta ressecada. – O que foi? Está tudo bem?

– Sim, estou bem. Espero que não tenha problemas por eu ter ligado. Só que... Bem, depois do jeito que saiu daqui na noite passada, fiquei um pouco preocupada. Acho que só precisava saber que não havia acontecido nada com você.

Ele não tinha forças para falar, então continuou deitado, cerrou os olhos e se concentrou em ouvir o som da voz dela. Seu tom transparente e profundo o inundou como um bálsamo. A preocupação de Gabrielle era como um elixir, algo que nunca havia experimentado antes: saber que alguém estava preocupado com ele. Tal afeto lhe era aconchegante e pouco familiar.

Tranquilizou-o, apesar de sua severa necessidade de negá-lo.

– Horas... – murmurou, então tentou outra vez. – Que horas são?

– Quase meio-dia. Queria ligar assim que acordei hoje cedo, mas já que você normalmente trabalha durante o turno da noite, esperei o máximo que consegui. Parece cansado. Acordei você?

– Não.

Tentou se virar de lado no chão, sentindo-se mais forte apenas por falar alguns minutos ao telefone com ela. Além disso, precisava se levantar e voltar para as ruas ainda esta noite. O assassinato de Conlan deveria ser vingado, e tinha a intenção de fazer-lhe justiça com as próprias mãos.

Quanto mais brutal fosse tal justiça, melhor.

– Bem – continuou Gabrielle –, então está tudo bem com você?

– Sim. Ótimo.

– Que bom. Fico aliviada em escutar isso, na verdade. – Sua voz adquiriu um tom mais leve e provocador. – Saiu tão rápido daqui ontem, que acho que deixou umas marcas de derrapagem no chão.

– Surgiu um imprevisto, tive de partir.

– Humm – murmurou, após um silêncio prolongado da parte de Lucan, que não quis entrar em detalhes. – Assuntos supersecretos de um detetive?

– Pode-se dizer que sim.

Esforçou-se por se colocar de pé e franziu a testa, tanto pela dor que lhe trespassou o corpo, como por não poder contar a Gabrielle o real motivo de ter saído correndo de sua cama. A dura realidade da guerra que aguardava por ele e por todos os seus logo chegaria até Gabrielle. Esta noite, na verdade, quando Gideon fosse visitá-la.

– Escute, tenho aula de ioga hoje à noite com um amigo meu, mas acaba por volta das nove. Se não estiver em serviço, gostaria de passar aqui? Posso preparar um jantar. Considere como um pagamento pelos canelones que perdeu no começo da semana. Quem sabe, jantaremos de verdade desta vez.

Lucan sentiu todos os músculos faciais queimarem ao soltar um sorriso involuntário pelo divertido flerte de Gabrielle. A insinuação da paixão que tinham compartilhado também lhe despertou algo mais; e a chama de sua excitação, em meio às outras agonias, não foi tão dolorosa como desejava que tivesse sido.

– Não posso vê-la, Gabrielle. Tenho... deveres a cumprir.

O principal deles era alimentar de sangue suas células degeneradas, o que significava manter-se afastado dela o máximo possível. Não era nada bom que ela o tentasse com a promessa de seu corpo; em seu atual estado, era um perigo para qualquer ser humano, tolo o suficiente, que se aproximar dele.

– Não sabe o que dizem sobre trabalhar demais e não se divertir? – Perguntou-lhe com a voz manhosa. – Sou uma ave noturna, então se sair do trabalho e decidir que quer uma companhia...

– Sinto muito. Talvez outra hora – respondeu Lucan, completamente ciente de que não haveria outra hora. Estava de pé sobre as pernas vacilantes agora e tentava dar um doloroso passo hesitante até a porta. Gideon deveria estar no laboratório, que ficava bem ao fim do corredor. Seria infernal chegar até lá em suas condições, mas Lucan estava mais que disposto a tentar. – Vou mandar alguém até aí hoje à noite. É um... um sócio meu.

– Para quê?

Sua respiração ficou ofegante e sem fôlego, mas estava caminhando. Esticou a mão e apanhou a maçaneta da porta.

– As coisas estão muito perigosas nos extremos agora – disse num jorro de palavras apressadas. – Depois do que aconteceu com você ontem no centro da cidade...

– Deus, não podemos esquecer isso? Tenho certeza de que exagerei na minha reação.

– Não – retrucou Lucan, interrompendo-a. – Vou me sentir melhor se souber que não está sozinha... Que tem alguém para lhe proteger.

– Lucan, de verdade. Não é necessário. Já sou crescida. Vou ficar bem.

Ele ignorou seus protestos.

Seu nome é Gideon. Vai gostar dele. Vocês dois podem... conversar. Ele vai lhe ajudar, Gabrielle. Melhor do que eu poderia.

– Me ajudar? Do que está falando? Aconteceu alguma coisa com aquele caso? E quem é esse Gideon? Também é detetive?

– Ele lhe explicará tudo isso. – Lucan saiu no corredor, onde as fracas luzes iluminavam o chão de ladrilhos polidos e os ornamentos de vidro e cromo. Por detrás da porta de outro aposento particular, ressoava intensamente o *heavy metal* a que Dante escutava. Resquícios do aroma de óleo e de armas recém-disparadas penetravam das instalações de treinamento até um dos muitos corredores que se comunicavam com o corredor principal. Lucan trançou os pés, cambaleante em meio à repentina enchente de estímulos sensoriais. – Estará segura, Gabrielle, prometo. Agora tenho de ir.

– Lucan, espere um pouco! Não desligue. O que é que não está me dizendo?

– Você vai ficar bem, prometo. Adeus, Gabrielle.

Capítulo 14

A chamada que Gabrielle tinha feito para Lucan e seu estranho comportamento do outro lado da linha a haviam deixado preocupada durante todo o dia e ainda a incomodavam, quando ela e Megan saíram da aula de ioga naquela noite.

– Ele parecia tão estranho ao telefone. Não sei se era porque estava sentindo muitas dores físicas ou se estava tentando encontrar um jeito de me dizer que não quer mais me ver.

Megan suspirou e fez um gesto de repúdio com a mão.

– Acho que provavelmente está imaginando coisas demais. Se realmente quer saber, por que não vai até a delegacia e o confronta?

– Acho que não. Quero dizer, o que eu diria?

– Diga "Oi, gato. Parecia tão desanimado esta tarde que pensei que deveria vir até aqui te buscar, então aqui estou". Pode, talvez, levar-lhe um café e umas rosquinhas, além do mais.

– Não sei...

– Gabby, você mesma disse que esse cara sempre é um doce e muito carinhoso quando está com você. Pelo que me contou sobre sua conversa com ele hoje, ele me pareceu muito preocupado com você, tanto que vai mandar um de seus companheiros para lhe visitar enquanto está em serviço e não pode ir.

– Ele ainda ressaltou como as coisas estavam perigosas nos extremos – e o que acha que quer dizer *nos extremos*? Não parece conversa de polícia, não é mesmo? O que será? Algum tipo de terminologia militar? – Balançou a cabeça. – Não sei. Tem muita coisa sobre Lucan Thorne que não faço nem ideia.

– Então pergunte a ele. Vamos, Gabrielle. Pelo menos dê ao rapaz o benefício da dúvida.

Gabrielle observou as calças pretas de ioga e o abrigo com capuz, e passou as mãos no cabelo para ver como estava seu rabo-de-cavalo depois dos quarenta e cinco minutos de alongamentos.

– Tenho de passar em casa primeiro, tomar ao menos um banho rápido, trocar de roupa...

– Uau! Quer dizer, uau mesmo! – Megan arregalou os olhos entretida. – Está com medo de ir até lá, não está? Ah, você quer, mas provavelmente já tem um milhão de desculpas prontas para não ir. Admita, realmente gosta desse cara.

Gabrielle não podia negar, ainda que seu sorriso repentino não a tivesse entregado. Fitou os olhos escrutinadores de sua amiga e deu de ombros.

– Sim, é verdade. Gosto dele. Muito.

– Então o que está esperando? A delegacia está a três quarteirões daqui, e você está tão linda como sempre. Além do mais, ele já lhe viu toda suada antes. Deve até preferir você desse jeito.

Gabrielle riu com Megan, mas, por dentro, sentiu o estômago retorcer. Realmente queria ver Lucan – na verdade, não queria esperar nem mais um minuto –, mas e se ele estivesse tentando terminar tudo de uma maneira gentil na conversa que tiveram à tarde? Como pareceria ridícula adentrando a delegacia de polícia achando que era sua namorada! Iria se sentir uma completa idiota.

Não mais do que se recebesse as notícias pelas mãos de seu amigo Gideon, a quem ele teria enviado para cumprir tal tarefa misericordiosa.

– Tudo bem. Vou até lá.

– Isso aí! – Megan sorriu e ajeitou a alça da bolsa do colchonete de ioga nos ombros. – Vou encontrar Ray no meu apartamento depois que ele sair do trabalho, mas me ligue assim que acordar e me conte tudo, está ouvindo?

– Tudo bem. Mande lembranças ao Ray.

Megan saiu apressada para pegar o trem das nove e quinze, e Gabrielle se dirigiu até a delegacia de polícia. No caminho, lembrou-se do conselho de Megan e fez um rápido desvio para comprar uma rosquinha doce e um café: puro e forte, já que não conseguia imaginar Lucan tomando um café com leite e açúcar ou descafeinado.

Com tais mimos nas mãos ao chegar na porta da delegacia, respirou fundo para criar coragem, atravessou o solado e entrou casualmente.

Suas piores queimaduras haviam começado a se curar ao cair da noite. A pele nova crescia firme e saudável sob os farrapos da velha, e os danos externos estavam melhorando. Seus olhos, embora ainda estivessem hipersensíveis até mesmo à luz artificial, não sentiram dores na suave escuridão acima. O que era bom, porque precisava sair dali para satisfazer a implacável Sede de seu corpo convalescente.

Dante o observou enquanto os dois saíam do condomínio e se preparavam para compartilhar uma noite de reconhecimento e de maldita vingança contra os Renegados.

– Não parece que está muito bem, cara. É só dizer, e vou caçar para você, trago algo jovem e forte. Você com certeza precisa muito disso. E ninguém precisa saber que não procurou seu próprio sustento.

Lucan olhou de esguelha para o macho e lhe mostrou os dentes em desprezo.

– Vá se ferrar.

Dante riu.

– Tinha a impressão de que diria isso. Quer que carregue suas armas, pelo menos?

Lucan meneou a cabeça lentamente para recusar e sentiu uma pontada de dor lhe atravessando.

– Estou bem. Ficarei melhor assim que me alimentar.

– Sem dúvidas. – O vampiro ficou em silêncio por um longo instante, apenas o observando. – Sabe, foi realmente impressionante o que fez por Conlan hoje. Ele jamais imaginaria isso, mas, droga, como eu queria que ele soubesse que foi você quem caminhou os últimos passos com ele. Uma bela maneira de honrá-lo, cara. De verdade.

Lucan recebeu o elogio sem se enaltecer. Havia tido seus próprios motivos para executar o ritual funerário, porém, ganhar a admiração dos outros guerreiros não era um deles.

– Dê-me uma hora para caçar algo e então me comunique sua localização para darmos algumas baixas nos inimigos esta noite. Em memória de Conlan.

Dante assentiu e bateu o punho contra o de Lucan.

– Pode deixar.

Lucan esperou Dante sumir na escuridão; seus passos largos mostravam a expectativa pelas batalhas que o aguardavam nas ruas. Sacou suas adagas gêmeas da bainha e cruzou as *Malebranches* curvadas sobre a cabeça. O brilho daquelas lâminas de aço polido e titânio, assassinas de Renegados, reluziu com a suave claridade da lua. O vampiro soltou um baixo grito de guerra e desapareceu nas sombras da noite.

Lucan lhe seguiu pouco tempo depois e tomou um caminho parecido pelas artérias mal-iluminadas da cidade. Seus passos furtivos demonstravam menos bravata e mais intenções, menos arrogância e mais precisão determinada e fria. Estava mais faminto do que nunca e rugiu um uivo feroz cheio de ira sob a abóbada estrelada daquela noite.

– Pode soletrar o sobrenome outra vez, por favor?

– T-H-O-R-N-E – disse Gabrielle à recepcionista da delegacia, que já não tinha encontrado nenhum resultado em sua primeira pesquisa. – Detetive Lucan Thorne. Não sei em qual departamento trabalha. Veio até minha casa depois que estive aqui para relatar um ataque que presenciei no último fim de semana... um assassinato.

– Ah, então deve ser em Homicídios, certo? – As unhas compridas e benfeitas da jovem mulher teclaram as palavras rapidamente. – Humm... não, sinto muito. Também não está listado nesse departamento.

– Não pode ser. Pode tentar outra vez? Não tem como procurar apenas pelo nome nesse sistema?

– Tem, mas não encontrei nenhum detetive Lucan Thorne. Tem certeza de que ele trabalha nesta delegacia?

– Sim, tenho certeza. Seu sistema operacional deve estar desatualizado ou...

– Ah, espere! Tem alguém que pode lhe ajudar! – Exclamou a recepcionista, gesticulando para a porta de entrada da delegacia. – Agente Carrigan! Tem um segundo?

O agente Carrigan, recordou-se Gabrielle, desolada. O velho policial que havia sido tão duro com ela no outro dia, chamando-a de mentirosa e drogada, sem acreditar no relato que ela dera sobre o assassinato perto da boate. Pelo menos, agora que Lucan havia tratado as fotos de seu celular no laboratório da polícia, podia se consolar em saber que, apesar desse homem, o caso estava, de certa forma, progredindo.

Gabrielle teve de se esforçar para conter um suspiro ao virar a cabeça e ver o corpulento policial se aproximando cheio de si. Quando ele a viu ali, a expressão de arrogância, que parecia tão natural em seu rosto gordo, adquiriu ares de desdém.

– Ah, Jesus. Você de novo? Exatamente do que eu não preciso em meu último dia de trabalho. Em mais quatro horas, estarei aposentado, querida. Terá de contar tudo para outra pessoa desta vez.

Gabrielle franziu a testa.

– Perdão?

– Esta senhorita está procurando por um de nossos detetives – disse a recepcionista com um olhar simpático para Gabrielle, diante do comportamento desrespeitoso do agente. – Não consigo encontrá-lo em nosso sistema, mas ela acredita que pode ser um dos nossos. Conhece o detetive Thorne?

– Nunca ouvi falar. – O agente Carrigan começou a se afastar.

– Lucan Thorne – insistiu Gabrielle, deixando o café e a rosquinha embalada em cima do balcão da recepcionista. Deu um passo instintivo atrás do policial e quase o tomou pelo braço ao ver que ele iria simplesmente deixá-la ali plantada. – Detetive Lucan Thorne... Deve conhecer. Vocês o enviaram até minha casa no começo da semana para recolher mais informações sobre o caso. Ele trouxe as fotos do meu celular para o laboratório, para analisá-las...

Carrigan começou a rir agora; deteve-se para observá-la enquanto relatava os detalhes da chegada de Lucan em sua casa. Gabrielle não estava com paciência para lidar com a agressividade do agente. Ainda mais agora que sua nuca começava a se arrepiar com a sensação de que havia algo errado no ar.

– Está me dizendo que o detetive Thorne não lhe contou nada disso?

– Senhorita. Estou lhe dizendo que não tenho a menor ideia do que esteja falando. Trabalho há trinta e cinco anos nesta delegacia e nunca ouvi falar de nenhum detetive Thorne, e tampouco mandei alguém até sua casa.

Gabrielle sentiu um nó no estômago, frio e apertado, mas se recusava a processar o temor que se formava por baixo de toda a confusão.

– Não é possível. Ele sabia sobre o assassinato que presenciei. Sabia que estive aqui, na delegacia, fazendo uma declaração sobre isso. Vi seu distintivo policial quando apareceu em minha porta. Conversei com ele hoje mesmo e me disse que trabalharia esta noite. Tenho seu número de celular...

– Bem, vou lhe dizer uma coisa. Se isso fará que me deixe em paz logo, vamos ligar para o seu detetive Thorne – disse Carrigan. – Isso deve resolver as coisas, certo?

– Sim. Já vou ligar para ele agora.

Os dedos de Gabrielle tremiam de leve enquanto tirava o celular do bolso e discava o número de Lucan. O telefone chamou, mas não houve resposta. Tentou outra vez e esperou por uma agonizante eternidade enquanto a chamada tocava e tocava e tocava, e a expressão incrédula e impaciente no rosto do agente Carrigan se transformava em uma tentativa de compaixão, que ela já vira no rosto de mais de um assistente-social quando era criança.

– Ele não atende – murmurou ao afastar o telefone do ouvido. Sentia-se envergonhada e confusa, e a expressão cautelosa no rosto de Carrigan não ajudava em nada. – Tenho certeza de que deve estar ocupado com alguma coisa. Daqui a um minuto tentarei de novo.

– Senhorita Maxwell, tem alguém mais para quem possamos ligar? Sua família, talvez? Alguém que possa nos ajudar a compreender tudo pelo que está passando?

– Não estou passando por nada.

– Parece-me que sim. Acredito que esteja confusa. Sabe, às vezes, as pessoas inventam coisas para ajudá-las a lidar com outros problemas.

Gabrielle riu-se.

– Não estou confusa. Lucan Thorne não é produto da minha imaginação. É real. Essas coisas que têm acontecido a meu redor são reais. O assassinato que vi no outro fim de semana, aqueles... homens... com o rosto ensanguentado e os dentes afiados, até mesmo o garoto que estava me vigiando no parque outro dia desses... ele trabalha aqui na delegacia. O que você fez, mandou que ele me espionasse?

– Tudo bem, senhorita Maxwell. Vejamos se conseguimos resolver tudo juntos. – Finalmente o agente Carrigan conseguiu encontrar um rastro de diplomacia escondido sob a carapaça de sua natureza grosseira. Contudo, ainda havia uma boa dose de condescendência no modo como lhe tomou pelo ombro e a guiou até um dos bancos no saguão para se sentarem. – Vamos tomar um fôlego aqui. Podemos conseguir ajuda para você.

Ela sacudiu o braço e se soltou dele.

– Acha que estou maluca. Sei muito bem o que vi... tudo! Não estou inventando nada, nem preciso de ajuda nenhuma. Só preciso da verdade.

– Sheryl, querida – disse Carrigan para a recepcionista, que os fitava apreensiva. – Pode, por favor, chamar Rudy Duncan por um instante? Diga-lhe que preciso dele aqui embaixo.

– Algum remédio? – Perguntou sutilmente, já com o telefone entre o ombro e o ouvido.

– Não – respondeu Carrigan, olhando de volta para Gabrielle. – Não há por que se alarmar ainda. Peça-lhe apenas que venha até o saguão, tranquilamente, para conversarmos um pouco com a senhorita Maxwell.

– Esqueça – disse Gabrielle, levantando-se do banco. – Não vou ficar aqui nem mais um segundo. Tenho que ir.

– Olhe, seja o que for que esteja passando, há pessoas que podem ajudá-la...

Gabrielle não esperou que ele terminasse de falar; recobrou o que havia sobrado de sua dignidade, passou pelo balcão da recepcionista para pegar o café e a sacola, e jogou ambos na lixeira em seu caminho até a saída.

O ar da noite lhe refrescou as bochechas ruborizadas e, de certa forma, a acalmou. Mas sua cabeça ainda girava. O coração ainda batia acelerado, confuso e descrente do que havia acontecido.

Será que todo o resto do mundo havia enlouquecido ao seu redor? Que diabos estava acontecendo?

Lucan tinha mentido sobre a história de ser policial, isso era óbvio. Mas exatamente quanto do que lhe dissera – por Deus, quanto do que fizeram juntos – fazia parte dessa mentira?

E por quê?

Gabrielle se deteve no fim dos degraus de concreto à entrada da delegacia e respirou profundamente, enchendo os pulmões com lufadas de ar. Exalou bem devagar, baixou os olhos e encontrou o celular ainda em sua mão.

– Droga.

Precisava saber.

Essa história maluca que se passava precisava ter um fim neste exato momento.

Apertou o botão *Redial*, e o número de Lucan apareceu na tela. Mandou chamar e aguardou, incerta do que iria dizer.

O telefone tocou seis vezes.

Sete.

Oito...

Capítulo 15

Lucan pegou o celular no bolso da jaqueta de couro e soltou uma pesada maldição.

Gabrielle... Outra vez.

Havia ligado mais cedo também, mas Lucan não pôde atender. Estivera perseguindo um traficante de drogas que viu vendendo *crack* para um adolescente do lado de fora de um bar decadente. Havia atraído sua presa mentalmente até um beco desolado e estava prestes a atacá-la quando a primeira chamada de Gabrielle tocou como um alarme de carro em seu bolso. Colocou o aparelho no modo silencioso e se repreendeu pela falta de bom senso ao trazer o maldito telefone consigo em sua caçada, para começar.

A fome e os ferimentos haviam deixado Lucan descuidado. Mas o repentino estrondo do toque do telefone naquela rua escura, no fim das contas, havia sido algo bom.

Suas forças estavam aquém do normal, e o cauteloso traficante havia sentido o cheiro de perigo no ar, ainda que Lucan tivesse ficado escondido nas sombras enquanto perseguia sua presa. Ela estava agitada e nervosa. Tinha sacado um revólver a meio caminho do beco e, embora feridas de bala raramente fossem fatais para a Raça de Lucan – a menos que se tratasse de um tiro na cabeça à queima-roupa –, não tinha certeza se conseguiria absorver mais esse impacto com seu corpo convalescente.

Sem mencionar o fato de que isso o irritaria ainda mais, e seu humor já não era dos melhores.

Assim, quando o toque do celular chamou a atenção do traficante, este olhou de um lado para o outro tentando descobrir a origem do barulho detrás de si, e Lucan aproveitou para saltar em cima dele. Derrubou o homem rapidamente e lhe cravou as presas na veia do pescoço, que se retesou logo antes de reunir fôlego suficiente para encher os pulmões com um grito de terror.

O sangue jorrou contra sua língua, maculado pelo uso de drogas e por doenças. Lucan o tragou, gole após gole, agarrando sem piedade sua vítima toda contraída. Iria matá-la e não se importava nem um pouco. Tudo que importava era aplacar sua fome. Aliviar a dor de seu corpo sem forças.

Alimentou-se depressa, até ficar satisfeito.

Mais do que satisfeito.

Sugou quase todo o sangue do traficante e ainda se sentia faminto. Mas seria exagero tomar mais do que já tinha feito esta noite. Seria melhor esperar que o sangue surtisse algum efeito antes de se arriscar e tornar-se ávido e viciado na Sede de Sangue.

Lucan olhou de esguelha para o telefone em sua mão, que continuava a tocar; sabia que deveria simplesmente deixá-lo tocar, sem fazer nada.

Mas continuou tocando, insistente, e no último minuto Lucan resolveu atender. Não disse nada, a princípio, apenas escutou o suave som da respiração de Gabrielle através do aparelho. Estava meio ofegante, mas sua voz soou forte, apesar de estar claramente aborrecida.

– Mentiu para mim – falou Gabrielle no lugar de um cumprimento. – Por quanto tempo, Lucan? Quanto? Foi tudo uma mentira só?

Lucan segurou o corpo sem vida de sua presa com desprezo. Agachou e revistou rapidamente o malfeitor asqueroso. Encontrou um maço de dinheiro enrolado com elástico, que iria deixar ali para que os abutres da rua o disputassem. Já as lembrancinhas do traficante –

um punhado de *crack* e heroína que valiam um bom dinheiro – iriam parar em um dos esgotos da cidade.

– Onde você está? – Bramiu ao aparelho, sem conseguir pensar em nada além do predador que havia acabado de eliminar. – Onde está Gideon?

– Não vai nem ao menos tentar negar? Explicar por que agiu assim?

– Passe o telefone para ele, Gabrielle.

Ela ignorou o pedido.

– Tem outra coisa que gostaria de saber: como entrou em minha casa na noite passada? Estava tudo trancado, inclusive a corrente. O que fez para abri-las? Roubou minhas chaves quando não estava olhando e mandou fazer cópias?

– Podemos conversar sobre isso mais tarde, assim que estiver segura no condomínio.

– Que condomínio? – Sua risada penetrante o pegou de surpresa. – E corta essa de agir como o protetor benevolente. Já sei que não é um policial. Só queria que fosse honesto. É pedir muito, Lucan? Por Deus... Seu nome é mesmo esse? Alguma coisa do que me contou tem remotamente a ver com a realidade?

De repente, Lucan percebeu que toda essa raiva e dor não eram resultado de nenhum baque por Gideon ter contado a Gabrielle sobre a Raça ou sobre seu destino. Um futuro que não incluiria Lucan.

Não, ela ainda não sabia de nada disso. Tratava-se de outra coisa. Não era medo dos fatos. Era medo do desconhecido.

– Onde está, Gabrielle?

– Por que se importa?

– Eu... me importo – admitiu, embora relutante. – Droga, não estou com cabeça para isso agora. Olhe, sei que não está em casa, então onde está? Gabrielle, precisa me dizer onde está.

– Estou na delegacia. Vim até aqui esta noite para lhe ver, e adivinhe? Ninguém nunca ouviu falar de você.

– Ah, droga. Perguntou por mim aí?

– Claro que sim. Como queria que eu soubesse que estava me fazendo de idiota? – Outra vez o tom de zombaria. – Levei até um café com rosquinhas para você.

– Gabrielle, estarei aí em alguns minutos – menos que isso. Não se mexa. Fique onde está. Fique em algum lugar público, aí dentro. Estou indo te buscar.

– Esqueça. Deixe-me em paz.

Sua impetuosa ordem fez que Lucan se levantasse imediatamente. Em pouco tempo, suas botas se arremessavam contra o pavimento em um ritmo compassado.

– Não vou ficar aqui esperando você, Lucan. Na verdade, quer saber? Fique longe de mim.

– Tarde demais – murmurou ao telefone.

Já estava cruzando a última esquina antes de chegar à delegacia. Passou pela multidão de pedestres como um fantasma. Podia sentir o sangue dentro de seu organismo penetrando nas células, aderindo nos músculos e nos ossos, tornando-o cada vez mais forte, até que não passava de uma brisa fria na nuca daqueles com quem cruzava.

Mas Gabrielle, com sua extraordinária percepção de Companheira de Raça, avistou-o imediatamente.

Lucan escutou pelo telefone o suspiro repentino de Gabrielle. Ela afastou o aparelho do ouvido em câmera lenta, incapaz de acreditar em seus olhos, enquanto observava Lucan se aproximar rapidamente.

– Meu Deus – sussurrou e, ao cabo de um segundo, Lucan estava diante dela, segurando seu braço. – Solte-me!

– Precisamos conversar, Gabrielle. Não aqui. Vou te levar para algum lugar...

– Até parece! – Exclamou, separando-se dele, e recuou na calçada. – Não vou a lugar nenhum com você.

Não está mais segura aqui, Gabrielle. Já viu demais. É parte disso, quer queira ou não.

– Parte do quê?

– Dessa guerra.

– Guerra – repetiu ela, incrédula.

– Isso mesmo. Estamos em guerra. E, mais cedo ou mais tarde, terá de escolher um lado, Gabrielle. – E resmungou uma maldição. – Não. Dane-se. Estou escolhendo um lado para você agora mesmo.

– É algum tipo de piada? Quem é você, um daqueles militares aposentados que saem por aí fantasiando situações de autoridade? Não, deve ser ainda pior que isso.

– Não é piada nenhuma. Não é nenhuma maldita brincadeira. Já vi muitos combates e mortes em minha vida, Gabrielle. Não pode nem imaginar tudo que já vi, tudo que já fiz. Mas tudo isso não é nada perto da tempestade que está se aproximando. E não vou ficar parado esperando você ser pega no fogo cruzado. – Ele estendeu a mão para ela. – Você vem comigo. Agora.

Gabrielle se esquivou dele. Seus olhos escuros se acenderam com medo e revolta.

– Toque-me de novo e juro que chamarei a polícia. Sabe, a de verdade, lá da delegacia. A polícia que tem distintivos de verdade. E armas de verdade.

O ânimo de Lucan, que já não estava muito bom, começou a piorar.

– Não me ameace, Gabrielle. E não pense que a polícia pode lhe proteger. Certamente, não pode lhe proteger do perigo que a cerca. Pelo que sabemos, metade da delegacia de polícia poderia estar infestada por Subordinados.

Ela meneou a cabeça e adotou uma postura mais calma.

– Tudo bem, esta conversa já estava estranha e agora está profundamente perturbadora. Para mim chega, entendeu? – Gabrielle pronunciava as palavras em um tom baixo e devagar, como se tentasse acalmar um cão raivoso que estivesse diante dela prestes a atacar. – Vou embora agora, Lucan. Por favor... Não me siga.

Assim que deu o primeiro passo para afastar-se dele, o pouco que restava do autocontrole de Lucan foi embora. Lançou-lhe um olhar penetrante e lhe enviou uma feroz ordem mental, para que não resistisse mais a ele.

Dê-me sua mão.

Agora.

Por um instante, as pernas de Gabrielle pararam de se mexer. Seus dedos ficaram inquietos ao lado do corpo e logo, lentamente, seu braço começou a se levantar em direção a ele.

E, de repente, o controle que tinha sobre ela se rompeu.

Sentiu que ela o expulsava de seus pensamentos e se desligava dele. O poder de sua vontade era um portão de ferro que se fechava entre os dois, algo que já seria muito difícil de cruzar mesmo se estivesse em suas melhores condições.

– Que diabos? – Falou Gabrielle ofegante, percebendo a artimanha. – Acabei de escutar você, dentro de minha cabeça. *Meu Deus.* Já fez isso comigo antes, não fez?

– Não está me deixando muitas escolhas, Gabrielle.

Lucan tentou outra fez. Sentiu que ela o empurrava para fora, ainda mais desesperada. Ainda mais atemorizada.

Gabrielle cobriu a boca com as costas da mão, mas não pôde reprimir completamente o grito agudo que escapou de sua garganta.

Cambaleou de volta pela calçada.

E saiu em disparada pela rua escura para escapar dele.

– Ei, garoto. Segure a porta para mim, certo?

O Subordinado demorou um segundo para perceber que estavam falando com ele; estava muito distraído observando a senhorita Maxwell na rua logo em frente à delegacia de polícia. Inclusive agora, enquanto segurava a porta aberta para que o entregador de pizzas entrasse com quatro caixas fumegantes, sua atenção permanecia cravada na mulher que saiu correndo pela rua.

Como se estivesse tentando deixar alguém para trás.

O Subordinado olhou para onde um grande vulto negro a observava em sua fuga. Era um macho imenso – tinha facilmente uns dois metros de altura, e seus ombros se alongavam sob a escura jaqueta de couro como se pertencessem a um atleta. Irradiava um ar ameaçador, que se podia sentir do outro lado da rua, onde estava o Subordinado nesse instante, estupefato, ainda segurando a porta da delegacia, muito embora as pizzas já se encontrassem sobre o balcão da recepcionista.

Ainda que nunca tivesse visto um dos vampiros guerreiros a quem seu Mestre tanto desprezava, o Subordinado soube, sem dúvida, alguma, que estava vendo um deles neste exato momento.

Era uma oportunidade única para conquistar sua estima: avisar seu Mestre da presença tanto da mulher quanto do vampiro a quem ela parecia conhecer, além de temê-lo.

O Subordinado entrou na delegacia com as palmas das mãos já suadas pela expectativa de toda a glória que o aguardava. Com a cabeça baixa, seguro de sua habilidade em mover-se sem ser notado, começou a atravessar o saguão apressado.

Nem se deu conta do rapaz da pizza que vinha em sua direção, até que se bateu contra ele, de cabeça. Uma caixa de papelão se chocou em seu peito e emanou um aroma de alho antes de cair no chão imundo, espalhando-se aos pés do Subordinado.

– Ah, cara! Está pisando na minha próxima entrega. Não olha por onde anda?

Ele não se desculpou, nem ao menos se deteve para tirar o queijo gordurento e o *pepperoni* dos sapatos. Enfiou a mão no bolso das calças cáqui, encontrou o celular e foi em busca de um lugar privado para que pudesse fazer sua importantíssima chamada.

– Espere um segundo, amigo.

Era o velho e calvo agente, parado no saguão, quem o chamava agora. Enfiado em seu uniforme pelo que proclamava serem suas últimas horas no serviço, Carrigan estivera passando o tempo tagarelando com a recepcionista.

O Subordinado ignorou a voz do policial atrás de si e continuou andando, de cabeça baixa, em direção à porta da escada próxima ao banheiro, logo ao sair do saguão.

Carrigan soltou todo o ar em seu pulmão, boquiaberto ao perceber com evidente descrença que sua autoridade era completamente ignorada.

– Ei, baixinho! Estou falando com você! Volte já aqui e ajude a limpar essa bagunça – e quero dizer agora, seu idiota!

– Limpe você mesmo, seu porco arrogante – resmungou o Subordinado em voz baixa e logo depois abriu a porta de metal que dava para as escadas, e começou a descer rapidamente para o andar de baixo.

Escutou a mesma porta se abrir num estrondo ao bater na parede e fazer os degraus vibrarem como se fosse uma explosão sônica. Carrigan se inclinou no corrimão, com o rosto inflado de fúria.

– O que foi que disse? De que acaba de me chamar, seu merdinha?

– Você me escutou. Agora me deixe em paz, Carrigan. Tenho coisas melhores para fazer.

O Subordinado pegou o celular para ligar para o único que realmente o comandava. Mas, antes que pudesse apertar o botão de chamada rápida para seu Mestre, o corpulento policial se lançou escada abaixo. Uma mão enorme esmurrou a cabeça do Subordinado, os ouvidos apitaram e sua visão se entorpeceu com o impacto; o celular escapou de sua mão e se estatelou no chão, vários degraus abaixo.

– Obrigado por me dar alguma diversão em meu último dia de trabalho – zombou Carrigan. Ele correu um dedo gordo pela frente do colarinho apertado e casualmente levou a mão até os poucos tufos de cabelo que lhe restavam para ajeitá-los de volta em seu lugar. – Agora, tire esse traseiro esquelético daqui e suba essas escadas antes que eu tenha de fazê-lo por mim mesmo. Escutou?

Houve um tempo, antes de encontrar aquele a quem chamava de Mestre, em que um desafio como esse – em especial vindo de um fanfarrão como Carrigan – não teria passado em branco.

Mas o policial suado e raivoso que agora o fitava era insignificante perto dos deveres confiados aos escolhidos, como ele. O Subordinado simplesmente piscou algumas vezes e se virou para pegar o celular e continuar com sua tarefa.

Conseguiu descer apenas dois degraus antes que Carrigan o alcançasse outra vez, com os dedos pesados o apanhando pelo ombro e forçando-o a se virar. Seus olhos se detiveram em uma elegante caneta presa ao bolso da camisa do uniforme de Carrigan. Reconheceu o emblema comemorativo por serviços prestados, ao mesmo tempo em que levava outro golpe em cheio no crânio.

– O que se passa? Além de surdo também é *burro*? Saia já da minha vista, ou vou...

Nesse instante, a voz do policial se engasgou abruptamente, e o Subordinado recobrou os sentidos. Viu a própria mão apanhar a caneta do agente e, em um segundo mergulho brutal, apunhalá-lo profundamente em seu pescoço carnudo.

O Subordinado atacou Carrigan outra vez e mais outra com a arma improvisada, até que o policial caiu ao chão já sem vida.

Ele relaxou as mãos e a caneta caiu em uma poça de sangue que se havia formado nas escadas, porém, esqueceu tudo enquanto pegava seu celular mais uma vez. Tinha intenção de fazer a decisiva chamada imediatamente, mas seus olhos foram atraídos pelo novo desastre que tinha causado, algo que não seria tão fácil de limpar como a pizza no saguão.

Isso havia sido um erro, e qualquer aprovação que pudesse receber ao informar seu Mestre sobre o paradeiro da senhorita Maxwell seria perdida assim que descobrissem como havia agido de maneira tão impulsiva. Matar sem autorização poderia tirar o crédito de todo o resto.

Provavelmente, entretanto, havia outro caminho ainda mais certeiro para conseguir as bênçãos de seu Mestre – um caminho que poderia ser trilhado se capturasse e entregasse a mulher a seu Mestre, em pessoa.

Sim, pensou o Subordinado, *tal prêmio deveria impressioná-lo.*

Guardou o celular no bolso e se virou para tirar a arma de Carrigan do coldre. Passou por cima do corpo e correu até uma entrada dos fundos, que dava para o estacionamento da delegacia.

Capítulo 16

Tinha de deixá-la partir.

Havia estragado tanto as coisas que não acreditava que haveria qualquer argumentação que funcionasse com Gabrielle esta noite. Possivelmente nunca.

Do outro lado da rua, na esquina, ele a observou correndo rua abaixo, em direção a sabe lá Deus onde. Estava pálida e aturdida, como se tivesse acabado de levar um murro no peito.

O que na verdade tinha acontecido, admitiu ele com desânimo.

Provavelmente era melhor que a deixasse fugir em disparada acreditando que ele era um dissimulado e perigoso lunático. A verdade não estava muito longe disso, afinal de contas. Mas a opinião que tivesse a respeito dele não importava, de qualquer forma. O que importava era colocar uma Companheira de Raça a salvo.

Poderia deixar que fosse para casa e dar-lhe alguns dias para esfriar a cabeça, um tempo para aceitar sua mentira. Então poderia mandar Gideon para acalmar as coisas e trazê-la calmamente sob a proteção da Raça, lugar que ela pertencia. Gabrielle poderia escolher uma nova vida em qualquer um dos Refúgios Secretos ao redor do mundo. Poderia viver feliz e segura, e encontrar um macho que seria um verdadeiro companheiro para ela.

Nem sequer teria de vê-lo outra vez.

Sim, ele pensou, era o melhor a se fazer nesse instante.

Porém, de qualquer forma, viu-se saindo da calçada e adentrando a rua atrás dela; não conseguia se afastar de Gabrielle no momento, ainda que fosse tudo de que ela mais precisava.

Ao cruzar o semáforo da rua, sua atenção se desviou para um rangido de pneus de carro logo acima. Um carro antigo e enferrujado saiu de um dos becos laterais próximos à delegacia e correu à toda pelo meio da rua. O motor rugia, deixando para trás o cheiro de borracha enquanto o motorista pisava no acelerador e se movia ferozmente em direção ao alvo logo mais à frente.

Gabrielle.

Filho da mãe.

Lucan disparou a correr adoidado. Suas botas abocanhavam o pavimento, movendo-se com toda a velocidade que podia reunir.

O carro subiu na calçada ao chegar à esquina, a alguns metros de Gabrielle, bloqueando-lhe o caminho. Ela parou sobressaltada. Escutou uma ordem em voz baixa pela janela aberta do carro. Negou com a cabeça violentamente e então gritou; seu rosto ficou tenso ao ver a porta do veículo se abrir e reconhecer o homem que saltou do carro.

– Por Deus! Gabrielle! – Gritou Lucan, tentando deter com a mente o assaltante, sem alcançar nada além do vazio impenetrável.

Um Subordinado, percebeu com desdém. Somente o Mestre Renegado que o possuía podia comandar seus pensamentos. E o esforço mental que Lucan tinha feito na tentativa de controlá-lo o havia desgastado fisicamente. Alguns segundos perdidos, mas já eram demais.

Gabrielle virou-se para a esquerda e saiu correndo até um parque infantil, com seu perseguidor logo atrás.

Lucan a escutou gritar e viu o homem que a perseguia estender a mão de repente e apanhar o rabo-de-cavalo de Gabrielle.

O bastardo a derrubou no chão. Sacou uma pistola que estava presa na parte de trás do cinturão das calças cáqui e mirou o cano da arma no rosto de Gabrielle.

– Não! – Rugiu Lucan, alcançando-os nesse exato instante; acertou um forte chute no homem e o tirou de perto de Gabrielle.

A arma disparou enquanto o homem rolava pelo chão, e a bala atravessou as árvores. Mas Lucan sentiu cheiro de sangue. Esse odor metálico vinha tanto de Gabrielle quanto de seu agressor. Não era dela, determinou rapidamente, aliviado ao perceber a ausência do aroma singular de jasmim de Gabrielle.

O sangue derramado estava fresco na camisa do Subordinado, e Lucan sentiu um desejo mortal ressurgir, com a necessidade de um corpo que ainda tinha fome e tentava se curar. Sua boca pulsava em resposta ao impulso de se alimentar, mas a raiva que sentia era maior ao pensar na possibilidade de que esse pária podia ter ferido Gabrielle. Cravou os olhos com ódio mortal no Subordinado e ofereceu a mão a Gabrielle para ajudá-la a se levantar do chão.

– Ele te machucou?

Ela negou com a cabeça, mas reprimiu um soluço meio histérico.
– É ele, Lucan... O homem que estava me observando no parque no outro dia!

– Ele é um Subordinado – disse Lucan, rosnando a palavra por entre os dentes cerrados. Não se importava com quem era o ser humano. Dentro de poucos minutos, seria parte da história, de qualquer forma.

– Gabrielle, precisa sair daqui, querida.

– O quê? Quer dizer, deixar você aqui com ele? Lucan, ele está armado.

– Vá agora, meu bem. Corra de volta pelo caminho que veio e vá para sua casa. Vou me assegurar de que estará segura lá.

O Subordinado estava no chão, dobrado sobre si, ainda com o revólver na mão, e tossia tentando recuperar o fôlego perdido com o golpe de Lucan. Cuspiu sangue, e o olhar de Lucan se fixou na mancha escarlate sendo absorvida pela grama. Suas gengivas doeram com o repentino alongamento das presas.

– Lucan...

– Maldição, Gabrielle! Vá embora!

A ordem saiu de sua boca como um furioso grunhido, porém não havia nada que pudesse fazer para conter a fera dentro de si. Estava prestes a matar outra vez – sua fúria estava tão fora de controle que *precisava* matar –, mas se recusava a deixar que ela o visse.

– Corra, Gabrielle! Agora!

Ela correu.

Com a cabeça girando e o coração a ponto de explodir, Gabrielle saíra correndo quando Lucan lhe gritara.

Mas não estava disposta a ir para casa, como ele tinha dito, e deixá-lo ali sozinho. Saiu do parque infantil, rezando para que a rua e a delegacia, repleta de policiais armados, não estivessem muito longe. Uma parte de si odiava ter deixado Lucan, mas a outra parte – a que estava desesperada para fazer tudo o que pudesse para ajudá-lo – fez que suas pernas saíssem em disparada.

Embora estivesse enfurecida com suas mentiras e atemorizada por tudo o que não compreendia sobre ele, precisava que ele ficasse bem.

Se algo lhe acontecesse...

O pensamento se dissipou rapidamente ao escutar o disparo de uma arma atrás de si na escuridão.

Congelou, e os pulmões se esvaziaram de todo o ar.

Escutou um rugido estranho, animal.

Mais outros dois disparos, um atrás do outro, e então... Nada.

Somente um silêncio pesado e lancinante.

Ah, Deus.

– Lucan? – Gritou. O pânico estancou em sua garganta. – Lucan!

Voltou a correr, desta vez, de volta de onde vinha. De volta aonde tinha medo de que o coração se estilhaçaria em mil pedaços se Lucan não estivesse são e salvo quando o alcançasse.

Teve uma vaga sensação de preocupação ao pensar que o garoto da delegacia – *o Subordinado, era a palavra estranha que Lucan havia usado* – poderia estar esperando-a, ou já ter vindo atrás dela para exterminá-la do mesmo jeito. Contudo, deixou de lado as preocupações com sua própria segurança pessoal ao se aproximar da esquina do parque, iluminada pela luz da lua.

Somente precisava saber se Lucan estava bem.

Acima de tudo naquele momento, precisava estar com ele.

Viu a silhueta de um vulto negro sobre a grama – Lucan, em pé, com as pernas abertas e os braços abaixados ao lado do corpo em um gesto ameaçador. Encontrava-se sobre o agressor, que, evidentemente, havia caído com tudo no chão e agora tentava escapar do alcance de Lucan.

– Graças a Deus – sussurrou Gabrielle em voz baixa, sentindo-se imediatamente aliviada.

Lucan estava bem, e agora as autoridades poderiam se encarregar do maluco psicótico que poderia ter matado a ambos.

Ela correu para mais perto.

– Lucan – chamou, mas ele não pareceu ouvi-la.

Diante do homem a seus pés, Lucan se inclinou para agarrá-lo. Gabrielle escutou um estranho som estrangulado e se deu conta, atônita, de que Lucan segurava o homem pela garganta.

E o levantava do chão com uma só mão.

Diminuiu o passo, porém não o suficiente para parar, pois sua mente ainda se esforçava para compreender o que via.

Lucan era forte, não tinha dúvidas disso, e o garoto da delegacia de polícia provavelmente não pesava mais que uns vinte quilos a mais que ela; mas erguê-lo com a força de um só braço... Nem mesmo podia imaginar.

Observou com estranha indiferença enquanto Lucan elevava ainda mais o braço, fazendo o homem se contorcer e lutar para se ver livre da mão que lhe deixava lentamente sem ar. Um rugido aterrorizante lhe encheu os ouvidos e foi crescendo lentamente até que tudo o mais se esvaneceu.

Sob a luz da lua, Gabrielle viu a boca de Lucan. Estava aberta e mostrava os dentes. Era da sua boca que saía aquele som terrível, de outro mundo.

– Pare – murmurou com os olhos cravados nele, repentinamente cheia de medo. – Por favor... Lucan, pare.

E então o uivo assustador se silenciou e foi substituído por um novo horror ao ver Lucan trazer para si o corpo contraído e lhe cravar os dentes na carne logo abaixo da mandíbula do homem. Um jorro de sangue escapou da profunda ferida, e sua cor escarlate se tornou negra contra a escuridão da noite que rodeava tal terrível cena. Lucan permanecia imóvel, pressionando a boca contra a ferida.

Alimentando-se dela.

– Ah, meu Deus – gemeu Gabrielle, levando as mãos trêmulas contra a boca para conter um grito. – Não, não, não, não... Ah, Lucan... *Não.*

Ele levantou a cabeça abruptamente, como se tivesse escutado o silencioso sofrimento de Gabrielle. Ou talvez tivesse percebido sua presença de repente, a não mais que noventa metros de onde se encontrava, selvagem e horripilante, diferente de tudo que ela já tinha visto antes.

Não pode ser verdade, contradisse-lhe sua mente perplexa.

Havia presenciado essa brutalidade outra vez, anteriormente, e se o bom senso lhe tinha impedido de dar um nome ao horror naquele momento, agora o nome brotava dentro dela como um vento gélido e sombrio.

– Um vampiro – murmurou, ao observar o rosto ensanguentado de Lucan e seus olhos ferozes e brilhantes.

Capítulo 17

O cheiro de sangue o envolvia, pungente e metálico, e inundava-lhe as narinas com uma acidez doce e forte. Parte dele vinha de si mesmo, percebeu com certa curiosidade, e rosnou ao baixar os olhos e ver a ferida de bala em seu ombro esquerdo.

Não sentia nenhuma dor, apenas a energia penetrante que sempre o preenchia depois que se alimentava.

Mas queria mais.

Precisava de mais, respondeu o grito da besta que carregava dentro de si.

Essa voz crescia. Exigente. E o compelia até seus limites.

Entretanto, não tinha se dirigido para lá durante muito tempo, de qualquer forma?

Lucan apertou as mandíbulas com tanta força que poderia ter quebrado os dentes. Precisava se controlar, sair dali e voltar para o condomínio, onde poderia se recompor de toda essa desordem.

Estava andando pelas ruas escuras por quase duas horas, e o sangue ainda lhe pulsava com força nas têmporas; a raiva e a fome ainda dominavam sua mente quase por completo. Nessas condições, era um perigo para todos, porém seu corpo inquieto não conseguia ficar parado.

Caminhava pela cidade como um fantasma à espreita, vagando sem pensar, ainda que seus pés – e cada pedaço de seu corpo – o guiassem em um caminho resoluto até Gabrielle.

Ela ainda não havia ido para casa. Lucan não sabia exatamente para onde ela tinha fugido, até que o invisível laço de aromas e sentidos que o conectava a Gabrielle o conduziu até a frente de um prédio ao norte da cidade. Um amigo dela, sem dúvidas.

Havia uma luz acesa na janela do andar de cima; aquela barreira de vidro e tijolos era tudo que os separava agora.

Mas não tinha intenções de tentar vê-la, e não só por conta do Mustang vermelho estacionado ao lado com a luz da sirene policial ligada. Lucan não precisava ver seu reflexo no para-brisa para saber que tinha as pupilas alongadas em meio às enormes íris, e que suas presas ainda estavam protuberantes por detrás da boca firme.

Parecia-se exatamente com o monstro que era.

O monstro que Gabrielle tinha visto pessoalmente esta noite.

Lucan grunhiu ao relembrar a expressão de horror no rosto dela quando o vira matar o Subordinado.

Ainda podia vê-la recuando hesitante, com os olhos arregalados de terror e repulsa. Gabrielle tinha visto Lucan pelo que realmente era – e até mesmo lhe dirigira tal palavra em tom acusativo logo antes de fugir.

Ele não havia tentado detê-la, nem com palavras, nem com a força.

Naquele instante, só conseguia sentir a mais pura fúria enquanto sugava todo o sangue de sua presa. Descartou o corpo como se fosse lixo – o que era, sentindo uma súbita raiva ainda mais profunda ao pensar no que poderia ter acontecido a Gabrielle se tivesse caído nas mãos dos Renegados. Lucan queria destroçar aquele homem – e quase o fez, percebeu de repente, recordando nitidamente a selvageria que tinha cometido.

Ele, o tipo frio, tão controlado e seguro de si.

Que grande piada.

Sua máscara tão cuidadosamente posicionada havia começado a cair no momento em que conhecera Gabrielle Maxwell. Ela o deixava fraco, sujeito a falhas.

Fazia que ele desejasse coisas que nunca poderia ter.

Olhou para a janela do segundo andar; seu peito pulsava enquanto lutava contra o feroz desejo de subir até lá, entrar à força e carregar Gabrielle a algum lugar onde pudesse tê-la só para si.

Deixe que ela tema você. Deixe que ela o despreze pelo que é, contanto que possa pressionar aquele corpo quente debaixo do seu e aliviar sua dor como somente ela podia fazer.

Sim, rugiu a besta dentro de si, conhecendo apenas o desejo e a necessidade.

Antes que o impulso de possuí-la o vencesse, Lucan cerrou o punho e esmurrou o capô do carro da polícia. O alarme do veículo disparou e, enquanto as cortinas se abriam em todas as janelas ao redor da perturbação, Lucan saltou da calçada e desapareceu nas sombras da noite clara.

– Está tudo bem – disse-lhe o namorado de Megan ao voltar para o apartamento, depois de sair para checar o repentino disparo do alarme de seu carro. – Esse maldito alarme sempre dispara à toa. Sinto muito. Como se precisássemos de mais alguma tensão esta noite, né?

– Provavelmente, eram apenas crianças perturbando – acrescentou Megan, que estava sentada ao lado de Gabrielle no sofá.

Gabrielle assentiu com um gesto vago à tentativa de sua amiga em tranquilizá-la, porém não acreditou no que disse nem por um segundo.

Era Lucan.

Ela o percebera do lado de fora através de algum sentido interior que não sabia descrever. Não era medo nem terror, mas uma profunda sensação de que ele estava por perto.

De que precisava dela.

Desejava-a.

Que Deus a acudisse, mas a verdade é que tinha esperado que ele viesse até a porta, tirasse-a dali e a ajudasse a compreender o horror que tinha presenciado pouco tempo atrás.

Porém, ele tinha partido. Ela sentia sua ausência agora tão fortemente quanto tinha notado que ele a seguira até o apartamento de Megan.

– Está bem quentinha, Gabby? Quer mais chá?

– Não, obrigada.

Gabrielle segurava a xícara morna de chá de camomila com as duas mãos, mas sentia um frio por dentro que nem vários cobertores ou xícaras de chá poderiam resolver. O coração ainda lhe pulsava acelerado, e a cabeça ainda girava com toda a confusão e absoluta incredulidade.

Lucan havia dilacerado a garganta do rapaz.

Com os dentes.

Tinha colocado a boca sobre a ferida e bebido o sangue que jorrava por todos os lados.

Era um monstro, como se tivesse saído de algum pesadelo. Igual aos mesmos demônios que atacaram e mataram o garoto *punk* do lado de fora da boate – algo que agora já parecia tão distante em seu passado que quase não podia acreditar que tinha mesmo acontecido.

Mas tinha acontecido, do mesmo jeito que o assassinato desta noite: e, desta vez, com Lucan no centro de tudo.

Gabrielle fora até a casa de Megan por desespero; precisava de algum lugar familiar, mas tinha medo de voltar para sua própria casa, pois o amigo de Lucan poderia estar esperando por ela lá. Havia contado a Megan e a seu namorado, Ray, como fora acossada pelo maluco da delegacia. Relatara o fato de que ele também a estivera espiando alguns dias antes e, esta noite, quando a atacou, tinha uma arma nas mãos.

Não tinha certeza de por que deixara Lucan completamente fora da história, muito embora sua presença tivesse sido crucial. Deduziu que era, de certa forma, porque, apesar de seus métodos, ele havia matado esta noite para protegê-la, e ela sentia certa necessidade de oferecer-lhe um pouco dessa mesma consideração.

Ainda que fosse um vampiro.

Por Deus, até mesmo pensar nisso era ridículo.

– Gab, querida. Precisa denunciar o que aconteceu. O garoto parece seriamente enlouquecido. A polícia precisa saber disso, precisa tirá-lo das ruas. Ray e eu podemos levá-la. Iremos até o centro e encontraremos seu amigo detetive...

– Não – negou Gabrielle, balançando a cabeça; colocou o chá frio na mesa de centro com as mãos levemente trêmulas. – Não quero ir a lugar algum hoje. Por favor, Megan? Só preciso descansar um pouco. Estou tão cansada.

Megan apertou a mão de Gabrielle com ternura.

– Tudo bem. Vou pegar um travesseiro e mais um cobertor. Não tem de ir a lugar nenhum enquanto não estiver pronta, meu bem. Fico feliz só por estar tudo bem com você.

– Teve sorte de fugir – interveio Ray, enquanto Megan pegou a xícara de Gabrielle e a levou até a cozinha, antes de ir ao armário no fim do corredor. – Outra pessoa pode não ter a mesma sorte. Agora, estou fora de serviço e você é amiga da Meg, então não vou forçar o assunto; mas você tem a responsabilidade de não deixar esse cara escapar depois do que fez esta noite.

– Ele não vai fazer mal a mais ninguém – murmurou Gabrielle. E, embora estivessem falando sobre o homem que lhe apontara uma arma, não pôde evitar a ideia de que poderiam estar dizendo o mesmo sobre Lucan.

Ele não se lembrava de como havia voltado ao condomínio, nem por quanto tempo estava ali. Mas, levando em consideração todo o suor que havia malhado na sala de armas nas dependências de treinamento, imaginou que deveria fazer algumas horas já.

Lucan não se importou em acender as luzes. De qualquer forma, seus olhos já o estavam matando mesmo no escuro. Tudo que precisava era sentir a dor dos músculos enquanto os obrigava a malhar, para recuperar o controle de seu corpo, que aos poucos voltava do ápice em que estivera tão perigosamente perto de ceder à Sede de Sangue.

Apanhou uma das adagas no balcão a seu lado e deslizou os dedos pelo fio da lâmina afiada, virando-se para o corredor onde praticavam os golpes. Podia mais do que ver, sentia o alvo ao final; assim que lançou a adaga na escuridão, soube que o seco estampido significava que tinha acertado bem no meio do boneco de treinos.

– Isso aí, maldição – murmurou com a voz ainda rouca; suas presas ainda não haviam encolhido.

Tinha melhorado bastante a pontaria. Não havia errado nem um milímetro de um golpe mortal nas últimas tentativas com as espadas. E não pretendia sair dali até que tivessem passado todos os efeitos de sua última refeição. Isso podia levar mais algum tempo, pensou, ainda se sentindo mal com a quase overdose de sangue que havia tragado.

Caminhou até o fim do corredor de treinos para recuperar sua arma. Tirou a adaga do alvo e observou com satisfação a profunda ferida que teria causado se a mira fosse um Renegado ou um Subordinado, em vez de um boneco de treinamento.

Ao se virar para outro lance, escutou um suave clique em algum lugar adiante na escuridão, e imediatamente a luz cortante preencheu toda a extensão das dependências de treinamento.

Lucan recuou, sentindo a cabeça explodir com a repentina ofensa. Tentou piscar algumas vezes para passar o atordoamento e apertou os olhos sob a claridade que refletia nas paredes espelhadas ao redor da seção de treinamento de armas e defesa, logo ao lado da área de prática. Foi ali que viu o enorme vulto de outro vampiro, recostado sobre a parede.

Um dos guerreiros o estivera observando das sombras.

Tegan.

Droga. Por quanto tempo estava ali?

– Está tudo bem? – Ele perguntou, apático como sempre; trajava uma camiseta escura e uma calça jeans folgada. – Se a luz estiver incomodando...

– Está bem – grunhiu Lucan. Ainda tentava se acostumar à iluminação que o cegava. Levantou a cabeça, obrigando-se a olhar Tegan nos olhos, do outro lado do aposento. – Já estava indo embora, mesmo.

Tegan manteve a vista cravada em Lucan, com ares presunçosos. Dilatou as narinas levemente, e sua boca sinuosa adquiriu uma expressão de surpresa.

– Esteve caçando esta noite. E está sangrando.

– E?

– E não é comum você levar um golpe. Geralmente, é rápido demais para isso.

Lucan o amaldiçoou.

– Se importa em dar o fora nesse instante? Não estou com humor para companhia.

– Não diga. Estou sentindo uma leve tensão entre nós, não é mesmo? – Tegan avançou até onde se encontravam as armas para o treino. Não estava olhando para Lucan no momento, mas pôde perceber sua irritação como se estivesse exposta diante dele na mesa, junto à coleção de adagas, facas e outras espadas. – Precisa se livrar de um pouco dessa agressividade? Deve estar difícil se concentrar com todo esse zumbido na sua cabeça, aposto. O sangue corre tão rápido que é tudo que consegue ouvir. Só consegue pensar na Sede. Quando vê, ela já te dominou.

Lucan ponderou o peso de outra espada com a mão, tentando avaliar o equilíbrio da adaga artesanal. Não conseguia manter os olhos focados por mais de um segundo. Sentia os dedos coçarem com a vontade de utilizar a arma para algo mais que um alvo de treino. Com um grunhido, balançou o braço e atirou a adaga pelo corredor. Acertou em cheio o boneco do outro lado, bem no peito, atravessando o coração.

– Saia já daqui, Tegan. Não preciso de seus comentários. Muito menos de plateia.

– Não, você não gosta de ninguém o observando de perto. Estou começando a entender o motivo.

– Não sabe de nada.

– Não? – Tegan o fitou por um longo instante e balançou a cabeça levemente, soltando uma maldição em voz baixa. – Tenha cuidado, Lucan.

– Ah, céus – exclamou Lucan irritado, virando-se cheio de raiva para o vampiro. – Está me dando conselhos, Tegan?

– Tanto faz. – O macho deu de ombros com um gesto de indiferença. – Talvez seja um aviso.

– Um aviso. – A gargalhada de Lucan ecoou pelo amplo recinto. – Essa é boa. Ainda mais vindo de você.

– Está quase no limite, cara. Posso ver em seus olhos. – Meneou a cabeça e o cabelo castanho lhe caiu sobre o rosto. – O buraco é fundo, Lucan. Odiaria vê-lo cair.

– Poupe-me de suas preocupações. É a última pessoa que preciso que me diga isso.

– Claro, tem tudo sob controle, não é mesmo?

– Isso mesmo.

– Continue dizendo isso a você mesmo, Lucan. Quem sabe não acredite. Porque eu, olhando para você agora, com certeza não creio nisso.

A acusação disparou a raiva de Lucan. Em um impulso de precipitação e fúria, lançou-se sobre o outro vampiro, com as presas sibilantes expostas. Não percebeu que tinha uma espada na mão até ver a lâmina prateada pressionada contra a garganta de Tegan.

– Fique longe de mim. Está me entendendo agora?

– Quer me cortar, Lucan? Precisa que eu sangre? Vá, corte-me de uma vez, cara. Como se eu me importasse.

Lucan atirou a adaga ao chão e rugiu, enquanto apanhava Tegan pela camiseta. Com armas seria muito fácil. Precisava sentir a carne e os ossos sob as mãos, senti-los se abrindo, rasgando, cedendo à besta que quase dominava sua mente.

– Que droga – Tegan começou a rir, com o olhar insolente fixo na selvageria desenfreada que brilhava nos olhos de Lucan. – Já está com um pé na cova, não é mesmo?

– Dane-se – grunhiu Lucan para o vampiro que uma vez, muito tempo atrás, já havia sido um grande amigo. – Deveria te matar. Deveria ter te matado daquela vez.

Tegan nem mesmo piscou com a ameaça.

– Está procurando por inimigos, Lucan? Então se olhe no espelho. Esse é o único filho da mãe que vai te atacar toda vez.

Lucan arrastou Tegan e o lançou contra a parede do outro lado do cômodo. O espelho se quebrou com o impacto, estilhaçando-se ao redor dos ombros e do corpo de Tegan como uma explosão de estrelas.

Apesar de seus esforços para negar a verdade do que acabava de ouvir, Lucan viu seu próprio reflexo selvagem reproduzido uma centena de vezes nos cacos ao chão. Viu as pupilas fendidas, as íris brilhantes – os olhos de um Renegado – fitando-o de volta. Suas enormes presas estavam alongadas na boca aberta, e o rosto se contraía como uma horrenda máscara.

Viu tudo aquilo que odiava, tudo o que havia jurado em sua vida destruir, assim como Tegan lhe havia dito.

Nesse instante, refletidos nos estilhaços de espelho que o haviam horrorizado, Lucan viu Nikolai e Dante entrarem pela porta de trás, com olhares cautelosos estampados no rosto.

– Ninguém nos contou que estava tendo uma festa – disse Dante lentamente, embora não houvesse nada de casual no olhar que dirigiu aos combatentes. – O que está acontecendo? Tudo certo por aqui?

Um comprido e tenso silêncio tomou conta do aposento.

Lucan soltou Tegan e se afastou devagar. Baixou os olhos em um gesto automático para esconder sua selvageria dos outros guerreiros. A vergonha que sentia era algo novo para ele. Não gostou de seu sabor amargo; não conseguia nem falar por conta da bílis que se acumulava na garganta.

Finalmente, Tegan rompeu o silêncio.

– Claro – respondeu, sem tirar os olhos de Lucan. – Estamos ótimos.

Lucan saiu de perto de Tegan e dos outros. Enquanto se dirigia para a saída, bateu a perna na mesa de armas, que repercutiu um zumbido metálico.

– Nossa, ele está chapado hoje – murmurou Niko. – Tem cheiro de morte recente.

Ao atravessar a porta do aposento que dava para o saguão do outro lado, Lucan escutou a silenciosa resposta de Dante.

– Não, cara. Tem cheiro de overdose.

Capítulo 18

– Mais – gemeu a fêmea humana que se oferecia a ele em seu colo, com o pescoço inclinado debaixo de sua boca. Segurou sua nuca com as mãos ávidas e os olhos caídos como se estivesse drogada. – Por favor... beba mais de mim. Quero que me beba toda!

– Quem sabe – prometeu ele com descaso; já estava ficando entediado com seu belo brinquedinho.

K. Delaney, a enfermeira, havia sido uma boa diversão durante as primeiras horas em que a mantivera em seus aposentos privados; porém, como todos os humanos tomados pelo poder mortal do beijo de um vampiro, ela, por fim, parara de lutar e agora suplicava para que seu tormento acabasse. Contorcia-se contra ele como uma felina no cio, nua, esfregando sua pele contra os lábios, e choramingou quando ele lhe negou as presas.

– Por favor – voltou a pedir, chorosa, começando a irritá-lo.

Não podia negar o prazer de que tinha desfrutado com ela, tanto com seu corpo ardente quanto com a deliciosa e profunda satisfação que tivera ao tomar da sua garganta doce e suculenta. Mas já havia terminado. Havia terminado com ela, a menos que quisesse drenar o resto de humanidade da mulher para transformá-la em um de seus servos Subordinados.

Ainda não. Poderia querer brincar de novo.

Contudo, se não se retirasse do abraço necessitado da enfermeira, acabaria tentado a tomar o sangue de K. Delaney além do delicado ponto que a separava da morte certeira.

Sem cerimônias, atirou-a de seu colo e se levantou.

– Não – reclamou ela –, não vá.

Mas ele já estava cruzando o aposento. As pregas suntuosas de sua túnica de seda deslizavam pelas panturrilhas enquanto ele caminhava para fora do quarto e se dirigia ao gabinete do outro lado do corredor. Esse cômodo, seu santuário secreto, estava repleto de todos os luxos que desejava: mobílias refinadas, obras de arte e antiguidades de valor inestimável, tapetes entrelaçados por mãos persas no ápice das cruzadas religiosas da Terra. Recordações de seu próprio passado, objetos colecionados através de incontáveis épocas, pelo simples prazer que lhe proporcionavam; recentemente, haviam sido transportados para cá, para a base do exército que se formava na Nova Inglaterra.

E havia ainda outra recente aquisição artística.

Esta – uma coleção de fotografias contemporâneas – não o agradava em nada. Observou as imagens em preto e branco de diversos refúgios dos Renegados pela cidade e não pôde conter um grunhido de fúria.

– Ei... Essas não são suas...

Ele dirigiu um olhar irritado para onde a fêmea se encontrava sentada no momento, depois de se arrastar atrás dele desde o quarto. Havia desmoronado em um dos tapetes palacianos, e retorcia o rosto num bico infantil. Apoiava a cabeça nos ombros, piscando lentamente, como se não conseguisse manter o foco enquanto olhava para a coleção de fotografias.

– Ahn? – Perguntou ele, sem vontade nenhuma de entrar em brincadeiras, mas curioso o bastante para saber que se tratava daquelas imagens que haviam conseguido, de alguma forma, penetrar naquela cabeça atordoada. – A quem você acha que pertencem?

– À minha amiga... são dela.

Ele ergueu as sobrancelhas, surpreso com a inocente revelação.

– Conhece a artista, então?

A jovem assentiu sem ânimo.

– Minha amiga... Gabby.

– Gabrielle Maxwell – ele disse, virando-se para ela, agora realmente interessado. – Conte-me sobre sua amiga. Qual é o interesse dela em fotografar esses lugares?

Estivera se fazendo essa mesma pergunta desde que Gabrielle chamara sua atenção, por ter sido uma testemunha inconveniente de um assassinato perpetrado de maneira desleixada por alguns de seus novos recrutas. Ficara irritado, mas não a ponto de se alarmar, ao escutar sobre a senhorita Maxwell pela boca de seu Subordinado na delegacia de polícia. Também não gostara nem um pouco de ver seu rosto curioso através da câmera de segurança do hospital psiquiátrico. Mas era sua aparente vontade em documentar localizações de vampiros o que despertava certo sombrio interesse nele.

Até agora, havia se ocupado de assuntos mais importantes, que requeriam sua atenção. Tinha se concentrado em outras questões e havia ficado satisfeito em simplesmente manter certa vigilância sobre Gabrielle Maxwell. Provavelmente, suas atividades e o interesse que ela demonstrava mereciam melhor averiguação. Na verdade, ela poderia conseguir, inclusive, um duro interrogatório. Tortura, se o agradasse.

– Vamos conversar sobre sua amiga.

Sua enfadonha companheira jogou a cabeça para trás e se prostrou no tapete, estendendo os braços como uma criança petulante a quem negavam algo que queria.

– Não... Não quero falar sobre ela – murmurou, levantando os quadris do chão. – Venha aqui... Primeiro me beije... Vamos falar sobre mim... Sobre nós...

Ele deu um passo em direção à mulher, mas não tinha intenções de satisfazê-la. Possivelmente, suas pupilas fendidas estavam enganando-a, levando-a a acreditar que ele a desejava, mas era somente a raiva que latejava por todo seu corpo. Com certo desprezo, agarrou-a com firmeza e a pôs de pé diante de si.

– Sim? – Suspirou ela, quase completamente sujeita às suas ordens.

Com a palma da mão, ele lhe inclinou a cabeça sobre o ombro, deixando exposta a pálida porção de pele que ainda sangrava desde sua última refeição. Lambeu a ferida sem grandes rodeios, e suas presas se alongaram de fúria.

– Vai me dizer tudo que quero saber – sussurrou, controlando-a de modo letal enquanto a fitava nos olhos turvos. – Deste momento em diante, você, enfermeira K. Delaney, fará tudo o que eu lhe mandar.

Mostrou as presas e as cravou no pescoço da mulher com a ferocidade de uma víbora; e extraiu-lhe até a última gota de sua consciência e de sua débil alma humana com uma única e selvagem mordida.

Gabrielle averiguou os arredores de sua casa, assegurando-se de que todas as trancas nas portas e nas janelas estavam bem fechadas. Havia voltado para casa depois do almoço, mas saíra da casa de Megan pela manhã, assim que sua amiga foi trabalhar. Megan havia oferecido para que ficasse o tempo que quisesse, mas Gabrielle não podia se esconder para sempre e odiava a ideia de envolver a amiga mais a fundo em uma situação que se tornava a cada hora mais aterrorizante e inexplicável.

A princípio, evitou retornar para casa, então caminhou pela cidade em um atordoamento paranoico, quase cedendo a um ataque de histeria. Seu instinto lhe advertia que deveria se preparar para a batalha.

Uma batalha que sabia que chegaria, mais cedo ou mais tarde.

Tinha medo de encontrar Lucan ou um de seus amigos chupadores de sangue, ou algo ainda pior esperando por ela quando chegasse em casa. Porém, era plena luz do dia, e voltou, por fim, para casa. Encontrou-a vazia, sem nada fora do lugar.

Agora, enquanto a escuridão assentava do lado de fora, sua ansiedade retornou dez vezes maior.

Fechou os braços em volta de si, vestida com um suéter branco maior que ela e um par de calças jeans, e voltou para a cozinha, onde sua secretária eletrônica piscava com duas novas mensagens. Eram ambas de Megan. Ela estivera ligando durante a última hora, desde a primeira mensagem sobre o corpo que encontraram no parque onde Gabrielle fora atacada na noite anterior.

Megan estava frenética e contava a Gabrielle sobre o relatório policial que conseguira com Ray; descrevia como o assaltante havia aparentemente sido atacado por animais pouco tempo depois de tentar ferir Gabrielle. E havia mais. Um policial fora assassinado na delegacia; e a arma que encontraram junto ao corpo destroçado no parque era dele.

– Gabby, por favor, ligue-me assim que receber esta mensagem. Sei que está assustada, querida, mas a polícia realmente precisa de seu depoimento. Ray está quase saindo do serviço. Disse que pode passar aí e pegar você, se achar mais seguro...

Gabrielle apertou o botão para apagar a mensagem.

E sentiu o cabelo na nuca se arrepiar.

Já não estava mais sozinha na cozinha.

Com o coração em disparada, virou-se para encarar o intruso; não se surpreendeu de todo ao ver que era Lucan. Ele se encontrava de pé na porta da sala, observando-a em silêncio, pensativo.

Ou talvez estivesse apenas avaliando a próxima refeição do dia.

Curiosamente, Gabrielle percebeu que não sentia tanto medo dele, e sim raiva. Ele parecia tão normal, mesmo agora, vestido com um sobretudo escuro, calças pretas de alfaiataria e uma camisa cara, alguns tons mais escura que seus hipnotizantes olhos prateados.

Não havia nem sinal do monstro que tinha visto na noite anterior. Era apenas um homem. O amante sombrio que pensava que conhecia.

Viu-se desejando que ele tivesse aparecido com as presas à mostra e os olhos brilhando de fúria, transformados de modo tão estranho, assim como na noite passada, quando havia se delatado. Teria sido mais honesto que esse aspecto exterior de normalidade que lhe fazia querer fingir que estava tudo bem, que ele realmente era o detetive Lucan Thorne, da Polícia de Boston, um homem de honra, comprometido em proteger os inocentes e defender a lei.

Um homem por quem ela poderia ter se apaixonado – por quem provavelmente já havia se apaixonado.

Porém, havia sido tudo mentira.

– Prometi a mim mesmo que não viria aqui esta noite.

Gabrielle engoliu em seco.

– Sabia que viria. Sei que me seguiu ontem à noite, depois que fugi.

Uma centelha tremeluziu em seus olhos penetrantes, que a fitavam intensamente. Como se a afagassem.

– Não teria feito nenhum mal a você. Não quero machucá-la, agora.

– Então vá embora.

Ele negou com a cabeça. Deu um passo à frente.

– Não até que tenhamos conversado.

– Quer dizer, não até ter certeza de que não vou falar nada – respondeu ela, tentando não se deixar levar simplesmente porque ele parecia o homem em quem tinha confiado.

Ou porque seu corpo – e até mesmo seu estúpido coração – reagiam ao tê-lo em vista.

– Há certas coisas que precisa saber, Gabrielle.

– Ah, eu já sei – replicou, impressionada por sua voz não sair hesitante. Levou os dedos ao pescoço, em busca do crucifixo que não havia usado desde sua primeira comunhão. O delicado talismã parecia uma proteção ridícula, agora que se encontrava diante de Lucan, sem nada que os separasse além de alguns passos de suas compridas pernas. – Não tem de me explicar nada. Demorei um pouco, admito, mas acho que finalmente entendi tudo.

– Não. Não entendeu. – Ele se aproximou dela e se deteve ao notar uma réstia de bulbos brancos que pendia sobre a cabeça na porta da cozinha. – Alho – comentou e soltou uma divertida risada.

Gabrielle recuou um passo, e seus sapatos ressoaram contra o chão da cozinha.

– Já falei, estava esperando por você.

E tinha arranjado outros preparativos antes que ele chegasse. Se olhasse ao redor, veria a mesma decoração no batente de cada porta da casa, inclusive na porta da frente. Mas não que ele parecesse se importar.

As trancas múltiplas não o haviam impedido, e tampouco essa outra tentativa de segurança. Ele passou pelo repelente de vampiros caseiro de Gabrielle tranquilamente, com os olhos escuros cravados nela.

Ele se aproximou, e Gabrielle retrocedeu um pouco mais, até dar de costas com a bancada da cozinha. Em cima da pia de pedra, havia um pequeno frasco de enxaguante bucal. Mas não tinha mais seu conteúdo, e sim algo que ela havia pegado em seu caminho para casa naquela manhã, quando passara na Igreja de Santa Maria para uma confissão há muito atrasada. Gabrielle apanhou o frasco do balcão e o segurou próximo ao peito.

– Água benta? – Indagou Lucan, encontrando seus olhos com frieza. – O que vai fazer com isso? Jogar em mim?

– Se for preciso.

Ele se moveu tão rápido que ela só viu um borrão impreciso que apareceu diante dela; Lucan pegou o pequeno frasco das mãos dela e o esvaziou em suas mãos. Passou as palmas úmidas pelo rosto e pelo brilhante cabelo negro.

Nada aconteceu.

Ele jogou o frasco vazio ao chão e deu outro passo na direção de Gabrielle.

– Não sou o que você pensa, Gabrielle.

Ele parecia tão sensato que ela quase acreditou.

– Vi o que você fez. Matou um homem, Lucan.

Ele negou com a cabeça calmamente.

– Matei um ser humano que já não era um homem – já não era nem mesmo humano, na verdade. Tudo o que havia de humano nele foi tomado pelo vampiro que o transformou em um escravo Subordinado. Já estava praticamente morto. Eu apenas terminei o serviço. Sinto muito por ter presenciado aquilo, mas não posso me desculpar. E não vou. Mataria qualquer um, humano ou não, que quisesse fazer algum mal a você.

– O que faz de você, perigosamente, um superprotetor ou um psicótico total. Para não mencionar o fato de que rasgou a garganta do garoto com os dentes e bebeu seu sangue!

Ela esperou por outra resposta serena. Alguma outra explicação racional, que lhe permitisse acreditar que algo tão inacreditável como o vampirismo pudesse realmente fazer sentido – realmente existir – no mundo real.

Contudo, Lucan não lhe deu tal resposta.

– Não era assim que eu queria que as coisas fossem entre nós, Gabrielle. Deus sabe que merece algo melhor. – Ele murmurou algo em voz baixa, em uma língua que Gabrielle não entendia. – Merece ser iniciada nisto gentilmente, por um macho que lhe diga as palavras certas e faça o que é certo para você. Por isso que eu queria mandar Gideon... – Lucan passou os dedos pelo cabelo em um gesto de frustração. – Não sou nenhum mensageiro da minha Raça. Sou um guerreiro. Às vezes, um algoz. Lido com a morte, Gabrielle, e não estou acostumado a pedir desculpas a ninguém por meus atos.

– Não estou pedindo por desculpas.

– O quê, então? A verdade? – Lançou-lhe um sorriso irônico. – Viu a verdade ontem à noite, quando matei aquele Subordinado e bebi todo seu sangue. Aquela era a verdade, Gabrielle. É quem eu realmente sou.

Gabrielle sentiu certo enjoo em seu estômago ao ver que ele nem mesmo tentava negar todo o horror que lhe contava.

– Você é um monstro, Lucan. Meu Deus, deve ter saído de algum pesadelo.

– De acordo com algumas superstições e lendas humanas, sim. Essas mesmas histórias dizem para combater minha Raça com alho ou água benta – tudo mentira, como acabou de ver por si mesma. Na verdade, nossas Raças estão intimamente ligadas. Não somos assim tão diferentes um do outro.

– Mesmo? – Ela riu, enchendo-se de histeria ao vê-lo dar outro passo adiante, obrigando-a a recuar de novo. – Da última vez que conferi, canibalismo não estava na minha lista de afazeres. Muito menos transar com um morto-vivo, mas parece que estive fazendo isso com bastante frequência ultimamente.

Ele soltou uma risada sem graça.

– Posso lhe garantir que não sou nenhum morto-vivo. Respiro, assim como você. Sangro, do mesmo jeito que você. E posso ser morto, ainda que não seja fácil, e faz muito, muito tempo que estou vivo, Gabrielle. – Ele caminhou em sua direção, encurtando o espaço que os separava na cozinha. – Estou tão vivo quanto você.

Como que para provar, envolveu a mão dela com os dedos quentes. Levantou-a entre o seu corpo e a apertou contra o próprio peito. Sob o suave tecido da camisa, seu coração pulsava forte e ritmado. Ela sentiu a respiração dele indo e vindo enquanto os pulmões se expandiam e contraíam; o calor de seu corpo a penetrava pela ponta dos dedos, envolvendo-a e tranquilizando seus esgotados sentidos como um bálsamo.

– Não! – Ela se afastou dele. – Não, maldito seja! Nada mais de truques. Vi seu rosto ontem à noite, Lucan. Vi suas presas, seus olhos! Disse-me que é quem você realmente é, então o que é tudo isso? Tudo que você diz que é agora... Tudo que sinto quando estou perto de você... São ilusões?

– Sou real, em pé aqui e agora... Ou do jeito que estava na noite passada.

– Então prove. Deixe-me ver seu outro eu ao invés deste. Quero saber com o que estou lidando de verdade, é no mínimo justo.

Ele franziu a testa, como se sua desconfiança o magoasse.

– Essa mudança não pode ser forçada. É algo fisiológico, que aparece quando tenho fome ou em momentos de emoção muito intensa.

– Então quanto tempo terei de vantagem antes que você decida estraçalhar minha jugular? Alguns minutos? Segundos?

Os olhos de Lucan relampejaram com a provocação, mas sua voz se manteve calma.

– Não vou te machucar, Gabrielle.

– Então por que está aqui? Para transarmos outra vez, antes de me transformar em um monstro como você?

– Por Deus! – Exclamou irritado. – Não é assim que...

– Ou vai me transformar em sua escrava vampira pessoal, como o que matou na noite passada?

– Gabrielle – disse Lucan, apertando o maxilar com força, como se estivesse tentando partir algo de aço. – Vim até aqui para lhe proteger, maldição! Porque preciso ter certeza de que está segura. Talvez eu esteja aqui porque sei que cometi alguns erros com você e quero consertar isso de algum jeito.

Ela permaneceu imóvel, absorvendo essa inesperada sinceridade e observando o jogo de emoções nos traços do rosto de Lucan. Raiva, frustração, desejo, incerteza... Podia ler tudo em seu olhar penetrante.

Que Deus a acudisse, mas também sentia tudo isso e mais dentro de si, agitando-se como uma tempestade.

– Quero que vá embora, Lucan.

– Não, não quer.

– Nunca mais quero te ver de novo! – Gritou desesperada para que ele acreditasse. Levantou a mão para lhe bater, mas ele a impediu com facilidade antes mesmo de tentar. – Por favor. Vá embora daqui, agora!

Ignorando-a por completo, Lucan pegou a mão que o teria maltratado e levou-a ternamente até a boca. Entreabriu os lábios levemente e pressionou a palma de sua mão contra um beijo ardente e sensual. Gabrielle não sentiu nenhuma presa; apenas o calor envolvente de sua boca e as carícias molhadas de sua língua ao provocar a pele sensível entre os dedos.

Sentiu a cabeça girar com o delicioso contato dos lábios dele sobre sua pele.

As pernas lhe enfraqueceram, e toda a resistência que exibia começou lentamente a ruir em seu íntimo.

– Não – exclamou ela, tirando a mão de perto dele e o empurrando para longe. – Não. Não posso deixar que faça isso comigo, não agora. Tudo entre nós mudou! Está tudo diferente!

– A única coisa que mudou, Gabrielle, é que agora pode me ver com seus olhos bem abertos.

– Sim – disse ela, obrigando-se a olhar para ele. – E não gosto do que vejo.

Lucan sorriu sem qualquer piedade.

– Quem dera que pudesse dizer o mesmo sobre o jeito que a faço sentir.

Ela não tinha certeza de como ele tinha feito aquilo – de como podia se mover tão rápido num piscar de olhos –, mas, no mesmo instante, a respiração de Lucan envolvia seus ouvidos, e sua voz profunda ressoava contra sua nuca enquanto ele apertava seu corpo contra o dela.

Era muita informação para assimilar: essa nova realidade apavorante, as perguntas que nem ao menos sabia como fazer. E então havia o desnorteamento provocado pelo intenso poder do toque de Lucan, de sua voz, de seus lábios roçando sua pele macia.

– Pare! – Tentou empurrá-lo, mas ele era uma muralha de músculos e determinação, fria e escura. Ele resistiu à raiva de Gabrielle, e os golpes inúteis que lhe dava contra o enorme peito não pareciam nem fazer cócegas. Sua expressão serena se manteve tão imóvel quanto seu corpo. Ela se afastou dele frustrada e com raiva. – Deus, o que está tentando provar com isso, Lucan?

– Apenas que não sou o monstro que quer acreditar que sou. Seu corpo me conhece. Seus sentidos lhe dizem que está segura comigo. Só precisa dar ouvidos a eles, Gabrielle. E me escutar, quando digo que não vim aqui para lhe ameaçar. Nunca vou lhe atacar, muito menos tomar seu sangue. Tem minha palavra, jamais lhe farei mal algum.

Gabrielle reprimiu uma risada automática ante a ideia de um vampiro ter palavra, quanto mais prometer cumpri-la como o fazia agora. Contudo, Lucan estava solene e resoluto. Provavelmente ela estava louca, porque, quanto mais fitava aqueles olhos prateados, menos conseguia se agarrar às dúvidas que tinha sobre ele.

– Não sou seu inimigo, Gabrielle. Durante séculos, minha Raça e a sua precisaram uma da outra para sobreviver.

– Você se alimenta de nós – ela sussurrou pausadamente – como parasitas.

O rosto de Lucan se fechou de repente, mas ele não cedeu ao desprezo que havia na acusação.

– Também protegemos vocês. Alguns da minha Raça até mesmo cuidaram de vocês, compartilhando uma vida juntos em um vínculo de sangue. É o único meio de propagar a espécie dos vampiros. Sem as mulheres humanas para dar à luz os jovens, estaríamos, por fim, extintos. Foi assim que eu nasci, e assim que nasceram todos os outros como eu.

– Não entendo. Por que não pode se... reproduzir com fêmeas da sua espécie?

– Porque não existe nenhuma. Graças a uma falha genética, a prole da Raça é composta apenas de machos, desde o primeiro da linhagem, através de centenas de gerações.

Essa última revelação, somada às outras notícias surpreendentes que acabava de ouvir, fez que Gabrielle se detivesse.

– Então isso quer dizer que sua mãe é humana?

Lucan assentiu de leve com a cabeça.

– Era.

– E seu pai? Era...

Antes que pudesse dizer a palavra "vampiro", Lucan respondeu.

– Meu pai, assim como os outros sete Antigos, não era deste mundo. Foram os primeiros de minha estirpe, seres de outro lugar, muito diferente deste planeta.

Ela demorou um segundo para assimilar o que acabara de ouvir, especialmente perto de todo o resto que começava a entender.

– O que está dizendo... Eram extraterrestres?

– Eram exploradores. Conquistadores brutais, na verdade, que aterrissaram aqui muito tempo atrás.

Gabrielle o encarou.

– Seu pai era, além de vampiro, extraterrestre? Tem ideia de como isso parece absurdo?

– É a verdade. O povo de meu pai não se chamava de vampiro, mas, por definição humana, era isso o que eram. Seu sistema digestivo era avançado demais para as proteínas cruas da Terra. Não conseguiam processar as plantas ou os animais do mesmo jeito que os humanos, então tiveram de aprender a tirar seu sustento do sangue. Alimentaram-se sem controle e dizimaram populações inteiras nesse processo. Já ouviu falar de algumas delas, sem dúvida: Atlântida; o Império Maia; e várias outras incontáveis civilizações desconhecidas que desapareceram do dia para a noite. Muitos dos massacres historicamente atribuídos a pestes e à fome não foram exatamente assim.

Meu Deus.

– Presumindo que tudo o que está falando seja verdade, são milhares de anos de carnificina. – Sentiu um calafrio pelas pernas ao ver que ele não negava. – Eles... Você... Deus, não acredito que estamos tendo esta conversa. Os vampiros se alimentam de qualquer ser vivo, como uns aos outros, ou nós humanos somos o prato principal?

A expressão no rosto de Lucan estava séria.

– Somente o sangue humano contém a combinação exata de nutrientes de que precisamos para sobreviver.

– Com que frequência?

– Precisamos nos alimentar uma vez em alguns dias, uma semana, às vezes. Precisamos de mais se estivermos feridos, necessitando de força para curar os machucados.

– E vocês... Matam quando se alimentam?

– Nem sempre, raramente, na verdade. A maioria da Raça se alimenta de hospedeiros humanos voluntários.

– As pessoas chegam a se voluntariar para que lhes torturem? – Perguntou ela, incrédula.

– Não há nenhuma tortura envolvida, a menos que o desejemos. Quando um humano está relaxado, a mordida de um vampiro pode ser muito prazerosa. E, quando tudo termina, o hospedeiro não se lembra de nada, porque não deixamos nenhuma recordação nossa para trás.

– Mas às vezes vocês matam – disse ela, esforçando-se para não parecer acusadora.

– Às vezes, é necessário tirar uma vida. A Raça tem um juramento de jamais atacar os inocentes ou enfermos.

Ela zombou.

– Que nobre da sua parte.

– É realmente nobre, Gabrielle. Se quiséssemos – caso cedêssemos a essa parte de nós que ainda traz o guerreiro conquistador de nossos antepassados –, poderíamos escravizar toda a humanidade. Seríamos reis, e todos os humanos existiriam apenas para nos alimentar e nos divertir. Esse mesmo pensamento é o motivo central de uma longa batalha mortal entre minha Raça e nossos inimigos irmãos, os Renegados. Você os viu por si mesma, naquela noite nos arredores da boate.

– Você estava lá?

Assim que pronunciou tais palavras, soube que sim. Lembrou-se do rosto marcante e dos olhos encobertos por óculos escuros que a tinham observado através da multidão. Mesmo naquele rápido olhar que chegara até ela em meio à fumaça e à escuridão da boate, havia sentido uma conexão com ele.

– Estive rastreando aquele grupo de Renegados por quase uma hora – contou Lucan –, esperando pela oportunidade certa de me mexer e atacá-los.

– Eram seis – recordou-se vividamente, trazendo de volta a imagem de meia dúzia de rostos terríveis, com os olhos ferozes e brilhantes e as presas à mostra. – Iria enfrentá-los sozinho?

Lucan deu de ombros, como se dissesse que não era algo incomum, ele contra vários. – Tive certa ajuda naquela noite... Você e a câmera de seu celular. O *flash* os surpreendeu e me deu a oportunidade de atacar.

– Você os matou?

– Todos, menos um. Mas ainda o pegarei.

Ao ver a ferocidade nas feições dele, Gabrielle não teve dúvidas de que o faria.

– Os policiais enviaram uma patrulha para a boate assim que relatei o assassinato. Não encontraram nada. Nenhuma evidência.

– Certifiquei-me de que não encontrariam nada.

– Fez que eu parecesse uma idiota. A polícia insistia que eu estava inventando tudo aquilo.

– Melhor assim que deixá-los a par das verdadeiras batalhas que têm acontecido nas ruas humanas durante os últimos séculos. Pode imaginar o pânico geral que seria se relatos comprovados sobre ataques de vampiros começassem a rodar o mundo?

– É isso o que está acontecendo? Esse tipo de assassinato tem acontecido o tempo todo, em todos os lugares?

– Cada vez mais, ultimamente. Os Renegados são uma facção de viciados em sangue que só se importam com a próxima dose. Pelo menos, era assim que agiam até bem pouco tempo atrás. Agora tem algo mais acontecendo. Estão se preparando. Organizando-se. Nunca foram tão perigosos como agora.

– E, graças às fotos que tirei nas proximidades da boate, esses vampiros Renegados estão vindo atrás de mim.

– O incidente que presenciou sem dúvidas atraiu a atenção para você, e qualquer ser humano significa uma boa diversão para eles. Mas, provavelmente, foram as outras fotos que tirou que lhe colocaram em perigo.

– Que outras fotos?

– Aquelas.

Ele indicou uma fotografia emoldurada que estava pendurada na parede da sala. Era uma foto do exterior de um velho depósito em uma das regiões mais desoladas da cidade.

– Por que decidiu fotografar esse edifício?

– Não sei bem ao certo – respondeu ela, incerta até mesmo de por que havia decidido emoldurar tal retrato. Ao olhar para ela agora, sentiu um arrepio percorrer-lhe a coluna. – Jamais teria ido até tal parte da cidade, mas me lembro de que tomei um caminho errado naquela noite e acabei perdida. Algo me chamou a atenção para o depósito – algo que não sei realmente explicar. Estava muito nervosa por estar ali, mas não podia ir embora sem bater algumas fotos do local.

A voz de Lucan adquiriu um tom gravemente sério.

– Eu e outros guerreiros da Raça que trabalham comigo invadimos esse lugar há um mês e meio. Era um dos refúgio dos Renegados, abrigava quinze de nossos inimigos.

Gabrielle ficou boquiaberta.

– Tem vampiros morando nesse edifício?

– Não mais. – Lucan se adiantou até a mesa da cozinha, onde havia mais fotografias, incluindo algumas do hospital psiquiátrico abandonado, tiradas alguns dias atrás. Pegou uma delas e mostrou para Gabrielle. – Estamos vigiando esse lugar por semanas. Temos motivos para acreditar que se trata de uma das maiores colônias de Renegados da Nova Inglaterra.

– Ah, meu Deus. – Gabrielle observou a foto do hospital e a colocou de volta sobre a mesa com os dedos levemente trêmulos. – No dia em que bati essas fotos, um homem me encontrou lá. Perseguiu-me até o lado de fora da propriedade. Não acha que era...?

Lucan balançou a cabeça.

– Era um Subordinado, não um vampiro, se o viu depois do amanhecer. A luz do sol é um veneno para nós. Essa parte da lenda é verdade. Nossa pele queima rapidamente, como a sua se fosse exposta a uma lente de aumento muito potente sob o sol do meio-dia.

– Então é por isso que só via você durante a noite – murmurou ela, relembrando cada uma das visitas de Lucan, desde a primeira vez que a enganara. – Como pude ser tão cega, com todas as pistas diante de mim?

– Talvez não quisesse enxergar, mas sabia, Gabrielle. Suspeitava que a matança que havia presenciado era algo além do que suas experiências humanas podiam explicar. Quase me disse isso, da primeira vez que nos encontramos. Em algum nível de sua consciência, sabia que se tratava de um ataque de vampiros.

Ela sabia, mesmo então. Porém, não tinha suspeitado de que Lucan fazia parte daquilo tudo. Uma parte dela ainda queria rejeitar a ideia.

– Como é possível que isso seja real? – Gemeu, deixando-se cair na cadeira mais próxima. Fitou as fotografias espalhadas na mesa à sua frente e voltou a olhar para o rosto severo de Lucan. Lágrimas ameaçaram sair dos olhos, ardentes, e um nó desesperado se fechava na garganta, como se quisesse negar tudo. – Isso não pode ser real. Deus, por favor, diga-me que isso não está acontecendo de verdade.

Capítulo 19

Ele havia lhe dado muita informação para que digerisse – não tudo, mas mais que o bastante por uma noite.

Lucan precisava dar crédito a Gabrielle. Além da pequena irracionalidade com o alho e a água benta, ela havia mantido uma serenidade incrível durante uma conversa que era, sem dúvidas, bem difícil de acreditar. Vampiros, a antiga chegada de extraterrestres, a guerra incipiente contra os Renegados, que, além do mais, também a estavam perseguindo.

Ela havia aceitado tudo com uma impassibilidade difícil de encontrar entre a maioria dos homens.

Lucan a observou enquanto se esforçava para processar as informações, sentada à mesa com a cabeça entre as mãos; algumas lágrimas soltas começavam a escorrer por suas bochechas. Ele desejou que houvesse uma maneira de suavizar esse caminho. Mas não havia. E as coisas iriam de mal a pior para ela quando se inteirasse da completa verdade sobre o que a esperava.

Para sua própria segurança e para a da Raça, teria de sair de casa, abandonar os amigos, sua carreira. Teria de deixar para trás tudo que fazia parte de sua vida até esse momento.

E teria de fazê-lo esta noite.

– Se tiver mais alguma fotografia como essas, Gabrielle, preciso vê-la.

Ela assentiu e levantou a cabeça.

– Estão todas em meu computador – disse, afastando o cabelo que lhe caía no rosto.

– E aquelas do quarto-escuro?

– Também estão salvas no computador, assim como todas as que vendi através da galeria.

– Que bom. – A menção das vendas de arte despertou um alarme em sua memória. – Quando estive aqui algumas noites atrás, mencionou que tinha vendido uma coleção inteira para alguém. Quem era?

– Não sei. Foi uma compra anônima. O comprador organizou uma exibição privada em um apartamento de cobertura alugado no centro da cidade. Viram umas poucas fotos e pagaram em dinheiro por todas elas.

Ele soltou um xingamento, e a expressão já tensa de Gabrielle se transformou em puro terror.

– Ah, meu Deus. Acha que foram os Renegados que as compraram?

O que Lucan estava pensando, na verdade, era que, se fosse ele o chefe das operações dos Renegados, certamente se interessaria em adquirir uma arma capaz de localizar seus inimigos. Sem mencionar que impediria esses inimigos de utilizar tal arma em benefício próprio.

Gabrielle seria um bem extraordinário nas mãos dos Renegados, por vários motivos. E, assim que a tivessem sob seu poder, não demoraria muito para que descobrissem sua marca de Companheira da Raça. Seria abusada como se fosse uma égua de procriação, obrigada a tomar de seu sangue e dar à luz suas crias até que seu corpo acabasse por ceder e morresse. Isso poderia levar anos, décadas, séculos.

– Lucan, meu melhor amigo levou essas fotografias para a exibição naquela noite. Pessoalmente. Morreria se alguma coisa tivesse acontecido a ele. Jamie foi até lá sem saber do perigo em que se encontrava.

– Fique contente por isso, porque provavelmente é a única razão pela qual saiu de lá com vida.

Ela recuou, como se tivesse levado um tapa.

– Não quero que meus amigos sofram por conta do que está acontecendo comigo.

– Neste exato momento, você está correndo mais perigo que qualquer um. E precisamos nos mexer. Vamos copiar as fotos de seu computador. Quero levá-las para o laboratório do condomínio.

Gabrielle o conduziu até a ordenada escrivaninha que havia na sala. Ligou o computador e, enquanto este carregava, pegou alguns cartões de memória e colocou um deles na entrada USB.

– Sabe, disseram que ela era louca. Chamavam-na de delirante, uma esquizofrênica paranoica. Mantiveram-na presa por acreditar que tinha sido atacada por vampiros. – Gabrielle riu de leve, mas era uma risada triste e vazia. – Talvez ela não fosse louca, afinal de contas.

Lucan se aproximou por trás dela.

– De quem está falando?

– De minha mãe biológica. – Gabrielle deu início ao processo de cópia no computador e se virou na cadeira para contemplar Lucan. – Foi encontrada certa madrugada em Boston, ferida, sangrando e desorientada. Não tinha nenhuma bolsa ou carteira, ou qualquer tipo de identificação, e, nos breves períodos em que estava lúcida, não conseguia dizer a ninguém quem era, então a polícia a registrou como desconhecida. Era apenas uma adolescente.

– Disse que estava sangrando?

– Várias feridas no pescoço – supostamente infligidas por ela mesma, de acordo com os relatórios oficiais. A corte a julgou incapaz de ir a julgamento, e a trancaram em uma instituição mental assim que recebeu alta do hospital.

– Meu Deus.

Ela balançou a cabeça de leve.

– Mas e se tudo o que disse era verdade? Se não estava nem um pouco louca? Ah, Deus, Lucan... Durante todos esses anos, eu a culpei. Acho que cheguei até a odiá-la, e agora não consigo parar de pensar...

– Disse que a polícia e o tribunal a julgaram. Quer dizer, por algum tipo de crime?

O computador apitou, indicando que o cartão de memória estava cheio. Gabrielle se virou para dar prosseguimento às cópias e continuou de costas para Lucan. Ele pousou as mãos gentilmente em seus ombros e voltou a girar a cadeira para que ficasse de frente para ele.

– Sua mãe foi acusada de quê?

Gabrielle permaneceu em silêncio por um bom tempo. Lucan notou que ela engoliu em seco. Havia muito sofrimento em seus olhos castanhos.

– Abandono de menor.

– Quantos anos você tinha?

Ela deu de ombros e balançou a cabeça.

– Era bem novinha. Um bebê. Ela me colocou numa lata de lixo do lado de fora de um prédio. A um quarteirão apenas de onde a polícia a encontrou. Por sorte, para mim, um dos policiais resolveu averiguar os arredores. Escutou meu choro, acho, e me tirou de lá.

Santo Deus.

Uma recordação reluziu na mente de Lucan enquanto ela falava. Viu uma rua escura, o pavimento úmido brilhando sob a luz da lua, uma mulher de olhos arregalados em completo terror enquanto um vampiro Renegado lhe chupava o pescoço. Escutou o choro agudo do bebezinho abrigado nos braços da mãe.

– Quando isso aconteceu?

– Muito tempo atrás. Há vinte e sete anos, neste verão, para ser mais exata.

Para alguém da idade de Lucan, vinte e sete anos atrás eram um piscar de olhos. Recordava claramente de ter interrompido aquele ataque na estação de ônibus. Lembrou-se de intervir entre o Renegado e sua presa, mandando a aterrorizada mulher embora com uma severa ordem mental. Ela sangrava profusamente, e um pouco do sangue escorria em cima do bebê.

Depois que matou o Renegado e limpou a cena, saíra em busca da mulher com a criança. Mas não os encontrou. Sempre se pegava imaginando o que teria acontecido a ambos, e se amaldiçoava por não ter sido capaz de ao menos remover da mente da vítima todas aquelas terríveis lembranças do ataque.

– Ela se suicidou não muito tempo depois na instituição para loucos – contou Gabrielle. – Eu já estava sob a custódia do Estado.

Lucan não pôde evitar tocá-la. Afastou gentilmente seu cabelo comprido do rosto e acariciou a delicada linha formada pelo maxilar, passando por seu queixo empinado. Tinha os olhos úmidos, mas não chorou. Era uma mulher durona, certo. Durona, bela e incrivelmente especial.

Naquele momento, a única coisa que queria era trazê-la entre os braços e dizer aquilo.

– Sinto muito – disse-lhe com absoluta sinceridade. E arrependimento, algo que não estava acostumado a sentir. Mas, até então, desde que havia pousado os olhos pela primeira vez em Gabrielle, ela o fazia sentir várias coisas completamente novas. – Sinto muito por vocês duas.

O computador apitou outra vez.

– Foram todas – falou Gabrielle, estendendo a mão como se fosse acariciar a mão dele; mas ainda não conseguiu tocá-lo.

Ele se afastou das costas dela e sentiu uma pontada de remorso pelo jeito com que ela se virou em silêncio.

Como se distanciava dele, desse novo estranho que tinha se tornado.

Ele a observou tirar o último cartão de memória e colocar junto ao outro. Quando ia fechar o programa, Lucan pediu:

– Ainda não. Preciso que apague todos os arquivos de imagem do computador e de qualquer cópia reserva que tenha. Essas cópias que estamos levando precisam ser as únicas restantes.

– E as cópias impressas? As que estão ali na mesa, as que eu tenho no quarto-escuro lá embaixo?

– Cuide disso aqui. Vou buscar as impressões.

– Tudo bem.

Ela se pôs a trabalhar imediatamente, e Lucan realizou uma breve inspeção no resto da casa. Juntou todas as fotos soltas e pegou também as emolduradas, para não deixar nada para trás que pudesse ser útil para os Renegados. Encontrou uma bolsa de lona grande no armário do quarto de Gabrielle e a trouxe para o andar de baixo para guardar as coisas.

Enquanto terminava de empacotar tudo e fechar a bolsa, escutou um ruído baixo de um carro potente estacionando do lado de fora. Duas portas se abriram e logo se fecharam com um baque, seguido por passos apressados em direção à casa.

– Tem alguém aqui – disse Gabrielle, lançando um olhar sério a Lucan, enquanto desligava o computador.

A mão de Lucan já estava dentro do sobretudo, nas costas, onde havia uma Beretta de 9 mm enfiada na parte de trás do cinto da calça. A arma estava carregada na potência máxima, com umas balas de titânio especiais para exterminar Renegados – uma das últimas invenções de Niko. Se fosse um Renegado por detrás daquela porta, o filho da mãe sedento de sangue estava prestes a ser acertado em cheio.

Porém, logo percebeu que não se tratava de Renegados. Nem mesmo de seus Subordinados, o que também teria proporcionado certa satisfação a Lucan.

Eram humanos atrás da porta. Um homem e uma mulher.

– Gabrielle? – A campainha tocou várias vezes seguidas. – Olá? Gabby? Está aí?

– Ah, não. É minha amiga, Megan.

– A do apartamento aonde foi ontem?

– Isso. Esteve me ligando o dia todo e deixou vários recados. Está preocupada comigo.

O que lhe contou?

– Ela sabe do ataque no parque. Contei como fui atacada, mas não disse nada sobre você... Ou sobre o que você fez.

– Por que não?

Gabrielle deu de ombros.

– Não queria que ela se envolvesse nisso. Não quero que corra nenhum risco por minha causa. Por conta disso tudo. – Soltou um suspiro, e balançou a cabeça. – Não quis falar nada sobre você até que eu mesma conseguisse algumas respostas.

A campainha voltou a tocar.

– Gabby, abra! Ray e eu precisamos conversar com você. Precisamos saber se está bem.

– O namorado dela é policial – comentou Gabrielle em voz baixa. – Querem que eu dê um relato sobre o que aconteceu ontem à noite.

– Tem alguma saída nos fundos aqui?

Ela assentiu, mas logo mudou de ideia e negou com a cabeça.

– A porta dá para um quintal compartilhado, mas tem uma cerca muito alta...

– Não há tempo – disse Lucan, descartando essa opção. – Vá até a porta. Deixe seus amigos entrarem.

– O que vai fazer? – Ela viu a mão dele escorregar para fora do sobretudo, soltando a arma escondida nas costas. Sua expressão se encheu de pânico. – Tem uma arma aí com você? Lucan, eles não vão fazer nada com você. E me assegurarei de que não dirão nada.

– Não vou usar a arma contra eles.

– Então vai fazer o quê? – Depois de evitar deliberadamente qualquer contato físico com ele, nesse instante ela o tocou por fim, apertando seus braços com as mãos pequenas. – Por Deus, por favor, diga que não irá machucá-los...

– Abra a porta, Gabrielle.

Suas pernas se moviam lentamente ao se aproximar da porta da frente. Virou o ferrolho e escutou a voz de Megan do outro lado.

– Ela está aqui, Ray. Está na porta. Gabby, abra, querida! Está tudo bem?

Gabrielle soltou a corrente de segurança sem dizer nada. Não tinha certeza se deveria garantir para sua amiga que estava bem ou se deveria gritar para que Megan e Ray dessem o fora dali.

Olhou para Lucan atrás de si, mas ele não deu nenhum sinal do que deveria fazer. Suas feições proeminentes não mostravam emoção alguma, continuavam imóveis. Os olhos prateados estavam cravados na porta, frios, sem piscar. As mãos fortes estavam vazias, baixadas ao lado do corpo, porém, Gabrielle sabia que poderiam entrar em ação sem nenhum aviso.

Se quisesse matar seus amigos – ou mesmo ela, por sinal –, ele o faria antes que qualquer um deles tivesse tempo para respirar.

– Deixe-os entrar – disse-lhe em um grunhido baixo.

Gabrielle virou a maçaneta devagar.

Mal havia acabado de abrir a porta e Megan a empurrou para entrar, com o namorado, ainda uniformizado, logo atrás.

– Meu Deus, Gabby! Tem ideia de como eu estava preocupada? Por que não retornou minhas ligações? – Deu-lhe um forte abraço e a soltou, observando-a com o cenho franzido, tal qual uma desvairada mãe coruja. – Parece cansada. Estava chorando? Onde estava...

Megan se deteve abruptamente quando seus olhos e os de Ray finalmente encontraram Lucan parado no meio da sala, atrás de Gabrielle.

– Ah... Não percebi que tinha companhia...

– Tudo bem por aqui? – Perguntou Ray, dando um passo à frente das duas mulheres, com a mão recostada no coldre do revólver.

– Sim. Está tudo ótimo – respondeu Gabrielle com pressa. Estendeu a mão na direção de Lucan. – Este é, hum... Um amigo meu.

– Vai a algum lugar? – Indagou o namorado de Megan, gesticulando para a bolsa de lona que estava no chão aos pés de Lucan.

– Hum, sim – interveio Gabrielle, colocando-se rapidamente entre Ray e Lucan. – Estava um pouco abalada esta noite. Pensei em ir a um hotel e relaxar. Lucan passou para me dar uma carona.

– Ah. – Ray tentou espiar atrás dela, onde Lucan permanecia em silêncio. O desdém nos olhos de Lucan diziam que já havia avaliado o jovem policial – e o desprezou no mesmo instante.

– Queria que não tivessem vindo, meus amigos – disse Gabrielle. E era a mais pura verdade. – Sério, não precisam ficar aqui.

Megan caminhou até Gabrielle e segurou sua mão de forma protetora.

– Ray e eu estávamos pensando que deveria considerar vir conosco até a delegacia, meu bem. É importante. Tenho certeza de que seu amigo concordaria. É o detetive de que Gabby me falou, certo? Sou a Meg.

Lucan deu um passo. O pequeno movimento o trouxe bem em frente a Megan e Ray. Foi um golpe de músculos tão rápido que o tempo parecia andar mais devagar a seu lado. Gabrielle pôde ver o punhado de passos incrivelmente rápidos, mas seus amigos piscaram e Lucan já estava diante deles, intimidando-os com seu tamanho enorme e um ar de ameaça que vibrava ao redor.

Sem nenhum aviso prévio, levantou a mão direita e agarrou Megan pela cabeça.

– Lucan, não!

Meg gritou, um ruído balbuciado que morreu em sua garganta enquanto encarava os olhos de Lucan. Com uma velocidade inacreditável, estendeu a mão esquerda e prendeu Ray do mesmo jeito. O policial se debateu por um segundo antes de deixar cair o rosto em um estupor de transe. Os dedos fortes de Lucan pareciam ser tudo o que estava segurando o casal em pé.

– Lucan, por favor! Eu lhe imploro!

– Pegue os cartões de memória e a bolsa de lona – ele pediu com a voz calma. Numa ordem fria. – Tenho um carro esperando do lado de fora. Entre e espere por mim. Não vou demorar.

– Não vou sair e deixar você aqui, para que tome todo o sangue de meus amigos.

– Se fosse essa minha intenção, já estariam mortos no chão da sala.

Ele tinha razão. Deus, mas não tinha dúvida nenhuma de que esse homem – esse ser sombrio que havia admitido em sua vida – era perigoso o suficiente para fazer aquilo.

Porém não havia feito nada. E nem o faria; nisso, ela conseguia confiar nele.

– As fotos, Gabrielle. Agora.

Ela começou a se mexer; pendurou a pesada sacola de lona no ombro e guardou os dois cartões de memória no bolso da frente da calça jeans. Na saída, parou para observar o rosto vazio de Megan. Tinha os olhos fechados agora, assim como Ray. Lucan murmurava-lhes algo em uma voz tão baixa que quase não podia ouvir.

O tom de suas palavras não parecia ameaçador, e sim estranhamente tranquilizador e persuasivo. Quase uma canção de ninar.

Gabrielle voltou o olhar mais uma última vez para a cena estranha que acontecia em sua sala, abriu a porta da frente e saiu para a rua. Um elegante sedã a esperava na esquina, em fila dupla com o Mustang vermelho de Ray. Era um carro caro, muito caro, a julgar pela aparência, e era o outro único carro na rua.

Ao se aproximar, a porta da frente do passageiro se abriu, como se tivesse recebido ordens.

Ordens vindas do absoluto poder mental de Lucan, ela sabia, mas se perguntou até onde aqueles poderes sobrenaturais poderiam alcançar. Afundou-se no banco de couro e fechou a porta. Nem dois segundos depois, Megan e Ray apareceram na entrada da casa. Desceram tranquilamente os degraus até a rua, passaram a seu lado na calçada e continuaram adiante, com os olhos hipnotizados, sem dizer uma palavra.

Lucan veio logo atrás. Fechou a porta da casa e se dirigiu ao carro onde Gabrielle o esperava. Entrou, encaixou a chave na ignição e ligou o motor do Maybach.

– Não é uma boa ideia deixar isso para trás – disse, deixando cair a bolsa e a câmera no colo de Gabrielle.

A luz do carro se acendeu, e Gabrielle o contemplou.

– Controlou meus amigos com sua mente de algum jeito, assim como tentou fazer comigo antes.

– Insinuei que jamais haviam vindo à sua casa esta noite.

– Apagou a memória deles?

Ele inclinou a cabeça em um vago aceno.

– Não vão se lembrar de nada desta noite, nem de que você foi ao apartamento de Megan ontem depois que o Subordinado a atacou. A mente deles já não se preocupará com mais nada disso.

– Sabe, exatamente agora, isso parece uma maravilha. Então o que me diz, Lucan? Sou a próxima? Pode começar a partir daquela noite em que tomei a péssima decisão de ir à boate, algumas semanas atrás.

Ele continuou a encará-la de volta, porém ela não sentiu que ele estivesse tentando entrar em sua mente.

– Você não é como aqueles dois humanos, Gabrielle. Mesmo que eu quisesse, não poderia mudar nada das coisas que lhe aconteceram. Sua mente é mais forte que a da maioria das pessoas. Em vários aspectos, você é... diferente da maioria.

– Nossa, sou tão sortuda.

– O melhor lugar para você agora é conosco, onde a Raça possa lhe proteger como se fosse um dos nossos. Temos um condomínio de alta segurança na cidade. Pode ficar lá, a princípio.

Ela franziu a testa.

– Como assim? Está me oferecendo o equivalente vampiresco ao Programa de Proteção às Testemunhas?

– É um pouco mais que isso. – Virou a cabeça para olhar através do para-brisa. – E é a única saída.

Lucan pisou no acelerador, e o elegante carro preto saiu pela rua estreita deixando para trás um ruído baixo e suave. Gabrielle se agarrou ao banco de couro do passageiro e observou a escuridão que lentamente engolia o quarteirão residencial na Rua Willow.

Enquanto se afastavam, viu a vaga silhueta de Megan e Ray entrando no Mustang para deixar sua casa, ambos em estado de torpor absoluto. Gabrielle sentiu um súbito choque de pânico, uma vontade de saltar do carro e correr de volta para eles, de volta para sua antiga vida.

Mas era tarde demais.

Ela sabia.

Essa nova realidade a tinha apanhado de jeito, e não acreditava que houvesse qualquer maneira de voltar atrás; somente uma marcha constante para frente. Apartou a vista do vidro traseiro e se afundou no couro macio do assento. Manteve os olhos fixos em algum ponto à frente, enquanto Lucan virou uma esquina e a conduziu noite adentro.

Capítulo 20

Gabrielle não sabia ao certo durante quanto tempo estiveram dirigindo, nem mesmo em que direção rumavam. Ainda estavam na cidade, isso podia dizer, mas as várias voltas e os becos por que Lucan havia passado tinham dado um nó na cabeça dela. Olhou para fora do vidro fumê do sedã, vagamente consciente de que estavam por fim diminuindo a marcha e se aproximando do que parecia ser um amplo terreno de alguma antiga propriedade.

Lucan parou diante de um alto portão de ferro escuro. Dois feixes de luz vermelha os iluminaram, saídos de dois equipamentos presos em cada lado da cerca de alta segurança. Gabrielle piscou com a luz repentina que reluzia em seu rosto e logo viu que o pesado portão começava a se abrir.

– Este lugar é seu? – Perguntou, virando-se para falar com Lucan pela primeira vez desde que tinham saído de sua casa. – Já estive aqui antes. Bati uma foto deste mesmo portão.

Eles passaram pela entrada e avançaram por uma comprida estrada sinuosa, ladeada de árvores.

– Esse terreno é parte de nosso condomínio. Pertence à Raça.

Evidentemente, ser um vampiro era muito lucrativo. Mesmo no escuro, Gabrielle pôde ver o rico aspecto dos gramados bem-cuidados e da ostentosa fachada de mármore esculpido da mansão a que se aproximavam. Duas rotundas flanqueavam as portas negras laqueadas e o altivo pórtico da entrada principal, acima da qual se erguiam quatro elegantes andares.

Em várias das janelas arqueadas, podia-se ver luz ambiente acesa, mas Gabrielle hesitava em chamar esse efeito de acolhedor. A mansão se erguia como um sentinela atento em meio às trevas da noite, estoica e ameaçadora, com sua série de temíveis gárgulas que tudo vigiavam do telhado, e as sacadas idênticas que davam para a estrada.

Lucan passou por diante da entrada principal e contornou o edifício até chegar ao enorme hangar nos fundos. Um portão se ergueu, e ele guiou o Maybach para dentro, estacionou e desligou o motor. Uma fileira de luzes se acendeu assim que os dois saíram do carro, iluminando uma frota de lustrosos veículos de última linha.

Gabrielle ficou boquiaberta de espanto. Entre o Maybach, que devia custar quase o mesmo tanto que sua modesta casa em Beacon Hill, e a coleção de carros esportivos e motocicletas, ela deveria estar olhando para um montante de milhões de dólares em veículos. Vários milhões.

– Por aqui – disse Lucan, carregando a bolsa de lona com as fotografias, ao conduzir Gabrielle pela impressionante frota até uma porta nos fundos da garagem.

– Exatamente quão ricos vocês são? – Perguntou ela enquanto o seguia, admirada.

Lucan gesticulou para que ela entrasse assim que a porta se abriu. Logo depois, também adentrou o elevador e apertou um botão no painel.

– Alguns membros da nação vampiresca estão por aí há muito tempo. Acabamos aprendendo alguns truques sobre como gerenciar nosso dinheiro de forma inteligente.

– Certo – respondeu Gabrielle, sentindo que perdia um pouco o equilíbrio assim que o elevador começou a descer e descer. – Como mantêm tudo isso escondido do povo em geral? E o governo, os impostos? Ou vocês fazem tudo por baixo do pano?

– O povo em geral não consegue passar adiante de nosso sistema de segurança, mesmo se tentassem. Todo o perímetro do terreno é rodeado pela cerca elétrica. Qualquer idiota o bastante para se aproximar do condomínio levaria um choque de catorze mil volts. E pagamos nossos impostos – por meio de corporações de fachada, é claro. Nossas propriedades por todo o mundo estão no nome de fundações particulares. Tudo o que a Raça faz é legítimo e transparente.

– Legítimo e transparente. Certo – riu ela, um pouco nervosa. – É só não levar em conta toda a ingestão de sangue e a linhagem extraterrestre.

Lucan lhe lançou um olhar sombrio, mas Gabrielle se sentiu aliviada ao ver que o canto de sua boca se erguia em algo parecido com um leve sorriso.

– Vou levar as cópias agora – ele falou, observando-a com seus penetrantes olhos cinza-claros, enquanto ela remexia o bolso dos jeans para pegar os cartões de memória e os colocava em sua mão.

Ele fechou a mão ao redor da dela por um instante. Gabrielle sentiu o calor em seu toque, contudo não quis admitir. Não queria admitir tudo o que o mais leve roçar de sua pele a fazia sentir, até mesmo agora.

Especialmente agora.

O elevador finalmente parou, e a porta se abriu para revelar um antigo aposento construído com paredes de vidro reforçadas por reluzentes estruturas de metal. O chão era de mármore branco, incrustado com uma série de símbolos geométricos e desenhos entrelaçados. Gabrielle reconheceu alguns dos desenhos como parecidos aos que Lucan trazia na própria pele – aquelas tatuagens estranhas e belas que lhe cobriam as costas e o torso.

Não, não eram tatuagens, percebeu... Eram algo mais.

Marcas de vampiros.

Em sua pele e aqui, no abrigo subterrâneo onde ele morava.

Um corredor se estendia em frente ao elevador em um caminho que deveria ter várias centenas de metros de comprimento. Lucan se deteve para contemplar Gabrielle quando ela hesitou em segui-lo.

– Está segura aqui – disse-lhe, e, que Deus a ajudasse, mas ela realmente acreditou nele.

Avançou pelo níveo mármore com Lucan, segurando a respiração quando ele colocou a palma da mão contra um painel de autorização e as portas de vidro adiante se abriram. Uma lufada de ar frio envolveu Gabrielle, e ela escutou um rumor abafado de vozes masculinas conversando em algum ponto do saguão. Lucan a guiou em direção à conversa agitada, com passos largos e determinados.

Ele parou em frente a outra porta de vidro e, ao se aproximar dele, Gabrielle viu o que parecia ser uma sala de controle. Havia monitores e computadores dispostos sobre um painel em forma de U, leitores digitais que piscavam algum tipo de coordenadas, vindas de outros equipamentos, e, no meio de tudo, mexendo-se em sua cadeira giratória entre os vários gabinetes de trabalho tal como um maestro, estava um jovem com jeito de *nerd* e o cabelo louro espetado em todas as direções, em uma divertida desordem. Ele levantou os olhos azuis num cumprimento, logo seguido por moderada surpresa ao ver Lucan entrar com Gabrielle ao seu lado.

– Gideon – disse Lucan, inclinando a cabeça em um aceno.

Então esse era o companheiro de quem tinha falado, pensou Gabrielle, notando o sorriso fácil e as maneiras amigáveis do outro rapaz. Ele se levantou da cadeira e saudou Lucan com um gesto de cabeça e, logo depois, Gabrielle.

Gideon era alto e magro, tinha uma bela aparência juvenil e um charme evidente. Não se parecia em nada com Lucan. Não se parecia em nada com o que ela imaginava de um vampiro – não que tivesse muita experiência nessa área.

– Ele é...

– Sim – respondeu Lucan, antes que ela pudesse sussurrar o resto da pergunta. Colocou a bolsa de lona sobre a mesa. – Gideon faz parte da Raça. Assim como os outros.

Foi então que Gabrielle percebeu que a conversa que havia escutado ao se aproximarem da sala havia silenciado.

Pressentiu que mais olhos repousavam sobre ela de algum lugar atrás e, quando se virou para encarar a origem dessa sensação, sentiu que lhe faltava ar nos pulmões. Três homens enormes ocupavam o espaço que havia detrás dela: um trajava calças de alfaiataria escuras e uma camisa folgada de seda, e se encontrava elegantemente esparramado em uma poltrona de couro; outro estava vestido da cabeça aos pés com couro preto, com os braços grandes cruzados sobre o peito, recostado contra a parede ao fundo; e o último, de calças jeans e uma camiseta branca, inclinava-se sobre uma mesa onde estava limpando as peças desmontadas de um complicado tipo de arma de mão.

Todos a estavam contemplando.

– Dante – disse Lucan, indicando o vampiro vestido de couro; este dirigiu um leve gesto de saudação a Gabrielle – ou talvez tivesse sido mais um sinal de aprovação masculina, já que ergueu as escuras sobrancelhas ao olhar de volta para Lucan.

– O especialista ali é Nikolai. – Com a introdução de Lucan, o macho de cabelo claro ofereceu a Gabrielle um breve sorriso. Tinha feições marcantes, maçãs do rosto incríveis e um maxilar bem definido e forte. Mesmo quando olhou para ela, seus dedos habilidosos continuaram trabalhando sem erros na arma, como se conhecesse instintivamente os componentes da peça.

– E aquele é Rio – prosseguiu Lucan, atraindo sua atenção para o macho atraente e sedutor com impecável senso de estilo. Da poltrona em que se encontrava, lançou a Gabrielle um sorriso estonteante e naturalmente sensual, que se misturava ao inegável perigo oculto por detrás dos olhos da cor do topázio.

Essa mesma ameaça emanava de cada um deles; o físico musculoso e as armas à vista eram um aviso de que, apesar de terem a aparência relaxada, eram homens acostumados à guerra. Provavelmente se fortaleciam com ela.

Lucan pousou a mão nas costas de Gabrielle, e ela se assustou com o contato repentino; trouxe-a para mais perto de si, diante dos outros três machos. Gabrielle não tinha certeza se confiava nele ainda, mas, do jeito que estavam as coisas, ele era seu único aliado em um cômodo repleto de vampiros armados.

– Esta é Gabrielle Maxwell. Por enquanto, vai ficar aqui no condomínio.

Deixou essa afirmação no ar, sem dar mais explicações, como se desafiasse algum daqueles homens de aparência letal a questioná-lo. Nenhum deles o fez. Ao observar Lucan e ver seu poder de comando em meio à tanta força e poder sombrios, Gabrielle percebeu que ele não era apenas mais um dos guerreiros.

Era seu líder.

Gideon foi o primeiro a falar. Havia saído detrás dos computadores e monitores, e ofereceu a mão a Gabrielle.

– Prazer em conhecê-la – disse, com a voz marcada por um leve sotaque britânico. – Pensou rápido ao bater aquelas fotos do ataque que presenciou. Foram de grande ajuda para nós.

– Ah, sem problemas.

Ela cumprimentou a mão dele brevemente, surpresa por ver que era tão simpático. Tão normal.

Mas, por outro lado, Lucan também tinha lhe parecido relativamente normal; e sabia no que isso tinha dado. Pelo menos ele não tinha mentido por completo quando disse que tinha levado o celular dela para análise no laboratório. Só se esquecera de mencionar que era um laboratório de criminalística dos vampiros, e não da Polícia de Boston.

Um bipe alto soou na bancada com os computadores ao lado, e Gideon voltou correndo para os monitores.

– Isso! Seu espertalhão! – Exclamou, girando-se rapidamente na cadeira. – Rapazes, vão querer ver isso. Especialmente você, Niko.

Lucan e os outros guerreiros se reuniram em volta do monitor que banhava o rosto de Gideon com um brilho azulado. Gabrielle, sentindo-se um pouco deslocada sozinha no meio do cômodo, também se aproximou para ver.

– Consegui invadir o sistema de segurança da estação – disse Gideon. – Agora, vejamos se dá para conseguir o vídeo daquela noite, talvez possamos descobrir o que queria de verdade o bastardo que nos levou Conlan.

Gabrielle, em seu canto, observou em silêncio as múltiplas telas de computador que se enchiam com imagens do circuito interno de várias plataformas de trem da cidade; as informações se sucediam com velocidade. Gideon arrastou a cadeira ao longo da fileira de computadores, parando para digitar alguns comandos no teclado antes de ir para o próximo, e para o seguinte. Por fim, seu vigor frenético cessou.

– Certo, aí vamos nós. Estação Green Line na tela. – Afastou-se do monitor à sua frente para que os outros pudessem ver. – Esse é o vídeo da plataforma, três minutos antes do confronto.

Lucan e os outros se aproximaram, enquanto o vídeo mostrava um fluxo de pessoas embarcando no trem e outras saindo dele. Gabrielle, que espiava entre os enormes ombros, viu o já familiar rosto de Nikolai na tela do monitor; ele e seu parceiro, um macho ameaçadoramente grande vestido em couro negro, entraram em um dos vagões. Mal haviam se sentado quando um dos passageiros atraiu a atenção do companheiro de Nikolai. Os dois guerreiros se levantaram e, logo antes que as portas se fechassem para a partida, o rapaz que estavam observando saltou repentinamente do vagão para a plataforma. Na tela, Nikolai e o outro macho saltaram atrás, mas Gabrielle tinha os olhos presos na pessoa a quem estavam seguindo.

– Ah, meu Deus! – Exclamou. – Conheço esse cara.

Cinco pares de duros olhos masculinos se viraram para ela com expressão interrogadora.

– Quero dizer, não o conheço pessoalmente, mas já o vi antes. Sei seu nome. É Brent – pelo menos foi isso o que disse à minha amiga Kendra. Ela o conheceu na boate naquela noite em que presenciei o assassinato. Tem visto ele toda noite desde então, bastante sério, na verdade.

– Tem certeza? – Indagou Lucan.

– Sim, é ele. Tenho certeza absoluta.

O guerreiro chamado Dante proferiu uma violenta maldição.

– Ele é um Renegado – contou Lucan. – Ou melhor, era. Algumas noites atrás, entrou no trem em Green Line com um cinturão de explosivos. Niko e outro irmão nosso o perseguiram por uma trilha abandonada. Ele se explodiu antes que pudessem tirá-lo dali. Um de nossos melhores guerreiros faleceu com ele.

– Ah, Deus. Está falando daquela explosão inexplicada sobre a qual ouvi falar no noticiário? – Ela encarou Nikolai, que apertava a mandíbula com força. – Sinto muito.

– Se Conlan não tivesse se jogado naquele covarde idiota, eu não estaria aqui. Com certeza.

Gabrielle ficou verdadeiramente entristecida pela perda que Lucan e seus amigos tinham sofrido, mas um novo temor se alojou em seu peito ao pensar em como sua amiga havia se aproximado do perigo que Brent representava.

E se Kendra estivesse ferida? E se ele tivesse feito algo a ela, e ela precisasse de ajuda?

– Preciso telefonar para ela. – Gabrielle começou a revirar a bolsa em busca pelo celular. – Preciso ligar para Kendra imediatamente e ter certeza de que está bem.

A mão de Lucan se fechou contra seu pulso com firmeza, ainda que suplicante.

– Sinto muito, Gabrielle. Não posso deixar você fazer isso.

– É minha amiga, Lucan. E, sinto muito, mas você não pode me impedir.

Gabrielle abriu o celular, mais decidida do que nunca em fazer a ligação. Antes que pudesse discar o número de Kendra, o aparelho voou de seus dedos e apareceu na mão de Lucan. Ele o fechou de volta e o guardou no bolso da jaqueta.

– Gideon – chamou casualmente, ainda que mantivesse os olhos cravados em Gabrielle. – Peça a Savannah que venha até aqui e acompanhe Gabrielle a uns aposentos mais confortáveis enquanto terminamos tudo por aqui. E que arranje algo para ela comer.

– Devolva-me – disse Gabrielle, ignorando a onda de surpresa que percorreu os outros homens ao desafiar a tentativa de Lucan de controlá-la. – Preciso saber se ela está bem, Lucan.

Ele se aproximou dela e, por um instante, Gabrielle temeu o que ele iria fazer quando estendeu a mão para tocar seu rosto. Diante dos outros, acariciou-lhe a bochecha com ternura, possessivamente. E falou com a voz suave:

– O bem-estar de sua amiga está fora de nosso alcance. Se já não perdeu todo o sangue com esse Renegado – e, acredite, essa é uma possibilidade muito provável –, agora ele já não representa mais nenhum perigo a ela.

– Mas e se fez algo a ela? E se a transformou em um desses Subordinados?

Lucan negou com a cabeça.

– Somente os mais poderosos de nossa espécie conseguem conceber um Subordinado. Aquele pedaço de lixo que se explodiu no túnel não era capaz disso. Não passava de um peão descartável.

Gabrielle se afastou da carícia, ainda que o toque a reconfortasse.

– E se ele pensava o mesmo sobre Kendra? E se a entregou para alguém mais poderoso que ele?

A expressão no rosto de Lucan ficou séria, mas inabalada. Sua voz adquiriu o tom mais doce que ela já tinha escutado, o que apenas fez que suas palavras ficassem mais difíceis de aceitar.

– Então deveria se esquecer dela por completo, porque é como se já estivesse morta.

Capítulo 21

– Espero que o chá não esteja muito forte. Se quiser com um pouco de leite, posso buscar na cozinha.

Gabrielle sorriu, sentindo-se verdadeiramente acolhida pela hospitalidade da companheira de Gideon.

– O chá está ótimo, obrigada.

Havia ficado surpresa ao saber que havia outras mulheres no condomínio, e sentiu uma amizade imediata com a bela Savannah. Assim que chegou para receber Gabrielle, a pedido de Lucan, Savannah havia se esforçado por garantir que Gabrielle se sentisse confortável e relaxada.

Tão relaxada quanto fosse possível, de qualquer modo, rodeada por vampiros altamente armados em um abrigo de segurança máxima localizado a várias centenas de metros abaixo da superfície.

Apesar de que não teria notado isso ali sentada de frente para Savannah em uma comprida mesa escura de cerejeira na muitíssimo bem decorada sala de jantar, bebendo um chá exótico e aromático servido numa delicada xícara de porcelana ao som de uma suave música de fundo.

Essa câmara, assim como a espaçosa suíte residencial ao lado, pertencia a Gideon e a Savannah. Em todos os aspectos, viviam como um casal normal dentro do condomínio, em aposentos confortáveis, cercados por suntuosas mobílias, incontáveis livros e belíssimos objetos de arte. Tudo era da mais requintada qualidade e se encontrava impecavelmente bem cuidado, não muito diferente do que alguém pensaria em encontrar numa mansão caríssima em Back Bay. Se não fosse pela ausência de janelas, seria quase perfeito. Porém, mesmo essa ausência era compensada por uma coleção, de tirar o fôlego, de pinturas e fotografias que enfeitavam praticamente todas as paredes.

– Não está com fome?

Savannah gesticulou para uma travessa prateada com bolos e biscoitos sobre a mesa entre elas. Ao lado, havia outra reluzente bandeja com saborosos canapés e patês aromáticos. Tudo tinha um aspecto e um aroma maravilhosos, mas Gabrielle havia perdido o apetite desde a noite passada, quando vira Lucan destroçar a garganta do Subordinado com os dentes para, logo depois, beber seu sangue.

– Não, obrigada – respondeu. – Já é mais do que suficiente para mim agora.

Estava surpresa por conseguir colocar qualquer coisa para dentro, mas o chá estava quente e a tranquilizava; e ela apreciava esse calor tanto por dentro como por fora.

Savannah a observou beber em silêncio do outro lado da mesa. Seus olhos escuros traziam uma expressão amigável, e as finas sobrancelhas se urdiam em uma ruga solidária. O cabelo preto curto, denso e encaracolado emoldurava seu rosto bem delineado, porém, o efeito se sofisticava ainda mais quando comparado com suas feições notáveis e as belas curvas femininas. Tinha os mesmos modos expansivos e fáceis de Gideon, algo que Gabrielle apreciava muito, depois de ter passado as últimas horas com Lucan e seu jeito dominador.

– Bem, talvez você consiga resistir à tentação – disse Savannah, esticando a mão para pegar uma das torradas –, mas eu não.

Colocou uma porção generosa de patê sobre a torrada, partiu um pedaço e o enfiou na boca com um murmúrio de contentamento. Gabrielle sabia que a estava encarando, mas não conseguia evitar.

– Você come comida de verdade – disse, mais como uma pergunta que como a afirmação que pareceu.

Assentindo com a cabeça, Savannah limpou o canto da boca com o guardanapo. – Sim, claro. Uma garota precisa se alimentar.

– Mas pensei... Se você e Gideon... Você não é como ele?

Savannah franziu a testa e negou.

– Sou humana, assim como você. Lucan não lhe explicou nada?

– Um pouco – Gabrielle deu de ombros. – O suficiente para fazer minha cabeça girar, mas ainda tenho muitas perguntas.

– Claro que tem. Todo mundo as tem, quando é introduzido nesse mundo novo e diferente. – Estendeu a mão e apertou a de Gabrielle gentilmente. – Pode me perguntar qualquer coisa. Sou uma das fêmeas mais novas.

Tal revelação fez que Gabrielle se endireitasse com renovado interesse.

– Está aqui há quanto tempo?

Savannah olhou para cima por um instante, como se estivesse contando o tempo.

– Deixei minha antiga vida em 1974. Foi quando conheci Gideon e me apaixonei perdidamente.

– Mais de trinta anos atrás – pensou Gabrielle em voz alta, considerando os traços joviais, a radiante pele escura e os belos olhos da mulher de Gideon. – Não parece nem vinte anos mais velha que eu.

Savannah sorriu exultante.

– Tinha dezoito anos quando Gideon me aceitou como companheira. Ele me salvou a vida, para ser sincera. Tirou-me de uma situação difícil, e, enquanto estivermos unidos, permanecerei do mesmo jeito que estou agora. Pareço realmente tão jovem assim?

– Sim. Está linda.

Savannah soltou uma leve risada e deu outra mordida na torrada.

– Como...? – Indagou Gabrielle, esperando que não fosse grosseiro perguntar, mas estava tão curiosa e assombrada que não podia controlar as dúvidas. – Se é humana e eles não podem nos transformar em... no que eles são... então, como é possível? Por que não envelheceu?

– Sou uma Companheira de Raça – respondeu Savannah, como se isso explicasse tudo. Quando Gabrielle franziu a testa, confusa, Savannah prosseguiu. – Gideon e eu temos um vínculo como companheiros. O sangue dele me mantém jovem, mas ainda sou completamente humana. Isso nunca muda, mesmo depois de criarmos um vínculo com um deles. Não nos nascem presas e não temos o mesmo desejo ardente por sangue como eles têm para sobreviver.

– Mas você abandonou tudo para ficar com ele, desse jeito?

– Abandonei o quê? Passo minha vida com um homem a quem adoro por completo e que me ama da mesma maneira. Estamos ambos saudáveis, felizes e cercados por outros como nós, que são nossa família. Além da ameaça dos Renegados, não temos preocupação nenhuma por aqui. Se sacrifiquei algo, não é nada perto do que tenho com Gideon.

– E a luz do sol? Não sente falta dela, morando aqui embaixo?

– Nenhuma de nós é obrigada a permanecer no condomínio o tempo todo. Passo bastante tempo nos jardins da propriedade durante o dia, sempre que tenho vontade. O terreno é muito bem protegido, assim como a mansão, que é enorme. Devo ter passado umas três semanas a explorando quando cheguei aqui.

Pelo rápido relance que tinha tido do lugar, Gabrielle pôde imaginar que levaria algum tempo até que se acostumasse com tudo.

– Quanto a ir à cidade durante o dia, fazemos isso às vezes... embora não com muita frequência. Tudo de que precisamos pode ser pedido pela Internet e entregue a nós. – Ela sorriu e encolheu os ombros. – Não me entenda mal, adoro ir ao salão e às compras assim como toda mulher, mas é sempre um risco se aventurar fora do condomínio sem a proteção de nossos machos. E eles ficam preocupados quando estamos em algum lugar onde não podem nos proteger. Acho que as mulheres que moram nos Refúgios Secretos têm um pouco mais de liberdade para sair de dia do que nós, que nos vinculamos à classe guerreira. Não que vá escutar qualquer uma de nós reclamar.

– Tem mais Companheiras de Raça que moram aqui?

– Tem mais duas, além de mim. Eva tem um vínculo com Rio. Vai gostar dos dois – são a alma de qualquer festa. E Danika é uma das pessoas mais doces que já viu. Era Companheira de Raça de Conlan. Ele foi assassinado recentemente, em um confronto com um Renegado.

Gabrielle assentiu séria.

– Sim, fiquei sabendo dessa história logo antes de Lucan me buscar. Sinto muito.

– É diferente sem ele, é tudo mais quieto. Não sei ao certo como Danika vai superar isso, para falar a verdade. Estiveram juntos durante muitos e muitos anos. Conlan era um ótimo guerreiro, mas um companheiro ainda melhor. E também era um dos membros mais antigos do condomínio.

– Até que idade chegam?

– Ah, não sei. Muitos anos, perto de nossos padrões. Conlan nasceu da filha de um líder escocês da época de Cristóvão Colombo. Seu pai era um vampiro da Raça daquela geração, quinhentos anos atrás.

– Quer dizer que Conlan tinha quinhentos anos de idade?

Savannah inclinou levemente os ombros.

– Mais ou menos isso. Alguns deles são bem mais jovens, como Rio e Nikolai, que nasceram no começo do século XX, mas nenhum deles viveu tanto tempo quanto Lucan. Ele é da Primeira Geração, filho de um dos legítimos Antigos e da primeira linhagem de Companheiras de Raça a carregar seu sêmen extraterrestre e dar à luz. Pelo que sei, esses primeiros filhos da Raça nasceram muito depois de os Antigos chegarem aqui, muitos séculos depois, de acordo com a história. Os da Primeira Geração foram concebidos de um modo horrível e completamente ao acaso, quando os vampiros estupravam fêmeas humanas cujo sangue tinha certas propriedades únicas, e cujo DNA era forte o bastante para manter uma gravidez híbrida.

Gabrielle imaginou imediatamente a cena repugnante da brutalidade que devia ter imperado naqueles tempos.

– Parecem como animais esses Antigos.

– Eram bestas selvagens. Os Renegados agem basicamente da mesma forma e têm o mesmo desprezo pela vida. Se não fosse pelos guerreiros como Lucan, Gideon e os outros poucos da Ordem que os caçam pelo mundo, nossa vida e todas as outras vidas humanas seriam completamente diferentes.

– E quanto a Lucan? – Quis saber Gabrielle. – Quantos anos tem, com tudo isso?

– Ah, ele é uma raridade, só por sua linhagem. Restaram poucos de sua geração. – A expressão de Savannah indicava certa reverência e mais do que respeito. – Lucan deve ter no mínimo novecentos anos, se não mais.

– Meu Deus. – Gabrielle se recostou na cadeira. Riu com a ideia absurda, mas logo viu que fazia sentido perfeitamente. – Sabe, da primeira vez que o vi, achei que tinha jeito para montar a cavalo, brandir uma espada e liderar um exército de cavaleiros na batalha. Ele tem essa aparência. Como se fosse dono do mundo e tivesse visto tantas coisas que nada mais o surpreende. Agora entendo o porquê.

Savannah a olhou com um ar sábio e inclinou a cabeça.

– Acho que você foi uma surpresa para ele.

– Eu? O que quer dizer?

– Ele trouxe você aqui, para o condomínio. Nunca fez isso, desde que o conheço, e desde antes, pelo que fiquei sabendo por Gideon.

– Lucan disse que me trouxe aqui para minha própria segurança, porque os Renegados estão atrás de mim agora. Deus, eu não quis acreditar nele, em nada disso... Mas é tudo verdade, não é?

O sorriso de Savannah foi terno e condolente.

– Sim.

– Eu o vi matar alguém ontem à noite... Um subordinado. Fez para me proteger, eu sei, mas foi tão violento. Foi horrível. – Um calafrio percorreu-lhe as pernas ao recordar a cena pavorosa que tinha acontecido no parque infantil. – Lucan mordeu o pescoço do homem e se alimentou dele como uma espécie de...

– Vampiro – interveio Savannah em voz baixa, sem nenhum tipo de acusação ou condenação na voz. – É isso o que são, Gabrielle, como nasceram. Não é nenhuma maldição ou doença. É simplesmente a forma deles de viver, um jeito diferente de se alimentar do que nós, humanos, aprendemos que era normal. E os vampiros nem sempre matam para se alimentar. Na verdade, isso é raro, pelo menos entre a população em geral da Raça, inclusive a classe guerreira. E jamais acontece com vampiros com vínculo de sangue, como Gideon ou Rio, porque se alimentam regularmente de suas Companheiras de Raça.

– Você faz parecer tão normal – disse Gabrielle, franzindo a testa enquanto corria o dedo pela borda da xícara de chá. Sabia que o que Savannah lhe dizia tinha certa lógica, apesar de ser surreal, porém não seria fácil aceitar tudo aquilo. – Fico aterrorizada ao pensar no que ele realmente é, em como vive. Deveria desprezá-lo por isso, Savannah.

– Mas não o despreza.

– Não – confessou silenciosamente.

– Preocupa-se com ele, não é mesmo?

Gabrielle assentiu com a cabeça, relutante em pronunciar as palavras.

– E está intimamente envolvida com ele.

– Sim – suspirou, e balançou a cabeça. – E, de verdade, não é estúpido? Não sei o que ele tem que me faz desejá-lo dessa maneira.

Quero dizer, mentiu para mim e me enganou tantas vezes que nem consigo enumerar, mas, ainda assim, simplesmente pensar nele faz meus joelhos enfraquecerem. Nunca senti esse tipo de necessidade com nenhum outro homem.

Savannah sorriu por detrás de sua xícara de chá.

– São mais que homens, são nossos guerreiros.

Gabrielle sorveu um gole de chá, pensando que provavelmente não era sensato pensar em Lucan como *qualquer coisa* sua, a menos que tivesse intenções de colocar o coração sob suas botas e assistir a tudo enquanto ele o pisoteava até virar pó.

– São machos apaixonados por tudo o que fazem – acrescentou Savannah. – E não há nada que se compare a dar e receber o sangue um do outro, especialmente enquanto se faz amor.

Gabrielle deu de ombros.

– Bem, o sexo é maravilhoso, não vou nem tentar negar. Mas não tive nenhum vínculo de sangue com Lucan.

O sorriso de Savannah vacilou de leve.

– Não te mordeu?

– Não. Por Deus, não. – Balançou a cabeça, imaginando se deveria se sentir mais horrorizada do que estava. – Nem mesmo tentou provar meu sangue, pelo que sei. Esta noite mesmo, prometeu-me que jamais o faria.

– Ah. – Savannah depositou a xícara com cuidado na mesa.

– Por quê? Acha que vai fazer algo?

A companheira de Gideon pareceu pensar por um momento, depois negou lentamente com a cabeça.

– Lucan jamais fez uma promessa por fazer e não o faria com relação a algo assim. Tenho certeza de que fará exatamente o que lhe disse.

Gabrielle assentiu aliviada, embora se perguntasse por que motivo a afirmação de Savannah tinha lhe soado quase como pêsames.

– Venha – disse, levantando-se da mesa e fazendo um sinal para que Gabrielle a seguisse. – Vou lhe mostrar o resto do condomínio.

– Algum resultado com aqueles *glifos* que vimos no sujeito da Costa Oeste? – Perguntou Lucan, atirando a jaqueta de couro em cima de uma das cadeiras próximas a Gideon.

Estavam apenas os dois no laboratório agora; os outros guerreiros haviam ido descansar por algumas horas antes que Lucan desse as ordens para a limpeza noturna da cidade. Mas ele se sentia satisfeito com a relativa privacidade. Sua cabeça começava a latejar, prenunciando outra terrível dor de cabeça.

– Nada, sinto muito. Não apareceu nada nos registros criminais, nem no recenseamento. Aparentemente, nosso garoto não faz parte do sistema, mas isso não é tão incomum assim. Os registros do Banco Internacional de Dados são amplos, mas estão longe da perfeição, especialmente no que se refere a vocês, da Primeira Geração. Só sobraram alguns pelo mundo e, por vários motivos, a maioria jamais se voluntariou para ser registrada ou catalogada – incluindo você.

– Droga – exclamou Lucan, e apertou o dorso do nariz para ver se sentia algum alívio da pressão em sua cabeça.

– Está se sentindo bem, cara?

– Não é nada. – Evitou olhar para Gideon, mas pôde sentir o olhar preocupado do vampiro. – Vai passar.

– Eu, ah... Fiquei sabendo do que aconteceu na outra noite com você e Tegan. Os rapazes disseram que você tinha acabado de voltar de uma caçada e parecia um pouco esgotado. Seu corpo ainda está se recuperando daquelas queimaduras solares, sabe disso. Tem de ir com calma, se curar...

– Já disse que estou bem – repreendeu Lucan, e notou que os olhos ardiam de raiva e os lábios se estenderam, mostrando os dentes.

Considerando a presa que tinha caçado na rua e o Subordinado cujo sangue tinha exaurido no parque, havia ingerido mais que o suficiente de sangue para que se sustentasse durante o período de convalescença. No entanto, apesar de sua saciedade física, ainda desejava mais.

Encontrava-se em um terreno muito escorregadio, e sabia disso.

A Sede de Sangue estava a apenas um deslize de distância.

E controlar sua fraqueza ficava cada vez mais difícil.

– Tenho um presente para você – disse Lucan, ansioso por mudar de assunto. Jogou os dois cartões de memória sobre a mesa de acrílico diante de Gideon. – Coloque no computador.

– Sério? Um presente para mim? Ah, querido, não precisava – brincou Gideon, voltando para sua costumeira atitude jovial. Já estava encaixando um dos cartões na entrada USB do computador mais próximo. Uma pasta se abriu na tela, com uma longa lista de arquivos. Gideon se virou e olhou para Lucan, pensativo.

– São arquivos de imagens. Caramba, um tanto considerável.

Lucan assentiu com a cabeça. Começou a andar pela sala, ficando cada vez mais irritado e encalorado com as luzes claras do aposento.

– Preciso que confira cada um desses arquivos e os compare com cada localização conhecida dos Renegados pela cidade – as de antes, as de agora e as suspeitadas.

Gideon abriu uma imagem aleatória e soltou um assobio baixo.

– Esse é o esconderijo dos Renegados que invadimos no mês passado. – Abriu outras duas e colocou uma do lado da outra no monitor. – É o depósito que estamos vigiando há algumas semanas... Jesus, essa outra é uma foto do edifício da fachada do Refúgio Secreto de Quincy?

– Tem mais.

– Filho da mãe. A maioria dessas imagens é de localizações de vampiros – tanto os da Raça como dos Renegados. – Gideon passou por mais uma dúzia de fotos. – Ela tirou todas?

– Sim. – Lucan se deteve para mirar a tela. Apontou para um número de arquivos com a data dessa semana. – Vá para essas.

Gideon abriu as fotos com uma série de comandos rápidos. – Deve estar de brincadeira. Ela chegou a ir ao hospital psiquiátrico? Esse lugar deve abrigar centenas de bastardos.

Lucan sentiu um nó no estômago com a ideia, e o temor se misturou ao ácido que já lhe queimava o ventre. Suas vísceras se revolviam com a necessidade de se alimentar. Esforçou-se mentalmente para refrear a Sede, mas suas mãos tremiam e o suor começava a brotar sobre as sobrancelhas.

– Um Subordinado a encontrou e a perseguiu para fora da propriedade – comentou, e a voz lhe saiu grave e áspera, não só porque seu corpo estava descontrolado. – Teve uma sorte danada de conseguir escapar.

– Com certeza. Mas como encontrou esse lugar? Como descobriu todos eles, a propósito?

– Disse que não sabe o motivo de ter sido levada até eles. É algum tipo de instinto excepcional. É parte da mesma habilidade que tem como Companheira de Raça em resistir ao controle mental de um vampiro e de enxergar nossos movimentos quando outros humanos não conseguem.

– Chame do que quiser, habilidades como essas poderiam ser muito úteis para nós.

– Esqueça. Não vamos envolver Gabrielle nisso mais do que já está envolvida. Ela não faz parte disso, e não vou colocá-la em mais situações de risco. De qualquer forma, não vai ficar aqui por muito tempo.

– Não acha que podemos protegê-la?

– Não vou deixar que ela fique no *front* de batalha enquanto uma guerra está para começar do lado de fora de nossos portões. Que tipo de vida seria?

Gideon deu de ombros.

– Parece que está indo tudo bem com Savannah e Eva.

– Sim, e tem sido uma tremenda diversão para Danika ultimamente. – Lucan meneou a cabeça. – Não quero Gabrielle por perto dessa violência. Vai partir para um dos Refúgios Secretos assim que possível. Algum lugar bem distante e remoto, onde os Renegados jamais a encontrem.

E onde estivesse a salvo dele também. A salvo da besta que se agitava dentro dele, mesmo nesse instante. Se a Sede de Sangue finalmente tomasse conta dele – e, ultimamente, sentia que era mais uma questão de quando do que de se –, queria que Gabrielle estivesse o mais longe possível.

Gideon olhou fixamente para Lucan.

– Você se preocupa com ela.

Lucan o encarou de volta e sentiu vontade de bater em algo. Destruir algo.

– Não seja ridículo.

– Quero dizer, ela é bonita e claramente é tão corajosa como é criativa; não é difícil de perceber por que qualquer um se atrairia por ela. Mas... caramba. Você se preocupa com ela de verdade, não é mesmo? – Era evidente que o vampiro não sabia a hora de fechar a boca. – Nunca pensei que veria o dia em que deixaria uma fêmea tomar conta de você desse jeito...

– Por acaso pareço ter vontade de entrar para o mesmo patético clube cor-de-rosa do qual você e Rio fazem parte? Ou Conlan, com seu filho órfão a caminho? Acredite, não tenho interesse nenhum em me vincular com essa ou com qualquer outra mulher. – Lucan pronunciou um furioso juramento. – Sou um guerreiro. *Meu primeiro e único dever* sempre foi para com a Raça. Nunca houve espaço para mais nada. Assim que encontrar um lugar seguro para ela em um dos Refúgios Secretos, Gabrielle Maxwell partirá. E será esquecida. Fim de história.

Gideon permaneceu em silêncio por um longo instante, apenas observando, enquanto Lucan caminhava pelo aposento, rugindo furioso, com uma falta de controle atípica.

O quc apcnas piorava o humor já cnraivecido de Lucan.

– Tem algo mais a acrescentar ou podemos trocar de assunto por ora?

Os sábios olhos azuis do vampiro continuaram contemplando-o de modo irritante.

– Só quero saber a quem está tentando convencer. A mim ou a você mesmo?

Capítulo 22

O passeio de Gabrielle pelo labiríntico condomínio dos guerreiros a levou pelos aposentos privados, pelas salas comunais, por um salão de treinamentos equipado com uma impressionante variedade de armas e equipamentos de combate, uma sala de festas, uma espécie de capela e outras incontáveis câmaras escondidas para vários propósitos, que se confundiam em sua mente.

Também havia conhecido Eva, que era exatamente como Savannah lhe dissera. Vivaz, charmosa e bonita como uma *top model.* A Companheira de Raça de Rio tinha insistido em escutar tudo sobre Gabrielle e sua vida anterior. Eva era espanhola e falava de um dia voltar lá com Rio, onde ambos poderiam criar uma família com o tempo. Havia sido uma apresentação agradável, interrompida apenas pela chegada do próprio Rio. Assim que ele apareceu, Eva se dedicou completamente ao parceiro, e Savannah guiou Gabrielle para outras partes do condomínio.

Eram impressionantes o tamanho e a eficiência das instalações. Qualquer ideia que pudesse ter sobre vampiros morando em velhas criptas cavernosas e mofadas desapareceu completamente assim que ela e Savannah terminaram o passeio casual.

Esses guerreiros e suas companheiras viviam com um padrão de alta tecnologia e tinham praticamente todos os luxos que alguém pudesse desejar, embora nenhum atraísse tanto Gabrielle como o cômodo em que ela e Savannah se encontravam nesse momento. Duas das enormes paredes do aposento eram recobertas por completo por estantes de madeira escura polida, que continham facilmente milhares de volumes. Sem dúvida, a maioria deles era rara, dado o número de lombadas revestidas por couro e suas inscrições douradas que brilhavam sob a tênue luz da biblioteca.

– Uau – exclamou Gabrielle, indo até o centro da sala e se virando para admirar a assombrosa coleção de livros.

– Gosta? – Perguntou Savannah, recostada na porta aberta.

Gabrielle assentiu com a cabeça, ocupada demais em absorver tudo para conseguir responder. Enquanto contemplava tudo ao redor, seu olhar pousou em uma exuberante tapeçaria que recobria a parede dos fundos. Era uma representação noturna de um grande cavaleiro negro trajando uma cota de malha prateada, montado em um cavalo sombrio que se erguia com as patas traseiras. A cabeça do cavaleiro estava descoberta e seus compridos cabelos de ébano voavam ao vento, assim como os estandartes presos na ponta de sua lança ensanguentada e no parapeito de um castelo em chamas que se encontrava ao fundo, ao cume de uma colina.

O bordado era tão intrincado e minucioso que Gabrielle pôde distinguir os penetrantes olhos de um tom cinza pálido do homem e suas finas e angulosas maçãs do rosto. Havia algo de familiar em seu sorriso cínico e altivo.

– Ah, meu Deus – murmurou. – Esse é...

Savannah deu de ombros e respondeu com uma leve risada divertida.

– Gostaria de ficar aqui por um tempo? Tenho de ver Danika, mas isso não quer dizer que você precise ir também, se preferir...

– Sim, claro. Adoraria ficar aqui, está brincando? Por favor, leve o tempo que precisar e não se preocupe comigo.

Savannah sorriu.

– Logo estarei de volta, e então podemos arranjar um quarto de visitas para você.

– Obrigada – respondeu Gabrielle, sem pressa de sair daquele paraíso inesperado.

Assim que a outra mulher saiu, Gabrielle não soube por onde começar a olhar: a coleção de tesouros literários ou a obra de arte medieval em que estrelava Lucan Thorne, que aparentava ser do século XIV.

Decidiu fazer ambas as coisas. Pegou um vistoso volume de poesia francesa – presumivelmente a primeira edição – de uma das prateleiras e o levou até uma poltrona de couro que havia sob a tapeçaria. Deixou o livro em cima de uma delicada mesa antiga e, por um minuto, não conseguiu tirar os olhos do retrato de Lucan, bordado com tanta habilidade com fios de seda. Estendeu a mão, mas não ousou tocar essa peça de museu.

Meu Deus, pensou, admirada, ao captar por completo a incrível realidade desse outro mundo estranho.

Durante todo esse tempo, haviam coexistido com o mundo humano.

Incrível.

E como seu próprio mundo parecia pequeno à luz desse novo conhecimento! Tudo que pensava saber sobre a vida havia sido eclipsado, em questão de horas, pela longa história de Lucan e do resto de sua espécie.

De repente, uma leve agitação do ar ao redor a colocou em estado de alerta. Tirou os olhos da tapeçaria e se virou, espantada ao deparar-se com o Lucan real, em carne e osso, atrás dela, ali em pé na soleira da porta, encostado com um dos enormes ombros no batente. Tinha o cabelo mais curto que o cavaleiro, os olhos provavelmente um pouco mais sombrios agora, sem aquela obsessão implacável com que tinham sido representados pela agulha do artista.

Lucan era bem mais bonito pessoalmente; irradiava um poder inato, mesmo quando estava parado. Inclusive quando a fitava em um olhar de preocupação, como naquele momento.

Gabrielle sentiu o coração acelerar, numa mistura de expectativa e medo, quando ele se afastou da porta e entrou no cômodo. Contemplou-o de verdade, pelo que realmente era: uma força imortal, uma beleza selvagem, um poder incomensurável.

Um sombrio enigma, tanto atraente como perigoso.

– O que está fazendo aqui? – Havia certo tom de acusação em sua voz.

– Nada – respondeu rapidamente. – Bem, para ser sincera, não pude deixar de admirar algumas dessas belezas. Savannah estava me mostrando o condomínio.

Ele grunhiu e apertou o dorso do nariz com a mão, ainda com a testa franzida.

– Tomamos chá juntas e conversamos um pouco – continuou Gabrielle. – Eva também se juntou a nós. São ambas muito legais. E esse lugar é realmente impressionante. Faz quanto tempo que você e os outros guerreiros moram aqui?

Gabrielle percebeu que ele tinha pouca vontade de conversar, mas respondeu mesmo assim, levantando os ombros de leve.

– Gideon e eu fundamos este lugar em 1898 como um quartel para a caça dos Renegados que se mudaram para a região. Daqui, recrutamos um grupo dos melhores guerreiros para lutarem conosco. Dante e Conlan foram os primeiros. Nikolai e Rio se juntaram a nós mais tarde. E Tegan.

Este último nome era completamente desconhecido para Gabrielle.

– Tegan? – indagou. – Savannah não o mencionou. E ele também não estava lá quando me apresentou aos outros.

– Não, não estava.

Ao ver que não tinha intenção de dar mais explicações, a curiosidade a pegou em cheio.

– Também perderam ele, assim como Conlan?

– Não. Nada disso. – A voz de Lucan saiu entrecortada ao falar desse último membro do grupo, como se o assunto fosse doloroso, algo do qual preferia se manter distante.

Ele continuava contemplando-a atentamente e estava tão perto que Gabrielle podia ver seu peito se estufar e esvaziar com a respiração, com os músculos se estendendo sob a camiseta preta alinhada, e o calor de seu corpo irradiando em ondas em direção ao dela.

Atrás dele, na parede, seu retrato bordado olhava da tapeçaria com ardente determinação: o jovem cavaleiro cruel e decidido a conquistar qualquer prêmio que encontrasse pelo caminho. Gabrielle pôde perceber um tom mais sombrio dessa mesma determinação em Lucan agora, enquanto o olhar dele a fitava lentamente, dos pés à cabeça.

– Essa tecelagem é impressionante.

– É muito antiga – disse ele, aproximando-se dela. – Mas acho que já percebeu isso.

– É belíssima. E você parece tão feroz, como se estivesse pronto para conquistar o mundo.

– Eu estava. – Lucan levou os olhos para a tapeçaria e riu de leve. – Mandei fazer a peça alguns meses depois da morte de meus pais. Aquele castelo em chamas no fundo pertencia a meu pai. Transformei-o em cinzas depois de cortar fora sua cabeça por ter assassinado minha mãe em um ataque da Sede de Sangue.

Gabrielle ficou sem ar. Não estava esperando nada como isso.

– Meu Deus. Lucan...

– Eu a encontrei em meio a uma poça de sangue no saguão, com a garganta destroçada. Ele nem mesmo tentou se defender. Sabia o que tinha feito. Amava-a, tanto quanto alguém de sua espécie podia, mas a Sede fora mais forte. Não conseguiu refrear sua própria natureza. – Lucan deu de ombros. – Fiz-lhe um favor ao dar um fim em sua existência.

Gabrielle observou sua expressão indiferente e ficou atônita pelo que tinha acabado de escutar, e pelo tom indiferente com que Lucan havia contado. Qualquer romântico fascínio que tivesse sentido pela tapeçaria alguns instantes atrás havia desaparecido sob o peso da tragédia que verdadeiramente retratava.

– Por que quis ter uma lembrança tão bonita de algo tão terrível?

– Terrível? – Ele negou com a cabeça. – Minha vida começou naquela noite; nunca teve muito sentido, até que me levantei sobre os calcanhares, sobre o sangue de minha família, e percebi que tinha de mudar as coisas – para mim e para o resto de minha espécie. Naquela noite, declarei guerra contra os últimos Antigos remanescentes da classe extraterrestre de meu pai e contra todos os membros da Raça que serviam a eles como Renegados.

– Faz bastante tempo que está lutando.

– Deveria ter começado muito antes. – Ele a penetrou com um olhar duro e lhe deu um sorriso arrepiante. – Jamais vou parar. É para isso que vivo – lidar com a morte.

– Algum dia vencerá, Lucan. E então toda a violência terminará por fim.

– É o que pensa – disse ele, com certo tom de zombaria. – E acha que isso vai acontecer baseado em quê? Em seus parcos vinte e oito anos de vida?

– Baseado na esperança, para começar. Na fé. Tenho que acreditar que o bem sempre prevalecerá. Você não? Não é por isso que você e os demais aqui fazem o que fazem? Porque têm esperanças de que possam melhorar as coisas?

Ele riu. Fitou-a diretamente nos olhos e riu.

– Mato Renegados porque me divirto. Sou muito bom nisso. Não vou falar sobre as motivações dos outros.

– O que está acontecendo, Lucan? Você parece... – *Irritado? Confrontador? Um pouco psicótico?* – Está agindo diferente aqui do que quando estava comigo antes.

Ele a alfinetou com um olhar mordaz.

– Caso não tenha percebido, *querida*, agora está em meus domínios. As coisas *são* diferentes por aqui.

A frieza que viu nele naquele instante a perturbou, porém, a raiva que queimava em seus olhos foi o que verdadeiramente a incomodou. Estavam brilhantes demais, duros como o cristal. A pele havia se ruborizado e se retesava nas marcantes maçãs do rosto. E, agora que olhava mais de perto, pôde ver um leve brilho de suor sobre sua sobrancelha.

A raiva pura e incandescente emanava dele em ondas. Como se quisesse destroçar algo com as próprias mãos.

E, por acaso, a única coisa em seu caminho no momento era ela.

Ele passou ao seu lado em silêncio e avançou em direção a uma porta fechada perto de uma das enormes estantes. Ela se abriu sem que tocasse a maçaneta. Estava tão escuro lá dentro que Gabrielle pensou que devia ser um armário. No entanto, quando ele adentrou a penumbra, escutou seus passos pesados sobre a madeira, caminhando pelo que, aparentemente, era uma passagem secreta do condomínio.

Gabrielle permaneceu ali em pé, com a sensação de que tinha acabado de se livrar de uma tempestade brutal. Soltou o fôlego contido. Provavelmente deveria deixá-lo partir. Sentir-se feliz apenas por estar fora de seu caminho nesse instante. Ele com certeza não queria sua companhia, e ela não sabia ao certo se o desejava dessa maneira.

Mas havia algo de errado com ele – algo realmente grave –, e ela precisava saber do que se tratava.

Engoliu em seco o próprio medo e o seguiu.

– Lucan? – Não havia luz nenhuma no espaço atrás da porta. Somente a escuridão e o ritmo constante do barulho das botas de Lucan. – Por Deus, está tão escuro aqui. Lucan, espere um pouco. Fale comigo.

Não houve mudança em seus passos rápidos logo adiante. Ele parecia mais do que ansioso por deixá-la para trás. Desesperado por se afastar dela.

Gabrielle avançou pelo caminho sem luz da melhor forma que pôde, com as mãos estendidas dos lados para ajudá-la a seguir pelo sinuoso corredor.

– Aonde vai?

– Sair.

– Para quê?

– Já disse. – O barulho de um trinco se abrindo acompanhou sua voz. – Tenho um trabalho a fazer. Estive muito relaxado nesses últimos dias.

Por causa dela.

Ele não disse, mas não havia dúvidas em suas intenções.

– Preciso sair daqui – respondeu-lhe sumariamente. – Já passou da hora de acrescentar mais alguns bastardos na minha lista.

– Metade da noite já se foi. Talvez devesse descansar um pouco. Não me parece muito bem, Lucan.

– Preciso lutar.

Gabrielle ouviu seus passos cessarem, e um som de panos em algum lugar mais à frente na escuridão, como se ele houvesse parado e estivesse tirando as roupas. Continuou avançando em direção ao som dele, com os braços esticados, tentando se manter nessa escuridão interminável. Estavam em outro aposento agora; havia uma parede à sua direita. Utilizou-a como guia, prosseguiu ao longo dela com passos cuidadosos.

– Na outra sala, seu rosto parecia ruborizado. E sua voz está... estranha.

– Preciso me alimentar. – Tais palavras soaram baixas e mortais, como uma inegável ameaça.

Será que ele havia percebido que ela se encolhera ao escutá-las? Deveria ter percebido, porque riu com um humor irônico, como se aquele desconforto o divertisse.

– Mas você se alimentou – lembrou-lhe ela. – Ontem à noite, na verdade. Não tomou sangue o suficiente ao matar aquele Subordinado? Pensei que tinha dito que só precisava se alimentar uma vez durante vários dias.

– Já é uma especialista no assunto, não? Estou impressionado.

As botas bateram no chão com um baque descuidado, uma, depois a outra.

– Podemos acender algumas luzes aqui? Não consigo ver você...

– Nada de luzes – replicou ele. – Eu a vejo perfeitamente. Posso sentir o cheiro de seu medo.

Ela estava com medo, nem tanto por ela nesse instante, e sim por ele. Ele estava mais que no limite. O ar a seu redor parecia pulsar de pura fúria. Chegava até ela pela escuridão, uma força invisível que a empurrava para trás.

– Fiz algo errado, Lucan? Não deveria estar aqui no condomínio? Porque, se mudou de ideia a respeito disso, preciso dizer que também não acredito que foi uma boa ideia me trazer aqui.

– Não há mais nenhum outro lugar para você agora.

– Quero voltar para casa.

Gabrielle sentiu uma onda de calor lhe subindo pelos braços, como se ele lhe tivesse lançado um olhar mortal.

– Acabou de chegar. E não pode voltar para lá. Vai ficar aqui até que eu diga o contrário.

– Isso se parece demais com uma ordem.

– E é.

Certo, agora ele não era o único enfurecido.

– Quero meu celular, Lucan. Preciso ligar para meus amigos e me certificar de que estão bem. Depois, vou chamar um táxi e vou para casa, onde posso tentar entender a confusão em que minha vida se transformou.

– Fora de questão. – Ela escutou o tinido metálico de alguma arma e o rangido de uma gaveta se abrindo. – Está em meu mundo agora, Gabrielle. Eu sou a lei por aqui. E está sob minha proteção até que julgue seguro liberá-la.

Gabrielle engoliu o juramento que tinha na ponta da língua. Por pouco.

– Olhe, essa atitude benevolente e soberana pode ter funcionado para você no passado, mas nem pense que pode utilizá-la comigo.

O grunhido furioso que Lucan soltou fez os pelos em sua nuca se arrepiarem.

– Não sobreviverá nem por uma noite lá fora sem mim, compreende? Se não fosse por mim, não teria sobrevivido nem ao seu maldito primeiro ano de vida!

Em pé ali na escuridão, Gabrielle ficou completamente imóvel.

– O que disse?

Só obteve um longo silêncio como resposta.

– O que quer dizer com eu não teria sobrevivido...

Ele soltou uma maldição entre os dentes cerrados.

– Eu estava lá, Gabrielle. Vinte e sete anos atrás, quando uma jovem mãe indefesa foi atacada por um vampiro Renegado na estação de ônibus de Boston, eu estava lá.

– Minha mãe – murmurou ela, com o coração pulsando abafado no peito. Procurou a parede logo atrás e se apoiou nela.

– Ela já havia sido mordida. Ele estava chupando seu sangue quando senti cheiro de sangue e os encontrei do lado de fora da estação. Ele a teria matado. E a você também.

Gabrielle mal podia acreditar no que estava ouvindo.

– Você nos salvou?

– Dei à sua mãe uma chance de escapar. Mas ela já estava muito mal por conta da mordida. Nada iria salvá-la. Mas queria salvar você. Fugiu contigo nos braços.

– Não. Ela não se importava comigo. Ela me abandonou. Deixou-me em um cesto de lixo – sussurrou Gabrielle e sentiu a garganta queimar ao pronunciar as palavras, a velha dor do abandono.

– A mordida a deixou em estado de choque. É provável que estivesse desorientada e tivesse pensado que colocava você em algum lugar seguro. Abrigando-a do perigo.

Deus, por quanto tempo esteve se perguntando sobre a jovem mulher que a havia trazido ao mundo? Quantos cenários havia planejado para explicar, a si mesma, pelo menos, o que poderia ter acontecido naquela noite em que fora recolhida das ruas, ainda bebê? Jamais teria imaginado isso.

– Qual era seu nome?

– Não sei. Não me importava. Era apenas outra vítima dos Renegados. Não tinha pensado mais em nada disso até que você mencionou sua mãe esta noite em sua casa.

– E eu? – Quis saber, tentando juntar as peças. – Quando veio me procurar pela primeira vez depois do assassinato que presenciei, sabia que eu era o bebê que tinha salvado?

Ele soltou uma gargalhada seca.

– Não tinha ideia. Cheguei até você porque senti seu cheiro de jasmim do lado de fora da boate e a desejei. Precisava saber se seu sangue seria tão doce como todo o resto.

Ouvir tais palavras fez Gabrielle recordar todo o prazer que Lucan lhe havia dado com o corpo. Agora se perguntava como seria tê-lo chupando seu pescoço enquanto a penetrava. Para seu espanto, percebeu que estava bem mais que curiosa.

– Mas não o fez.

– Você não...

– E não o farei – respondeu ele com a voz entrecortada. Gabrielle escutou outra maldição vindo da direção em que ele se encontrava no escuro, porém, dessa vez de dor. – Jamais teria tocado em você, se soubesse...

– Se soubesse o quê?

– Nada, esqueça. Apenas... Por Deus, minha cabeça dói demais para conversar. Apenas saia daqui. Deixe-me sozinho agora.

Gabrielle continuou exatamente onde estava. Escutou ele se mexer outra vez e os pés se arrastarem. E ouviu outro grunhido animalesco.

– Lucan? Está bem?

– Estou ótimo – grunhiu, parecendo exatamente o contrário. – Preciso... ah, droga. – Sua respiração ficou mais pesada, quase ofegante. – Saia já daqui, Gabrielle. Preciso ficar... sozinho.

Algo pesado atingiu o chão atapetado com um baque surdo. Ele tomou fôlego com força.

– Não acho que precise ficar sozinho agora, de jeito algum. Acho que precisa de ajuda. E não consigo continuar conversando com você nessa escuridão. – Passou a mão pela parede, procurando pela luz. – Não consigo ver nada...

Seus dedos tocaram um interruptor, e ela o acendeu.

– *Ah, meu Deus.*

Lucan estava dobrado sobre si mesmo no chão, ao lado de uma cama *king size*. Havia tirado as botas e a camiseta, e se contorcia como se estivesse passando por uma dor incrível; as marcas em suas costas nuas e no torso tinham uma cor lívida. As intrincadas espirais e os arcos mudavam de um roxo profundo para um vermelho ou preto, conforme ele se retorcia, apertando o abdômen.

Gabrielle correu ao seu lado e se ajoelhou. O corpo dele se contraía com brutalidade, fazendo-o encolher em uma tensa bola.

– Lucan! O que está acontecendo?

– Saia – grunhiu quando ela tentou tocá-lo, afastando-se como um animal ferido. – Vá embora! Não é... da sua conta.

– Claro que é!

– Saia já... *aagh*! – Um espasmo tomou conta de seu corpo, ainda pior que o último. – Fique longe de mim.

Gabrielle sentiu o pânico invadi-la ao vê-lo se debater com tanta dor.

– O que está acontecendo contigo? Diga-me o que preciso fazer!

Ele se virou de costas como se mãos invisíveis o tivessem jogado. Os tendões em seu pescoço estavam firmemente esticados, como cabos. As veias e as artérias se projetavam nos bíceps e nos antebraços. Os lábios se arregaçavam numa careta, deixando expostas as alvas presas afiadas.

– Gabrielle, saia já daqui!

Ela recuou para lhe dar espaço, mas não iria deixá-lo sofrendo daquele jeito sozinho.

– Devo chamar alguém? Posso procurar Gideon...

– Não! Não... fale nada. Com... ninguém. – Ao levantar os olhos para ela, Gabrielle viu que suas pupilas eram dois finos feixes negros, rodeados por uma poça brilhante de cor âmbar. Aquele olhar feroz se dirigiu para sua garganta. Cravou-se no ponto em que podia sentir o pulso batendo. Lucan estremeceu e apertou os olhos com força. – Vai passar. Sempre passa... eventualmente.

Para demonstrar o que dizia, depois de um bom momento, começou a se arrastar para ficar em pé. Parecia difícil e desajeitado, mas o grunhido que lançou na direção de Gabrielle quando ela tentou ajudá-lo a convenceu a deixá-lo tentar sozinho. Por pura força de vontade, ele se ergueu e se inclinou sobre o estômago contra a beirada da cama. Ainda estava ofegando e tinha o corpo tenso e pesado.

– Há algo que eu possa fazer?

– Partir. – Soltou a palavra num suspiro agonizante. – Só... fique longe.

Ela permaneceu exatamente onde estava. Aventurou tocá-lo de leve no ombro.

– Sua pele está em fogo. Está ardendo de febre.

Ele não disse nada. Gabrielle não tinha certeza se ele era capaz de pronunciar alguma palavra, quando todas as suas energias estavam concentradas em se levantar e se livrar do que quer que o tivesse sob controle. Ele lhe dissera que precisava se alimentar esta noite, contudo, isso parecia bem mais profundo que a fome usual. Era um sofrimento num nível que jamais tinha visto.

Sentiu um calafrio ao se lembrar de um termo que Lucan havia dito mais cedo.

Sede de Sangue.

Era o vício que tinha descrito como marca dos Renegados. *Tudo que separava a Raça de seus irmãos selvagens.* Ao olhar para ele naquele instante, Gabrielle se perguntou quão difícil seria alimentar uma fome que também podia destruir você.

E, uma vez que a Sede de Sangue o tivesse apanhado, quanto tempo levaria até que o levasse por completo?

– Vai ficar bem – disse-lhe em tom suave, acariciando seu cabelo negro. – Apenas relaxe. Deixe-me tomar conta de você, Lucan.

Capítulo 23

Ele estava deitado numa sombra fresca, e uma leve brisa passeava por seu cabelo. Não queria acordar desse sono profundo e sem pesadelos. Não era sempre que encontrava essa paz. Nunca dessa maneira. Queria se aconchegar e dormir por cem anos.

Porém, o sutil aroma de jasmim que flutuava ao redor o fez despertar. Inalou o doce perfume com os pulmões, apreciando-o com a garganta seca. Saboreando-o. Abriu as pesadas pálpebras e viu belos olhos castanhos fitando-o de volta.

– Está melhor?

Ele estava, na verdade. A aguda dor de cabeça havia ido embora. Já não tinha mais a impressão de que estavam arrancando sua pele. A dor lancinante no abdômen esvaiu-se em um ligeiro mal-estar, profundamente incômodo, mas nada que não pudesse suportar.

Tentou lhe dizer que estava melhor, mas sua voz saiu um grunido rouco. Limpou a garganta e forçou as palavras em sua boca.

– Estou bem.

Gabrielle estava sentada na cama com ele e segurava sua cabeça no colo. Apertava um pano frio e úmido contra sua testa e as bochechas. Com a outra mão, acariciava seu cabelo com os dedos gentis e tranquilizantes.

Era bom. Maravilhosamente bom.

– Você estava bem mal antes. Fiquei preocupada.

Ele grunhiu ao se lembrar do que tinha acontecido. O ataque da Sede de Sangue o havia atingido em cheio. Havia sido reduzido a uma pungente bola de dor. E ela tinha presenciado tudo. Droga, queria se arrastar para dentro de um buraco escuro e morrer por ter deixado que alguém o visse naquele estado. Especialmente Gabrielle.

A humilhação por sua própria fraqueza foi um golpe duro, porém, o repentino ataque de medo o fez se levantar, completamente desperto.

– Por Deus, Gabrielle, não te fiz nenhum mal, fiz?

– Não – ela tocou seu maxilar, sem nenhum rastro de medo nos olhos ou na terna carícia. – Estou ótima. Não me fez nada, Lucan.

Graças a Deus.

– Está vestindo minha camiseta – disse ele, notando só agora que o suéter e o jeans de Gabrielle haviam desaparecido, e suas esbeltas curvas se envolviam em sua camiseta preta. Tudo o que o revestia eram as calças.

– Ah, sim – respondeu, puxando um fio solto. – Vesti isso algum tempo atrás, quando Dante veio lhe procurar. Disse-lhe que estava na cama, dormindo. – Ela corou de leve. – Pensei que se sentiria menos inclinado a fazer perguntas se eu atendesse à porta desse jeito.

Lucan se sentou e a contemplou com a testa franzida.

– Mentiu por mim.

– Parecia muito importante para você que ninguém o visse... do jeito que estava.

Ele olhou para ela, ali sentada ao seu lado tão confiante, e ficou admirado. Qualquer um que o tivesse visto naquele estado lhe teria atravessado uma lâmina de titânio pelo coração – e teria feito o certo. No entanto, ela não tivera medo. Ele havia lutado contra uma de suas piores crises até então, e Gabrielle estivera com ele o tempo todo. Cuidando dele.

Ela o havia protegido.

Estufou o peito com respeito. Com a mais profunda gratidão.

Jamais tinha conhecido essa sensação, de poder confiar em alguém desse jeito. Sabia que qualquer um de seus irmãos cobriria suas costas na batalha, assim como ele o faria, mas isso era diferente. Era alguém *cuidando* dele. Protegendo-o em seu estado mais vulnerável. Inclusive quando lhe tinha cuspido e rangido os dentes, tentando afastá-la. Deixando que o visse pela besta que realmente era.

Ela havia permanecido ao seu lado, apesar de tudo.

Ele não tinha palavras para agradecê-la por algo tão generoso. Em vez disso, inclinou-se e a beijou, com toda a suavidade que pôde, com toda a reverência que jamais saberia expressar adequadamente.

– Preciso me vestir – disse-lhe, suspirando com a ideia de deixá-la. – Estou melhor agora. Preciso ir.

– Ir aonde?

– Sair, derrubar mais alguns Renegados. Não posso deixar que os outros façam todo meu trabalho.

Gabrielle se aproximou dele na cama e pousou a mão em seu braço.

– Lucan, são dez da manhã. É dia lá fora.

Ele virou a cabeça para olhar o relógio sobre a mesinha de cabeceira e viu que ela tinha razão.

– Caramba. Dormi a noite toda? Dante vai me comer vivo por isso.

Os lábios de Gabrielle se curvaram num sorriso sensual.

– Na verdade, ele acha que você estava fazendo exatamente isso comigo esse tempo todo. Lembra?

A excitação despertou dentro dele como uma labareda no estopim seco.

Maldição.

Somente o pensamento...

Ela estava sentada sobre as pernas e a camiseta preta lhe caía até as coxas, revelando um pedaço de sua minúscula calcinha branca sobre a pele de pêssego. O cabelo lhe caía ao redor do rosto e dos ombros em suntuosas ondas, e o fazia desejar nada mais que enterrar as mãos nela enquanto mergulhava em seu corpo.

– Detesto que tenha tido que mentir por mim – disse Lucan num rosnado. Passeou com a mão pela sedosa curva de sua coxa. – Eu deveria fazer de você uma mulher honesta.

Ela pegou seus dedos e os segurou imóveis.

– Realmente acha que é capaz disso?

Ele gargalhou com um sombrio humor.

– Ah, sou mais que capaz.

Embora os olhos de Gabrielle demonstrassem interesse e ternura, ela lhe lançou um olhar incerto.

– Passou por maus bocados. Talvez devêssemos conversar sobre o que aconteceu. Provavelmente é melhor descansar um pouco mais.

A última coisa que ele queria fazer era conversar sobre seus problemas, especialmente quando Gabrielle estava tão tentadora em sua cama. Seu corpo havia se recuperado da última crise, e o pênis recobrara a vida com facilidade. Como sempre, toda vez que se encontrava perto dela. Toda vez que apenas pensava nela.

– Diga-me se preciso descansar mais.

Tomou a mão dela e a guiou em direção à ereção que se sobressaía contra o zíper da calça. Ela o acariciou e virou a mão para tocá-lo. Lucan fechou os olhos, perdendo-se com o toque dela e o quente perfume de sua excitação, enquanto se ajeitava entre seus braços.

Beijou-a, demorada e profundamente, em uma lenta união de seus lábios. Lucan escorregou as mãos sob a camiseta e deixou os dedos passearem pela pele sedosa das costas de Gabrielle, pelos quadris e pela deliciosa curva de seus seios. Os mamilos se enrijeceram assim que os acariciou, pequenos botões implorando para que fossem beijados.

Ela arqueou as costas com o contato de suas mãos, gemendo. Seus próprios dedos se encarregavam de abrir o botão e o zíper da calça dele. Deslizou a mão e envolveu todo o membro com o calor de sua palma.

– Você é tão perigosa – sussurrou ele contra sua boca. – Gosto de te ver aqui, em meus domínios. Não pensei que gostaria. Deus sabe que eu não deveria.

Segurou a borda da camiseta e a passou pela cabeça de Gabrielle, atirando-a ao lado para que pudesse apreciar por completo seu corpo nu. Afastou o cabelo e lhe acariciou com ternura o pescoço com as costas da mão.

– Sou realmente a primeira mulher que traz aqui?

Ele sorriu com ironia, afagando sua pele suave.

– Quem lhe disse isso? Savannah?

– É verdade?

Ele se inclinou para frente e tomou um dos mamilos rosados com os lábios. Colocou-a debaixo de si com o peso do próprio corpo, enquanto tirava rapidamente as calças. As presas começaram a se alongar na gengiva; o desejo ardia, fora de controle, pulsando por todo o corpo em calorosas ondas.

– Você é a única – respondeu com a voz grossa, oferecendo tal honestidade em troca da confiança que ela lhe tinha depositado algumas horas antes.

Gabrielle também seria a última fêmea que levaria ali.

Não conseguia imaginar ter mais ninguém em sua cama agora. Jamais permitiria que qualquer uma entrasse em seu coração outra vez. Porque tinha de encarar uma dura realidade aqui – e era isso que tinha feito. Depois de todo o cuidadoso controle e dos anos de solidão autoimposta, havia baixado a guarda emocional e Gabrielle preenchera esse vazio como ninguém jamais conseguiria.

– Deus, é tão macia – disse-lhe enquanto a acariciava, arrastando os dedos pelo tronco e pelo abdômen, até a delicada curva do quadril. Apertou-lhe os lábios com um beijo. – Tão doce.

Sua mão se moveu para baixo, por entre as coxas, afastando as pernas para continuar explorando-a com seu toque.

– Tão molhada – murmurou, penetrando seus lábios com a língua, enquanto os dedos transpassavam a calcinha acariciando-a.

Introduziu um dedo de leve, a princípio, para provocá-la, e depois mais profundamente. Ela agarrou Lucan com força, arqueando as costas, sem deixar de acariciá-lo também. Lucan interrompeu o beijo e arrancou a calcinha que Gabrielle ainda vestia. Desceu lentamente por todo seu corpo e afastou-lhe as pernas, aconchegando-se entre elas.

– Tão bela – disse, com a voz rouca, fascinado pela perfeição corada de Gabrielle. Apertou o rosto contra ela, abriu-a com os dedos e começou a beijar-lhe o clitóris e os grandes lábios que o cercavam. Levou-a ao clímax rapidamente, deliciando-se com os fortes tremores que percorriam todo o corpo de Gabrielle enquanto ela lhe cravava os dedos nos ombros e gemia de prazer.

– Deus, você acaba comigo, mulher. Nunca tenho o bastante de você.

Ele estava tão exaltado com o desejo de estar dentro dela que quase não ouviu o baixo gemido que Gabrielle soltou quando subiu e a cobriu com o corpo. Percebeu que ela ficou imóvel de repente, mas foi sua voz o que lhe fez ficar paralisado.

– Lucan... Seus olhos...

Instintivamente, virou o rosto para outro lado. Tarde demais. Sabia que ela tinha vislumbrado o brilho faminto de seu olhar transformado. Era o mesmo olhar feroz que tinha visto na outra noite – ou, melhor, era parecido o suficiente para que os olhos humanos dela não conseguissem registrar a diferença entre a Sede de Sangue e a calorosa intensidade do desejo.

– Por favor – pediu ela gentilmente. – Deixe-me ver você.

Com relutância, apoiando-se nos pulsos sobre ela, voltou os olhos para Gabrielle. Viu uma chama de preocupação em seus olhos, mas ela não se apartou. Contemplou-o atentamente, estudando seu rosto.

– Não vou lhe fazer mal – disse ele, com a voz áspera e densa. Deixou que visse suas presas ao falar; já não conseguia esconder mais nenhuma das reações de seu corpo agora. – Isso é vontade, Gabrielle. Desejo. Você faz isso comigo. Às vezes, só de pensar em você... – Parou por um instante e soltou uma maldição em voz baixa. – Não quero lhe assustar, mas não consigo evitar a transformação. Não quando desejo você desse tanto.

– E todas as outras vezes em que estivemos juntos? – Ela murmurou, com o cenho franzido. – Escondeu isso de mim? Sempre virava o rosto e mantinha os olhos longe quando fazíamos amor antes?

– Não queria assustá-la. Não queria que visse o que eu era. – Ele deu um sorriso zombeteiro. – Mas já viu tudo, de qualquer jeito.

Ela meneou a cabeça devagar e segurou o rosto dele com as mãos. Fitou-o profundamente, assimilando cada pedaço dele. Tinha os olhos úmidos, reluzentes, incrivelmente brilhantes. Emanavam ternura e afeição.

– Acho você lindo, Lucan. Sempre vou querer olhá-lo. Não há nada que precise esconder de mim.

Essa declaração sincera o comoveu. Ela manteve os olhos nos dele e acariciou-lhe o maxilar rígido, brincando com os dedos em seus lábios entreabertos. As presas lhe doíam e se alongavam ainda mais enquanto ela perscrutava seu rosto com o toque delicado.

Como se quisesse provar algo a ele – ou, quem sabe, a ela mesma –, deslizou um dedo por seus lábios e para dentro da boca. Lucan gemeu num grunhido gutural, áspero e calado. Pressionou a língua contra a ponta do dedo de Gabrielle, com os dentes roçando-lhe a pele com terna contenção; apertou os lábios e sugou-lhe os dedos.

Viu que Gabrielle engoliu em seco. Sentiu o cheiro da adrenalina disparando em seu corpo, misturada ao aroma de seu desejo.

Era extremamente bela, tão suave e generosa, tão corajosa em tudo que fazia, que ele não podia deixar de se sentir impressionado.

– Confio em você – disse ela, com os olhos enegrecidos de paixão. Tirou lentamente o dedo do meio de seus dentes afiados. – E desejo. Cada pedacinho seu.

Era mais do que ele podia aguentar.

Com um rugido animal de luxúria, desceu sobre ela, ajeitando a pélvis entre suas coxas, abrindo-as com os joelhos. Sentiu seu sexo quente e úmido contra o pênis, uma boa-vinda à qual não podia resistir. Com uma forte investida, penetrou-a, deslizando o máximo que podia para dentro. Ela recebeu cada centímetro dele, apertando-o firmemente dentro de si, num banho maravilhoso de calor molhado. Lucan soltou o fôlego entre os dentes ao perceber que Gabrielle tremia com a primeira lenta retirada. Voltou a preenchê-la, levantando-lhe os joelhos com os braços para chegar mais perto e mergulhar ainda mais fundo nela.

– Isso – gemeu ela, movendo-se com ele ritmadamente. – Ah, Lucan!

Ele sabia que tinha o rosto selvagem pela força da luxúria; provavelmente, jamais parecera mais animalesco que naquele momento. Sentia o sangue correr como lava, evocando a maldição da brutal linhagem de seu pai. Envolveu-a, tentando ignorar a necessidade crescente em seu interior, que clamava por algo mais que esse prazer imenso.

Sua atenção se concentrou no pescoço de Gabrielle, onde uma grossa veia pulsava-lhe sob a pele delicada. Sentiu a boca se encher de saliva ardorosamente, ainda que a pressão na base de sua coluna indicasse que se aproximava do clímax.

– Não pare – pediu ela sem o mínimo tremor na voz. Que Deus a ajudasse, mas ela de fato o puxou para mais perto, mantendo os olhos naquele olhar feroz e afagando-lhe as bochechas com os cálidos dedos. – Tome de mim tudo o que quiser. Só... Ah, Deus... Não pare.

As narinas de Lucan se encheram com o erótico perfume dela, misturado ao débil aroma acre do sangue que lhe coloria os seios e corava a pálida pele do pescoço e do rosto. Grunhiu agoniado, lutando para negar a si mesmo – a ambos – o êxtase que só poderia ser alcançado com o beijo de um vampiro.

Arrancou os olhos de seu pescoço e investiu contra o corpo de Gabrielle com renovado vigor, conduzindo-a, e logo depois a si mesmo, a um orgasmo destruidor.

Mas esse arrebatamento aplacou somente uma parte de sua necessidade.

A outra, mais profunda, persistia e piorava com cada forte batida do coração de Gabrielle.

– Maldição – exclamou com a voz rouca e febril, e se afastou dela na cama.

– O que foi? – Gabrielle pousou uma mão em seu ombro.

Aproximou-se dele, e Lucan pôde sentir o terno calor dos seios dela se esfregando contra suas costas. Seu coração palpitava alto, vibrava contra a carne e os ossos, até que se tornou a única coisa que escutava. Tudo o que conhecia.

– Lucan? Está tudo bem?

– Maldito seja – grunhiu, separando-se do leve toque de Gabrielle em seu ombro. Atirou as pernas para a beirada da cama e se sentou, apoiando a cabeça entre as mãos. Passou os dedos trêmulos pelo cabelo. Atrás dele, Gabrielle estava calada; ele se virou e encontrou seu olhar questionador. – Não fez nada de errado. É maravilhosa, mas tenho que... Não posso ter o bastante de você agora.

– Está tudo bem.

– Não. Não deveria ficar com você desse jeito, quando preciso tanto... – *de você*, respondeu-lhe todo seu corpo. – Santo Deus, isso não é nada bom.

Ele se virou de volta, prestes a levantar da cama.

– Lucan, se estiver com fome... Se precisar de sangue...

Ela se aproximou pelas costas. Passou um braço por cima de seu ombro, e o pulso ficou suspenso logo abaixo de seu queixo.

– Ah, por Deus, não me ofereça isso. – Afastou-se dela instintivamente, como o faria com veneno. Levantou-se e vestiu as calças. E começou a andar inquieto. – Não vou beber de você, Gabrielle.

– Por que não? – Ela parecia magoada, confusa, com razão. – É evidente que está precisando. E sou o único ser humano por perto nesse instante, então acho que está preso a mim.

– Não é isso. – Balançou a cabeça e fechou os olhos com força, para obrigar que essa parte feroz dele se retirasse. – Não posso fazer isso. Não vou atá-la a mim.

– Do que está falando? Tudo bem transar comigo, mas a simples ideia de tomar meu sangue lhe dá voltas no estômago? – Soltou uma risada aguda. – Meu Deus. Não acredito que realmente me sinto ofendida com isso.

– Isso não vai funcionar – disse ele, furioso consigo mesmo por levá-los a um buraco ainda mais fundo por conta de sua própria falta de controle quando estava perto de Gabrielle. – Não vai dar certo. Deveria ter deixado tudo claro entre nós desde o começo.

– Se tem algo a me dizer, gostaria que falasse. Sei que tem um problema, Lucan. Difícil não notar, depois de vê-lo ontem à noite.

– Não é isso. – Soltou uma maldição. – É parte disso. Não quero te fazer nenhum mal. E, se beber de seu sangue, eu o farei. Mais cedo ou mais tarde, se tiver um vínculo de sangue contigo, eu lhe farei mal.

– Vínculo de sangue – repetiu lentamente. – Como?

– Você tem a marca das Companheiras de Raça, Gabrielle. – Ele gesticulou em direção ao seu ombro esquerdo. – Está aí, logo abaixo da orelha.

Ela franziu a testa e levou a mão para o lugar exato da pele em que tinha a diminuta marca em forma de lágrima e lua crescente.

– Isso? É uma marca de nascença. Tenho-a desde que me conheço por gente.

– Todas as Companheiras de Raça têm essa mesma marca em algum lugar do corpo. Savannah e as outras mulheres a têm. Minha própria mãe tinha. Todas vocês.

Gabrielle ficou imóvel. Sua voz saiu baixa.

– Há quanto tempo sabe disso sobre mim?

– Eu a vi da primeira vez que fui à sua casa.

– Quando pegou as fotos do meu celular?

– Depois – respondeu. – Quando voltei, mais tarde, e estava dormindo em sua cama.

A compreensão surgiu no rosto de Gabrielle, numa mistura de surpresa e violação emocional.

– Você *estava* lá. Achei que tivesse sido um sonho.

– Nunca se sentiu parte do mundo em que vive porque não é seu mundo, Gabrielle. Suas fotografias, o modo como é levada aos refúgios dos vampiros, a sensação estranha que tem com o sangue e a compulsão em deixá-lo verter – isso é tudo parte de quem realmente é.

Lucan percebeu que ela se esforçava por aceitar o que estava escutando e detestou não ser capaz de facilitar as coisas. Era melhor, portanto, jogar tudo na mesa e acabar logo com aquilo.

– Um dia, encontrará um macho de valor e o tomará como seu companheiro. Ele só beberá de você, e você dele. O sangue vai criar um vínculo entre os dois, transformando-os em um só. É um juramento sagrado entre nossa espécie. Um juramento que não posso lhe oferecer.

Pela expressão de mágoa no belo rosto de Gabrielle, aquilo foi o mesmo que se tivesse lhe dado uma bofetada.

– Não pode... Ou não quer?

– Isso importa? Estou lhe dizendo que não vai acontecer porque não vou permitir. Se tivermos um vínculo de sangue, serei levado a você enquanto ainda respirar, e o mesmo contigo. Jamais se veria livre de mim, porque o vínculo me obrigaria a procurá-la aonde quer que fugisse.

– Por que acha que eu fugiria de você?

Ele suspirou fundo.

– Porque, um dia, essa coisa contra a qual estou lutando vai levar a melhor sobre mim, e não suporto a ideia de que esteja em meu caminho quando isso acontecer.

– Está falando da Sede de Sangue.

– Sim – replicou; era a primeira vez que o admitia de verdade, inclusive para si mesmo. Durante todos esses anos, tinha sido capaz de esconder. Mas não dela. – A Sede de Sangue é a maior fraqueza da minha espécie. É um vício, uma maldita praga. Uma vez que toma conta, pouquíssimos vampiros são fortes o bastante para escapar. Viram Renegados, e aí sim estão perdidos para sempre.

– Como isso acontece?

– Para cada um é diferente. Às vezes, a enfermidade se instala aos poucos. A fome cresce, e você a satisfaz. Alimenta-a sempre que exige, e uma noite se dá conta de que a necessidade jamais será aplacada. Para outros, um momento de descuido pode fazer que cruzem o limite.

– E como acontece com você?

Lucan sorriu tenso, deixando à mostra os dentes e as presas.

– Tenho a duvidosa honra de carregar o sangue de meu pai nas veias. Se os Renegados são umas bestas animalescas, não são nada se comparados à calamidade que deu início à nossa Raça. Para os da Primeira Geração, a tentação está sempre presente, mais forte em nós que em qualquer outro. Se quer saber a verdade, tenho protelado a Sede de Sangue desde a primeira vez em que a provei.

– Então tem um problema, mas o superou ontem à noite.

– Fui capaz de controlá-la, em grande parte graças a você, porém ela fica pior a cada vez.

– Pode superá-la de novo. Vamos enfrentá-la juntos.

– Não conhece minha história. Já perdi meus dois irmãos para o vício.

– Quando?

– Muito tempo atrás. – Lucan franziu a testa ao pensar em um passado que não gostava de trazer à tona. Mas as palavras vinham rápido agora, ainda que quisesse liberá-las ou não. – Evran, o do meio dos três, virou Renegado logo depois de atingir a maioridade. Foi morto em combate, lutando do lado errado em uma das antigas batalhas entre a Raça e os Renegados. Marek era o mais velho e o mais destemido. Ele, Tegan e eu fazíamos parte do primeiro grupo de guerreiros da Raça que se levantou contra o último dos Antigos e seu exército de Renegados. Fundamos a Ordem mais ou menos na época da peste negra que atingiu os humanos na Europa. Pouco menos de cem anos depois, a Sede de Sangue tomou Marek; procurou o sol para dar fim à sua miséria. Até mesmo Tegan já esteve perto do vício muito tempo atrás.

– Sinto muito – disse ela com suavidade. – Já perdeu muito por conta dela. E por conta desse conflito com os Renegados. Posso ver porque se sente tão aterrorizado.

Ele tinha uma resposta mordaz na ponta da língua, uma besteira que não hesitaria em responder a qualquer um dos outros guerreiros se fossem presunçosos o suficiente a ponto de achar que ele tinha medo de qualquer coisa. Mas a resposta petulante ficou entalada em sua garganta ao contemplar Gabrielle, sabendo que ela, melhor que ninguém em toda sua comprida existência, o compreendia completamente.

Ela o conhecia a tal ponto que ninguém jamais o tinha conhecido, e Lucan sabia que parte de si iria sentir falta daquilo quando chegasse a hora de mandá-la embora para o futuro que a esperava em um dos Refúgios Secretos.

– Não sabia que você e Tegan estavam juntos há tanto tempo – comentou Gabrielle.

– Ele e eu estamos juntos desde sempre, desde o começo. Somos ambos da Primeira Geração e juramos defender nossa Raça.

– Mas não são amigos.

– Amigos? – Lucan riu, recordando os séculos de animosidade entre os dois. – Tegan não tem amigos. E, se tivesse, com certeza não poderia me contar como um.

– Então por que permite que ele fique aqui?

– É um dos melhores guerreiros que já conheci. Seu compromisso com a Ordem é mais importante que qualquer ódio que tenha por mim. Compartilhamos a crença de que nada é mais importante que proteger o futuro da Raça.

– Nem mesmo o amor?

Lucan ficou sem fala por um segundo, pego desprevenido pela pergunta franca, e não queria saber aonde aquilo iria levar. Não tinha experiência com aquela emoção em particular. Do modo como sua vida andava atualmente, tampouco queria chegar perto de nada que se parecesse com aquilo. – Amor é para os machos que escolhem levar vidas tranquilas nos Refúgios Secretos. Não é para guerreiros.

– Alguns dos guerreiros neste condomínio discordariam de você nisso.

Ele a fitou com franqueza.

– Não sou como eles.

Gabrielle ficou boquiaberta, e seus longos cílios esconderam-lhe os olhos da vista.

– Então no que isso me transforma? Sou só um passatempo enquanto não está matando Renegados ou fingindo que tem tudo sob controle? – Levantou os olhos e as lágrimas lhe brotaram. – Sou só um brinquedinho que procura sempre que precisa relaxar?

– Não vi você reclamar.

Gabrielle ficou sem ar, com a respiração entalada na garganta enquanto olhava para ele, claramente transtornada, e com razão. A expressão em seu rosto desmoronou e logo se endureceu, sensível como o cristal.

– Dane-se.

O desprezo que sentia por ele naquele momento era compreensível, porém, isso não tornava aquilo mais fácil de engolir. Jamais aceitaria um insulto verbal de quem quer que fosse. Antes desse momento, nunca ninguém tinha tido coragem para lhe testar. Lucan, o reservado, o assassino frio e duro que não tolerava a fraqueza em nenhuma forma – quanto mais em si mesmo.

Apesar de todo o treinamento e disciplina que tinha conquistado em seus séculos de vida, ali estava ele, sendo detonado pela única mulher com quem fora tolo o bastante para deixar que se aproximasse. E, além disso, preocupava-se com ela, bem mais que deveria. O que tornava o ato de magoá-la agora ainda mais repugnante, apesar de, na última noite, ter deixado claro que precisava afastá-la. Era inevitável, e ele apenas pioraria as coisas se tentasse fingir que ela algum dia se adaptaria ao seu estilo de vida.

– Não quero magoá-la, Gabrielle, e sei que farei isso.

– O que acha que está fazendo neste instante? – Murmurou ela, com um leve nó na garganta. – Sabe, acreditei em você. Por Deus, realmente acreditei em cada mentira que me disse. Até mesmo naquela besteira de querer me ajudar a encontrar meu verdadeiro destino. Eu realmente pensei que se importasse comigo.

Lucan se sentiu impotente, o mais frio dos idiotas por deixar que as coisas lhe saíssem tanto do controle com ela. Foi até a cômoda, tirou uma camisa limpa e a vestiu. Dirigiu-se até a porta que dava para o corredor fora de seus aposentos privados e se deteve para olhar para Gabrielle.

Desejava ardentemente voltar e tentar melhorar as coisas de algum jeito, mas sabia que seria um erro. Um toque e a teria nos braços outra vez.

Então poderia não ser capaz de deixá-la partir.

Abriu a porta, prestes a sair.

– Já encontrou seu destino, Gabrielle. Assim como eu disse que aconteceria. Nunca falei que seria comigo.

Capítulo 24

As palavras de Lucan – todas as coisas surpreendentes que lhe tinha dito – ecoavam nos ouvidos de Gabrielle ao sair de baixo da água escaldante do chuveiro do banheiro dele. Fechou a torneira e se enxugou com a toalha, desejando que a água quente pudesse ter dissolvido parte da dor e da confusão que sentia. Tinha de lidar com tantos assuntos, e o menos importante não era o fato de que Lucan não tinha nenhuma intenção de ficar com ela.

Tentou se consolar dizendo a si mesma que ele não havia feito nenhuma promessa, para começar, porém isso só a fazia se sentir ainda mais tola. Ele jamais havia pedido que ela pusesse o coração a seus pés; havia feito isso por si mesma.

Aproximou-se do espelho que cobria toda a parede do banheiro e afastou o cabelo para que pudesse ver mais de perto a marca de nascimento de tom carmim que tinha debaixo da orelha esquerda. Melhor dizendo, a marca de Companheira de Raça, corrigiu-se, enquanto observava a pequena lágrima que parecia cair sobre a taça de uma lua crescente.

Por alguma estranha ironia, estava ligada ao mundo de Lucan por essa diminuta marca no pescoço e, contudo, era exatamente isso que impedia que ficasse com ele. Talvez ela fosse uma complicação que ele não desejava ou da qual não precisasse, porém também não podia dizer que encontrá-lo havia transformado sua vida em um mar de rosas.

Graças a Lucan, estava envolvida em uma sangrenta guerra do submundo que fazia os piores gângsteres da cidade parecerem apenas os valentões do parquinho. Ela tinha abandonado uma das mais agradáveis casas em Beacon Hill e perderia tudo se não voltasse a trabalhar para pagar suas contas. Seus amigos não tinham ideia de onde estava, e, se lhes contasse agora, provavelmente estaria colocando a vida deles em risco.

Para piorar tudo, estava meio apaixonada pelo homem mais sombrio e mortal, mais emocionalmente fechado que já tinha conhecido.

Que, aliás, era um vampiro chupador de sangue.

E, que diabos, já que estava sendo sincera consigo mesma, não estava meio apaixonada por Lucan. Estava completamente, perdidamente, irrecuperavelmente apaixonada por ele.

– Muito bem – disse a seu miserável reflexo. – Brilhante.

E, apesar de tudo o que ele lhe havia dito, não havia nada que desejasse mais que segui-lo aonde quer que estivesse no condomínio e se enroscar em seus braços, o único lugar em que havia encontrado algum tipo de aconchego.

Sim, como se realmente precisasse acrescentar a humilhação em público à humilhação pessoal com que ainda tentava lidar. Lucan havia deixado bem claro: o que quer que tivessem juntos – se é que tinham algo de verdade além do físico – estava acabado.

Gabrielle voltou para o quarto e apanhou suas roupas e seus sapatos. Vestiu-se rapidamente, com o intento de estar fora de seus aposentos pessoais antes que ele voltasse e ela fizesse algo verdadeiramente estúpido. Bem, corrigiu-se, ao ver os lençóis ainda revirados depois da transa, algo ainda mais estúpido.

Com a ideia de ir atrás de Savannah e, quem sabe, procurar uma linha telefônica fora do condomínio, já que Lucan não tinha achado adequado devolver-lhe o celular, Gabrielle saiu do quarto. O corredor era confuso, sem dúvidas planejado assim, e virou em várias curvas erradas antes que finalmente reconhecesse os arredores. Estava perto do salão de treinamento, a julgar pelo afiado ruído dos disparos atingindo o alvo.

Dobrou uma esquina e parou abruptamente ao topar com uma assombrosa parede recoberta de couro e armas em seu caminho.

Gabrielle levantou os olhos, olhou ainda mais para cima e se deparou com um par de olhos verdes estreitados que a fitavam com uma arrepiante expressão de ameaça. Tais olhos frios e calculistas se cravaram nela por detrás de uma descuidada cascata de cabelos castanhos, como um gato selvagem que espia por detrás da vegetação avaliando a presa. Ela engoliu em seco. Um perigo evidente irradiava do imenso corpo do vampiro e das profundezas de seus determinados olhos de predador.

Tegan.

Sua mente lhe forneceu o nome do macho desconhecido, o único dos seis guerreiros do condomínio que ainda não tinha conhecido.

O mesmo com quem Lucan parecia compartilhar um desprezo mútuo e nada oculto.

O guerreiro vampiro não saiu de seu caminho. Nem ao menos reagiu ao choque do encontrão, exceto pela ligeira inclinação de seus lábios ao contemplar os seios dela espremidos contra a rígida superfície de músculos logo abaixo de seu peito. Trazia quase uma dúzia de armas, e essa ameaça era reforçada por nada menos que noventa quilos de músculos bem talhados.

Gabrielle se afastou e deu um passo ao lado, para garantir.

– Sinto muito. Não vi você aqui.

Ele não disse nenhuma palavra, mas ela teve a impressão de que tudo o que estava sentindo por dentro havia sido desnudado por ele em um instante – naquele milésimo de segundo em que seu corpo colidiu com o dele. Ele baixou a vista para ela com uma expressão fria e indiferente, como se pudesse ver através dela. Embora não dissesse nem demonstrasse nada, Gabrielle se sentiu dissecada.

Sentiu-se... invadida.

– Com licença – murmurou.

No momento em que se moveu para prosseguir o caminho, a voz de Tegan a deteve.

– Ei. – Sua voz era mais suave do que tinha esperado, uma voz profunda e rouca. Contrastava de modo peculiar com a dureza de seu olhar, que não tinha se mexido nem um milímetro. – Faça um favor a si mesma e não se envolva demais com Lucan. Há boas chances de que esse vampiro não vá viver por muito mais tempo.

Falou aquilo sem um pingo de emoção na voz, como se apenas constatasse os fatos. O guerreiro passou ao seu lado e agitou o ar do corredor com uma apatia fria e perturbadora, que penetrou fundo nos ossos de Gabrielle.

Quando se virou para contemplá-lo, Tegan e sua inquietante profecia haviam desaparecido.

Lucan verificou o peso de uma reluzente nove milímetros negra com a mão, levantou a arma e disparou uma série de tiros em direção ao alvo que se encontrava no fim da zona de tiros.

Embora fosse muito bom estar de volta ao familiar terreno das armas de seu ofício e sentisse o sangue ferver, pronto para uma boa briga, parte de Lucan continuava pensando em seu encontro com Gabrielle. Maldição, aquela mulher tinha dado um nó em sua cabeça. Apesar de tudo que havia dito para afastá-la de si, tinha de admitir que se sentia ainda mais próximo dela.

Por quanto tempo acreditava ser capaz de continuar com ela sem se render? Ou, mais especificamente, como achava que iria lidar com a simples ideia de deixá-la partir? De mandá-la embora com o intento de encontrar um outro par?

Tudo estava ficando extremamente complicado.

Deixou escapar uma maldição entre os dentes. Disparou outra série de tiros e se deliciou com a rajada de metal quente e a fumaça acre que pairou no ar quando o peito de seu alvo explodiu com o impacto.

– O que acha? – Indagou Nikolai, com os olhos brilhando. – Uma bela peça, não? Além de tudo, maravilhosamente ágil.

– Sim. Parece boa. Gosto dela. – Lucan ajeitou a trava de segurança e conferiu outra vez sua nova pistola. – Uma Beretta 92 FS convertida em automática com carregador? Belo trabalho, cara. Muito bom mesmo.

Niko riu.

– E ainda não contei sobre as balas sob medida que essa belezinha vai carregar. Adaptei alguns projéteis de policarbonato de ponta côncava. Troquei o chumbo das pontas e substituí por pó de titânio.

– Isso deve causar um desastre e tanto quando atingir o sistema sanguíneo desses bastardos – acrescentou Dante, que se encontrava sentado na beirada de um compartimento de armas afiando suas espadas.

Sem dúvidas, o vampiro tinha razão. Nos Velhos Tempos, a forma mais limpa de matar um Renegado consistia em separar-lhe a cabeça do corpo. Isso funcionava bem enquanto as espadas eram as armas da vez, mas a tecnologia moderna havia trazido novos desafios a ambos os lados.

Somente no começo do século XX, a Raça descobriu o efeito único e corrosivo do titânio no sistema sanguíneo hiperativo dos vampiros Renegados. Graças a uma alergia amplificada por mutações celulares no sangue, os Renegados reagiam ao titânio do mesmo jeito que um comprimido efervescente reage em contato com água.

Niko pegou a arma da mão de Lucan e a afagou como se fosse um prêmio.

– O que tem aqui é uma verdadeira destruidora de Renegados.

– Quando podemos testá-la? – Perguntou Rio.

– Que tal esta noite? – Tegan entrou sem fazer nenhum barulho, mas sua voz atravessou o cômodo como um rugido de uma tempestade que se aproxima.

– Está falando daquele lugar que encontrou perto do porto? – Quis saber Dante.

Tegan assentiu.

– Provavelmente é o esconderijo de uma dúzia de Renegados, mais ou menos. Acredito que ainda sejam novatos, acabaram de se converter. Não será muito difícil acabar com eles.

– Faz bastante tempo que não invadimos um lugar para exterminar tudo – falou Rio lentamente, com o sorriso amplo e ávido. – Parece que vai ser divertido.

Lucan retornou a arma a Niko e fitou os outros com o cenho franzido.

– Por que diabos só estou sabendo disso agora?

Tegan lhe devolveu um olhar categórico.

– Precisa se inteirar das coisas, cara. Enquanto estava lá enfurnado com sua fêmea a noite toda, o resto de nós estava fazendo nosso trabalho.

– Isso é golpe baixo – disse Rio. – Mesmo vindo de você, Tegan.

Lucan considerou a crítica em silêncio.

– Não, ele tem razão. Eu deveria ter subido para tomar conta dos deveres. Mas tive de me encarregar de algumas coisas por aqui. E agora já estão resolvidas. Não será mais um problema.

Tegan deu um sorriso forçado.

– É mesmo? Porque, tenho de lhe dizer, quando encontrei a Companheira de Raça no corredor alguns minutos atrás, ela me pareceu muito chateada. Como se alguém tivesse destroçado o coração da pobrezinha. Como se precisasse de alguém para melhorar as coisas.

Lucan rugiu contra o vampiro em um ataque furioso de raiva.

– O que disse a ela? Tocou-a? Dou minha palavra, se lhe tiver feito alguma coisa...

Tegan riu, verdadeiramente divertido.

– Calma, cara. Não precisa perder as estribeiras desse jeito. Sua fêmea não é assunto meu.

– É bom que tenha isso mente – disse Lucan. Voltou-se para encarar o olhar curioso dos outros guerreiros. – Ela não é assunto de nenhum de vocês, está claro? Gabrielle Maxwell está sob minha proteção pessoal enquanto estiver neste condomínio. E, assim que for para um dos Refúgios Secretos, também já não será mais minha preocupação.

Precisou de um minuto para se acalmar e não ceder ao impulso de confrontar Tegan corpo a corpo. Algum dia, provavelmente, chegaria a isso. E Lucan não podia culpá-lo totalmente por guardar rancores. Se Tegan era um bastardo desalmado e cruel, Lucan é quem tinha lhe ajudado a ser assim.

– Podemos voltar ao trabalho agora? – grunhiu, desafiando os outros a lhe atiçarem mais. – Preciso saber dos dados a respeito desse lugar no porto.

Tegan se lançou em uma descrição detalhada do que tinha observado nesse provável esconderijo de Renegados e ofereceu suas sugestões sobre como poderiam interceptá-los. Embora a fonte das informações não agradasse Lucan por completo, não conseguia pensar em uma maneira melhor de acabar com o mal-humor que uma ofensiva contra seus inimigos.

Deus sabia que, se terminasse perto de Gabrielle outra vez, toda sua conversa séria sobre dever e fazer o que era certo iria por água abaixo. Já fazia algumas horas que a tinha deixado em seu quarto, e ela continuava em seu pensamento. O desejo por ela ainda o consumia sempre que pensava em sua pele macia e cálida.

E pensar em como a tinha magoado abria-lhe um buraco no peito. Ela tinha se mostrado uma verdadeira aliada ao cobri-lo frente aos outros guerreiros. Ela o tinha amparado durante seu próprio inferno pessoal na noite passada, tinha ficado ao seu lado, tão terna e amorosa como qualquer macho poderia desejar de uma estimada companheira.

Um pensamento perigoso, por qualquer viés que o considerasse.

Deixou continuar a discussão sobre a investida aos Renegados e concordou que precisavam começar a atacá-los onde moravam, em vez de caçá-los aos poucos pelas ruas da cidade.

– Nos encontraremos aqui ao pôr do sol para nos prepararmos e sairmos.

O grupo de guerreiros continuou a conversar entre si enquanto se dispersavam, e Tegan os seguiu a passos lentos.

Lucan pensou naquele lobo solitário que se orgulhava tanto por não precisar de ninguém. Tegan se mantinha afastado e isolado por vontade própria. Porém, nem sempre tinha sido assim. Certa vez, havia sido um garoto de ouro, um líder nato. Poderia ter sido alguém importante – tinha sido, na verdade. Mas tudo mudou no prazo de uma terrível noite. A partir daquele instante, começou um redemoinho em direção ao abismo. Tegan havia atingido o fundo do poço e jamais havia se recuperado.

E, embora jamais tivesse admitido para o guerreiro, Lucan nunca se perdoaria pelo papel que tivera em sua queda.

– Tegan. Espere.

O vampiro se deteve com evidente relutância. Não se virou, simplesmente ficou em silêncio esperando, com as costas arqueadas em sinal de arrogância, enquanto os outros guerreiros terminavam de sair do salão em direção ao corredor. Quando ficaram a sós, Lucan limpou a garganta e falou ao seu irmão de Primeira Geração.

– Você e eu temos um problema, Tegan.

Ele soltou um suspiro com força.

– Vou avisar a mídia.

– Esse assunto entre nós não vai desaparecer. Faz muito tempo, muita água já correu. Se precisa resolver alguma coisa comigo...

– Esqueça. São águas passadas.

– Não se não pudermos enterrar essa história.

Tegan riu em tom de burla e finalmente se virou para encará-lo.

– Quer chegar a algum lugar, Lucan?

– Só quero lhe dizer que acho que estou começando a compreender o quanto lhe custou. O quanto eu lhe custei. – Lucan balançou a cabeça devagar e correu a mão pelo cabelo. – Tegan, tem de saber que se tivesse havido algum outro jeito... Se as coisas pudessem ter sido diferentes...

– Meu Deus. Está tentando se desculpar comigo? – Os olhos verdes de Tegan tomaram uma expressão dura e cortante. – Poupe-me disso, cara. Está uns quinhentos anos atrasado. E uma desculpa não muda porcaria nenhuma, não é mesmo?

Lucan apertou o maxilar com força, espantado ao ver pura raiva emanando daquele enorme macho, no lugar da indiferença habitual.

Tegan não o havia perdoado. Não estava nem perto disso.

Depois de todo esse tempo, não achava provável que algum dia o perdoasse.

– Não, Tegan. Tem razão. Uma desculpa não muda nada.

Tegan o contemplou por um instante, então se virou e saiu do aposento.

A música ao vivo gritava dos amplificadores gigantes diante da boate subterrânea particular – embora "música" fosse um termo generoso para descrever os patéticos miados da banda e os dissonantes acordes do violão. O grupo se mexia automatizado no palco, engolia as palavras e perdia o compasso bem mais que o acertava. Em uma palavra, era horrível.

Porém, quem poderia esperar que os humanos tocassem com maestria quando estavam tocando diante de uma plateia de vampiros sedentos por sangue?

Oculto atrás dos óculos escuros, o líder dos Renegados estreitou os olhos e franziu a testa. Estava com uma terrível dor de cabeça quando chegara, pouco tempo atrás; agora, suas têmporas estavam a ponto de estourar. Recostou-se nas almofadas em sua área particular, entediado com as festividades sangrentas. Sinalizou com a mão para que um dos guardas se aproximasse. E gesticulou com desprezo em direção ao palco.

– Alguém coloque um fim no sofrimento deles. Para não falar do meu.

O guarda assentiu e respondeu com um grunhido. Estendeu os lábios e revelou as enormes presas que se destacavam na boca já cheia d'água com a simples menção de mais carnificina. E saiu em passos largos para cumprir suas ordens.

– Bom garoto – murmurou seu poderoso Mestre.

De repente seu telefone celular tocou, e ele sentiu-se satisfeito com uma razão para sair e tomar um pouco de ar. O palco havia sido invadido por outro barulho, assim que a banda se calou com o súbito ataque de uma corja frenética de Renegados.

Enquanto o clube explodia na mais completa anarquia, o líder se dirigiu a um aposento privado nos bastidores e pegou o celular no bolso interno do casaco. Tinha esperado ver o número impossível de se rastrear de algum de seus muitos Subordinados, a maioria dos quais havia mandado para reunir informações sobre Gabrielle Maxwell e seu aparente envolvimento com a Raça.

Mas não era nenhum deles.

Deu-se conta disso antes mesmo de abrir o aparelho e ver o número desconhecido que piscava na tela.

Intrigado, atendeu a chamada. A voz que soou do outro lado da linha não lhe era desconhecida. Havia feito alguns negócios ilícitos com o sujeito recentemente, e ainda tinham algumas coisas por discutir. Assim que atendeu, ele lhe passou informações detalhadas sobre um ataque surpresa que aconteceria naquela mesma noite em um dos menores abrigos dos Renegados na cidade.

Em questão de segundos, soube tudo de que precisava para garantir que o ataque se viraria a seu favor – a localização, o método pretendido pelos guerreiros, a rota, o plano básico de ataque –, tudo com a condição de que poupasse um dos membros da Raça da retaliação. Contudo, esse único guerreiro não seria inteiramente eximido; apenas ferido o suficiente para que jamais pudesse voltar a lutar. O destino do resto, inclusive o do praticamente invencível Lucan Thorne, estava na mão dos Renegados.

A morte de Lucan já tinha sido parte de seu acordo antes, mas a execução da tarefa não tinha corrido conforme o planejado. Dessa vez, o interlocutor queria garantias de que a ação seria levada a cabo. Chegou, até mesmo, a lhe recordar de que já tinha recebido uma considerável remuneração pelo feito, mas ainda não fizera sua parte.

– Estou ciente de nosso acordo – resmungou ao telefone. – Não me faça exigir um pagamento ainda maior. Prometo que vai se arrepender.

Desligou o aparelho com uma maldição, pondo fim à relação diplomática que o outro havia iniciado com a ameaça.

Os *dermaglifos* em seu pulso resplandeciam o profundo tom de sua raiva; as cores se transformavam por debaixo do outro padrão de desenhos que tinha tatuado na pele como disfarce. Grunhiu ante a necessidade de ocultar sua linhagem – seu direito de nascimento – com tinta crua e discrição. Detestava ter de levar uma existência encoberta, quase tanto como detestava todos aqueles que se encontravam no caminho de seus objetivos.

Voltou para a área principal da boate, ainda furioso. Através da escuridão, sua vista recaiu sobre seu tenente, o único Renegado nos últimos tempos a olhar Lucan Thorne nos olhos e viver para contar a história. Sinalizou para que o macho descomunal se aproximasse e lhe deu as ordens para que se encarregasse da diversão daquela noite.

Apesar de suas negociações secretas, quando a fumaça baixasse esta noite, Lucan e todos os outros guerreiros com ele estariam mortos.

Capítulo 25

Ele a evitou pelo resto do dia, o que Gabrielle achou que era provavelmente melhor. Nesse instante, logo após o anoitecer, Lucan e os outros cinco guerreiros deixaram a sala de treinamentos como uma verdadeira unidade militar; cada um deles era o próprio retrato da ameaça em couro negro e armas mortais. Até mesmo Gideon se juntou a eles no ataque desta noite, para ocupar o lugar de Conlan.

Savannah e Eva estavam esperando no corredor para vê-los e foram até seus machos com abraços apertados. Trocaram palavras doces e pessoais em voz baixa e amorosa. Os beijos ternos traduziam o medo das mulheres e a forte confiança dos homens de que voltariam para elas em segurança.

Gabrielle se manteve a certa distância no corredor, sentindo-se uma intrusa ao observar Lucan dizer algo a Savannah. A Companheira de Raça consentiu e ele lhe depositou um pequeno objeto nas mãos, levantando os olhos por cima do ombro na direção de Gabrielle. Não disse nada nem fez menção de se aproximar, mas seu olhar se demorou nela, contemplando-a do outro lado do vasto espaço que os separava naquele momento.

E então se foi.

Caminhando à frente dos outros, Lucan dobrou uma esquina ao final do corredor e desapareceu. O resto do bando o seguiu, deixando para trás apenas o rangido seco das botas e o som metálico do aço.

– Está bem? – Perguntou Savannah, avançando até Gabrielle, e lhe passando um braço pelos ombros gentilmente.

– Sim. Vou ficar bem.

– Ele pediu para lhe entregar isto. – Ela estendeu o celular de Gabrielle. – Algum tipo de pedido de paz?

Gabrielle o pegou e assentiu com a cabeça.

– As coisas não vão muito bem entre nós agora.

– Sinto muito. Lucan acredita que vai entender que não pode deixar o condomínio ou falar a seus amigos onde está. Mas se quiser ligar para eles...

– Obrigada. – Levantou os olhos para a companheira de Gideon e conseguiu esboçar um leve sorriso.

– Se quiser um pouco de privacidade, sinta-se em casa onde desejar. – Savannah lhe deu um breve abraço e viu que Eva vinha se juntar a elas.

– Não sei vocês – disse Eva, seu belo rosto tenso com preocupação –, mas um drinque me faria muito bem. Ou três.

– Talvez possamos desfrutar de um pouco de vinho e companhia – respondeu Savannah. – Gabrielle, venha se juntar a nós quando estiver pronta. Estaremos em meus aposentos.

– Tudo bem. Obrigada.

As duas mulheres saíram juntas conversando em voz baixa, de braços dados enquanto caminhavam pelo sinuoso corredor em direção à habitação de Savannah e Gideon. Gabrielle partiu na direção contrária, incerta de onde queria estar.

O que não era de fato verdade. Queria estar com Lucan, em seus braços, mas era melhor que superasse esse desejo desesperado, e logo. Não iria suplicar a ele que a desejasse e, supondo que voltaria inteiro do ataque desta noite, era melhor que o tirasse da cabeça completamente.

Dirigiu-se em direção a uma porta aberta que se encontrava ao fim de um lance de escadas mal-iluminado do corredor. Uma vela reluzia em algum ponto dentro da câmara vazia, a única luz em todo o lugar. Gabrielle sentiu-se atraída pela solidão e pelo aroma de incenso e madeira velha. Era a capela do condomínio; recordou ter passado ali durante seu passeio com Savannah.

Passou entre duas filas de bancos, em direção ao pedestal que se elevava na frente da capela. A vela se encontrava ali, uma grossa coluna vermelha de cera que se derretia lentamente, com a chama aninhada no meio, ao fundo, irradiando um suave brilho escarlate. Gabrielle se sentou em um dos bancos da frente e ficou ali por um instante apenas respirando, deixando que a paz do santuário a envolvesse.

Abriu o celular. O símbolo de mensagens estava piscando. Apertou o botão do correio de voz e escutou a primeira chamada. Era de Megan, de dois dias atrás, por volta da hora em que tinha ligado para a casa de Gabrielle depois do ataque do Subordinado no parque.

– *Gabby, sou eu de novo. Deixei um punhado de mensagens para você em casa, mas ainda não me retornou. Onde está? Estou ficando realmente preocupada! Não acho que deveria ficar sozinha depois do que aconteceu. Ligue-me assim que escutar este recado – e quero dizer no mesmo segundo, certo?*

Gabrielle apagou o recado e passou para a próxima mensagem, da noite anterior, às onze horas. Era a voz de Kendra, e parecia um pouco cansada.

– *Ei. Está em casa? Atenda se estiver. Droga, acho que é um pouco tarde – desculpe por isso. Provavelmente já está dormindo. Então, estava pensando em chamar vocês para sair, beber alguma coisa, quem sabe ir a outra boate? Que tal amanhã à noite? Me liga.*

Bem, pelo menos Kendra estava bem, há poucas horas atrás. Isso aliviou parte da preocupação que Gabrielle sentia. Mas ainda tinha a questão do rapaz com quem Kendra estava saindo. Do Renegado, corrigiu-se Gabrielle, sentindo um arrepio de medo ao pensar na proximidade inconsciente de sua amiga ao mesmo perigo que no momento a perseguia.

Passou para a última mensagem. Era Megan de novo, de algumas horas atrás.

– *Oi, querida. Só liguei para saber de você. Não vai me ligar para contar como foi na delegacia a noite passada? Tenho certeza de que seu detetive ficou contente em vê-la, mas sabe, estou morrendo de curiosidade para saber todos os detalhes.*

A voz de Megan estava calma e brincalhona, perfeitamente normal. Completamente diferente do pânico das primeiras mensagens no telefone da casa de Gabrielle e em seu celular.

Deus, era isso mesmo.

Porque, para ela, assim como para seu namorado policial, não havia nenhum motivo para se alarmar com nada, já que Lucan havia apagado-lhes a memória.

– *De qualquer forma, fiquei de encontrar Jamie para jantar hoje no Ciao Bella – seu favorito. Se puder, passe lá. Estaremos lá às sete. Vou guardar um lugar para você.*

Gabrielle apertou o botão para apagar e conferiu as horas no telefone: sete e vinte.

Devia a seus amigos no mínimo uma ligação para avisar que estava tudo bem. E uma parte dela desejava ouvir a voz deles, a única conexão com a vida que tinha antes de Lucan Thorne virar seu mundo de cabeça para baixo. Discou o número de Megan e esperou ansiosa, enquanto tocava. Escutou o som de conversas abafadas do outro lado da linha um segundo antes de sua amiga atender.

– Oi, Meg.

– Ei, olá – até que enfim! Jamie, é a Gabby!

– Onde está essa garota? Vai vir ou o quê?

– Não sei ainda. Gabby, vai se juntar a nós?

Gabrielle ouviu o caos familiar da conversa de seus amigos e desejou poder estar com eles. Desejou poder voltar ao jeito que as coisas eram antes...

– Eu, ah... Não posso. Apareceu algo, e eu...

– Ela está ocupada – Megan falou a Jamie. – Onde está, de qualquer modo? Kendra me ligou procurando por você. Disse que passou em sua casa, mas não parecia que você estava lá.

– Kendra passou por aí? Você a viu?

– Não, mas ela quer reunir todos nós. Parece que terminou com aquele rapaz da boate.

– Brent – exclamou Jamie por cima da voz de Megan.

– Eles terminaram?

– Não sei – respondeu Megan. – Perguntei-lhe como estavam indo, e ela só me disse que não está mais saindo com ele.

– Que bom – replicou Gabrielle, aliviada. – É uma ótima notícia.

– Bom, e você? O que é tão importante assim que não pode sair para jantar?

Gabrielle franziu a testa e olhou ao redor. A chama da vela escarlate tremeluziu com uma leve brisa que adentrou a capela. Escutou passos suaves, e logo quem quer que tivesse entrado na capela segurou o fôlego ao perceber que estava ocupada. Gabrielle se virou e viu uma loura alta na porta. A mulher dirigiu a Gabrielle um olhar de desculpas e se virou para sair.

– Eu, ah... Estou fora da cidade no momento – respondeu para a amiga, apressada. – Devo ficar fora por alguns dias. Talvez mais.

– Fazendo o quê?

– Humm, é um trabalho comissionado – mentiu Gabrielle, detestando ter de fazê-lo, mas não viu alternativa. – Ligo para vocês assim que puder. Cuidem-se. Amo vocês.

– Gabrielle...

Ela desligou o telefone antes que tivesse de falar mais alguma coisa.

– Sinto muito – disse-lhe a mulher de cabelos claros enquanto Gabrielle se aproximava. – Não vi que a capela estava sendo usada.

– Não está. Por favor, fique. Eu estava apenas... – Gabrielle soltou um suspiro. – Acabei de mentir para meus amigos.

– Ah. – Seus amáveis olhos azuis-claros a fitaram com compaixão.

Gabrielle fechou o celular e deslizou o dedo pela capa prateada e polida.

– Deixei minha casa correndo ontem à noite para vir para cá com Lucan. Nenhum de meus amigos sabe onde estou ou por que tive de ir embora.

– Entendo. Talvez um dia possa lhes explicar tudo.

– Espero que sim. Só não quero colocá-los em perigo por dizer a verdade.

As longas mechas douradas do cabelo da mulher se balançaram junto com sua cabeça em assentimento.

– Você deve ser Gabrielle? Savannah me disse que Lucan tinha trazido uma fêmea para cá, sob a proteção dele. Sou Danika. Sou... *Era* a companheira de Conlan.

Gabrielle tomou a mão que Danika ofereceu num cumprimento.

– Sinto muito por sua perda.

Danika sorriu, e a tristeza lhe marejou os olhos. Ao soltar a mão de Gabrielle, levou-a inconscientemente até o leve volume que mal aparecia em seu abdômen.

– Estava querendo encontrá-la para dar as boas-vindas, mas acredito que não sou a melhor companhia neste momento. Não tive muita vontade de deixar meus aposentos nesses últimos dias. Ainda é bastante difícil para mim tentar passar por essa... fase. Tudo é tão diferente agora.

– Claro.

– Lucan e os outros guerreiros têm sido muito generosos comigo. Cada um deles jurou me proteger sempre que eu precisar, onde quer que esteja. A mim e a meu bebê.

– Está grávida?

– Catorze semanas. Esperava que esse fosse o primeiro de muitos filhos com Conlan. Estávamos tão animados por nosso futuro. Esperamos bastante tempo para começar nossa família.

– Por que esperaram? – Gabrielle recuou assim que a pergunta lhe deixou os lábios. – Sinto muito. Não quis me intrometer. Tenho certeza de que não é da minha conta.

Danika estalou a língua sem fazer caso.

– Não precisa se desculpar. Não me importo que me faça perguntas, de verdade. Conversar sobre meu Conlan me faz bem. Venha, vamos sentar um pouco – disse, conduzindo Gabrielle a um dos compridos bancos da capela.

– Conheci Conlan quando era só uma garotinha. Meu povoado na Dinamarca tinha sido saqueado por alguns invasores, ou era o que pensávamos. Na verdade, era um bando de Renegados. Mataram praticamente todos, assassinaram mulheres e crianças, nossos aldeões mais velhos. Ninguém estava a salvo. Um grupo de guerreiros da Raça chegou no meio do ataque. Conlan era um deles. Salvaram o máximo de pessoas que puderam. Quando descobriram minha marca, levaram-me ao Refúgio Secreto mais próximo. Foi lá que aprendi tudo sobre a nação vampiresca e meu lugar dentro dela. Mas não conseguia parar de pensar em meu salvador. Como o destino quis, alguns anos mais tarde, Conlan passou pela área outra vez. Fiquei tão empolgada em vê-lo! Imagine meu espanto ao descobrir que ele também não tinha se esquecido de mim.

– Faz quanto tempo isso?

Danika quase não parou para contar o tempo.

– Conlan e eu compartilhamos quatrocentos e dois anos juntos.

– Meu Deus – sussurrou Gabrielle. – Tanto tempo...

– Passou num piscar de olhos, se quer saber a verdade. Não vou mentir e dizer que sempre foi fácil ser a mulher de um guerreiro, mas não trocaria nem um instante. Conlan acreditava completamente no que fazia. Queria um mundo mais seguro, para mim e para nossos filhos que viriam.

– Então esperaram todo esse tempo para conceber um filho?

– Não queríamos começar nossa família enquanto Conlan achasse que a Ordem precisava dele. As linhas de combate não são o melhor lugar para crianças, o que é o motivo pelo qual não se vê famílias entre a classe dos guerreiros. Os perigos são muito grandes, e nossos parceiros precisam se concentrar apenas nas missões.

– Acidentes não acontecem?

– A gravidez indesejada é completamente desconhecida entre a Raça, porque precisamos de algo mais sagrado que o simples sexo para conceber. A época fértil para as Companheiras de Raça com vínculo de sangue é durante a lua crescente. Durante esse período crucial, se quisermos um filho, nosso corpo deve conter tanto o esperma de nosso companheiro quanto seu sangue circulando dentro de nós. É um ritual sagrado, que não acontece por acaso.

A ideia de compartilhar tal ato profundamente íntimo com Lucan fez que Gabrielle sentisse um intenso calor em seu âmago. O pensamento de se unir dessa forma com qualquer outro macho e carregar o filho de outro que não fosse Lucan era uma possibilidade que se recusava a considerar. Preferia ficar sozinha, e provavelmente ficaria.

– O que vai fazer agora? – Perguntou, preenchendo o silêncio que a fizera imaginar seu próprio futuro solitário.

– Não sei ainda – respondeu Danika. – Só sei que jamais terei um vínculo de sangue com algum outro.

– Não precisa de um companheiro para permanecer jovem?

– Conlan era meu parceiro. Sem ele, uma vida já será tempo o bastante. Se eu me recusar a ter um vínculo de sangue com outro macho, vou simplesmente envelhecer daqui para frente, como acontecia antes de conhecer Conlan. Serei simplesmente... Mortal.

– Vai morrer – disse Gabrielle.

Danika lhe sorriu determinada, mas não completamente triste.

– Por fim.

– E aonde vai?

– Conlan e eu estávamos planejando nos retirar para um dos Refúgios Secretos na Dinamarca, onde nasci. Ele queria isso para mim, mas agora acho que prefiro criar seu filho na Escócia, para que possa conhecer um pouco do pai através da terra que ele tanto amava. Lucan já começou a fazer os preparativos para que eu possa ir assim que estiver pronta.

– Isso foi gentil dele.

– Muito. Quase não acreditei quando veio me procurar para dar as notícias, junto com a promessa de que meu filho e eu sempre teremos um laço direto com ele e com o resto da Ordem, se algum dia precisarmos de algo. Foi no dia do funeral, poucas horas depois, na verdade, então suas queimaduras ainda estavam extremamente graves. E, apesar de tudo, ele estava mais preocupado com meu bem-estar.

– Lucan se queimou? – A preocupação disparou no coração de Gabrielle. – Quando? Como?

– Faz três dias, quando executou o ritual funerário de Conlan. – Danika ergueu as finas sobrancelhas. – Não sabia? Não, claro que não. Lucan jamais diria uma palavra sobre esse ato de honra ou sobre como sofreu ao realizá-lo. Sabe, a tradição funerária da Raça determina que um vampiro carregue o corpo do falecido para fora para que seja recebido pelos elementos da natureza – contou, gesticulando em direção a um canto escuro da capela onde se encontrava uma escada. – É um dever que demonstra grande respeito e requer sacrifício, porque, assim que sai, o vampiro que leva seu irmão tem de permanecer com ele durante oito minutos enquanto o sol nasce.

Gabrielle franziu o cenho.

– Pensei que a pele deles não tolerasse os raios solares.

– Não tolera. A pele sofre queimaduras severas rapidamente, mas é ainda pior para os vampiros da Primeira Geração. Os mais velhos da Raça sofrem mais, mesmo sob a mínima exposição.

– Como Lucan – disse Gabrielle.

Danika consentiu solenemente.

– Para ele, os oito minutos da aurora devem ter sido insuportáveis. Mas ele o fez. Por Conlan, deixou que sua carne se queimasse. Poderia até mesmo ter morrido lá em cima, mas não permitiu que ninguém mais se encarregasse de oferecer o descanso ao meu amado Conlan.

Gabrielle se lembrou da urgente chamada que havia tirado Lucan de sua cama no meio da noite. Ele nunca lhe dissera sobre o que se tratava. Nunca compartilhou sua perda com ela.

A dor lhe revirou o estômago ao pensar no que ele havia suportado, segundo a descrição de Danika.

– Falei com ele... nesse mesmo dia, na verdade. Pude perceber que havia algo de errado em sua voz, mas ele negou. Parecia cansado, completamente exausto. Está me dizendo que ele estava sofrendo com enormes queimaduras ultravioletas?

– Sim, estava. Savannah me disse que Gideon o encontrou não muito depois. Lucan tinha bolhas de queimadura por todo o corpo. Não conseguia abrir os olhos por conta da dor e do inchaço, mas recusou qualquer ajuda para voltar a seus aposentos para que se recuperasse.

– Meu Deus – murmurou Gabrielle, perplexa. – Nunca me disse nada, não me contou nada disso. Quando o vi naquela noite, mais tarde – apenas algumas horas depois –, parecia perfeitamente normal. Bom, quero dizer, parecia e agia como se nada lhe tivesse acontecido.

– A linhagem praticamente pura do sangue de Lucan fez que sofresse mais, mas também o ajudou a se curar mais rapidamente das queimaduras. Mesmo assim, não foi fácil para ele; precisava de uma quantidade enorme de sangue para recompor seu corpo depois de um trauma tão grande. Assim que se sentiu bem o suficiente para deixar o condomínio e ir caçar, devia estar com uma fome voraz.

E estivera. Gabrielle compreendia tudo agora. A lembrança de Lucan se alimentando do Subordinado que tinha matado lhe passou pela mente, porém tinha um significado diferente agora; não lhe parecia mais o ato monstruoso em que havia acreditado no começo, mas um meio de sobrevivência. Desde que conhecera Lucan, tudo estava adquirindo um significado distinto.

A princípio, Gabrielle achou que a guerra entre a Raça e seus inimigos não passava de um mal contra outro; agora, contudo, sentia que essa guerra também era dela. Interessava-se por seu desfecho, e não só porque seu futuro estava aparentemente ligado a esse estranho mundo. Era importante para ela que Lucan ganhasse não só a guerra contra os Renegados, mas também a própria guerra igualmente devastadora com que se deparava em seu interior.

Estava preocupada com ele e não conseguia ignorar o leve medo que lhe percorria a espinha desde que ele e os outros guerreiros deixaram o condomínio e partiram para a investida surpresa.

– Você o ama muito, não é mesmo? – Perguntou Danika, rompendo o silêncio angustiante de Gabrielle.

– Sim, amo. – Encontrou o olhar da outra mulher e não viu razão para esconder a verdade, que provavelmente estava estampada em seu rosto. – Posso lhe dizer uma coisa, Danika? Estou com uma horrível sensação a respeito do que eles vão fazer hoje à noite. E, para piorar, Tegan me disse que não acha que Lucan vá viver por mais muito tempo. Quanto mais fico aqui esperando, mais tenho medo de que Tegan possa estar certo.

Danika franziu a testa.

– Conversou com Tegan?

– Topei com ele – literalmente – algum tempo atrás. Disse-me para não me envolver demais com Lucan.

– Por que achava que Lucan iria morrer? – Danika suspirou fundo e balançou a cabeça. – Aquele lá parece se divertir em importunar os outros. Provavelmente falou essas coisas porque sabia que lhe deixariam perturbada.

– Lucan me contou que há certo ódio entre os dois. Acha que Tegan é de confiança?

A Companheira de Raça loura pensou por um instante.

– Posso afirmar que a lealdade é uma parte muito importante do código dos guerreiros. Significa tudo para eles, transforma-os em um. Nada neste mundo poderia fazer que violassem essa confiança sagrada. – Ela se levantou e tomou a mão de Gabrielle entre as dela. – Venha. Vamos procurar Eva e Savannah. A espera passará mais depressa para todas se não ficarmos sozinhas.

Capítulo 26

Do ponto de observação no telhado de um dos edifícios do porto, Lucan e os outros guerreiros viram uma caminhonete pequena, cuspindo cascalho sob as rodas cromadas, aproximar-se do lugar que vigiavam. O motorista era humano. Se seu aroma de suor e a ansiedade não o tivessem delatado, a música *country* que ecoava da janela aberta certamente o teria feito. Ele saiu do veículo com um saco de papel marrom que cheirava a arroz frito e *yakisoba* de porco.

– Parece que nossos garotos vão jantar em casa hoje à noite – disse Dante, enquanto o homem da entrega, sem suspeitar de nada, conferia a nota grampeada no pedido e olhava ao redor do cais desolado, com cautela.

O motorista se aproximou da porta de entrada do armazém, lançou outro olhar nervoso à sua volta, proferiu um juramento em meio à escuridão e apertou a campainha. Não havia nenhuma luz acesa no prédio, somente o feixe de luz que saía da lâmpada pendurada sobre a porta. O painel de aço batido se abriu, revelando a escuridão atrás dele. Lucan viu os olhos ferozes de um Renegado se voltarem para fora; o entregador balbuciou o total do pedido e largou o pacote entre os dois.

– Como assim, trocá-lo? – Reclamou o *cowboy* da cidade com um forte sotaque de Boston. – Que diabos...

Uma enorme mão o apanhou pela camisa e o levantou do chão. Ele gritou e, em seu ataque de pânico, conseguiu escapar de alguma forma da mão do Renegado.

– Opa – sussurrou Niko de onde se encontrava, perto do peitoril. – Acho que ele acabou de perceber que o cardápio não era comida chinesa.

O Renegado disparou atrás do homem como uma sombra, derrubou-o por trás e destroçou sua garganta com uma eficiência selvagem. A morte foi sangrenta e instantânea. Quando o Renegado se ergueu e começou a arrastar a presa pelos ombros para levá-la para dentro, Lucan se pôs de pé.

– Hora de agir. Vamos.

Ao mesmo tempo, os guerreiros saltaram ao chão e se dirigiram a toda velocidade para o esconderijo dos Renegados no armazém. Lucan, que os liderava, foi o primeiro a alcançar o vampiro e seu fardo humano já sem vida. Desceu a mão no ombro do Renegado e o obrigou a se virar, enquanto desembainhava uma de suas adagas assassinas. Atacou-o com força e pontaria certeiras, decepando a cabeça da besta em um único golpe.

As células do Renegado começaram imediatamente a se derreter, derrubando ao chão de cascalhos a vítima ensanguentada, enquanto o beijo mortal da lâmina de Lucan corria como ácido pelo corrompido sistema nervoso do vampiro. Alguns segundos depois, tudo o que sobrou do Renegado foi uma poça negra e putrefata que se misturava à sujeira do chão.

Mais à frente, na porta do depósito, Dante, Tegan e os outros três guerreiros se encontravam prontos e preparados para começar a ação de verdade. Ao comando de Lucan, os seis invadiram o armazém com as armas na mão.

Os Renegados que se encontravam lá dentro não tinham nem ideia do que estava acontecendo, até que Tegan lançou uma adaga e ela se cravou na garganta de um deles. Enquanto o Renegado gritava e se retorcia com a ardente desintegração, seus companheiros enfurecidos correram em busca de abrigo enquanto apanhavam as armas, tentando fugir da saraivada de balas e lâminas afiadas que Lucan e seus irmãos disparavam contra eles.

Mais dois Renegados caíram nos primeiros segundos do confronto, porém os outros dois restantes conseguiram fugir pelos cantos escuros do armazém. Um dos Renegados atirou contra Lucan e Dante por detrás de uma pilha de caixas velhas. Os guerreiros se esquivaram do ataque e responderam amistosamente, levando o Renegado a sair ao descoberto, onde Lucan acabou com ele.

Na periferia de seu campo de visão, Lucan vislumbrou o último dos bastardos, que tentava escapar por um amontoado de barris e canos de metal espalhados nos fundos do prédio.

Tegan também não o tinha perdido de vista. O vampiro saiu atrás do Renegado como um trem de carga, desaparecendo nas profundezas do armazém em uma perseguição mortal.

– Tudo limpo – exclamou Gideon de algum lugar da escuridão empoeirada e fumacenta.

Mas, tão logo havia dito isso, Lucan sentiu que uma nova ameaça se aproximava. Seus ouvidos captaram o leve ruído de movimentos acima da cabeça. As claraboias empoeiradas sobre os dutos de ventilação e as pilastras de aço do armazém estavam praticamente negras de sujeira, porém Lucan tinha certeza de que algo avançava pelo telhado.

– Atenção ao alto! – Gritou para os outros, e logo o telhado veio abaixo, trazendo mais sete Renegados disparando com suas armas.

De onde tinham saído? Os dados que tinham sobre o esconderijo eram consistentes: seis indivíduos, provavelmente recém-convertidos em Renegados, que operavam independentemente, sem nenhuma afiliação. Então quem havia chamado a cavalaria para que os ajudasse? Como sabiam sobre o ataque?

– Maldita emboscada – grunhiu Dante, dando voz aos pensamentos de Lucan.

Não era possível de jeito nenhum que essa nova onda de problemas tivesse aparecido ao acaso, e, ao cravar os olhos no maior dos Renegados que assomavam, sentiu uma fúria negra lhe ferver por dentro.

Era o vampiro que tinha escapado na noite do assassinato nos arredores da boate. O bastardo da Costa Oeste. O Renegado que teria matado Gabrielle e que ainda o faria algum dia, se Lucan não terminasse com ele neste exato momento.

Enquanto Dante e os outros devolviam o fogo no grupo dos Renegados, Lucan se preparou para enfrentar aquele único alvo.

Esta noite, acabaria com ele.

O sanguinário vampiro vaiou ameaçadoramente ao vê-lo se acercar, e seu rosto horrendo se distendeu em um meio-sorriso.

– Pois nos encontramos outra vez, Lucan Thorne.

Lucan assentiu com a expressão implacável.

– Pela última vez.

O ódio mútuo fez que ambos os machos deixassem as pistolas de lado em prol de um combate mais pessoal. Em um piscar de olhos, os dois vampiros desembainharam as espadas, uma em cada mão, e se prepararam para lutar até a morte. Lucan deu o primeiro golpe. E sofreu um cruel talho no ombro, pois o Renegado havia escapado velozmente de seu ataque e aparecera num átimo ao outro lado dele, com as mandíbulas abertas em triunfo ante o primeiro sangue derramado.

Lucan se virou com igual agilidade, e suas adagas retiniram perto da enorme cabeça do Renegado. O crápula baixou os olhos para onde se encontrava agora sua orelha direita, mutilada a seus pés.

– Começou o jogo, imbecil – grunhiu Lucan.

Com uma vingança.

Lançaram-se um contra o outro em um turbilhão de raiva, músculos e gélidas e mortais lâminas. Lucan tinha consciência da batalha que se desenrolava ao redor, dos outros guerreiros tentando manter o controle em meio ao segundo ataque. No entanto, seu foco principal – todo seu ódio – se concentrava na rixa pessoal que tinha com o Renegado logo em frente.

Sentiu as presas se alongarem com a força da raiva; as pupilas se estreitaram até que não havia muita diferença entre seu rosto e o que grunhia de volta para ele. Eram equivalentes em força, mas o sangue de Lucan queimava ainda mais inflamado que o de seu oponente.

Tudo que Lucan fez foi pensar em Gabrielle e no terror que essa besta poderia lhe infligir, e se acendeu com raiva.

Alimentou essa fúria, acuando o Renegado estocada atrás de estocada, implacável. Não sentiu os golpes que tomava no corpo, embora fossem muitos. Levou seu oponente ao chão e se preparou para dar o golpe fatal.

Com um rugido, apunhalou o pescoço do Renegado, apartando a colossal cabeça de seu corpo derrotado. Espasmos percorreram os braços e as pernas do vampiro, e este desabou em um ataque convulsivo no chão. A fúria de Lucan ainda pulsava forte em suas veias; girou a adaga na mão e a penetrou com força no peito do vampiro, acelerando o processo de desintegração do corpo.

– Droga! – Gritou Rio de algum lugar próximo, com a voz seca. – Lucan, em cima de você, cara! Tem outro nas vigas!

Aconteceu em um segundo.

Lucan se virou, sentindo a fúria da batalha rasgar cada músculo de seu corpo. Lançou a vista para cima, onde Rio tinha indicado. Bem em cima de sua cabeça, outro vampiro Renegado se pendurava nas pilastras do teto do armazém, segurando algo que parecia uma pequena bola de futebol metálica sob o braço. Uma luzinha vermelha do aparelho piscou rapidamente, e ele se acendeu.

– Abaixem-se! – Nikolai levantou sua Beretta modificada e mirou. – O maldito vai jogar uma bomba!

Lucan escutou o repentino disparo da arma.

Viu o projétil de Niko acertar bem no meio dos brilhantes olhos amarelos do Renegado.

Mas a bomba já havia sido lançada.

Ao cabo de meio segundo, explodiu.

Capítulo 27

Gabrielle se sentou alarmada, subitamente desperta de um cochilo inquieto que estava tendo no sofá da sala de estar de Savannah. As mulheres tinham se reunido ali pelas últimas horas – reconfortando-se com a companhia das outras –, com exceção de Eva, que tinha ido à capela algum tempo atrás para rezar. A Companheira de Raça estava ainda mais nervosa que as outras e passou boa parte da noite andando em círculos e mordendo os lábios ansiosa e impaciente.

Em algum lugar acima do labirinto de corredores e aposentos, sons abafados de movimento e entrecortadas vozes masculinas chegaram até a sala de estar. O zumbido do elevador fez vibrar o denso ar da sala enquanto a cabine iniciava sua descida em direção ao andar principal do condomínio.

Ah, Deus.

Algo não estava bem.

Podia *sentir*.

– *Lucan.*

Gabrielle apartou o manto de chenile que a cobria e se virou para colocar os pés no chão. Sentia o coração em disparada, comprimindo-lhe o peito a cada violenta batida.

– Também não gosto do som disso – falou Savannah, lançando um olhar tenso pelo cômodo.

Gabrielle, Savannah e Danika deixaram os aposentos para cumprimentar os guerreiros; nenhuma delas disse uma palavra, e mal respiravam enquanto se dirigiam apressadas para o elevador.

Mesmo antes que a porta de aço se abrisse, pelos sons aflitivos que ressoavam dentro do elevador, era evidente que traziam más notícias.

Porém, Gabrielle não estava preparada para quão ruins pudessem ser.

O fedor de fumaça e sangue atingiu suas narinas com a força de um golpe. Contraiu o rosto ante o nauseabundo odor de guerra e morte, e se esforçou para vislumbrar a situação dentro do elevador. Nenhum dos guerreiros estava saindo. Dois estavam jogados no chão da cabine, e os outros três estavam agachados em volta deles.

– Traga algumas mantas e toalhas limpas! – Gritou Gideon para Savannah. – Traga o máximo que puder, querida! – Assim que ela se pôs em ação, ele acrescentou – Também vamos precisar de uma maca. Tem uma na enfermaria.

– Pode deixar que cuido disso – respondeu Niko de dentro do elevador.

Saltou sobre os dois vultos disformes deitados de costas no chão. Ao passar, Gabrielle notou que seu rosto, o cabelo e as mãos estavam negros de fuligem. A vestimenta do guerreiro estava toda rasgada, e a pele salpicada com centenas de machucados que sangravam. Gideon trazia contusões similares. E Dante também.

Mas suas feridas não eram nada se comparadas aos ferimentos enormes dos outros dois guerreiros da Raça, que haviam sido carregados, inconscientes, pelas ruas por seus irmãos.

Gabrielle soube, pelo peso em seu coração, que um deles era Lucan. Arrastou-se para frente e prendeu a respiração ao ver seu medo confirmado.

O sangue formava uma poça debaixo dele e se espalhava pelo mármore branco do corredor, tingindo-o de vinho. Suas botas e a roupa de couro estavam rasgadas, assim como a maior parte da pele dos braços e das pernas. O rosto estava uma horrível mistura de fuligem e cortes escarlates. Mas estava vivo. Desprendeu os lábios e soltou um silvo por entre as presas alongadas quando Gideon teve de movê-lo para aplicar um torniquete improvisado, a fim de estancar um corte profundo que tinha no braço.

– Droga... Sinto muito, Lucan. Está muito fundo. Droga, não quer parar de sangrar.

– Ajude... Rio. – As palavras saíram de sua boca em um rosnado sombrio, uma ordem direta, ainda que estivesse deitado de costas. – Estou bem – interrompeu com um grunhido de dor – Maldição... Quero que... cuide... dele.

Gabrielle se ajoelhou ao lado de Gideon. Estendeu a mão para tomar a ponta das ataduras.

– Posso fazer isso.

– Tem certeza? Está bem feio. Tem de apertar com as mãos para puxar com força.

– Pode deixar. – Sinalizou na direção de Rio com a cabeça. – Faça o que ele pediu.

O guerreiro ferido no chão ao lado de Lucan estava em completa agonia. Também sangrava em profusão com machucados no torso e um dano horrível que tinha sofrido no braço esquerdo. O membro destroçado estava envolto em um pedaço de pano ensopado de sangue, que deveria ter sido uma camisa. Seu rosto e o peito estavam queimados e dilacerados, irreconhecíveis. Começou a gemer baixo com a garganta, um som lastimoso que trouxe lágrimas ardentes aos olhos de Gabrielle, quando piscou para apartá-las e encontrou os pálidos olhos cinzentos de Lucan cravados nela.

– Acabei... com o bastardo.

– Shh. – Secou o suor de sua testa surrada. – Lucan, fique imóvel. Não tente falar.

Porém ele a ignorou. Engoliu em seco e forçou as palavras para fora.

– Da boate... o filho da puta estava lá esta noite.

– O que escapou de você?

– Não desta vez. – Piscou lentamente, com os olhos ferozes e brilhantes. – Não pode mais... machucá-la agora...

– Sim – disse Gideon em tom irônico, de onde cuidava de Rio. – E tem uma maldita sorte por estar vivo, herói.

A garganta de Gabrielle se apertou ainda mais ao observá-lo. Depois de todos os protestos de que o dever vinha em primeiro lugar e de que jamais haveria lugar para ela em sua vida, Lucan estivera pensando nela esta noite? Estava ferido e sangrando, em parte, por algo que tinha feito por ela?

Pegou a mão dele e a estendeu, aninhando o único pedaço que podia, pressionando os dedos curvados contra seu coração.

– Ah, Lucan...

Savannah chegou correndo com os braços carregados do que lhe tinham pedido. Niko chegou logo depois, empurrando a cama hospitalar à sua frente.

– Lucan primeiro – falou Gideon. – Coloquem-no em uma cama e voltem para buscar Rio.

– Não – grunhiu Lucan, num tom que era mais de determinação que de dor. – Ajudem-me a levantar.

– Não acho que dev... – disse Gabrielle, mas ele já estava tentando se erguer do chão.

– Calma, garotão. – Dante se aproximou e segurou Lucan debaixo do braço com firmeza. – Levou um golpe e tanto lá. Por que não respira e deixa que nós o carregamos até a enfermaria?

– Já disse que estou bem. – Com a ajuda de Dante e Gabrielle, um de cada lado, conseguiu se erguer e sentar. Arfava um pouco, mas permaneceu sentado. – Levei alguns golpes, mas maldito seja... Vou andando para minha própria cama. Não vou deixar que... me arrastem até lá.

Dante fitou Gabrielle e virou os olhos.

– Sabe que ele é realmente cabeça-dura para escutar.

– Sim, sei disso.

Ela sorriu, agradecida pela teimosia que o mantinha forte. Emprestando-lhe o apoio de seu corpo, ela e Dante colocaram os ombros sob seus braços e ajudaram Lucan a se pôr de pé devagar.

– Por aqui – disse Gideon a Niko, que ajeitou a maca em posição para receber Rio, enquanto Savannah e Danika faziam o que podiam para estancar suas feridas, tirar as roupas sujas e esfarrapadas, e o pesado fardo desnecessário das armas.

– Rio? – Gritou Eva com a voz aguda e correu em meio à confusão com o rosário ainda apertado na mão. Chegou ao elevador aberto e se deteve imediatamente, segurando a respiração. – Rio! Onde ele está?

– Está aguentando firme aqui, Eva – disse Niko, apartando-se da maca para interceptar Eva. Afastou-a com as mãos antes que pudesse chegar muito perto da carnificina. – Houve uma explosão esta noite. Ele foi o mais atingido.

– Não! – Exclamou, levando as mãos ao rosto, horrorizada. – Não, está enganado. Esse não é meu Rio! Não pode ser!

– Ele está vivo, Eva. Mas terá de ser forte por ele.

– Não! – Eva começou a gritar histérica, tentando se aproximar a todo custo de seu macho. – Meu Rio não! Deus, não!

Savannah se aproximou e tomou Eva pelo braço.

– Vamos, agora – disse gentilmente. – Eles sabem como ajudá-lo.

Os soluços entrecortados de Eva preencheram o corredor e penetraram os ouvidos de Gabrielle com uma íntima aflição, uma mistura de alívio e medo. Preocupava-se com Rio, e lhe partia o coração pensar no que Eva devia estar sentindo. Gabrielle conhecia um pouco dessa dor porque poderia ter sido Lucan no lugar de Rio. Alguns poucos milímetros – meras frações de segundos – poderiam ter sido o determinante para decidir qual dos dois guerreiros estaria deitado agora em uma poça de sangue, lutando pela vida.

– Onde está Tegan? – Perguntou Gideon, sem tirar a atenção de seus próprios dedos ágeis, enquanto continuava a inspecionar e tratar do guerreiro caído que estava sob seus cuidados. – Ele já voltou?

Danika negou com a cabeça, mas lançou a Gabrielle um olhar nervoso.

– Por que estaria aqui? Não estava com vocês?

– Nós o perdemos de vista logo depois de atacar o esconderijo dos Renegados – comentou Dante. – Assim que a bomba explodiu, nossa principal preocupação foi trazer Lucan e Rio de volta para o condomínio o mais rápido possível.

– Vamos mover isto aqui – disse Gideon, pegando a maca pela frente. – Niko, venha me ajudar.

As perguntas a respeito de Tegan foram esquecidas enquanto todos se revolviam para fazer o que podiam por Rio. Foram todos para a enfermaria; Gabrielle, Dante e Lucan ainda caminhavam lentamente pelo corredor. Lucan cambaleava sobre os pés e se segurava com força nos dois, esforçando-se por se manter firme.

Gabrielle criou coragem e o fitou, desejando ardentemente acariciar-lhe o rosto ferido e sangrento. Enquanto o observava com o coração apertado, ele levantou as pálpebras e seus olhos se encontraram. Ela não soube o que aconteceu naquele demorado instante de quietude em meio ao caos, mas encheu-se com uma sensação quente e boa, apesar de tudo que havia de terrível sobre os acontecimentos da noite.

Quando alcançaram o aposento onde Rio estava sendo tratado, Eva estava ao lado de sua maca, contemplando seu corpo fraturado. As lágrimas lhe escorriam pelas bochechas.

– Isso não tinha de ter acontecido – gemeu. – Não deveria ter sido meu Rio. Não dessa maneira.

– Faremos todo o possível por ele – disse Lucan, arfando com dificuldade por conta de seus próprios ferimentos. – Prometo a você, Eva. Não deixaremos que Rio morra.

Ela balançou a cabeça e baixou os olhos para seu companheiro na cama. Ao afagar-lhe o cabelo, Rio murmurou algumas palavras incompreensíveis, semiconsciente, e em evidente dor.

– Quero que Rio saia daqui imediatamente. Deveria ser levado para um Refúgio Secreto. Ele precisa de cuidados médicos.

– Ainda não está estável o bastante para ser transportado do condomínio – respondeu Gideon. – Tenho experiência e os equipamentos necessários para cuidar dele aqui, por ora.

– Quero que saia daqui! – Exclamou com a cabeça erguida, passando os olhos brilhantes de um guerreiro a outro. – Ele não tem mais utilidade nenhuma para vocês agora, então deixem que eu fique com ele. Não são mais seus donos – nenhum de vocês. Agora é todo meu! Só quero o que é melhor para ele

Gabrielle sentiu o braço de Lucan se retesar ante a reação histérica de Eva.

– Então precisa sair do caminho de Gideon e deixar que faça seu trabalho – disse ele, assumindo o papel de líder com facilidade, apesar de seu próprio estado deplorável. – Nesse instante, a única coisa que importa é manter Rio vivo.

– Você! – Gritou Eva, com a voz seca e os olhos em lágrimas. Dirigiu-lhe um olhar selvagem, e seu rosto se transformou em puro ódio. – Deveria ter sido você morrendo agora, não ele! Você, Lucan. Foi esse o acordo que fiz! Era para ser você!

Um abismo se abriu na enfermaria, tragando todos os sons além da verdade atordoante que a companheira de Rio havia acabado de confessar.

Dante e Nikolai levaram as mãos às armas, preparados para atacar ante a menor provocação. Lucan levantou a mão para acalmá-los e cravou os olhos em Eva. Não ligava a mínima que sua hostilidade se dirigisse a ele; se tinha sido algum tipo de alvo para a fúria de Eva, havia sobrevivido. Mas Rio poderia não aguentar. Qualquer um de seus irmãos presentes no ataque desta noite poderiam não ter sobrevivido à traição de Eva.

– Os Renegados sabiam que estaríamos lá – disse Lucan, num tom frio e furioso. – Caímos numa emboscada no armazém. E você a preparou.

Os outros guerreiros emitiram baixos grunhidos. Se a confissão tivesse vindo de um macho, haveria pouco que Lucan poderia fazer para impedir que seus irmãos o atacassem com força letal. Contudo, tratava-se de uma Companheira de Raça, uma dos seus. Alguém que conheciam e em quem confiavam por mais de uma vida inteira.

Agora Lucan contemplava Eva e via uma desconhecida. Via loucura. Um desespero mortal.

– Rio seria poupado. – Ela se inclinou sobre ele e tomou-lhe a cabeça enfaixada com o antebraço. Ele emitiu um som gutural e indecifrável enquanto Eva o abraçava. – Eu não queria que ele fosse capaz de lutar mais. Não por vocês.

– Então preferia vê-lo mutilado, em vez disso? – Indagou Lucan. – É assim que se preocupa com ele?

– Eu o amo! – Gritou. – Tudo o que fiz, tudo, foi por amor a ele! Rio será mais feliz em outro lugar, longe de toda essa violência e morte. Será mais feliz em um Refúgio Secreto, comigo. Longe de sua maldita guerra!

Rio externou o mesmo som gutural de antes, agora mais melancólico. Era um som inconfundível de agonia, embora não estivesse claro se tinha relação apenas com a dor física ou também com o sofrimento de escutar o que estava acontecendo a seu redor.

Lucan meneou a cabeça lentamente.

– Não é uma decisão que você pode tomar por ele, Eva. Não tem o direito. Esta é a guerra de Rio, assim como de qualquer outro. É no que ele acreditava, no que sei que ainda acredita, mesmo depois do que fez com ele. Esta guerra diz respeito a todos da Raça.

Ela zombou com desdém.

– Como é irônico que você pense assim, quando está tão perto de se converter em Renegado!

– Minha nossa! – Exclamou Dante, que se encontrava ali perto. – Está enganada, Eva. Mentalmente perturbada.

– Estou, é? – Seu olhar permaneceu cravado em Lucan, com um brilho sádico. – Tenho observado você, Lucan. Vejo você lutar contra a fome quando acha que não há ninguém por perto. Essa aparência de controle não me engana.

– Eva – disse Gabrielle, e sua voz calma inundou toda a tensão do quarto. – Está nervosa. Não sabe o que está dizendo.

Ela riu.

– Peça a ele que o negue. Pergunte a ele por que se priva de sangue até estar quase a ponto de morrer de Sede!

Lucan não disse nada em resposta às acusações públicas, porque sabia que eram verdade.

E Gabrielle também sabia.

Sentiu-se comovido por ela o defender, mas o momento não era dele, e sim de Rio e da decepção que arrasaria o guerreiro. Provavelmente já o tinha feito, a julgar pela crescente inquietação dos membros enfaixados do macho e de seu esforço por falar, apesar dos ferimentos.

– Como arranjou esse trato, Eva? Como entrou em contato com os Renegados? Em alguma de suas excursões diurnas lá fora?

Ela soltou a respiração com zombaria.

– Não foi tão difícil. Há Subordinados por toda a cidade. Só tem de observar. Encontrei um e pedi que me pusesse em contato com seu Mestre.

– Quem era ele? – Exigiu Lucan. – Como se parecia?

– Não sei. Só nos encontramos uma vez, e ele manteve o rosto escondido. Usava óculos escuros e deixou as luzes do quarto do hotel apagadas. Não me importei com quem era ou como se parecia. Tudo que importava era que tinha o poder suficiente para fazer as coisas acontecerem. Só queria sua promessa.

– Posso imaginar o que o fez pagar por isso.

– Foram apenas algumas horas com ele. Teria pago qualquer coisa – disse, afastando a vista de Lucan e dos outros que a olhavam com repugnância, e baixando os olhos para Rio. – Faria qualquer coisa por você, meu querido. Suportaria... qualquer coisa.

– Pode ter feito o acordo com seu corpo – falou Lucan –, mas foi a confiança de Rio que vendeu.

Os lábios entreabertos de Rio deixaram escapar um som rouco, e Eva o acariciou. Ele levantou as pálpebras. Ofegou com dificuldade ao tentar formar as palavras.

– Eu... – tossiu, e seu corpo teve um espasmo. – Eva...

– Ah, meu amor... Sim, estou aqui! – Chorou. – Diga-me do que precisa, querido.

– Eva... – Sua garganta se calou por um instante, e logo tentou outra vez. – Eu... condeno... você.

– O quê?

– Morta... – gemeu. Sem dúvida, a dor psicológica era maior que a física, mas a expressão feroz em seus turvos olhos injetados de sangue dizia que não iria se deter. – Não existe mais... para mim... você está... morta.

– Rio, não compreende? Fiz tudo por nós!

– Saia – arfou. – Nunca mais... quero... vê-la...

– Não pode estar falando sério. – Ela levantou a cabeça, e seus olhos se moviam freneticamente. – Ele não quer dizer isso! Não pode! Rio, diga-me que não está falando sério!

Quando estendeu a mão para tocá-lo, Rio grunhiu, valendo-se da pouca força que tinha para repelir seu toque. Eva soltou um soluço.

O sangue das feridas dele cobriam a parte da frente de suas roupas. Contemplou as manchas e voltou o olhar para Rio, que a havia afastado por completo.

O que se deu a seguir demorou no máximo alguns segundos, mas o tempo pareceu parar e passar em câmera lenta, impiedoso.

O olhar abatido de Eva recaiu sobre o cinturão das armas de Rio, ao lado da cama.

Uma expressão de determinação cruzou-lhe o rosto, e se lançou para pegar uma das espadas.

Levantou a adaga brilhante acima do rosto.

Sussurrou para Rio que sempre o amaria.

Então virou a arma na mão e a pressionou contra sua própria garganta.

– Eva, não! – Gritou Gabrielle, sentindo o corpo reagir instintivamente, como se pensasse que podia salvar a outra mulher. – Ah, meu Deus, não!

Mas Lucan a segurou a seu lado. Rapidamente a tomou entre os braços e apertou seu rosto contra o peito, para impedir que visse Eva cortar a própria jugular e cair, sangrando e sem vida, ao chão.

Capítulo 28

Gabrielle havia acabado de sair do banho, na suíte de Lucan. Secou o cabelo com a toalha e se vestiu com um roupão felpudo branco. Estava exausta; tinha passado a maior parte do dia com Savannah e Danika, ajudando Gideon a cuidar de Rio e Lucan. Todos no condomínio se encontravam em um estado de torpor e descrença ante a traição de Eva e seu trágico desfecho, que terminou com ela morta pelas próprias mãos e Rio agarrando-se precariamente à vida.

Lucan também estava mal; contudo, fiel à sua palavra e à sua teimosia peculiar, havia deixado a enfermaria com seus próprios pés para descansar em seus aposentos particulares. Gabrielle ficou espantada por ele ter aceitado qualquer tipo de cuidado, mas ela e as outras mulheres não lhe tinham dado a chance de recusar ajuda.

Gabrielle sentiu uma sensação revigorante de alívio ao abrir a porta do banheiro e encontrá-lo sentado em sua enorme cama, recostado na cabeceira com o apoio de vários travesseiros. Embora tivesse pontos na bochecha e na sobrancelha, e curativos por todo o peito, pernas e braços, estava se recuperando. Estava inteiro e, com o tempo, ficaria curado.

Assim como ela, ele trajava apenas um roupão branco; era a única vestimenta que as mulheres permitiram que usasse depois de passarem horas limpando e curando as contusões e as feridas sangrentas que tinha por todo o corpo.

– Sente-se melhor? – Perguntou Lucan, observando Gabrielle, que passava os dedos pelo cabelo úmido para afastá-lo do rosto. – Achei que poderia estar com fome quando saísse do banho.

– Estou morrendo de fome.

Ele sinalizou para uma mesinha de aperitivos na área ao lado do quarto, mas o olfato de Gabrielle já tinha descoberto o impressionante bufê. O delicioso aroma de pão francês, alho e outras especiarias, molho de tomate e queijo flutuava pelo cômodo. Gabrielle vislumbrou uma travessa de verduras e uma bandeja de frutas frescas, e até mesmo algo escuro que parecia chocolate em meio às outras tentações. Aproximou-se para olhar mais de perto e sentiu o estômago roncar de fome.

– Canelone – disse, respirando o aromático vapor da massa. Ao lado de uma taça de cristal, havia uma garrafa de vinho tinto aberta. – É Chianti?

– Savannah queria saber se você tinha alguma comida preferida. Foi tudo que pude pensar.

Era a refeição que tinha preparado para si na noite em que ele apareceu em sua casa para lhe devolver o celular. A refeição que ficou esquecida e esfriou em cima do balcão, enquanto ela e Lucan se atracavam feito animais.

– Lembrou o que eu tinha preparado naquela noite?

Ele deu de ombros.

– Sente-se. Coma.

– Só tem lugar para uma pessoa.

– Estava esperando companhia?

Ela o fitou.

– Não pode mesmo comer nada disso? Nem um pouco?

– Se comesse, só conseguiria digerir bem pouco. – Sinalizou para que ela se sentasse. – Só comemos os alimentos humanos para manter as aparências.

– Tudo bem. – Gabrielle se sentou no chão com as pernas cruzadas. Tirou o guardanapo de linho claro debaixo dos talheres e o estendeu no colo. – Mas não me parece justo eu me empanturrar assim na sua frente.

– Não se preocupe comigo. Já tive muitos cuidados femininos por um dia.

– Como quiser.

Ela estava faminta demais para esperar mais um segundo, e a comida tinha uma aparência deliciosa e irresistível. Com a ponta do garfo, Gabrielle cortou um pedaço do canelone e o mastigou em absoluto êxtase. Comeu metade do prato em tempo recorde, e parou apenas para se servir uma taça de vinho, que também bebeu com um prazer voraz.

Durante todo o tempo, Lucan a observava da cama.

– Está bom? – Perguntou, quando ela lhe lançou um olhar tímido por cima da taça.

– Fantástico – murmurou ela, e colocou outra garfada de salada com vinagrete na boca. Seu estômago estava bem mais contente agora. Comeu o resto da salada, serviu-se de mais meia taça de Chianti e se recostou com um suspiro. – Obrigada por isso. Terei de agradecer Savannah também. Ela não precisava ter tido todo esse trabalho.

– Ela gosta de você – comentou Lucan, com uma expressão atenta e indecifrável. – Foi de grande ajuda ontem à noite. Obrigado por cuidar de Rio e dos outros. De mim, também.

– Não precisa me agradecer.

– Sim, preciso. – O pequeno corte em sua testa se dobrou ao franzir a testa. – Tem sido amável e generosa durante todo o tempo, e eu... – ele se interrompeu e murmurou algo em voz baixa. – Aprecio o que fez, isso é tudo.

Ah, pensou ela, *isso é tudo*. Mesmo sua gratidão vinha completamente equipada com barreiras emocionais agora.

De repente, sentiu-se como uma completa estranha ali com ele naquele instante, e quis mudar de assunto.

– Ouvi dizer que Tegan voltou inteiro.

– Sim. Mas Dante e Niko quase acabaram com ele quando o viram, depois de ter desaparecido durante o ataque surpresa.

– O que aconteceu com ele na noite passada?

– Um dos Renegados tentou fugir pela porta dos fundos do armazém quando as coisas esquentaram. Tegan o perseguiu pela rua. Ia dar um fim nele, mas resolveu segui-lo primeiro e ver para onde fugia. Ele o rastreou até o velho hospital psiquiátrico nos arredores da cidade. O lugar fervia de Renegados. Se havia alguma dúvida, agora temos certeza de que se trata de uma enorme colônia. Provavelmente o quartel-general da Costa Leste.

Um calafrio percorreu o corpo de Gabrielle ao pensar que já tinha estado nesse hospital por si mesma – tinha *entrado* no lugar –, sem saber que era um esconderijo de Renegados.

– Tenho algumas fotos do interior. Ainda estão na minha câmera. Não tive oportunidade para descarregá-la ainda.

Lucan ficou imóvel, encarando-a como se ela tivesse acabado de lhe dizer que estivera brincando com granadas vivas. Seu rosto pareceu empalidecer ainda mais.

– Não só foi até lá, mas também invadiu o lugar?

Ela deu de ombros, culpada.

– Por Deus, Gabrielle. – Ele passou as pernas para o lado da cama e se sentou, observando-a por um demorado instante. Levou algum tempo até formar as palavras. – Poderia ter sido morta. Percebe isso?

– Mas não fui – respondeu, dando-se conta de que era uma infeliz observação, porém não deixava de ser verdade.

– Não vem ao caso. – Passou as duas mãos pelo cabelo nas têmporas. – Onde está sua câmera?

– Deixei-a no laboratório.

Lucan pegou o telefone ao lado da cama e discou um número no interfone. Gideon atendeu do outro lado da linha.

– Ei, como vai? Tudo bem?

– Sim – respondeu Lucan, sem tirar os olhos de Gabrielle. – Diga a Tegan para deixar de lado o recolhimento de informações sobre o hospital por ora. Acabo de descobrir que temos fotos do interior.

– Está brincando? – ouviu-se uma pausa. – Ah, droga. Quer dizer que ela realmente *entrou* naquele maldito lugar?

Lucan arqueou uma sobrancelha para Gabrielle, com ares de não-te-falei. – Baixe as imagens da câmera e avise aos outros que nos reuniremos em uma hora para discutir a nova estratégia. Acho que acabamos de economizar um tempo crucial aqui.

– Certo. Nos vemos em uma hora.

A chamada terminou com um clique do interfone.

– Tegan iria voltar ao hospital psiquiátrico?

– Sim – respondeu Lucan. – Provavelmente uma missão suicida, já que ele foi maluco o suficiente para insistir que se infiltraria sozinho esta noite para reunir informações sobre o lugar. Não que qualquer um fosse dissuadi-lo da ideia, muito menos eu.

Ele se levantou da cama e começou a inspecionar alguns curativos. Enquanto se mexia, o roupão se abriu, deixando à mostra a maior parte do peito e um pedaço do abdômen. As marcas únicas que tinha no peito tinham um pálido tom de hena, mais claro que na noite anterior. Agora estavam quase tão desbotadas quanto sua própria pele. Ressecada e praticamente sem cor.

– Por que você e Tegan se dão tão mal? – Perguntou ela, sem lhe tirar os olhos de cima, ao ousar fazer a questão que estivera em sua cabeça desde que Lucan mencionara o nome do guerreiro. – O que aconteceu entre vocês?

A princípio, não achou que ele lhe responderia. Ele continuou verificando os machucados e flexionando os braços e as pernas em silêncio. Então, logo quando já ia desistir, ele disse:

– Tegan me culpa por tirar algo dele. Algo que estimava. – Fitou Gabrielle com a expressão sincera. – Sua Companheira de Raça morreu. Por minhas mãos.

– Meu Deus – sussurrou. – Lucan... como?

Ele franziu a testa e desviou o olhar outra vez.

– As coisas eram diferentes nos Velhos Tempos, quando Tegan e eu nos conhecemos. A maioria dos guerreiros escolhia não ter Companheiras de Raça, porque os perigos eram muito grandes. Havia poucos de nós na Ordem naquela época, e era difícil proteger nossas famílias quando o combate nos obrigava a ir léguas de distância delas, não raro por muitos meses.

– E os Refúgios Secretos? Não podiam oferecer-lhes proteção?

– Havia bem menos deles também. E pouquíssimos receberiam o risco de abrigar uma Companheira de Raça de um guerreiro. Nós, assim como aqueles a quem amávamos, sempre éramos alvos da violência dos Renegados. Tegan sabia de tudo isso, mas criou um vínculo de sangue com uma fêmea do mesmo jeito. Não muito tempo depois, ela foi capturada pelos Renegados. Eles a torturaram. Estupraram-na. E, antes que a mandassem de volta para ele, praticamente beberam todo seu sangue. Ela ficou vazia, ainda pior, transformou-se em Subordinada do Renegado que a tinha arruinado.

– Ah, meu Deus – exclamou Gabrielle, horrorizada.

Lucan suspirou, como se o peso das lembranças o pressionasse com força.

– Tegan ficou louco de fúria. Começou a agir como um animal, matava tudo que entrava em seu caminho. Sempre estava coberto de sangue, e muitos pensavam que ele se banhava em sangue. Ele se devorava em sua fúria e, por quase um ano, recusou-se a aceitar o fato de que sua Companheira de Raça tinha perdido a cabeça para sempre. Continuou alimentando-a com seu sangue, sem querer ver sua decadência. Alimentava-se para alimentá-la. Não se importava com o fato de que estava se precipitando aos poucos para a Sede de Sangue. Durante todo aquele ano, desafiou a lei da Raça e não queria pôr um fim na miséria de sua parceira. Quanto ao próprio Tegan, estava lentamente, mas sem dúvidas, convertendo-se em Renegado. Algo precisava ser feito...

Lucan deixou a frase no ar, incompleta, e Gabrielle a terminou por ele.

– E, como líder, recaiu sobre você a responsabilidade de agir.

Lucan assentiu com amargura.

– Prendi Tegan em um cárcere de grossos muros de pedra e levei sua Companheira de Raça de encontro à minha espada.

Gabrielle fechou os olhos, sentindo seu arrependimento.

– Ah, Lucan...

– Tegan não foi libertado até que seu corpo tivesse se recuperado do vício da Sede de Sangue. Levou vários meses passando fome e em absoluta agonia, até que fosse capaz de sair da prisão com as próprias pernas. Quando soube o que eu tinha feito, achei que iria me matar. Mas não me matou. O Tegan que eu conhecia nunca saiu daquela prisão. Em seu lugar, saiu alguém frio e distante. Ele nunca disse tais palavras, mas sei que me odeia desde então.

– Não tanto quanto você se odeia por isso.

Lucan apertou o maxilar com força, e a pele em seu rosto magro se retesou.

– Estou acostumado a fazer escolhas difíceis. Não tenho medo de cumprir tarefas árduas ou de ser alvo de raiva ou mesmo ódio por causa das decisões que tomo para o fortalecimento da Raça. Não dou a mínima para nada disso.

– Não, não dá – disse Gabrielle gentilmente. – Mas teve de magoar um amigo, e isso tem pesado muito para você por muito, muito tempo.

Ele a olhou com intenção de discutir, mas provavelmente não tinha a força necessária. Depois de tudo por que tinha passado, sentia-se cansado, esgotado até os ossos, embora ela duvidasse de que ele estivesse disposto a admitir isso, mesmo para ela.

– Você é um bom homem, Lucan. Tem um coração muito nobre debaixo de toda essa armadura pesada.

Ele grunhiu com cinismo.

– Somente alguém que me conhece por poucas semanas se enganaria a ponto de pensar assim.

– Sério? Posso pensar em algumas pessoas aqui que lhe diriam o mesmo. Inclusive Conlan, se estivesse vivo.

Lucan franziu a testa.

– O que pode saber disso?

– Danika me contou o que você fez por ele. O rito funerário. Levou-o para cima enquanto o sol nascia. Para honrá-lo, deixou que se queimasse.

– Por Deus – repreendeu-a, pondo-se de pé. Começou a andar agitado e pensativo ao redor da cama. Sua voz saiu rouca, um rugido quase incontrolável. – Não teve nada a ver com honra. Quer saber por que o fiz? Culpa. Na noite da explosão na estação de trem, deveria ter sido eu a acompanhar Niko na missão, e não Conlan. Mas eu não conseguia tirar você do pensamento. Pensei que, talvez, se tivesse você – se finalmente estivesse dentro de você –, conseguiria satisfazer meu desejo, ir em frente e esquecer. Então, naquela noite, enviei Conlan em meu lugar. Teria sido eu naquele túnel, não Conlan. Deveria ter sido eu.

– Meu Deus, Lucan. Você é inacreditável, sabia disso? – Bateu as palmas na mesa e soltou uma violenta gargalhada. – Por que não pode relaxar um pouco?

A reação descontrolada de Gabrielle chamou sua atenção como nada antes o tinha feito. Parou de andar e a contemplou.

– Você sabe por quê – falou, com o tom mais calmo agora. – Sabe melhor que ninguém. – Ele balançou a cabeça, tendo os lábios retorcidos com desgosto de si mesmo. – Parece que Eva também, pelo visto.

Gabrielle recordou os chocantes acontecimentos na enfermaria. Todos tinham ficado horrorizados com os atos de Eva e ainda mais espantados com suas acusações malucas contra Lucan. Todos, menos ele.

– Lucan, as coisas que ela disse...

– É tudo verdade, como você viu com os próprios olhos. Mas, ainda assim, defendeu-me. Foi a segunda vez que impediu que minha fraqueza fosse exposta. – Ele franziu a testa e virou o rosto. – Jamais pedirei que faça isso outra vez. Meus problemas são assunto meu.

– E precisa direcioná-los.

– O que preciso é me vestir e ir dar uma olhada nas fotografias que Gideon está baixando. Se nos derem informações suficientes sobre a configuração do hospital psiquiátrico, poderemos atacar o lugar ainda esta noite.

– O que quer dizer atacá-lo esta noite?

– Acabar com ele. Fechá-lo. Explodir a coisa toda.

– Não pode estar falando sério. Acabou de dizer que provavelmente está lotado de Renegados lá. Realmente acha que você e mais três sobreviverão contra esse número desconhecido?

– Já fizemos isso antes. E seremos cinco – acrescentou, como se isso fizesse a diferença. – Gideon disse que está dentro do que quer que façamos. Vai tomar o lugar de Rio.

Gabrielle riu, incrédula.

– E quanto a você? Mal consegue ficar de pé.

– Estou andando. Estou bem o bastante. Não estarão esperando por um contra-ataque tão cedo, o que faz dessa a melhor hora para agirmos.

– Deve estar maluco. Precisa descansar, Lucan. Não pode fazer nada até que recupere sua força. Precisa se curar. – Observou seu maxilar retesado e um tendão que pulsava sob a esticada e pálida bochecha. As feições de Lucan estavam mais duras que o normal, magras demais. – Não pode sair daqui do jeito que está.

– Já disse, estou bem.

As palavras saíram apressadas dos lábios dele, em um som rouco e gutural. Quando se virou para encará-la, suas íris prateadas se mesclavam a brilhantes labaredas de cor âmbar, como se o fogo lambesse o gelo.

– Não está. Nem de perto. Precisa se nutrir. Seu corpo sofreu demais ultimamente. Precisa se alimentar.

Gabrielle sentiu uma onda de frieza varrer o quarto e soube que vinha dele. Estava provocando sua raiva. Já o tinha visto em seu pior estado antes e sobrevivera para contar a história, mas talvez estivesse pressionando demais nesse instante. Podia sentir que estava inquieto e tenso; tinha o temperamento em rédeas curtas desde que a trouxera para o condomínio. Agora se encontrava perigosamente no limite; queria mesmo ser ela a empurrá-lo além do limiar de seu controle?

Dane-se. Talvez fosse exatamente isso o que faltava.

– Seu corpo está abatido, Lucan, não só pelos ferimentos. Está fraco. E tem medo.

– Medo. – Ele lhe voltou um gélido olhar e zombou com sarcasmo. – De quê?

– De você mesmo, para começar. Mas acho que tem mais medo ainda de mim.

Ela esperava uma resposta imediata, fria e desagradável, para combinar com a raiva invernal que emanava dele como uma geada. No entanto, ele não disse nada. Analisou Gabrielle por um demorado instante, então se virou e caminhou, um pouco desajeitado, em direção a uma cômoda alta que havia do outro lado do cômodo.

Gabrielle permaneceu sentada no chão, observando-o abrir com força as gavetas, pegar umas roupas e atirá-las sobre a cama.

– O que está fazendo?

– Não tenho tempo para discutir isso com você. É inútil.

Um armário de armas se abriu antes que ele o alcançasse; as portas se balançaram nas dobradiças com uma violenta e invisível sacudida. Avançou até ele e puxou uma prateleira retrátil. Em cima da superfície de veludo da prateleira, havia pelo menos uma dúzia de adagas e outras espadas letais ordenadas em fila. Com um gesto descuidado, Lucan apanhou duas espadas embainhadas em couro negro. Abriu outra prateleira e escolheu uma pistola grande, de aço inoxidável polido, que mais parecia saída de um horrendo filme de ação.

– Não gosta do que estou dizendo, então vai fugir de mim? – Ele não a olhou, nem respondeu com nenhuma maldição. Não, ignorou-a por completo, e isso realmente a irritou. – Vá em frente, então. Finja que é invencível, que não está morrendo de medo de deixar que alguém se preocupe com você. Fuja de mim, Lucan. Está apenas mostrando que tenho razão.

Gabrielle sentiu-se profundamente desamparada enquanto Lucan pegava um pente de balas no armário e o introduzia no carregador da pistola. Nada que dissesse iria detê-lo. Sentiu-se impotente, como se tentasse conter uma tempestade com os braços.

Afastou os olhos dele e os dirigiu a mesa à qual estava sentada, aos pratos e talheres à sua frente. Vislumbrou a faca que não tinha usado, e sua lâmina polida brilhava.

Não podia segurá-lo com palavras, mas havia algo mais...

Afastou a manga comprida do roupão. Com muita calma, com a mesma determinação destemida que já lhe valera centenas de vezes antes, Gabrielle pegou a faca afiada e a pressionou contra a carne do antebraço. Apertou de leve e fez um ligeiro corte sobre a pele.

Não soube qual dos sentidos de Lucan respondeu primeiro, mas o rugido que ele soltou quando ergueu a cabeça e viu o que ela tinha feito perturbou cada um dos móveis do aposento.

– Maldita seja, Gabrielle!

A lâmina voou de sua mão através do quarto, cravando-se até o punho na parede do outro lado.

Lucan se moveu tão rápido que ela quase não percebeu seus movimentos. Em um segundo, estava a vários metros de distância, ao pé da cama; no outro, sua enorme mão lhe apertava com força os dedos, colocando-a de pé. O sangue brotava suculento da fina linha do corte, tinha uma profunda cor escarlate e escorria pelo braço. A mão de Gabrielle ainda estava presa na de Lucan.

Ele se agigantou a seu lado, uma muralha negra de fúria ardente.

Seu peito estava agitado, e as narinas se alargavam para deixar o ar entrar e sair nos pulmões. Seu belo rosto se contorcia com a angústia e a revolta, e os olhos incandesciam com o inconfundível calor da Sede. Sem mais nenhum traço da cor cinza dos olhos, as pupilas se estreitaram em duas fendas negras. As presas se alongaram, e as pontas afiadas reluziam por detrás do cruel sorriso de seus lábios.

– Agora, tente me dizer que não precisa do que estou oferecendo – sussurrou Gabrielle com ferocidade.

O suor brilhava na sobrancelha de Lucan enquanto contemplava a ferida fresca que sangrava. Lambeu os lábios e resmungou uma palavra de outra língua.

Não pareceu amigável.

– Por quê? – Perguntou ele, em tom acusador. – Por que está fazendo isso comigo?

– Realmente não sabe? – Ela aguentou seu olhar furioso, suportando a raiva enquanto as gotas de sangue salpicavam uma trilha carmim pelo roupão branco. – Porque te amo, Lucan. E isso é tudo que tenho a oferecer.

Capítulo 29

Lucan acreditava que sabia o que era a Sede. Acreditava que conhecia a fúria e o desespero – assim como o desejo; mas todas as míseras emoções que já tinha sentido em toda sua eterna vida se desfizeram como pó quando viu os desafiadores olhos castanhos de Gabrielle.

Tinha os sentidos embriagados, afogados no doce aroma de jasmim do sangue dela, cuja fonte tão perigosamente se encontrava perto de sua boca. Vermelho brilhante, denso como o mel, o filete escarlate emanava do pequeno corte que ela tinha se infligido.

– Eu te amo, Lucan. – Sua voz suave atravessou-lhe os batimentos do coração e o desejo imperioso que o consumia nesse instante. – Com ou sem um vínculo de sangue para nos unir, eu te amo.

Ele não conseguia falar, nem sequer sabia o que poderia ter dito se sua garganta ressecada fosse capaz de formar palavras. Com um grunhido selvagem, empurrou-a para longe dele, fraco demais para continuar perto dela quando toda a escuridão dentro dele o impelia a tomá-la para si de um jeito irrevogável e final.

Gabrielle caiu de costas na cama, e o roupão mal-amarrado quase não cobria sua nudez. Gotas brilhantes maculavam o tecido branco da manga e da lapela. Tinha outra mancha vermelha sobre a coxa nua; o vívido escarlate contrastava com o tom rosado de sua pele.

Deus, como desejava levar os lábios até aquela macia ferida na carne e por todo seu corpo. E somente por ele.

– *Não.*

A ordem lhe saiu da boca tão seca como cinzas. Sentia o estômago se contrair de dor, retorcido e cheio de nós. Arrastava-o para o chão. Seus joelhos fraquejaram quando tentou se virar para afastar a tentadora visão de Gabrielle, esparramada na cama e sangrando como um sacrifício ofertado a ele.

Deixou-se cair ao chão atapetado em um baque de ossos e músculos, lutando contra uma necessidade que jamais havia visto igual. Ela o estava matando. Esse desejo por ela... A inquietação em seu peito ao pensar em Gabrielle com outro macho.

E, além disso, a Sede.

Nunca tinha sido tão intensa como quando Gabrielle estava por perto; e, agora que seus pulmões se enchiam com o perfume de seu sangue, sua Sede era destruidora.

– Lucan...

Ele percebeu que ela se levantava da cama. Seus pés se moviam suavemente no tapete e aos poucos apareciam em seu campo de visão, com as unhas esmaltadas de rosa como pequenas conchinhas lisas. Ela se ajoelhou ao seu lado. As mãos macias mergulharam em seu cabelo e logo lhe afagaram o maxilar, levantando-lhe a cabeça lentamente para encará-lo.

– Beba de mim.

Lucan apertou os olhos com força, numa débil tentativa de negar o que ela pedia. Não teve forças para lutar contra os braços ternos e inexoráveis que o trouxeram para perto dela.

Podia sentir o cheiro do sangue em seu pulso; a esta proximidade, disparou-lhe por todo o corpo uma furiosa corrente de adrenalina. Sua boca salivava, as presas se esticaram ainda mais, rasgando as gengivas. Gabrielle o provocou mais além: ergueu seu torso do chão e, com uma mão, afastou as longas mechas de cabelo, deixando à mostra seu pescoço para ele.

Lucan recuou, porém ela o segurava com firmeza. E o trouxe para mais perto.

– Beba, Lucan. Tome tudo que precisar.

Inclinou-se para frente, até que havia apenas o espaço de um sopro entre os lábios frouxos de Lucan e o delicado pulso que palpitava sob sua pele pálida debaixo da orelha.

– Beba – sussurrou, trazendo-o para si.

Pressionou-lhe os lábios com força contra seu pescoço.

Segurou-o assim por uma angustiante eternidade. E continuou segurando, pois provavelmente faltava apenas uma fração de segundo para que mordesse a isca. Lucan não podia ter certeza. Tudo o que sentia era o toque quente da pele dela contra a língua, os batimentos de seu coração e a rapidez com que respirava. Só podia sentir o desejo que nutria por ela.

E não mais a renúncia.

Ele a desejava – *por completo* –, e a besta já estava longe para ter qualquer piedade agora.

Abriu a boca... E cravou as presas na dócil carne de sua garganta.

Ela soltou uma exclamação ao sentir a súbita penetração de seus dentes, mas não soltou Lucan, nem mesmo quando notou que ele tragava avidamente, pela primeira vez, o sangue de sua veia aberta.

O sangue jorrava na boca de Lucan, quente e doce, delicioso. Além de qualquer coisa que pudesse imaginar.

Depois de novecentos anos de vida, estava finalmente provando do paraíso.

Bebia com insistência, profundamente, e o desejo tomava conta dele enquanto o sangue de Gabrielle lhe descia pela garganta, aplacando a Sede de cada músculo, ossos e células. Seu batimento pulsava acelerado, renovado, e bombeava o sangue pelos membros exaustos, curando suas feridas recentes.

Seu sexo tinha despertado com o primeiro gole; agora latejava com força entre as pernas. Exigindo ainda mais posse.

Gabrielle lhe acariciava o cabelo, sujeitando-o próximo de si enquanto ele bebia dela. Gemia com cada brutal investida da boca de Lucan; sentia o corpo derreter, e seu aroma se escureceu, úmido de desejo.

– Lucan – ofegou, estremecendo-se. – Ah, Deus...

Com um grunhido sem palavras, ele a empurrou debaixo dele contra o chão. Bebeu ainda mais profundamente, perdendo-se no erótico calor do momento com um furioso desespero que o aterrorizava.

Minha, pensou, sentindo-se egoísta e completamente selvagem com a ideia.

Agora era tarde demais para parar.

Esse beijo tinha amaldiçoado aos dois.

Embora a primeira dentada tivesse lhe causado certo choque, a pontada aguda de dor logo se dissipou em algo luxuriante e embriagador. O prazer lhe inundava o corpo de dentro para fora, como se cada longa chupada dos lábios de Lucan em seu pescoço enviasse uma corrente de calor de volta para ela, que alcançava seu âmago e lhe acariciava a alma.

Ele a cobriu com seu próprio peso desnudo pelo roupão que se abriu quando a levou ao chão. Suas mãos rudes penetraram no cabelo de Gabrielle, segurando sua cabeça inclinada enquanto bebia dela. Sem se importar com a dor que seus machucados poderiam causar nele, apertou seu peito nu contra os seios dela. Não tirou os lábios de seu pescoço nem por um segundo. Ela podia sentir a intensidade de seu desejo em cada forte chupada.

Mas também sentia a força de Lucan. Estava voltando, pouco a pouco, renovando-se graças a ela.

– Não pare – murmurou, com a fala lenta por causa do êxtase cada vez maior que crescia dentro dela a cada movimento dos lábios de Lucan. – Não vai me machucar, Lucan. Confio em você.

Os sons úmidos e suculentos de sua Sede eram a coisa mais erótica que já tinha escutado. Adorava sentir o calor de seus lábios contra a pele. Os arranhões nada gentis de suas presas enquanto ele chupava seu sangue com a boca eram uma sensação tanto perigosa como excitante.

Já estava próxima a um orgasmo destruidor quando sentiu o falo de Lucan pressionando-lhe o sexo. Estava úmida e latejava de tesão. Ele a penetrou de uma vez, preenchendo-a completamente com um calor vulcânico e sólido. Detonando-a em um instante. Gabrielle gritou enquanto ele lhe penetrava, ainda mais depressa, envolvendo-a com os braços como uma cela de prisão, apertando-a com vigor. Não se preocupava com o ritmo, investindo com uma força de puro e magnífico desejo.

E permaneceu grudado em seu pescoço, empurrando-a para uma deliciosa e suave escuridão.

Gabrielle cerrou os olhos e se deixou flutuar em direção a uma formosa névoa negra.

De algum lugar ao longe, sentia Lucan se movimentando rapidamente em cima de seu corpo, com pressa; e logo seu corpo enorme vibrou por inteiro com a força da ejaculação. Ele exclamou com um grito rouco e ficou completamente imóvel.

A deliciosa pressão no pescoço de Gabrielle se aliviou de repente e então desapareceu, deixando um rastro gelado.

Gabrielle levantou as pálpebras pesadas, ainda inundada com a embriagante sensação do membro de Lucan dentro dela. Lucan se equilibrava acima dela apoiado nos joelhos e olhava para baixo como se estivesse paralisado. Seus lábios estavam vermelhos e brilhantes, e o cabelo se revolvia selvagem pela cabeça. Os olhos ferozes lançavam faíscas de cor âmbar, reluzentes. A cor de sua pele parecia mais saudável, e o emaranhado de desenhos nos ombros e no torso refulgiam um profundo tom negro-escarlate.

– O que foi? – perguntou Gabrielle, preocupada. – Está tudo bem?

Ele não falou por um longo instante.

– Meu Deus. – Rosnou com a voz trêmula, em um tom que ela jamais tinha escutado. Seu peito pulsava agitado. – Pensei que estava... Achei que tivesse...

– Não – interrompeu ela, negando lentamente com a cabeça, com uma expressão de saciedade. – Não, Lucan. Estou bem.

Não conseguiu decifrar a expressão intensa no rosto de Lucan, mas ele também não lhe deu oportunidade. Recuou e saiu de cima dela. Seus olhos transformados mostravam um ar abatido.

Gabrielle sentiu o corpo frio e vazio sem o calor dele. Sentou-se, esfregando-se para passar um repentino calafrio.

– Está bem – tranquilizou-o. – Está tudo bem.

– Não. – Ele balançou a cabeça e se ergueu de pé. – Não. Isso foi um engano.

– Lucan...

– Jamais deveria ter deixado que isso acontecesse! – gritou.

Com um furioso rugido, foi até o pé da cama para pegar suas roupas. Vestiu as calças camufladas pretas e a camisa de náilon, apanhou as armas e as botas, e deixou o quarto em uma tempestade ardente de raiva.

Lucan mal podia respirar por causa da força com que o coração lhe pulsava no peito.

No instante em que sentiu Gabrielle ficar imóvel debaixo de si enquanto bebia dela, um medo absoluto o atravessou por completo, destruindo-o de dentro para fora.

Enquanto ele lhe chupava o pescoço fervorosamente, ela havia dito que confiava nele. Ele tinha sentido a Sede de Sangue se acercando dele ao mesmo tempo em que o sangue de Gabrielle fluía dentro dele. A voz dela havia acalmado um pouco sua dor. Gabrielle agia com ternura e afeto, e seu toque, suas emoções descobertas e sua própria presença o mantiveram preso ao chão quando a parte animalesca dentro de si esteve a ponto de tomar as rédeas.

Ela confiava que ele não a faria nenhum mal, e essa confiança tinha lhe fortalecido.

Mas então sentiu que ela se afastava e teve medo... Deus, como teve medo naquele instante!

Esse medo ainda o apertava, um terror sombrio e gélido de que poderia tê-la machucado – poderia tê-la matado – se tivesse permitido que as coisas fossem mais além.

Porque, apesar de todas as vezes em que a afastara, apesar de sua recusa, pertencia a ela. Pertencia a Gabrielle de corpo e alma, e não apenas pelo fato de que seu sangue o nutria naquele momento, curando suas feridas e fortalecendo seu corpo. Havia se unido a ela muito antes disso. Porém, a prova irrefutável tinha aparecido nesse lúgubre momento, alguns instantes atrás, em que tivera medo de que a tivesse perdido.

Ele a amava.

Em seu âmago mais sombrio e solitário, amava Gabrielle.

E a desejava em sua vida. De um modo egoísta e perigoso, não havia nada que desejasse mais do que tê-la ao seu lado pelo resto de seus dias.

Tal compreensão o fez cambalear no corredor ao lado do laboratório. Na verdade, quase o fez cair de joelhos.

– Opa, calma aí. – Dante se aproximou de Lucan quase sem avisar e o segurou sob os braços. – Caracas! Está com uma cara infernal.

Lucan não conseguia falar. As palavras estavam além dele.

Mas Dante não precisou de nenhuma explicação. Vislumbrou o rosto de Lucan e as presas alongadas, e suas narinas se encheram do aroma evidente de sexo e sangue. Soltou um suspiro baixo, e os olhos do guerreiro reluziram um brilho irônico e divertido.

– Só pode estar brincando... Uma Companheira de Raça, Lucan? – Ele riu, balançando a cabeça enquanto dava uns tapinhas no ombro de Lucan. – Droga. Antes você do que eu, irmão. Antes você do que eu.

Capítulo 30

Três horas mais tarde, quando a noite já havia descido completamente sobre eles, Lucan e os outros guerreiros se encontravam sentados, à espera, em uma picape preta estacionada no acostamento, a uns oitocentos metros do velho hospital psiquiátrico.

As fotografias de Gabrielle tinham se mostrado extremamente úteis para planejar o ataque ao esconderijo dos Renegados. Além de diversas fotos do exterior, de pontos de entrada ao nível do solo, também tinha tirado fotografias interiores da sala das caldeiras, de vários corredores e escadas, e até mesmo algumas imagens que acidentalmente exibiam as câmeras de segurança que teriam de ser desativadas assim que os guerreiros invadissem o lugar.

– Entrar vai ser a parte fácil – disse Gideon, enquanto o grupo repassava pela última vez a operação. – Vou cortar o sinal das câmeras de segurança do primeiro andar, mas, quando estivermos lá dentro, instalar aquelas duas dúzias de explosivos nas áreas críticas sem alertar toda a colônia de miseráveis será um pouco mais difícil.

– Sem falar do inconveniente extra de que não queremos chamar a atenção dos humanos. – comentou Dante. – Por que diabos Niko está demorando tanto para localizar a tubulação central de gás?

– Aí vem ele – indicou Lucan ao ver o vulto escuro do vampiro se aproximar da picape pelo arvoredo ao lado.

Nikolai abriu a porta de trás e sentou-se ao lado de Tegan. Tirou o capuz negro, e seus invernais olhos azuis reluziram com entusiasmo.

– Brincadeira de criança. A linha principal está numa caixa no extremo leste do complexo. Os bastardos podem não precisar de calefação, mas o serviço público tem um monte de gás correndo pelos prédios.

Lucan encontrou os olhos ansiosos do guerreiro.

– Então entramos, arranjamos nossos presentes e saímos do lugar...

Niko consentiu.

– Avisem-me com um sinal quando estiver tudo no lugar. Vou virar a linha principal e detonar os explosivos assim que todos nos encontrarmos aqui de novo. Em todos os aspectos, vai parecer que um vazamento de gás causou a explosão. E se o Departamento de Segurança Interna quiser se envolver, tenho certeza de que algumas das fotos de Gabrielle das pichações feitas por desocupados farão que os humanos farejem em círculos por algum tempo.

Enquanto isso, os guerreiros estariam mandando uma importante mensagem aos seus inimigos, em especial ao vampiro da Primeira Geração de quem Lucan suspeitava ser o líder dessa nova insurgência dos Renegados. Explodir seu quartel-general pelo próximo século deveria ser o convite suficiente para que o calhorda aparecesse para uma dança.

Lucan estava ansioso por começar. E estava ainda mais ansioso por terminar a missão dessa noite, pois tinha seus próprios assuntos inacabados quando voltasse ao condomínio. Detestava ter deixado Gabrielle dessa maneira, sabendo que ela estaria confusa e provavelmente bem mais que chateada.

Ficaram coisas por dizer, sem dúvida. Coisas que não estava preparado para pensar, quanto menos para discutir com ela naquele exato momento em que a surpreendente realidade de seus sentimentos por ela o atingiu.

Agora, tinha a cabeça cheia de planos.

Planos imprudentes, estúpidos e esperançosos, todos centrados em Gabrielle.

No interior do veículo, ao seu redor, os outros guerreiros conferiam os equipamentos, carregavam as mochilas com as barras de dinamite e faziam os ajustes finais nos fones de ouvido e nos microfones que os manteriam em contato um com o outro assim que adentrassem o perímetro do hospital psiquiátrico e se separassem para posicionar os explosivos.

– Esta noite será em nome de Con e Rio – disse Dante enquanto girava uma de suas adagas curvas com ágeis dedos revestidos por luvas negras; logo a guardou na bainha que tinha na cintura. – Hora da vingança.

– É isso aí – exclamou Niko, ao que os outros ecoaram.

Quando se voltaram para sair, Lucan levantou a mão.

– Esperem. – Seu tom sério os deixou imóveis. – Há algo que precisam saber. Já que estamos prestes a entrar e possivelmente levarmos uma boa surra, suponho que agora seja um momento tão bom quanto qualquer outro para ser franco com vocês a respeito de algumas coisas... E preciso que cada um de vocês me faça uma promessa.

Contemplou o rosto de seus irmãos, guerreiros que lutavam ao seu lado, como uma família, pelo que parecia uma eternidade. Sempre tinham esperado que ele os liderasse, confiando nele para tomar as decisões difíceis, seguros de que Lucan jamais ficaria confuso ao tomar uma decisão ou decidir uma estratégia.

Agora ele titubeava, hesitante, sem saber por onde começar. Passou uma mão pelo maxilar e soltou um forte suspiro.

Gideon franziu a testa, preocupado.

– Está tudo bem, Lucan? Você levou um golpe feio na emboscada ontem à noite. Se quiser ficar de fora dessa...

– Não. Não é nada disso. Estou bem. Minhas feridas estão curadas... graças a Gabrielle – disse Lucan. – Hoje mais cedo, ela e eu...

– Não diga – replicou Gideon, quando Lucan interrompeu a explicação. Maldito fosse o vampiro, mas estava realmente sorrindo daquilo tudo.

– Bebeu dela? – Quis saber Niko.

Tegan grunhiu no assento traseiro.

– Aquela fêmea é uma Companheira de Raça.

– Sim – respondeu Lucan com calma e seriedade. – E, se ela me quiser, pretendo pedir a Gabrielle que me aceite como seu companheiro.

Dante sorriu, zombador, e virou os olhos.

– Parabéns, cara. De verdade.

Gideon e Niko lhe felicitaram igualmente e deram uns tapinhas no ombro de Lucan.

– Isso não é tudo.

Quatro pares de olhos se cravaram nele; todos o olhavam com expectativa, exceto Tegan.

– Ontem à noite, Eva tinha umas coisas a dizer de mim... – Imediatamente Gideon, Niko e Dante levantaram a voz em protestos defensivos. Lucan prosseguiu, apesar dos grunhidos revoltosos. – A traição a Rio e a nós é imperdoável, sim. Mas o que disse sobre mim... Era verdade.

Dante o fitou com os olhos estreitos.

– Do que está falando?

– Da Sede de Sangue – respondeu Lucan. A palavra ressoou com força no interior do veículo. – É um... É um problema para mim. Tem sido há bastante tempo. Venho lidando com ela, mas algumas vezes... – Baixou o queixo e olhou para o chão escuro do carro. – Não sei se posso vencê-la. Talvez, com Gabrielle ao meu lado, eu tenha alguma chance. Vou lutar feito um demônio para combatê-la, mas se piorar...

Gideon cuspiu uma enérgica obscenidade.

– Isso não vai acontecer, Lucan. De todos aqui, você é o mais forte. Sempre foi. Nada vai te derrubar.

Lucan negou com a cabeça.

– Não posso mais fingir que sou o que está sempre no controle. Estou cansado. Não sou invencível. Depois de novecentos anos vivendo com essa mentira, não demorou mais que duas semanas para Gabrielle me desmascarar. Obrigou-me a me ver como sou de verdade. Não gosto muito do que vejo, mas quero melhorar... por ela.

Niko franziu a testa.

– Caramba, Lucan. Está falando de amor?

– Sim – disse ele solenemente. – Estou. Eu a amo. E é por isso que preciso pedir-lhes algo. A todos vocês.

Gideon consentiu.

– Diga-o.

– Se as coisas ficarem feias comigo – em algum instante, mais cedo ou mais tarde –, preciso saber que posso contar com vocês para me apoiarem. Se virem que estou me perdendo para a Sede de Sangue, se acharem que vou me converter... Preciso de suas palavras de que irão acabar comigo.

– O quê? – Exclamou Dante. – Não pode nos pedir isso, cara.

– *Escutem-me.* – Lucan não estava acostumado a suplicar. O apelo rasgava sua garganta como cascalho, porém precisava fazê-lo. Estava cansado de carregar esse fardo sozinho. E a última coisa que queria era temer que, em sua fraqueza, pudesse fazer algum mal a Gabrielle. – Preciso ouvir a promessa de vocês. De cada um de vocês. Prometam-me isso.

– Droga – reclamou Dante, olhando boquiaberto para Lucan. Por fim, assentiu com a expressão grave. – Beleza. Tudo bem. Está maluco, mas tudo bem.

Gideon balançou a cabeça, estendeu o punho e o bateu contra o de Lucan.

– Se é o que quer, tudo bem. Prometo-lhe, Lucan.

Niko também expressou seu consentimento.

– Esse dia jamais chegará, mas, se chegar, sei que faria o mesmo por qualquer um de nós. Então, sim, tem minha palavra.

Faltava apenas Tegan, que continuava estoico no banco de trás.

– E você, Tegan? – Perguntou Lucan, virando-se para encontrar os olhos verdes do guerreiro. – Posso contar contigo nisso?

Tegan o contemplou em silêncio por um longo instante.

– Claro, cara. O que disser. Caso se converta, serei o primeiro da fila para acabar contigo.

Lucan assentiu, satisfeito, enquanto fitava os olhares sérios de seus irmãos.

– Jesus – exclamou Dante, quando o pesado silêncio no veículo parecia interminável. – Todo esse sentimentalismo está me dando sarnas de matar. Que tal pararmos de conversar e irmos explodir o teto desses filhos da mãe?

Lucan devolveu o sorriso arrogante do vampiro.

– Vamos nessa.

Os cinco guerreiros da Raça, vestidos de preto da cabeça aos pés, saíram da picape como uma tropa e logo começaram a furtiva abordagem em direção ao hospital psiquiátrico do outro lado das árvores banhadas pela luz da lua.

Capítulo 31

– Vamos, vamos. Abra, maldição!

Gabrielle estava sentada atrás do volante de um BMW cupê preto, esperando impacientemente para que o enorme portão da entrada do terreno do condomínio se abrisse e a deixasse sair. Detestava ter sido forçada a pegar o carro sem permissão, contudo, depois do que tinha acontecido com Lucan, estava desesperada para sair. Como todo o perímetro estava rodeado por uma cerca elétrica de alta-voltagem, sobrava apenas uma alternativa.

Encontraria um jeito de devolver o carro assim que estivesse em casa.

Assim que estivesse de volta para onde era seu verdadeiro lugar.

Tinha oferecido tudo o que podia a Lucan esta noite, mas não fora o suficiente. Estava preparada para que ele a afastasse e resistisse às suas tentativas de amá-lo, mas não havia nada que pudesse fazer se ele a rejeitasse. Como tinha feito esta noite.

Ela tinha lhe dado seu sangue, seu corpo e seu coração, e ele a havia rejeitado.

Agora já não tinha mais forças.

Já não podia lutar.

Se ele estava tão determinado em ficar sozinho, então quem era ela para obrigá-lo a mudar? Se ele queria se explodir e queimar, ela com certeza não desejava estar por perto para vê-lo acontecer.

Estava indo para casa.

Por fim, os pesados portões de ferro se abriram para deixá-la passar. Gabrielle pisou no acelerador e saiu pela rua silenciosa e escura. Não fazia ideia de onde exatamente se encontrava até que dirigiu por alguns quilômetros e se deparou com uma encruzilhada conhecida. Dobrou à esquerda na Rua Charles e se dirigiu para Beacon Hill aturdida, no piloto automático.

Quando estacionou o carro no meio-fio em frente de casa, seu quarteirão lhe pareceu muito menor. As luzes dos vizinhos estavam acesas, porém, apesar do suave brilho amarelado, o edifício de tijolos lhe parecia, de certo modo, sombrio.

Gabrielle subiu os degraus da frente e apanhou a chave na bolsa. Sua mão bateu na pequena adaga que tinha pegado no armário de armas de Lucan – uma garantia, caso se defrontasse com quaisquer problemas no caminho de casa.

Assim que entrou e acendeu a luz, o telefone tocou. Deixou que a secretária eletrônica respondesse e se virou para trancar todas as travas e fechaduras da porta.

Da cozinha, ouviu a voz entrecortada de Kendra sair do aparelho.

– *É muita falta de educação me ignorar desse jeito, Gabby* – a voz de sua amiga soava estranhamente estridente. Irritada. – *Preciso te encontrar. É importante. Nós duas realmente precisamos conversar.*

Gabrielle foi até a sala de estar e reparou nos espaços vazios das paredes de onde Lucan tinha tirado suas fotografias emolduradas. Parecia que já havia passado um ano desde a noite em que ele viera à sua casa e lhe contara a assombrosa verdade sobre ele e sobre a batalha que atormentava os da sua espécie.

Vampiros, pensou, admirada ao ver que a palavra não a surpreendia mais.

Provavelmente poucas coisas a surpreendiam agora.

E já não tinha mais medo de que estivesse ficando maluca, como sua mãe. Até mesmo essa trágica história havia adquirido um novo significado agora. Sua mãe nunca havia sido louca. Havia sido uma jovem mulher aterrorizada, pega numa situação de tamanha violência que poucas mentes humanas poderiam compreender.

Gabrielle não deixaria que essa mesma violência a destruísse. Estava em casa, pelo menos, e descobriria um jeito de recuperar sua antiga vida.

Deixou a bolsa no balcão e se dirigiu até a secretária eletrônica. O indicador de mensagens piscava o número dezoito.

– Só pode estar brincando – murmurou, e apertou o *botão de reprodução.*

Enquanto o aparelho tocava as mensagens, Gabrielle foi até o banheiro para inspecionar o pescoço. A mordida de Lucan brilhava em um tom vermelho escuro, logo ao lado da lágrima e da lua crescente que a assinalavam como Companheira de Raça. Passou os dedos pelas duas perfurações e pela lesão vívida que Lucan lhe tinha deixado, mas se deu conta de que não doíam nem um pouco. A dor prolongada e indistinta que sentia entre as pernas era pior, mas mesmo ela empalidecia perto da fria crueldade que tomava seu peito ao pensar em como Lucan a rejeitara esta noite, como se fosse algum veneno. Como ele tinha cambaleado para fora do quarto, como se não conseguisse se afastar dela rápido o bastante.

Gabrielle abriu a torneira e se lavou, vagamente consciente das mensagens que se reproduziam na cozinha. Enquanto a secretária passava para a quarta ou quinta mensagem, percebeu algo estranho.

Todas as mensagens eram de Kendra e tinham sido deixadas nas últimas vinte e quatro horas. Uma atrás da outra, algumas com menos que cinco minutos de intervalo entre elas.

E o tom de sua amiga tinha mudado de forma significativa desde a primeira mensagem, despreocupada e alegre, em que propunha a sair com Gabrielle para almoçar, beber alguns drinques ou o que parecesse melhor. Então o tom do convite tinha ficado um pouco mais insistente: Kendra dizia que tinha um problema e que precisava dos conselhos de Gabrielle.

As últimas mensagens eram ordens estridentes de que esperava uma resposta logo.

Gabrielle correu até a bolsa e verificou as chamadas de voz no celular. E se deparou com mais daquilo.

As repetidas mensagens de Kendra.

E seu estranho e ríspido tom de voz.

Um calafrio lhe percorreu os membros quando pensou nos avisos de Lucan a respeito de Kendra. Se tivesse sucumbido aos Renegados, já não era mais amiga dela. Era como se já estivesse morta.

O telefone começou a tocar outra vez na cozinha.

– Ah, meu Deus – ofegou, dominada por um terror crescente.

Tinha de sair dali.

Um hotel, pensou. Algum lugar distante. Algum lugar onde poderia se esconder por um tempo, até decidir o que fazer.

Gabrielle pegou a bolsa e as chaves do BMW, praticamente correndo para a porta. Destrancou as fechaduras e virou a maçaneta. Quando a porta se abriu, deparou-se com um rosto conhecido que outrora já lhe fora amigável.

Agora tinha certeza de que pertencia a um Subordinado.

– Vai a algum lugar, Gabby? – Kendra afastou o celular do ouvido e o fechou. O telefone na casa parou de tocar. Kendra deu um meio-sorriso com a cabeça inclinada em um estranho ângulo. – Tem sido muito difícil encontrá-la ultimamente.

Gabrielle recuou diante do olhar vago e perdido daqueles olhos que não piscavam.

– Deixe-me passar, Kendra. Por favor.

A morena soltou uma ruidosa gargalhada que se dissipou em um zumbido abafado.

– Sinto muito, querida. Não vai dar.

– Está com eles, não está? – Perguntou Gabrielle, nauseada só por pensar. – Está com os Renegados. Meu Deus, Kendra, o que fizeram com você?

– Cale-se – interrompeu ela, levando o dedo aos lábios enquanto balançava a cabeça. – Nada mais de conversas. Temos de ir agora.

Assim que a Subordinada tentou alcançá-la, Gabrielle se afastou. Pensou na adaga que tinha na bolsa, imaginando se conseguiria pegá-la sem que Kendra percebesse. Se pudesse, teria coragem de usá-la contra sua amiga?

– Não me toque – disse, deslizando os dedos para dentro da bolsa de couro. – Não vou a lugar algum com você.

Kendra lhe mostrou os dentes em uma terrível imitação de sorriso.

– Ah, acho que deveria ir, Gabby. Afinal de contas, a vida de Jamie depende disso.

Uma terrível apreensão lhe perfurou o coração.

– O quê?

Kendra sinalizou com a cabeça em direção ao sedã que estava esperando na rua. A janela enegrecida se baixou, e lá estava Jamie, sentado no banco de trás ao lado de um enorme brutamontes.

– Gabrielle? – Gritou Jamie com uma expressão de pânico nos olhos.

– Ah, não. Não Jamie. Kendra, por favor, não deixe que ninguém o machuque.

– Isso está completamente em suas mãos – disse Kendra com educação, e tirou a bolsa das mãos de Gabrielle. – Não vai precisar de nada daqui.

Fez um gesto para que Gabrielle seguisse diante dela em direção ao carro.

– Vamos?

Lucan colocou duas barras de dinamite debaixo dos enormes aquecedores de água na sala das caldeiras do hospital psiquiátrico.

Agachou-se atrás do equipamento, desdobrou as antenas transmissoras e falou ao microfone para informar seu progresso.

– Sala das caldeiras pronta – disse a Niko, que se encontrava do outro lado da linha. – Tenho mais três unidades para posicionar, e então sairei...

De repente, Lucan ficou imóvel, ao escutar o barulho de passos do outro lado da porta fechada.

– Lucan?

– Droga. Tenho companhia – murmurou em voz baixa enquanto se levantava de sua posição e se aproximava da porta, pronto para atacar.

Passou a mão enluvada ao redor do punho de uma perigosa lâmina serrada que trazia junto ao peito. Também tinha uma pistola, mas haviam combinado que não usariam armas de fogo nesta missão. Não havia necessidade de alertar os Renegados de sua presença e, além disso, com Niko mexendo nos tubos de gás do lado de fora para encher o prédio de gases, a menor faísca de um disparo poderia fazer tudo explodir antes do tempo.

O trinco da sala das caldeiras começou a girar.

Lucan sentiu o fedor de um Renegado e o inconfundível cheiro acre de sangue humano. Ouviu uns grunhidos animais abafados, misturados com sons molhados e o débil lamento de uma vítima cujo sangue estava sendo chupado. A porta se abriu, e uma forte lufada de ar pútrido penetrou o cômodo enquanto o Renegado arrastava seu brinquedo moribundo para dentro da escura alcova.

Lucan esperou ao lado da porta até que a cabeçorra do Renegado aparecesse por completo. O canalha estava muito entretido com a presa para notar a ameaça. Lucan levantou a mão e enterrou a espada na caixa torácica do Renegado. Ele soltou um rugido com as enormes mandíbulas abertas, e os olhos amarelos se esbugalharam enquanto o titânio avançava com rapidez por seu sistema sanguíneo.

O humano caiu ao chão com um baque seco, contraindo-se com os espasmos da morte. O Renegado que estava se alimentando dele começou a chiar e a tremer, e pústulas apareceram por todo o corpo, como se tivesse sido queimado com ácido.

Mal o corpo do Renegado tinha dado início à breve decomposição, outro deles veio correndo pelo corredor. Lucan se preparou para outro ataque, porém, antes que pudesse desferir o primeiro golpe, o bastardo se deteve e foi arrastado para trás por um braço vestido de negro.

Vislumbrou o reluzir de uma lâmina, tão rápida e silenciosa como um raio, atravessando a garganta do Renegado e separando a enorme cabeça em um único golpe.

O imenso corpo caiu ao chão como um entulho. Tegan se encontrava ali de pé; sua espada gotejava sangue e os olhos verdes estavam firmes e resolutos. Era uma máquina assassina, e o sorriso amargo em seus lábios parecia reiterar a promessa que tinha feito mais cedo a Lucan, de que, se a Sede de Sangue tomasse conta dele, Tegan se asseguraria de que Lucan conheceria a fúria do titânio.

Ao olhar para o guerreiro nesse instante, Lucan não tinha dúvidas de que, se Tegan decidisse atacá-lo, tudo teria terminado antes mesmo que soubesse que o vampiro estava na sala.

Contemplou aquele olhar frio e letal e fez um gesto de agradecimento.

– Fale comigo – disse Niko através do fone de ouvido. – Está tudo bem aí?

– Sim, tudo limpo. – Lucan limpou a adaga na camisa do humano e a embainhou. Quando levantou os olhos, Tegan já tinha ido embora, desaparecendo como o próprio espectro da morte.

– Estou indo agora aos pontos de entrada da zona norte para posicionar o resto desses presentinhos – informou a Nikolai enquanto saía da sala das caldeiras e caminhava pelo longo corredor vazio.

Capítulo 32

– Gabrielle, o que está acontecendo? O que há de errado com Kendra? Ela apareceu na galeria e me disse que você tinha se envolvido em um acidente e que eu precisava vir com ela imediatamente. Por que inventaria tal mentira?

Gabrielle não sabia como responder às perguntas ansiosas de Jamie, ditas em voz baixa ao seu lado no banco traseiro do sedã. Afastavam-se a toda velocidade de Beacon Hill, em direção ao centro da cidade. Os arranha-céus do Distrito Financeiro assomaram na escuridão, e as luzes dos escritórios brilhavam como luzes natalinas. Kendra estava sentada no banco da frente ao lado do motorista, um gorila de pescoço largo trajado de preto que usava óculos escuros.

Gabrielle e Jamie tinham uma companhia parecida na parte de trás do carro, que os acotovelava para cada lado do macio banco de couro. Não acreditava que fossem Renegados; não pareciam esconder enormes presas atrás dos lábios retesados e, do pouco que sabia dos inimigos mortais da Raça, não achava que ela ou Jamie teriam sobrevivido por mais que um minuto sem terem a garganta destroçada se os dois homens fossem, de fato, Renegados viciados na Sede de Sangue.

Subordinados então, refletiu. Escravos mentais de um poderoso Mestre vampiro.

Assim como Kendra.

– O que vão fazer conosco, Gabby?

– Não tenho certeza. – Esticou a mão e apertou a de Jamie. Também falou com a voz baixa, ainda que soubesse que seus captores estavam prestando atenção a cada palavra. – Mas ficará tudo bem. Prometo.

Tinham de sair do carro antes que chegassem ao destino final, disso tinha certeza. Era a regra mais básica da autodefesa: *jamais deixe que lhe levem a um outro lugar.* Ou estará em terreno inimigo.

As chances de sobrevivência iriam de poucas a nenhuma.

Fitou a trava de segurança na porta ao lado de Jamie. Ele observou seus olhos e franziu a testa; Gabrielle o olhou nos olhos e logo voltou a vista para a trava. Então ele entendeu. Dirigiu-lhe um aceno praticamente imperceptível com a cabeça.

No entanto, quando começou a mexer as mãos para destravar a porta, Kendra se virou para provocá-los do banco da frente.

– Já estamos quase lá, crianças. Estão animadas? Sei que eu estou. Mal posso esperar para que meu Mestre finalmente a conheça em carne e osso, Gabby. Mm, mmm! Vai devorá-la na mesma hora.

Jamie se inclinou para frente, quase cuspindo veneno.

– Saia daqui, sua vagabunda mentirosa!

– Jamie, não! – Gabrielle tentou segurá-lo, tomada de medo pela inocente atitude de proteção. Ele não tinha nem ideia do que estava fazendo ao irritar Kendra ou os outros dois Subordinados no carro.

Mas Jamie não se deixou segurar. Arremessou-se para frente.

– Se tocarem em qualquer um de nós, que Deus me ajude, vou arrancar seus olhos fora!

– Jamie, pare, está tudo bem – pediu Gabrielle, puxando-o de volta para o banco. – Acalme-se, por favor! Vai ficar tudo bem.

Kendra mal se moveu. Contemplou os dois e deixou escapar uma repentina gargalhada estridente.

– Ah, Jamie. Sempre foi o cãozinho fiel da Gabby. Au-au! Au-au! É patético.

Muito devagar e evidentemente cheia de si, Kendra se reacomodou no banco da frente e lhes deu as costas.

– Vire no semáforo – disse ao motorista.

Gabrielle deixou escapar um trêmulo suspiro de alívio e voltou a se recostar no couro gelado. Jamie estava colado contra a porta do carro, irritado. Quando seus olhos se encontraram, ele se afastou um pouco para o lado, deixando que ela visse que a porta já estava destravada.

O coração de Gabrielle pulou com a ingenuidade e braveza de seu amigo. Mal pôde conter um sorriso esperançoso enquanto o veículo reduzia a marcha para parar no semáforo alguns metros à frente. Estava vermelho, porém, tendo em vista a longa fila de carros que se formava diante deles, deveria mudar para verde a qualquer segundo.

Essa era a única oportunidade que tinham.

Gabrielle relanceou os olhos para Jamie e viu que ele tinha compreendido o plano perfeitamente.

Esperou atenta pelo semáforo; os segundos pareciam horas. A luz vermelha piscou e ficou verde. Os carros começaram a se mover diante deles. Assim que o sedã começou a acelerar, Jamie puxou a maçaneta da porta. E a abriu.

O ar fresco da noite invadiu o veículo, e os dois se atiraram de cabeça para a liberdade. Jamie se chocou contra o pavimento e imediatamente estendeu a mão para apanhar o braço de Gabrielle e ajudá-la a escapar.

– Detenham-na! – Gritou Kendra. – Não deixem que fuja!

Uma pesada mão segurou o ombro de Gabrielle e a arrastou de volta para dentro do carro. Ela bateu contra o enorme peito do Subordinado. Seus braços a envolveram, aprisionando-a como barras de ferro.

– Gabby! – Gritou Jamie.

– Gabrielle sufocou um soluço desesperado na garganta. – Saia daqui! Vá, Jamie!

– Acelere, seu idiota! – Esbravejou Kendra com o motorista, enquanto Jamie tentava alcançar a porta para buscar Gabrielle. O motor roncou e o carro saiu pelo tráfego com os pneus cantando.

– E quanto a ele?

– Deixem-no – ordenou Kendra em tom cortante. Lançou um sorriso a Gabrielle, que lutava em vão no banco de trás. – Ele já serviu a seu propósito.

O Subordinado segurou Gabrielle com força até que Kendra ordenou que o carro parasse do lado de fora de um elegante edifício empresarial. Saíram do carro e empurraram Gabrielle até a porta de vidro principal. Kendra conversava com alguém no celular, ronronando satisfeita.

– Sim, estamos com ela. Vamos subir agora.

Guardou o telefone no bolso e os conduziu pelo saguão vazio de mármore até os elevadores. Assim que todos entraram, apertou o botão da cobertura.

Na mesma hora, Gabrielle recordou-se da exibição privada que Jamie tinha feito com suas fotografias. Quando o elevador parou no último andar e as portas espelhadas se abriram, teve a terrível sensação de que seu comprador anônimo estava prestes a se revelar.

O Subordinado que a segurava pelos braços a empurrou para dentro do aposento, fazendo-a tropeçar. Em poucos segundos, o temor de Gabrielle virou realidade.

Diante da parede de vidro se encontrava um vulto alto de cabelo preto, trajando um comprido sobretudo negro e óculos escuros, e a silhueta noturna de Boston brilhava atrás dele. Era tão grande quanto qualquer um dos guerreiros e emanava o mesmo ar de confiança. A mesma fria ameaça.

– Aproxime-se – disse com uma voz profunda e tempestuosa. – Gabrielle Maxwell, é um prazer finalmente conhecê-la. Ouvi falar muito de você.

Kendra se colocou ao seu lado e o acariciou com veneração.

– Suponho que tenha me trazido aqui por algum motivo – falou Gabrielle, tentando não sentir pena pela perda de humanidade de Kendra, nem temer esse perigoso ser que a tinha transformado naquilo.

– Tornei-me um grande fã de seu trabalho. – Sorriu-lhe sem mostrar os dentes e afastou Kendra com rispidez. – Você tirou algumas fotografias realmente interessantes, Senhorita Maxwell. Infelizmente, preciso que pare. Não é bom para meus negócios.

Ela tentou aguentar o calmo olhar predatório que sabia que ele lhe lançava por detrás dos óculos escuros.

– Quais são seus negócios? Quer dizer, além de ser um parasita sanguessuga doente?

Ele riu.

– A dominação do mundo, é claro. De verdade, existe algo mais por que valha a pena lutar?

– Posso pensar em algumas coisas.

Uma sobrancelha negra se arqueou sobre o aro dos óculos escuros.

– Ah, Senhorita Maxwell, se disser amor ou amizade, terei de terminar essa agradável apresentação agora mesmo. – Levantou os dedos, e seus anéis reluziram sob a tênue luz do ambiente. Gabrielle não gostava do jeito como ele a olhava, como se a estivesse medindo. As narinas dele se alargaram brevemente, e ele se inclinou para frente. – Aproxime-se.

Ao ver que ela não se mexia, o enorme Subordinado que se encontrava atrás dela a empurrou para frente. Gabrielle foi parar a um metro de distância do Mestre vampiro.

– Tem um aroma delicioso – sibilou ele devagar. – Parece uma flor, mas há algo... mais. Alguém se alimentou de você nos últimos dias. Um guerreiro? Não perca seu tempo em negar, posso sentir o cheiro dele em seu corpo.

Antes que Gabrielle pudesse perceber, ele apanhou seu pulso e a arrastou para perto com um puxão. Com as mãos grossas, empurrou-lhe a cabeça para o lado, afastando o cabelo que escondia a mordida de Lucan e a outra marca, mais incriminatória, logo abaixo da orelha esquerda.

– Uma Companheira de Raça – grunhiu, amaciando-lhe a pele com a ponta dos dedos. – E recentemente reivindicada. Está se tornando mais fascinante a cada segundo, Gabrielle.

Ela não gostou do tom íntimo com que sussurrou seu nome.

– Quem te mordeu, Companheira de Raça? Deixou que qual dos guerreiros se colocasse entre essas adoráveis e compridas pernas?

– Vá se danar – respondeu ela entre os dentes apertados.

– Não vai me dizer? – Ele estalou a língua e balançou a cabeça lentamente. – Tudo bem. Logo iremos descobrir. Podemos fazer com que ele venha até nós.

Por fim, afastou-se dela e gesticulou para um dos guardas Subordinados.

– Traga-a até o telhado.

Gabrielle se debateu contra seu captor, porém não era páreo para aquela força brutal. Foi conduzida à força até uma porta com uma placa vermelha escrita saída e um letreiro que dizia "Acesso ao Heliporto".

– Espere! E quanto a mim? – Reclamou Kendra da sala.

– Ah, sim. Enfermeira K. Delaney – disse seu sombrio Mestre, como se tivesse acabado de se lembrar dela. – Depois que sairmos, quero que vá ao telhado. Sei que vai adorar a vista espetacular que há do peitoril. Aproveite-a por um momento... e depois salte.

Ela piscou aturdida e baixou a cabeça, completamente enfeitiçada.

– Kendra! – Gritou Gabrielle, ainda desesperada tentando encontrar a amiga. – Kendra, não faça isso!

O vampiro de sobretudo negro e óculos escuros passou por ela sem mostrar qualquer preocupação.

– Vamos. Terminei por aqui.

Assim que posicionou o último bloco de dinamites ao extremo norte do hospital psiquiátrico, Lucan saiu por um duto de ventilação que levava ao exterior. Tirou a grade frouxa e se içou para o chão. Rolou por cima da grama e sentiu o ar fresco na boca; logo se pôs de pé e começou a correr em direção à cerca que rodeava o terreno.

– Niko, como estamos indo?

– Vamos bem. Tegan está a caminho e Gideon deve estar vindo logo atrás de você.

– Excelente.

– Estou com o dedo no detonador – falou Nikolai. Sua voz saiu quase inaudível por conta do ruído de um helicóptero que se aproximava da área. – Diga a palavra, Lucan. Estou morrendo de vontade de incendiar esses bastardos.

– Eu também – respondeu Lucan. Olhou para o céu noturno em busca do helicóptero, com a testa franzida. – Temos visita, Niko. Parece que aquele helicóptero se dirige diretamente para o hospital.

Assim que acabou de falar, viu a silhueta escura aparecer sobre o horizonte de árvores. Pequenas luzes piscaram quando o helicóptero se aprumou para pousar no telhado do hospital psiquiátrico e começou a descida.

Uma forte brisa se levantou com o constante movimento da hélice. Lucan sentiu o aroma dos pinheiros e do pólen... e de outro perfume que fez seu sangue disparar nas veias.

– Ah, Deus – exclamou assim que reconheceu os traços da fragrância de jasmim. – Não encoste o dedo no detonador, Niko! Pelo amor de Deus, seja como for, não pode deixar que esse maldito edifício voe pelos ares!

Capítulo 33

Uma mistura volátil de adrenalina, raiva e absoluto medo fez que Lucan disparasse para o telhado do velho hospital psiquiátrico. O helicóptero mal tinha tocado o chão e Lucan já avançava em sua direção pelo peitoril do edifício. Vibrava de fúria, mais explosiva e instável que um caminhão carregado de dinamites. Tinha a mais determinada intenção de arrancar as tripas de quem quer que estivesse mantendo Gabrielle prisioneira.

Aproximou-se por trás do helicóptero, tomando cuidado para não ser visto; rolou por baixo da cauda e foi até o lado do passageiro da cabine, com a arma em punho.

Vislumbrou Gabrielle lá dentro. Estava no assento traseiro, ao lado de um corpulento macho vestido de preto com óculos escuros. Parecia tão pequena, tão aterrorizada. Seu aroma o inundou. E seu medo lhe destroçou o coração.

Lucan abriu a porta da cabine com um puxão, enfiou a arma no rosto do captor de Gabrielle e tentou pegá-la com a mão que ficou livre. Mas ela foi lançada para trás antes que ele pudesse segurá-la.

– Lucan? – Ofegou Gabrielle, e seus olhos se arregalaram de surpresa. – Ah, meu Deus, Lucan!

Ele avaliou rapidamente a situação ali dentro; viu o piloto Subordinado e outro humano escravo ao seu lado, na frente. O Subordinado no assento do passageiro se virou para golpear o braço de Lucan, mas, em vez disso, recebeu uma bala na cabeça.

No instante em que Lucan voltou a olhar para Gabrielle, ao cabo de poucos segundos, o sujeito tranquilo ao seu lado já segurava uma lâmina feroz contra a garganta dela. Os *dermaglifos* que Lucan tinha visto nas fotos de vigilância da Costa Oeste saíam por debaixo da manga do comprido sobretudo.

– Solte-a – ordenou ao líder dos Renegados, da Primeira Geração.

– Ora, ora. Foi uma resposta mais rápida do que eu teria imaginado, mesmo para um guerreiro com vínculo de sangue. O que pretende? Por que está aqui?

O tom de voz baixo e arrogante o assombrou.

Será que conhecia esse bastardo?

– Solte-a – repetiu Lucan – e lhe mostrarei por que estou aqui.

– Acho que não. – O vampiro da Primeira Geração lhe lançou um largo sorriso, mostrando os dentes.

Nenhuma presa. Era um vampiro, mas de modo algum um Renegado.

Que diabos?

– Ela é encantadora, Lucan. Esperava que fosse sua.

Deus, conhecia essa voz. Vinha de algum lugar enterrado profundamente em sua memória.

Num passado muito distante.

Um nome lhe percorreu a mente, afiado como uma espada.

Não. Não podia ser ele.

Impossível...

Afastou a confusão momentânea, mas esse breve deslize de concentração lhe custou caro. Um Renegado tinha saído do hospital psiquiátrico e se arrastava pelo telhado em sua direção. Com um grunhido, apanhou a porta do helicóptero e a golpeou com força no crânio de Lucan.

– Lucan! – Gritou Gabrielle. – Não!

Ele cambaleou e perdeu o apoio de um dos joelhos. A arma voou de sua mão. Escorregou pelo chão do telhado e foi parar a vários metros de distância.

O Renegado lhe deu um murro no maxilar com o enorme punho. Um segundo mais tarde, um pontapé brutal lhe esmagou as costelas. Lucan caiu ao chão, porém se virou e atingiu a perna de seu agressor com uma rasteira. Saltou em cima do Renegado e apanhou a adaga que trazia embainhada no torso.

A poucos metros de ambos, a hélice do helicóptero começou a girar com um ruído agudo. Estavam acelerando. O piloto se preparava para decolar outra vez.

Lucan não podia deixar isso acontecer.

Se deixasse Gabrielle sair daquele telhado, não teria mais nenhuma esperança de que a veria viva de novo.

– Tire-nos daqui – ordenou o captor de Gabrielle ao piloto enquanto as pás do helicóptero zuniam cada vez mais rápidas.

Do lado de fora, arrastando-se pelo telhado, Lucan lutava contra o Renegado que lhe tinha atacado. Através da escuridão, Gabrielle vislumbrou outro que se aproximava por uma escotilha no telhado.

– Ah, não – resfolegou Gabrielle, praticamente incapaz de falar devido à afiada lâmina de aço que lhe apertava a garganta.

O enorme macho se inclinou à sua frente para ver o que acontecia no telhado. Lucan havia tornado a ficar em pé. Golpeou o primeiro dos Renegados que o tinha atacado, abrindo-lhe as tripas. O grito que este soltou foi audível, mesmo com o alto ruído das hélices do helicóptero ao fundo. Seu corpo começou a se contrair, com espasmos... *derretendo.*

Lucan voltou a virar a cabeça para o helicóptero. Tinha os olhos ardentes de fúria; brilhavam como brasas vivas acesas pelo fogo do inferno. Arremessou-se para frente, rugindo, com os ombros apertados. Vinha em direção ao veículo como um trem de carga.

– Tire-nos daqui nesse instante! – Gritou o macho ao lado de Gabrielle, deixando escapar o primeiro vestígio de preocupação que ela tinha notado. – Agora mesmo, maldição!

O helicóptero começou a se levantar.

Gabrielle tentou se afastar da lâmina, apertando-se contra o encosto do pequeno assento traseiro. Se ao menos conseguisse encontrar um jeito de se separar do braço dele, poderia alcançar a porta da cabine...

De repente o helicóptero sofreu uma guinada brusca, como se tivesse batido em alguma parte do edifício. O motor zumbiu com esforço.

O captor de Gabrielle já estava furioso agora.

– Decole, idiota!

– Estou tentando, senhor! – Exclamou o Subordinado que pilotava. Puxou uma alavanca e o motor protestou com um terrível grunhido.

Houve outro baque e o helicóptero se precipitou para baixo, sacudindo todo o interior. A cabine se inclinou para frente, e o captor de Gabrielle perdeu o equilíbrio no banco, proporcionando-lhe um momento de desatenção.

A lâmina se separou da garganta dela.

Num instante de pura determinação, Gabrielle se jogou para trás e lhe deu um pontapé com ambas as pernas, empurrando-o contra o encosto do banco do piloto. O veículo se inclinou bruscamente para frente, e ela avançou para alcançar o trinco da porta da cabine.

Esta se abriu por completo, balançando nas dobradiças enquanto todo o compartimento tremia e se balançava. Seu captor estava se reerguendo, prestes a apanhá-la outra vez. Os óculos escuros tinham caído ao chão com o caos. Ele a fitou com os gélidos olhos cinzentos, repletos de malícia.

– Diga a Lucan que isto está muito longe de terminar – ordenou-lhe o líder dos Renegados, assobiando as palavras através de um sorriso diabólico.

– Vá se danar – retorquiu-lhe Gabrielle. No mesmo instante, saltou pela porta aberta e caiu vários metros até o chão do telhado.

Assim que a viu, Lucan soltou o trem de pouso. O veículo se arremessou para cima, girando loucamente enquanto o piloto lutava para recuperar o controle da decolagem.

Correu para o lado de Gabrielle e a ajudou a ficar em pé; examinou-a com as mãos para ter certeza de que estava inteira.

– Está bem?

Ela assentiu com um espasmo.

– Lucan, atrás de você!

No telhado, outro Renegado se dirigia a eles. Lucan aceitou o desafio com prazer, agora que Gabrielle estava com ele; cada músculo de seu corpo ansiava por distribuir a morte. Sacou outra espada e brandiu ambas frente à ameaça que se aproximava.

A luta foi selvagem e imediata. Os punhos voavam e as lâminas retalhavam o ar, num combate corpo a corpo entre Lucan e o Renegado. Lucan levou mais de um golpe, mas não iria se deter. O sangue de Gabrielle ainda o mantinha forte e lhe dava uma fúria capaz de atacar dez oponentes ao mesmo tempo. Desferiu um golpe forte e letalmente eficaz, e despachou o Renegado com um corte vertical que lhe atravessou todo o corpo.

Lucan não esperou para ver o efeito do titânio. Deu a volta e correu para Gabrielle. Assim que a alcançou, tudo o que conseguiu fazer foi tomá-la entre os braços e abraçá-la forte contra si. Poderia ter ficado assim a noite toda, sentindo seu coração bater e lhe acariciando a pele suave.

Levantou-lhe o queixo e plantou um beijo forte e terno em seus lábios.

– Precisamos sair daqui, meu bem. Nesse instante.

Acima da cabeça deles, o helicóptero se elevava cada vez mais.

Através da janela de vidro da cabine, o vampiro da Primeira Geração que tinha capturado Gabrielle olhou para baixo. Deu um vago aceno a Lucan, sorrindo enquanto o veículo subia pelo céu noturno.

– Ah, Deus, Lucan! Fiquei tão assustada. Se tivesse acontecido algo com você...

O sussurro de Gabrielle o fez esquecer completamente o inimigo que escapava. A única coisa que lhe importava era que ela conseguia conversar com ele. Estava respirando. Gabrielle estava com ele e, por Deus, esperava que pudesse continuar para sempre ao seu lado.

– Mas que diabos, como conseguiram capturar você? – Perguntou, com a voz trêmula após os terríveis abalos do medo que tinha sentido.

– Depois que vocês saíram do condomínio esta noite, eu precisava sair e pensar um pouco. Fui para casa. Kendra apareceu. Tinha feito Jamie refém em um carro estacionado do lado de fora. Eu não podia deixar que o machucassem. Kendra é... era... uma Subordinada, Lucan. Eles a mataram. Minha amiga está morta. – Gabrielle deixou escapar um repentino soluço. – Mas Jamie conseguiu escapar, pelo menos. Está em algum lugar no centro da cidade, provavelmente aterrorizado. Preciso encontrá-lo e me assegurar de que está bem.

Lucan ouviu o baixo zumbido do helicóptero subindo acima deles. Tinha de dar o sinal a Niko para explodir o lugar antes que os Renegados ali dentro tivessem a chance de escapar também.

– Vamos sair daqui e depois cuidamos do resto. – Lucan levantou Gabrielle com os braços. – Segure-se em mim, meu amor. O mais forte que puder.

– Tudo bem. – Ela passou os braços ao redor de seu pescoço.

Ele a beijou outra vez, aliviado por tê-la em seus braços.

– Não solte em momento algum – disse, contemplando os belos e brilhantes olhos de sua Companheira de Raça.

Então subiu no beiral do telhado e saltou com ela, o mais suavemente possível, até o chão.

– Lucan, fale comigo, cara! – Chamou-lhe Nikolai pelo fone de ouvido. – Onde está? Que droga está acontecendo aí?

– Está tudo bem – respondeu, enquanto carregava Gabrielle rapidamente pelo terreno escuro da propriedade, em direção ao ponto onde a picape dos guerreiros o esperava. – Agora tudo vai ficar bem. Aperte logo esse detonador e vamos acabar com tudo.

Gabrielle estava aninhada nos fortes braços de Lucan quando a picape tomou a estrada que conduzia às propriedades do condomínio. Ele a estivera segurando próximo a ele desde que escaparam do terreno do hospital psiquiátrico e tinha protegido-lhe os olhos enquanto todo o complexo de edifícios voava pelos ares como uma demoníaca bola de fogo.

Lucan e seus irmãos tinham conseguido: tinham acabado com o quartel-general dos renegados de uma só vez. O helicóptero tinha conseguido escapar da explosão e desapareceu no céu em meio à fumaça e à escuridão da noite.

Lucan estava pensativo; olhava pelas janelas enegrecidas em direção ao céu estrelado. Gabrielle tinha visto seu olhar de surpresa – de aturdida descrença – quando estavam no telhado do hospital, no momento em que ele abriu a porta da cabine do helicóptero.

Foi como se tivesse visto um fantasma.

Seu estado de ânimo persistia até mesmo agora, enquanto adentravam o terreno e Nikolai os conduzia para a garagem. O guerreiro estacionou o veículo dentro do imenso hangar. Assim que desligou o motor, Lucan falou por fim.

– Esta noite conquistamos uma importante vitória contra nossos inimigos.

– Maldição, é isso aí – consentiu Nikolai. – E vingamos Conlan e Rio. Teriam adorado estar lá para ver o lugar explodir.

Lucan assentiu na escuridão do veículo.

– Mas não se enganem, estamos entrando em uma nova fase de conflito com os Renegados. Agora é guerra, mais do que nunca. Esta noite irritamos o ninho das vespas. Porém, aquele que precisávamos capturar – seu líder – ainda está vivo.

– Deixe que fuja. Iremos apanhá-lo – disse Dante, sorrindo com confiança.

Mas Lucan negou solenemente com a cabeça.

– Este é diferente. Ele não vai facilitar. Vai antecipar nossos movimentos. Compreender nossas táticas. A Ordem terá de fortalecer suas estratégias e aumentar em número. Precisamos organizar os poucos grupos que ainda estão dispersos pelo mundo, convocar mais guerreiros, quanto antes melhor.

Gideon se virou no banco da frente.

– Acha que é o vampiro da Primeira Geração da Costa Oeste que está liderando os Renegados?

– Tenho certeza disso – replicou Lucan. – Ele estava no helicóptero, no telhado, esta noite, onde mantinha Gabrielle refém. – Acariciou o braço dela com terna afeição e se deteve para olhá-la, como se a mera visão de Gabrielle o tranquilizasse de algum jeito. – E o bastardo não é um Renegado; não agora, se é que algum dia o foi. Certa vez, foi um guerreiro como nós. Seu nome é Marek.

Gabrielle sentiu uma onda de frieza que emanava da terceira fileira de assentos da picape e notou que Tegan fitava Lucan.

Lucan também percebeu. Virou a cabeça para olhar o outro guerreiro nos olhos. – Marek é meu irmão.

Capítulo 34

O peso da revelação de Lucan os acompanhou ao saírem do veículo e entrarem no elevador do hangar para descer até o condomínio. Ao lado de Lucan, Gabrielle entrelaçou seus dedos com os dele enquanto desciam. Tinha o coração comovido e repleto de compaixão; Lucan a fitou, e ela notou que ele podia ver a preocupação em seus olhos.

Gabrielle também percebeu olhares similares de preocupação refletidos nos olhos dos irmãos guerreiros de Lucan: um reconhecimento silencioso do que significava a descoberta daquela noite.

Chegaria o momento em que Lucan teria de matar seu próprio irmão.

Ou ser morto por ele.

Gabrielle ainda não tinha conseguido absorver a frieza desse fato quando as portas do elevador se abriram; Savannah e Danika estavam esperando ansiosas pela volta dos guerreiros. Seguiram-se boas-vindas aliviadas, dúzias de perguntas sobre o resultado da missão desta noite, assim como interrogações preocupadas sobre por que diabos Gabrielle deixara o condomínio sem dizer uma palavra a ninguém. Gabrielle estava muito cansada para responder, exausta depois de todos os acontecimentos para sequer tentar expressar o que sentia.

Contudo, sabia que teria de providenciar algumas respostas em breve, pelo menos para Lucan. Observou enquanto ele era levado pelos guerreiros em meio a conversas sobre táticas de guerra e novas estratégias de batalha para usarem contra os Renegados. Gabrielle logo foi arrastada na direção oposta por Savannah e Danika. Estavam preocupadas com seus vários arranhões e machucados, e insistiam para que se alimentasse direito e tomasse um demorado banho quente.

Gabrielle concordou relutante, mas nem mesmo as incríveis habilidades culinárias de Savannah ou o fragrante calor do banho que se seguiu conseguiram relaxá-la.

Sua mente girava com pensamentos a respeito de Lucan, Jamie e tudo o que tinha acontecido naquela noite. Devia sua vida a Lucan. Amava-o mais que qualquer coisa e sempre lhe seria grata por tê-la resgatado, porém isso não mudava o que sentia a respeito de como se deram as coisas entre ambos. Não podia permanecer no condomínio desse jeito. E, não importava o que ele dissesse, não tinha intenção alguma de ir para um dos Refúgios Secretos.

Então, que possibilidades restavam? Tampouco podia voltar para casa. Sua antiga vida já não era mais compatível. Voltar a ela seria negar tudo o que tinha vivido com Lucan durante essas últimas semanas e se esforçar por esquecê-lo. Teria de negar tudo o que agora sabia sobre si mesma e sobre sua ligação com a Raça.

A verdade era que não sabia mais qual era seu lugar. Não sabia por onde começar a procurar, mas, depois de dar voltas pelo labirinto de corredores do condomínio, deparou-se diante dos cômodos pessoais de Lucan.

A porta que dava para a sala principal estava entreaberta; uma suave luz saía de dentro. Gabrielle a empurrou para abri-la e entrou no aposento.

Luzes de velas iluminavam o quarto ao lado. Acompanhou o calor ambiente até o limiar da porta e se deteve ali, maravilhada com o que viu. O austero dormitório de Lucan tinha se transformado em algo saído de um sonho. Quatro altos pilares de velas negras dispostas em intrincados castiçais de prata ardiam em cada um dos cantos. Seda vermelha envolvia a cama. No chão, diante da lareira, havia um acolchoado ninho de almofadas e mais seda escarlate por todo o lado. Parecia tão romântico, tão convidativo.

Era um quarto planejado para fazer amor.

Deu mais um passo para o interior do aposento. Às suas costas, a porta se fechou sozinha com um baque suave.

Não, não exatamente sozinha. Lucan estava ali, do outro lado do quarto, observando-a. Seu cabelo estava molhado do banho. Vestia um roupão de cetim vermelho mal-amarrado que deslizava pelos tornozelos nus, e seus olhos ardentes emanavam um fogo que a derretia bem onde se encontrava.

– Para você – disse, apontando o cenário romântico. – Para nós dois, esta noite. Quero que tudo seja especial para você.

Gabrielle se sentiu comovida e imediatamente excitada ao vê-lo, porém não conseguia suportar a ideia de fazer amor depois de como tinham ficado as coisas entre eles.

– Quando saí esta noite, não iria voltar – contou-lhe a uma distância segura. Se chegasse mais perto, não achava que teria forças para dizer o que precisava ser dito. – Não posso continuar com isso, Lucan. Preciso de coisas que você não pode me dar.

– Nomeie-as. – Foi uma ordem branda, mas, ainda assim, uma ordem. Aproximou-se dela com passos cautelosos, como sentisse que ela podia devorá-lo a qualquer segundo. – Diga-me do que precisa.

Ela negou com a cabeça.

– De que serviria?

Alguns passos lentos a mais. Deteve-se a um metro de distância dela. – Eu gostaria de saber. Estou curioso para saber o que é preciso para convencê-la a ficar comigo.

– Para passar a noite? – Perguntou em voz baixa, odiando a si mesma por precisar tanto daqueles braços a envolvendo depois de tudo o que tinha acontecido nas últimas horas.

– Quero você, e estou disposto a oferecer qualquer coisa, Gabrielle. Então me diga do que precisa.

– Da sua confiança – respondeu, pedindo algo que sabia que estava fora de seu alcance. – Não posso mais... continuar com isso, se você não confia em mim.

– Eu confio em você – disse ele, tão solenemente que ela, de fato, acreditou. – É a única que me conheceu de verdade, Gabrielle. Não há nada que eu possa esconder de ti. Já viu tudo; o pior, certamente. Gostaria de ter a oportunidade de te mostrar a parte boa que há em mim. – Ele se aproximou um pouco mais. Gabrielle podia sentir o calor que emanava de seu corpo. Podia sentir seu desejo. – Quero que se sinta tão segura comigo como eu sempre me senti com você. Então a pergunta é: consegue confiar em mim agora que sabe tudo a meu respeito?

– Sempre confiei em você, Lucan. E sempre confiarei. Mas não é isso...

– O que mais, então? – Indagou, interrompendo sua negativa. – Diga-me o que mais posso oferecer para que você fique.

– Isso não vai dar certo – falou, retrocedendo um pouco. – Não posso ficar. Não desse jeito. Não agora que meu amigo Jamie...

– Ele está seguro. – Gabrielle o olhou com a expressão confusa, e ele continuou. – Pedi a Dante que o procurasse logo depois que chegamos. Faz alguns minutos que ele me retornou, informando que encontrou seu amigo em uma delegacia de polícia no centro da cidade e o levou para casa.

Gabrielle sentiu-se tomada pelo alívio, mas logo a preocupação o substituiu.

– O que Dante lhe disse? Apagou a memória de Jamie?

Lucan negou com a cabeça.

– Não achei que seria justo tomar essa decisão por você. Dante só o informou de que você também estava segura e que logo entraria em contato com ele para explicar tudo. O que quiser contar para seu amigo é uma decisão sua. Vê? Confiança, Gabrielle.

– Obrigada – murmurou, enternecida pela consideração. – Obrigada por me ajudar hoje à noite. Salvou minha vida.

– Então por que está com medo de mim agora?

– Não estou com medo – respondeu, mas se afastava dele quase sem se dar conta disso, até que a cama surgiu atrás dela, bloqueando-lhe a passagem. Em poucos segundos, ele já estava diante dela.

– O que mais quer de mim, Gabrielle?

– Nada – disse ela, quase em um sussurro.

– Absolutamente nada? – Retorquiu Lucan em tom grave e exigente.

– Por favor. Não me faça querer passar a noite com você sendo que amanhã vai querer que eu vá embora. Deixe-me ir agora, Lucan.

– Não posso fazer isso. – Pegou a mão dela e a levou aos lábios. Gabrielle pôde sentir a boca quente e macia de Lucan sob o toque de seus dedos, enfeitiçando-a como somente ele podia fazer. Ele trouxe para mais perto a mão dela e a pressionou contra o peito, contra a forte batida que pulsava em suas costelas como um tambor. – Jamais poderei permitir que vá embora, Gabrielle. Porque, querendo ou não, tem meu coração. E também meu amor. Se o aceitar.

Ela engoliu em seco.

– O quê?

– Eu te amo. – As palavras saíram em voz baixa, num tom sincero, como uma carícia que ela sentiu em seu mais profundo ser. – Gabrielle Maxwell, amo você mais que a própria vida. Estive sozinho por tanto tempo que não soube reconhecer, até que fosse quase tarde demais. – Ele se interrompeu, procurando pelos olhos dela com intensidade. – Não é tarde demais... É?

Ele a amava.

A mais pura e brilhante alegria a percorreu ao escutar tais palavras saindo dos lábios de Lucan.

– Diga outra vez – sussurrou, precisando saber que esse momento era real, que iria durar.

– Amo você, Gabrielle. Com cada sopro de vida que há em mim, amo você.

– Lucan – suspirou seu nome, e as lágrimas lhe brotaram nos olhos, escorrendo pelas bochechas.

Ele a tomou em seus braços e a beijou profundamente, num encontro apaixonado de lábios; Gabrielle sentiu a cabeça girar e o coração levantar voo; seu sangue pulsava como fogo nas veias.

– Você merece alguém muito melhor que eu – disse-lhe, demonstrando reverência em seu tom de voz e nos brilhantes olhos cor de âmbar. – Conhece todos os meus demônios. Pode me amar... iria me aceitar... mesmo sabendo de todas as minhas fraquezas?

Ela acariciou-lhe o maxilar, demonstrando todo o amor que sentia por ele refletido nos olhos.

– Você nunca foi fraco, Lucan. E vou amá-lo seja como for. Juntos podemos superar tudo.

– Você realmente me faz acreditar nisso. Deu-me esperanças. – Com um gesto amoroso, acariciou-lhe o braço, o ombro, a bochecha. Percorreu-lhe o rosto com os olhos, seguindo o reverente caminho de suas mãos. – Meu Deus, é tão perfeita! Poderia ter qualquer macho que quisesse, da Raça ou humano...

– Você é o único que eu quero.

Ele sorriu.

– Que Deus a ajude, mas eu não aceitaria se fosse de qualquer outro jeito. Jamais desejei algo de forma tão egoísta como desejo agora. Seja minha, Gabrielle.

– Eu sou.

Ele engoliu em seco e baixou os olhos, como se repentinamente se sentisse inseguro.

– Estou falando para sempre. Não posso aceitar menos que isso. Gabrielle, aceita-me como seu companheiro?

– Para todo o sempre – sussurrou ela, deitando-se de costas na cama e trazendo-o para si. – Sou sua, Lucan, para todo o sempre.

Beijaram-se outra vez e, quando se separaram, Lucan estendeu a mão até uma esguia adaga de ouro que se encontrava na mesinha ao lado da cama. Aproximou-a de seu rosto. Gabrielle se sobressaltou de leve ao ver que trazia a lâmina da adaga até os lábios.

– Lucan...

Ele contemplou seu olhar ansioso com ternura e seriedade.

– Deu-me seu sangue para me curar. E me fortalece e me protege. Você é tudo o que sempre desejei, tudo de que sempre precisarei.

Ela nunca tinha escutado ele falar com tanta solenidade. A íris de seus olhos brilhava; a pálida cor cinza se misturava ao âmbar e à profundidade de sua emoção.

– Gabrielle, agora me daria a honra de aceitar meu sangue para completar nosso vínculo?

Sua voz saiu num suspiro.

– Sim.

Lucan inclinou a cabeça e apertou a adaga contra o lábio inferior. Colocou a lâmina de lado e voltou a contemplá-la; seus lábios brilhavam com o sangue vermelho escuro.

– Venha aqui. Deixe que eu ame você agora – disse, e pressionou-lhe os lábios com um beijo escarlate.

Nada poderia tê-la preparado para o que sentiu ao provar pela primeira vez o doce sangue de Lucan.

Mais intenso que o vinho, instantaneamente embriagador, o sangue dele fluiu por sua língua como um elixir ofertado aos deuses. Sentiu todo o amor de Lucan transbordar dentro de si, com toda sua força e seu poder. Uma luz a iluminou profundamente, dando-lhe uma prova do futuro que a aguardava como Companheira de Raça ao lado de Lucan. Inundou-se de felicidade e corou com seu calor, sentindo uma sensação de alegria que jamais havia experimentado.

Sentiu desejo, também.

Mais intenso que nunca.

Gabrielle soltou um baixo grunhido de desejo e empurrou Lucan pelo peito, tombando-o de costas na cama. Livrou-se de suas roupas em pouco mais que um instante e passou para cima dele, apertando-lhe o quadril com as coxas.

O sexo dele crescia diante dela. A bela teia de desenhos em sua pele tinha um profundo tom púrpura injetado de vermelho vívido e pulsava em tons mais fortes quando ela o fitava com desejo. Gabrielle se inclinou para frente e passou a língua pelas sinuosas linhas intrincadas que o ornavam das coxas ao umbigo e subiam pelo peito musculoso e pelos ombros.

Ele era dela.

Tal pensamento se abateu nela como um instinto feroz e possessivo, primitivo. Nunca o tinha desejado como naquele momento. Estava ofegante e úmida, e queimava com o desejo de subir em cima dele para transar.

Deus, era a isso que Savannah se referia quando disse que o vínculo de sangue aprimorava o ato amoroso?

Gabrielle fitou Lucan com uma necessidade puramente carnal, quase sem saber por onde começar. Desejava devorá-lo, venerá-lo, esgotá-lo por inteiro. Aplacar a necessidade ardente que incendiava dentro de si.

– Deveria ter me avisado de que estava me dando um afrodisíaco.

Lucan sorriu.

– E estragar a surpresa?

– Ria, vampiro. – Gabrielle arqueou uma sobrancelha, tomou seu falo entre as mãos e deslizou-as até a base com um comprido movimento. – Acaba de me prometer a eternidade, sabia? Posso fazer que se arrependa disso.

– Ah, é? – Respondeu, e as palavras saíram mais como um gemido estrangulado assim que Gabrielle subiu nele, fazendo que seus quadris se movessem desenfreados debaixo dela. Com os olhos em chamas, mostrou-lhe as presas ao sorrir, claramente desfrutando dessa tortura. – Ah, minha Companheira, vou adorar vê-la tentar.

Glossário

Anfitriã de Sangue: Mulher humana que se oferece a um vampiro (voluntariamente) para que este sugue seu sangue.

Anfitriões Voluntários: Humanos que permitem que vampiros suguem seu sangue, em troca de prazer, para se alimentarem.

Antigos: Pertencentes ao grupo dos oito guerreiros extraterrestres e conquistadores estrangeiros que chegaram na Terra.

Banco Internacional de Dados: Rastreador de vampiros Renegados.

Bastardos: Vampiros Renegados.

Bestas Ferozes: Vampiros Renegados.

Companheira de Raça: Humana que traz no corpo uma marca de nascença mostrando, assim, ser dotada de características únicas no sangue e com propriedades do DNA complementares à raça dos vampiros.

Condomínio: Local bem protegido e armado em que vivem em segurança os guerreiros de Raça com as Companheiras de Raça deles.

***Dermaglifos*:** Desenhos naturais que existiam no corpo dos vampiros, herdados pelos antepassados da Raça.

Guerreiro da Ordem: Vampiro guerreiro da Raça.

Guerreiro da Raça: Vampiro pertencente à Raça que protege a Terra contra o ataque por Sede de Sangue dos vampiros Renegados.

Líder da Raça: Vampiro-chefe dos guerreiros da Raça.

Mestre: Chefe dos vampiros Renegados.

Ordem: Grupo composto por Guerreiros da Raça.

Primeira Geração da Raça: Vampiros filhos dos primeiros vampiros geradores da Raça.

Raça: Tipo de vampiro.

Refúgios Secretos: Locais espalhados pelo mundo onde os vampiros da Raça podem viver em família e constituí-la em segurança.

Refúgio das Trevas: Local secreto onde os vampiros habitam durante o dia.

Renegado: Vampiro expulso da Raça por ser viciado em sangue, por matar humanos indiscriminadamente e não conseguir controlar a própria Sede de Sangue.

Santuários Secretos da Nação: Local seguro para os vampiros da Raça.

Sede de Sangue: Grande necessidade sem controle de sangue humano. Assemelha-se a um vício sem controle.

Submundo: Mundo sombrio dos vampiros.

Subordinado: Humano que trabalha como escravo e servo dos vampiros Renegados.

Todos da Raça: Vampiros com um código de honra similar.

A seguir, uma prévia do segundo romance da *Midnight Breed*, *O Beijo Escarlate*

O sangue jorrava na boca de Dante pelas duas perfurações paralelas no pescoço da mulher. Ele bebia dela com chupões profundos e urgentes, incapaz de conter seu lado animal, que só conhecia a necessidade e o desespero. Era vida o que pulsava em sua língua e descia sedosa, doce e terna pela garganta ressecada. Talvez fosse a gravidade de sua sede que lhe dava aquele sabor tão incrível, tão indescritivelmente perfeito para ele. Fosse o que fosse, ele não se importava. Bebeu mais dela; precisava de seu calor agora que estava gelado até os ossos.

– Ah, Deus. Não! – A voz da mulher quase não se ouvia, em choque. – Por favor! Solte-me!

Ela se agarrou em seus ombros com força, por reflexo, afundando os dedos em seus músculos. Porém o resto de seu corpo ia lentamente se entregando a seus braços, em transe, acalmado pelo poder hipnótico da mordida de Dante. Ela suspirou profundamente, amolecendo o corpo enquanto ele a baixava ao chão sob si para tomar o alimento de que tanto precisava.

Agora ela já não sentia dor, desde a penetração inicial das presas dele, quando sentiu uma pontada aguda, mas fugaz. A única dor ali era a de Dante. Seu corpo tremia devido ao grave trauma, a cabeça parecia se abrir graças à pancada, e o torso e os membros tinham tantos cortes que era impossível contá-los.

Está tudo bem. Não tenha medo.

Está segura. Prometo.

Enviou essas palavras tranquilizantes para a mente dela, embora a segurasse com mais firmeza, apertando-a nos seus braços para beber com força da ferida que infligira em sua garganta.

Apesar da ferocidade de sua sede, uma necessidade aumentada pela gravidade de suas feridas, as palavras de Dante eram sinceras. Além da mordida que a tinha assustado, não faria nenhum mal à mulher.

Vou beber só o que preciso. Logo irei embora, e não vai se lembrar mais de mim.

Já estava recobrando as forças. A carne rasgada se recuperava de dentro para fora. As feridas das balas e dos destroços estavam cicatrizando.

As queimaduras se esfriavam.

A dor se esvaía.

Diminuiu a pressão sobre a mulher, obrigando-se a ir com calma, embora o sabor dela fosse mais do que tentador. Tinha notado o exótico aroma de seu sangue desde o começo, mas, agora que seu corpo estava renovado e tinha recuperado inteiramente os sentidos, Dante não podia deixar de saborear a doçura de sua anfitriã involuntária.

E de seu corpo.

Sob o jaleco branco e sem forma, ela era forte e magra, e tinha pernas longas e graciosas. Curvilínea nos lugares certos. Dante sentiu o volume de seus seios contra o peito enquanto a segurava no chão do depósito, com as pernas emaranhadas nas dela. Tess ainda o apertava nos ombros com força, mas não o empurrava mais; simplesmente se segurava a ele enquanto ele tomava um último gole do sangue que lhe devolveu a vida.

Deus, ela era tão deliciosa que poderia beber dela por toda a noite.

Poderia fazer muito mais do que isso, pensou, notando de repente a ereção que se apertava exigente contra a pélvis dela. Era realmente bom senti-la debaixo de si. Seu abençoado anjo misericordioso, ainda que tivesse assumido o papel à força.

Dante inspirou seu perfume doce e picante, e beijou com ternura a ferida que lhe tinha dado uma segunda chance de viver.

– Obrigado – sussurrou contra sua pele cálida e veludosa. – Acho que salvou minha vida esta noite.

Passou a língua pelos pequenos furos para fechá-los, apagando qualquer rastro de sua mordida. A mulher gemeu, despertando do cativeiro temporário. Mexeu-se debaixo dele, e o sutil movimento de seu corpo apenas aumentou o desejo de Dante de penetrá-la.

Mas já tinha tomado bastante dela por essa noite. Apesar do fato de que ela não se lembraria de nada do que tinha acontecido, parecia pouco delicado seduzi-la numa poça rançosa de água do rio e sangue derramado. Especialmente depois de ter-lhe atacado o pescoço como um animal.

Afastou-se um pouco dela e passou-lhe a mão direita no rosto. Ela recuou, compreensivelmente assustada. Seus olhos estavam arregalados – uns olhos magnéticos, da cor da água do mar.

– Meu Deus, você é linda – murmurou; havia dito tais palavras a inúmeras mulheres no passado, mas surpreendentemente nunca tinham significado tanto como agora.

– Por favor – sussurrou ela. – Por favor, não me machuque.

– Não – respondeu Dante gentilmente. — Não vou machucá-la. Apenas feche seus olhos agora, meu anjo. Já está quase acabando.

Bastava pressionar de leve a palma da mão contra sua testa, e ela esqueceria tudo a respeito dele.

– Está tudo bem – disse enquanto ela se encolhia ainda mais no chão, com os olhos cravados nos dele como se esperasse que ele a atacasse. Como se o desafiasse. Dante lhe afastou o cabelo do rosto com a ternura de um amante. Percebeu que a tensão dela aumentava. – Relaxe agora. Pode confiar...

Algo afiado lhe golpeou a coxa.

Com um grunhido feroz, Dante rolou e caiu de costas.

– Que raios?

Uma onda de calor se espalhou daquele ponto de contato, queimando através dele como ácido. Um gosto amargo se apegou ao fundo da garganta logo antes de sua visão começar a flutuar loucamente. Dante tentou se erguer do chão, mas caiu de costas outra vez; seu corpo não cooperava muito mais do que uma chapa de chumbo.

Arfando com rapidez e com os reluzentes olhos azul-esverdeados arregalados de pânico, o anjo misericordioso de Dante o contemplou. Seu belo rosto entrava e saía de seu campo de visão. Tinha uma delgada mão pressionada contra o pescoço, no lugar onde ele a tinha mordido. A outra estava levantada na altura do ombro, segurando com firmeza uma seringa vazia.

Santo Deus.

Ela o tinha drogado.

Mas, por mais terrível que fosse essa notícia, Dante percebeu algo ainda pior enquanto seu olhar embotado se esforçava por enxergar a pequena mão que o tinha nocauteado com um só golpe. Entre o polegar e o indicador, naquela carnuda junção de pele suave, a mulher tinha uma diminuta marca de nascimento.

De um vermelho-escarlate profundo, menor do que uma moeda, a imagem de uma lágrima caindo na taça de uma lua crescente queimou na mente de Dante.

Era uma marca rara, um selo genético que proclamava a mulher sagrada para os membros da espécie de Dante.

Ela era uma Companheira de Raça.

E, agora que seu sangue pulsava dentro dele, Dante tinha realizado a metade de um vínculo solene.

Pela lei dos vampiros, ela era dele.

Irrevogavelmente.

Eternamente.

A última coisa que queria ou de que precisava.

Dante urrou em pensamento, mas tudo que ouviu foi um grunhido baixo e silencioso. Piscou aturdido e tentou alcançar a mulher, em vão. Seu braço caiu como se carregasse toras de aço. Não conseguia manter as pesadas pálpebras abertas por mais que uma fração de segundo. Gemeu, observando as feições de sua outrora salvadora se nublarem diante de seus olhos.

Ela baixou os olhos para ele, e falou com a voz desafiante e furiosa.

– Durma bem, seu psicótico filho da mãe!

Tess recuou num salto de seu agressor, respirando pesado, com o fôlego acelerado. Mal podia acreditar no que lhe tinha acabado de acontecer. Ou de que tivesse conseguido escapar desse invasor enlouquecido.

Graças a Deus pelo sedativo, pensou, aliviada por ter tido a presença de espírito de se lembrar da seringa no bolso. Sem mencionar a oportunidade de usá-la. Olhou para a agulha usada, ainda apertada firmemente na mão, e estremeceu.

Droga. Tinha usado a dose inteira.

Não era de se estranhar que ele tivesse caído como uma tonelada de tijolos. Também não iria acordar tão cedo. Oitocentos miligramas de tranquilizante para animais era um longo beijo de boa noite, até mesmo para um homem daquele tamanho.

De repente, uma pontada de preocupação a atingiu.

E se o tivesse matado?

Sem saber ao certo por que deveria se preocupar com alguém que há poucos minutos parecia querer lhe rasgar a garganta com os dentes, Tess se voltou devagar para onde o homem se encontrava.

Ele não se mexia.

Porém estava respirando, notou aliviada.

Estava estendido no chão, de costas, com os musculosos braços estirados onde tinham caído. Suas mãos – praticamente do tamanho de luvas de beisebol e donas de uma força brutal que a tinha segurado firme durante o ataque – estavam agora frouxas e imóveis. Seu rosto, que estivera oculto pelos cabelos negros, era quase bonito em repouso.

Não, bonito não, pois, mesmo inconsciente, suas feições mantinham-se perfeitamente angulosas e afiadas. As sobrancelhas pretas e definidas delineavam traços escuros sobre seus olhos fechados. As maçãs do rosto eram acentuadas e davam ao contorno do rosto um aspecto esbelto e feroz. Talvez o nariz tivesse sido um dia perfeito, mas a imponente linha do dorso nasal apresentava uma leve saliência, resultado de alguma fratura. Possivelmente mais de uma.

Havia algo peculiarmente cativante nele, embora ela tivesse certeza de que não o conhecia. Ele não era exatamente o tipo de homem com quem costumava sair, e parecia absurdo imaginá-lo trazendo um animal de estimação para tratamento na clínica.

Não, jamais o tinha visto antes dessa noite. Só podia rezar para que, assim que chamasse os policiais para virem buscá-lo, não voltasse a vê-lo nunca mais.

Tess baixou os olhos e sua vista se deteve no brilho de metal escondido sob sua jaqueta encharcada. Afastou o couro e segurou a respiração ao ver uma adaga de aço recurvada que trazia embainhada sob o braço. Do outro lado, um coldre vazio sugeria que estava faltando uma pistola. Outros apetrechos para lutas corpo-a-corpo guarneciam um cinturão branco que circundava seus magros quadris.

Aquele homem era um perigo, sem sombra de dúvidas. Algum tipo de valentão, que fazia os durões que perambulavam pelas margens do rio parecerem grosseiras imitações. Esse homem era forte e letal, e tudo nele emanava um ar de violência.

Sua boca era a única parte macia nele. Larga e sensual, com os lábios ligeiramente entreabertos nesse estado de torpor, era uma boca profanamente bela. O tipo de boca que poderia acabar com uma mulher de uma centena de ângulos diferentes.

Não que Tess estivesse contando.

E tampouco tinha esquecido aquelas presas terríveis.

Tess moveu-se com cautela ao redor dele, apesar da massiva dose de tranquilizante que percorria seu sistema, agachou-se e levantou-lhe o lábio superior para olhar melhor.

Nenhuma presa.

Somente uma fileira de dentes perfeitamente brancos. Se tinha usado dentes falsos quando a atacou, eles tinham sido bastante convincentes. E agora aquelas enormes presas pareciam ter desaparecido no ar.

Isso não fazia nenhum sentido.

Vasculhou a área rapidamente com os olhos, mas não encontrou nada. Ele não os tinha cuspido em lugar nenhum. E ela com certeza não os tinha imaginado.

De que outra maneira ele teria sido capaz de perfurar sua garganta como uma lata de refrigerante? Tess passou a mão sobre o local da mordida em seu pescoço. Sentiu a pele macia e suave sob a ponta dos dedos. Não havia sangue nem estava pegajoso, e não havia nenhum rastro dos buracos que lhe tinha infligido na jugular. Examinou todo o lado do pescoço com os dedos. A área não estava nem ao menos sensível.

– Isso é impossível.

Tess se levantou e correu para a sala de exames ao lado, acendendo todas as luzes. Apartou o cabelo do pescoço e se aproximou de um suporte de papel-toalha; observou seu reflexo na superfície polida de aço inoxidável. A pele de seu pescoço estava imaculada, intacta.

Como se o terrível ataque nunca houvesse acontecido.

– Não acredito – disse aturdida ao reflexo. – Como isso é possível?

Tess se afastou do espelho improvisado, atônita.

Completamente confusa.

Pouco menos de meia hora atrás, temia por sua vida, sentindo o sangue sendo sugado de seu pescoço por aquele estranho vestido de preto e armado até os dentes que tinha encontrado jazendo inconsciente próximo à porta dos fundos da clínica.

Isso havia acontecido.

Então como era possível que sua pele não mostrasse nenhum sinal do ataque?

Tess teve a sensação de que seus pés se encontravam separados do corpo ao caminhar de volta para o depósito. O que quer que ele tivesse feito, não importava como havia conseguido disfarçar as feridas que lhe tinha infligido, Tess pretendia vê-lo detido e acusado.

Passou pela porta aberta do depósito e se deteve imediatamente.

A poça de água do rio e sangue derramado que havia sido trazida com seu agressor inundava uma ampla área do chão de linóleo. Tess sentiu seu estômago se revirar com a visão, porém algo mais a fez sentir uma corrente gélida de terror nas entranhas.

O depósito estava vazio.

Seu agressor havia sumido.

Havia lhe injetado uma dose capaz de anestesiar um gorila, entretanto ele havia se levantado de alguma forma e partido.

—Procurando por mim, meu anjo?

Tess se virou e soltou um grito.

Sobre a Autora

Lara Adrian

Com raízes históricas, vindas de uma família que remonta ao século XVII, do período do famoso navio Mayflower, que transportou peregrinos da Inglaterra para os Estados Unidos, chamado, na época, de Novo Mundo, a autora, Lara Adrian, atualmente vive com seu marido na costa da Nova Inglaterra, região nordeste dos Estados Unidos, local cercado por centenários cemitérios, e longe do conforto urbano, onde busca uma inesgotável inspiração do Oceano Atlântico. Para saber mais sobre Lara Adrian e seus romances, por favor, acesse o *site*: *www.LaraAdrian.com* ou visite a *FanPage* no Facebook: Midnight Breed Series Brasil.

HR Gráfica e Editora
Rua Serra de Paracaina, 716 – Moóca - São Paulo – SP – CEP 03107-020
Fone/Fax: (11) 3341-6444 - Email: vendas@hrgrafica.com.br
www.hrgrafica.com.br